달과 칼 4

글쓴이 홍성원

달과칼 4

■글쓴이 : 홍성원
■초판1쇄 인쇄일 2005년 10월 15일
■초판1쇄 발행일 2005년 10월 23일

■만든이 : 임성렬
■만든곳 : 도서출판 신서원
■주소 : 서울특별시 종로구 교남동 47-2(협신빌딩 209호)
■등록 : 제1-1805(1994.11.9)
■전화 : (02)739-0222 · 0223
■팩스 : (02)739-0224
■이메일 : sinseowon@korea.com

ISBN 89-7940-974-5
     89-7940-970-2(전5권)

신서원은 부모의 서가에서
자식의 책꽂이로
'대물림'할 수 있기를 바라며
책을 만들고 있습니다.

글쓴이 홍성원

도서출판 신서원

달과 칼 4

16. 바람부는 대로 물결치는 대로 · 7

17. 간과 골이 땅에 흩어지다 · 73

18. 혼이여! 있거든 흠양하시라 · 137

19. 칠천량 패전 · 191

20. 소반의 피를 찍어
    입술에 바르다 · 271

16. 바람부는 대로 물결치는 대로

늦가을 짧은 해가 어느 틈에 서산으로 기울었다.

청파 역말을 급히 지나 인홍은 남대문을 바라고 발걸음을 재촉한다. 황해도 평산平山 땅에서 도성으로 돌아온 지 어느덧 달포가 지났다. 늦봄에 도성을 떠날 때는 여섯이던 집안 권속이 반년 만인 늦가을에 돌아올 때는 절반도 안되는 두 사람으로 줄었다. 그나마 두 사람 중 하나는 횡액을 당한 뒤로 상성기喪性氣마저 없지 않다. 안국방 김대감댁 사람 중 온전히 살아 돌아온 사람은 서출인 김인홍뿐이다.

칠패七牌 앞이 가까워질수록 행인들의 왕래가 잦다. 난리 후 도성 안 운종가가 불에 타 없어져서, 지금은 시전市廛 대신에 남문 밖 칠패와 배오개(梨峴: 지금의 동대문 부근) 쪽에 난전亂廛이 더 성하다. 처음에는 그나마도 왜적이 무서워서 도성 근처에는 전이라고는 볼 수 없더니, 난이 길어져 도성에 백성들이 몰려들기 시작하자 먼저 칠패 쪽에 좌고坐賈들이 생기더니 뒤이어 배오개와 사대문 밖 여러 곳에 시게전 시목전柴木廛[땔감 파는 곳] 잡전雜廛 등의 난전들이 생기기 시작했다.

도성 안팎에 띄엄띄엄 난전들이 서는 것을 남촌에 머문 왜적들은 은근히 좋아하는 눈치였다. 하긴 도성에 조선 백성들을 불러들이려면 백성들이 살아갈 방도를 마련해 주는 것이 그들의 도리다. 성 밖에 조선 백성들이 스스로 모여 장을 세운다면 왜적들도 즐겨할망정 언짢을 까닭이 없다.

난리 후 도성에 새로 생긴 것은 상고商賈[장수]들의 난전뿐만이 아니다. 사대문에 군사를 두어 예전처럼 수직도 세우고 해가 지면 폐문을 알리는 인경을 치기도 하고 밤에는 길 아는 조선 백성을 앞세워서 왜적들이 도성 안 큰길에 야순夜巡[야간순찰]도 도는 것이다. 팔도 각처에서 유생과 승도들이 군사를 일으켜 덤벼들자 도성 안에 둔취한 왜적들도 부쩍 조선 백성들을 경계하는 눈빛들이다. 요즘은 사대문 파수는 물론이요, 멀리 경강 나루터에서도 왜적들의 행인 기찰이 전에 없이 엄해진 느낌이다.

칠패 난전도 파장판이라 좌고들이 벌써 좌판들을 걷기 시작한다. 하긴 해가 지면 이내 인경을 치기 때문에 성안에 집을 둔 조선 백성들은 서둘러 짐을 꾸려야 된다. 조선 군사들과도 전혀 달라서 왜군들은 인경만 치면 문을 닫고 아무도 성안에 들이지 않는다.

등에 진 봇짐을 추스르고 인홍은 파장판 장터를 부지런히 지나친다. 가을걷이 끝난 지가 미처 달포도 안되었건만, 요즘 장터에서 제일 바쁜 곳은 여전히 양식 파는 시게전이다. 난리통에 백성들이 농사일을 망친데다. 곡향인 하삼도 고을에서 왜적들 때문에 조운선漕運船을 띄우지 못해, 삼도의 흔한 곡식이 도성으로 통 올라오지 못하는 때문이다. 양식이 귀해 낭패로운 것은 조선 백성들뿐만이 아니다.

　왜적들 역시 군량이 떨어진 듯 요즘은 군사를 풀어 장터까지 나와 양식을 팔아가고 있다. 그들이 주로 내다 파는 것은 상목이나 왜은倭銀 등이다. 상목은 조선에 들어와 관창官倉이나 사삿집에서 빼앗은 것들일 테고, 왜은은 조선에 건너올 때 왜들이 왜땅에서 지니고 온 물화일 것이다.

　"예 좀 보시게. 자네가 혹 북촌 살던 김서방이 아닌가?"

　장터를 막 지나려는데 패랭이 쓴 사내 하나가 인홍의 곁으로 붙어선다. 수염이 온통 얼굴을 덮어 낯은 익으나 얼굴을 쉬이 알아볼 수 없다. 인홍이 사내를 멀뚱히 돌아보자 사내가 입속말 하듯 낮은 목소리로 입을 연다.

　"그대루 걸으며 내 말 듣게. 장꾼들 중에 왜적의 간자間者가 숨어 있네."

　"낯은 많이 익소마는 나는 댁이 뉘신지 모르겠소."

　"변복을 해서 자네가 날 못 알아보네그려. 명례방 장서방이라면 자네가 나를 알아보겠나?"

　"명례방 장서방이라니 자네가 허면……?"

　"그러이. 이제 나를 알아보네그려. 내가 바루 그 그림 그리던 장화원張畵員일세."

　사내가 말을 하면서도 연방 인홍에게 눈짓을 한다. 인홍도 그제야 사내를 향해 남이 듣도록 커다랗게 입을 연다.

"이런 젠장헐, 수염 때문에 알아볼 수가 있어야지. 그간 어찌 지냈든가? 댁네는 두루 평안들 허신가?"

"내가 지금 거상居喪 중일세. 그 동안 내가 어머니를 여의었네."

"저런, 자네가 모친상을 당했다는 겐가?"

"그러이, 세상 버리신 지 어느덧 두 달쨀세."

장터를 벗어나면서 두 사람은 잠시 말들이 없다. 주위에 듣는 사람이 없자 그들은 오히려 할 말들을 잃은 것이다.

두 사람은 활터와 시회詩會 등에서 오래 사귀어 온 막역한 사이다. 지금은 패랭이 쓴 상사람의 몰골이지만, 원래는 서출로 태어나 반쪽의 양반일망정 어엿한 반가의 선비나 한량으로 행세해 온 그들이다. 특히 그들이 남달리 가까웠던 것은 그들의 근본이 서얼이라는 것에 있다. 반쪽양반으로 벼슬길이 막힌 그들은, 그 울적함을 풀기 위해 유난히 서로 자주 만나 속마음을 터놓곤 했다. 그러나 지금은 험한 입성에 수염을 거칠게 길러 상사람 차림을 하고 있다. 선비 복색으로 나돌다가는 왜적뿐 아니라 같은 조선 백성들에게서도 큰 봉변을 당하기가 십상이기 때문이다.

남대문이 눈앞으로 다가왔다. 잠시 말들을 잊은 채로 두 사람은 활짝 열린 숭례문을 통과한다. 해가 아직 많이 남아 인경이 울리자면 한 식경은 지나야 된다. 왜적은 문 앞 수직막에 문졸조차 세우지 않고 있다. 그래도 마음 바쁜 도성 안 백성들은 서넛씩 무리를 지어 성문을 부지런히 지나가고 있다.

숭례문을 멀리 지나친 뒤에야 인홍이 먼저 장한량張閑良 태삼泰三에게 말을 묻는다.

"그래 자당께서는 어찌 세상을 버리셨든가?"

"난 전에 이미 병환이 깊어 도성을 떠날 때 세상 버리실 줄 알았었네. 따지구 보면 왜적들이 우리 어머니를 죽인 게지."

서출로 태어났으나 유난히 효심이 지극했던 장한량이다. 피난처에서 어머니를 여의었으니 그도 예월禮月[초상 뒤에 장사지내는 달]을 기다리지 못하고 갈장渴葬[급히 지내는 장례]으로 초종을 마쳤을 것이다. 이번에는 장한량 쪽에서 인홍에게 말을 물어온다.

"자네 집안 어른들은 두루 평안들 허시겠지?"

"……."

인홍은 대답이 없다. 어머니 한 분을 여의었다면 그쪽은 오히려 다행이다. 그는 어머니는 물론이고 부친과 안사람과 어린 조카까지 한꺼번에 잃었다.

"대답이 없는 것을 보니 자네두 필시 변을 당한 모양일세그려?"

"두 어른이 구몰俱沒[부모가 모두 죽음]일세."

짧은 대답과 함께 인홍은 멀리 인왕산 쪽을 바라본다. 지는 해를 정수리에 받아 오늘은 산 이마가 유난히 가까워 보인다. 자기 어머니 여읜 것만 서러이 여기다가 인홍의 말을 듣고 장한량은 더 이상 말이 없다. 북촌을 바라고 나란히 걸으며 인홍이 다시 입을 연다.

"선친은 급한 대루 난지亂地[피난지]에서 갈장이라두 치렀네마는 나머지 세 식구는 시신들조차 거두지 못한 형편일세."

"어쩌다 그런 참변을 당했든가?"

"내가 잠시 집을 비운 사이에 집안이 적화賊禍[도적의 화]를 당했다네."

"적화라니 무슨 적화?"

"겉모습은 왜적같이 꾸몄으나 실은 조선 백성이 왜적인 체 변복하여 한 마을에 뛰어들어 부락을 쑥밭으루 만든 듯싶네."

"남도 쪽에 왜를 가장한 가왜假倭들이 많다더니 자네 집안이 바루 그 가왜를 만났던 모양일세그려?"

"가왠지 진왠지는 알 수 없네마는 그 통에 선고는 참사를 당허시구 나머지 안식구들 셋 중에 하나만 살아남구 둘은 행방이 묘연허네. 하나 있던 어린 조카마저두 그 횡액 중에 함께 잃어버렸네."

"변을 면한 사람이 바루 자네 안사람인가?"

"안사람은 어머니와 함께 봉적逢賊〔적을 만남〕 후 간 곳을 알 수 없네. 변 후에 살아남은 안식구는 바루 내 형수님일세."

인홍의 형수인 윤씨 부인은 장한량도 서너 차례 먼빛으로 본 일이 있다. 봉적 후에 그녀만 살아남은 것이 장한량에게는 못내 궁금하고 의아스럽다. 그러나 살아남은 안식구에 대해서는 더 묻지 않는 것이 요즘의 예절이다. 사대부 집안의 무수한 사녀士女들이 난중에 몸을 더럽혀 스스로 목숨을 끊었다. 그러나 간혹 그런 참변 중에서도 목숨을 부지한 아녀자가 더러 있다.

사녀가 몸을 더럽혔다면 의당 제 스스로 자처自處〔자살〕하는 것이 난 전의 습속이다. 그러나 지금은 난중이라 아무리 절개있는 여인도 몸을 온전히 지키기가 쉽지 않다. 피할 수 없는 봉욕을 당했다고 모든 아낙들이 제 스스로 목숨을 끊는다면, 앞으로 조선 팔도에는 살아남을 여인이 몇이나 될지 알 수 없다. 그것을 아는 조선의 힘없는 사내들은 몸을 짓밟혀 자처하려는 아낙들을 무작정 칼을 물고 죽도록 내버려둘 수만은 없는 일이다. 우선은 그들을 좋은 말로 타일러서 목숨 끊는 마지막 일만은 막아야 하는 것이 사내들의 일이다.

왜적이 들끓는 남촌을 피해 두 사람은 한갓진 북촌을 바라고 올라간다. 왜적이 도성에 들기 전에 북촌의 대궐과 큰 집들은 불에 타 모두 없어졌다. 따라서 왜적들은 도성에 입성한 뒤 줄곧 그들의 군병을 목멱 밑 남촌에 둔취시키고 있다.

"그래 지금 형수님께서 어느 곳에 유허구 기신가?"

"내가 도성으루 뫼셔왔네. 집이 불타 이슬 피할 곳이 없어 임시루 산기슭에 움막을 치구 내가 곁에서 뫼시구 있네."

"움막이 어디 있나?"

"인왕산 밑일세."

장한량은 인홍에게 더 물어볼 말이 없다. 난리 후에 너나없이 같이 겪는 참변이요 고생이다. 나라가 온통 왜적의 발굽에 짓밟히는데 그 안에 사는 힘없는 백성이야 다시 일러 무엇하랴.

멀리 불타버린 경복궁 자리를 바라보면서 장한량이 한참 만에 다시 무겁게 입을 연다.

"우리 큰집두 불타 없어졌네. 나는 지금 사직단 아래 살구 있네."

사직단이면 서대문 안쪽이라 가는 방향에서 멀지 않다. 걸음을 갑자기 빨리하면서 장한량이 다시 물어온다.

"자네 혹 길양식 좀 지닌 게 있나?"

"두어 되쯤 지니구 있네마는……?"

"그거면 됐네. 저 길모퉁이를 돌아가면 옛날에 술 팔던 주막이 하나 있네. 요즘두 할멈이 술을 파는데 선손으루 양식을 내어주어야만 밥두 지어주구 술두 내어놓는다네."

각박해진 인심만을 탓할 일이 아니다. 요즘은 양식이 귀해 지체 높은 양반네도 망문투식望門投食〔문전 걸식〕하는 형편이다. 제 먹을 양식을 지니지 않은 길손들은 요즘은 어디를 가도 끼니 굶기가 예사다.

"자네는 상당허구 사직단 아래 홀루 지내는가?"

모처럼 묻는 인홍의 말에 장한량은 자조 비슷이 어색하게 빙긋 웃는다. 언제 보아도 기품 당당하던 이 사내가 지금은 다듬지 않은 수염에 평량자〔패랭이〕를 눌러써서 갈 데 없는 불상놈의 몰골이다. 겉치레로 보아서는 아마 이 사내도 인홍처럼 정처없이 조동모서朝東暮西〔아침에는 동쪽, 저녁에는 서쪽〕의 떠도는 몸일 것이다. 거친 수염을 한번 쓸어내리더니 장한량은 먼 산을 보며 남의 말하듯 짤막하게 입을 연다.

"같이 사는 아이가 있네."

"아이가 웬 아인가?"

"집에서 부리던 비자 하나가 내 곁에 머물러 조석 끼니를 끓여주고 있네."

"자네 안식구는 어찌 허구?"

"죽산竹山 처가에 내려가 있네."

난리 후 가장 크게 변한 것은 귀천의 구분이 흐려진 것과 남녀간의 어지러운 혼거混居와 기강이다. 집을 떠나 산중 피난처에 닿고 보니 모든 것이 아쉬울뿐더러 무엇보다 신역이 고달프다. 집에서는 대소사 일이 있다 해도 남녀 하례들이 제 알아서 처리해 주었으나, 난리 뒤로는 하례들이 도타를 할뿐더러 남아 있는 종들조차 예전처럼 고분고분하지 않다. 어떤 경우는 양반 스스로가 물도 긷고 쌀도 씻는 등 아녀자의 부엌일까지 손수 해야 되는 때도 있다. 그러나 그들은 이런 곤경들을 겪는 동안 비로소 세상일의 어려움과 삶의 고달픔을 몸으로 경험했다. 상것들이 하는 일들이 바로 사람들의 고달픈 삶인 것을, 그들은 피난처인 산중에서야 뒤늦게 몸으로 깨우치게 된 것이다.

남녀간의 어지러운 혼거 역시 난리와 병화가 가져다 준 그 시절의 흐트러진 풍속 중 하나였다. 산중에 몸을 숨기자니 그들은 어쩔 수 없이 잠자리가 불편하고 궁색하다. 추위를 피해 남녀간에 서로 몸을 의지하고 자다보니 어느 틈에 그들 사이에는 어쩔 수 없는 몸섞음이 발생했다. 윗사람은 손아래 계집종을, 이웃은 또 가까운 제 이웃을 어지러운 난중을 틈타 눈을 속여가며 탐하게 된 것이다.

드디어 주막 앞이다. 문을 밀치고 술청으로 들어서니 닫혔던 지게문이 열리며 쭈그러진 할멈 하나가 짚신을 꿰고 부엌으로 내려선다. 술청 평상에 엉덩이를 걸치며 앞선 장한량이 할멈을 향해 안채 방을 턱짓해 보인다.

"방에 불 지폈는가?"

"땔감이 없어 냉돌이우."

"서리 내린 지가 벌써 언젠데 방을 아직두 냉돌루 두는 겐가?"

"땔감이 없는 걸 어쩌겠수. 손이 나야 산에 나무를 허러 가지……"

"오늘 새루 걸러둔 술은 있나?"

"술두 안주두 다 있수만 선손 아니구는 팔 수가 없수."

"자네가 아주 고약스런 사람일세. 그래 선손으룬 무엇을 받을 텐가?"

"상목이 있으면 상목두 좋구, 상목이 없으면 양식두 받수."

두 사람의 수작하는 말을 듣고 인홍은 봇짐을 벗어 따로 꾸려놓은 하루치 길양식을 꺼내놓는다.

"이게 잘 닦은 입쌀일세. 되가웃이 조금 못되네만 그걸루 술 한 상 봐올 수 있겠나?"

"되가웃이면 넉넉허우. 마침 좋은 안주가 있을 때 두 손들이 때맞추어 온 것 같소."

"좋은 안주가 무어라든가?"

"삶은 개고기요."

장한량과 김인홍은 말없이 서로를 바라본다. 난 전에 두 사람은 개고기를 먹어본 일이 없다. 성밖 상사람들은 복날에 더러 개를 잡아 장국을 끓여먹는 눈치였으나, 반가에서는 개 비린내를 싫어해서 병인의 약으로 쓰일 때말고는 좀체로 개를 잡거나 그 고기를 먹는 일이 없다. 그러나 지금은 음식이 귀한 난중이라 예전처럼 체면 찾아 음식 가릴 형편이 아니다. 오히려 육붙이에 주려 소증素症[푸성귀만 먹어 고기가 먹고싶은 증세]들이 난 판이라 양반네도 살기 위해서는 무슨 고기든 먹어야 될 판이다.

"군치리[개고기 파는 집]집두 아닌 터에 할멈이 개고기는 어디서 어찌 구했든가?"

"소나 돝은 왜들이 다 잡아먹어서 도성 안팎 인근에서는 구경두 헐 수가 없수. 개고기두 흔치가 않아 양식 퍼주구 어렵사리 구했우."

"알았네. 그거라두 좋으니 우선 두어 근만 썰어 내오게."

할멈이 신을 끌고 술독이 묻힌 부엌으로 들어간다. 그 동안 날이 저물어 술청 안은 아예 한밤이나 마찬가지다.

몸과 마음이 곤핍한 두 사람은 오랜만에 만났건만 주고받을 말들이 별로 없다. 술상이 나올 즈음해서야 장한량이 먼저 입을 연다.

"엄동은 닥쳐오는데 나라는 장차 어찌 될 겐지……"

"소문 들으니 대명(명나라)에서 천병天兵(중국 군사)이 내원來援(구원하기 위해 옴)을 했다는데?"

"내원을 했으면 무엇 허나. 왜적들은 평양성에 그대루 웅거해 있지 않은가."

"자네 근간에 경상우도 진주성에서 큰 싸움이 있었다는데 그 소문 들었는가?"

"들었네. 난리 후 처음으로 들어보는 속 후련한 첩보였네. 바다에서는 더러 첩보가 있었네만 육전에서 첩보 듣기는 진주성이 처음인 듯싶네."

"진주성이 처음은 아니야. 싸움의 크기는 그보다 작지만 지난 늦여름 황해도 연안에서두 왜적을 크게 깨친 일이 있너."

장한량은 김인홍이 황해도 평산 고을로 난을 피해 떠났던 것을 기억한다. 상거는 꽤 먼 편이지만 연안과 평산은 같은 황해도의 큰 고을이다. 가까운 고을에서 있었던 싸움이라 인홍은 연안성 승첩을 더 높이 치는지도 알 수 없다.

"이대루 가다가는 나라가 아예 왜적의 땅이 되는 게 아닌지 모르겠네. 개국 이래 나라가 이 지경이 되기는 아마 지금이 처음일 게야."

나라 앞일을 생각하면 절로 마음속에 노여움이 치솟는 그들이다.

서얼로 태어나 환로宦路〔벼슬길〕에 오를 수 없는 그들은, 예전에도 국록 먹는 벼슬아치들에게는 투기심 섞인 원망과 미워하는 마음이 없지 않았다. 그러나 이제 나라꼴이 이 지경이 되고 보니 삼공육경과 낭청의 여러 품관들이 그들에게는 새삼스레 가증스럽고 경멸스러울 뿐이다.

나라의 방비를 어찌했길래 죄없는 백성들을 왜적의 칼밥으로 내어주었으며, 그 많은 당상과 상장들은 평시에 무엇을 했길래 왜적에게 한 달여 만에 도성과 나라를 송두리째 내어주었는지 알 수가 없다.

그러나 이제 한 해가 저물면서 나라 안 이곳 저곳에서 엉뚱한 힘들이 뭉쳐 저 사나운 왜적을 맞아 어려운 싸움들을 해내고 있다. 그들은 태평성대에는 있는 둥 마는 둥 눈에 보이지도 않던 무리들이다. 백성이라는 허울 좋은 이름으로 그들은 오히려 각 고을 수령과 아전들에게 피를 빨리고 욕을 당하던 사람들이다.

그러나 갖은 천대 속에 눌리어만 살던 바로 그 백성들이 정작 나라가 위태로워서는 스스로 몸을 일으켜 나라를 구하기에 앞장들을 서고 있다. 백두포의〔벼슬살지 않는 양반〕의 의기있는 선비들이 먼저 제 고을에서 일어나 사방으로 격문을 띄워 백성들을 불러모았다.

각 고을의 수령과 관군들은 난 초에 이미 백성들의 믿음을 잃었다. 싸우기도 전에 도망치기에 급급했던 그들에게 백성들은 더 이상 제 마을 제 고을을 지켜주기를 바라지 않았다. 이제는 제가 살기 위해서도 제 땅과 제 고을을 백성들 스스로가 지켜야 된다는 것을 깨달은 것이다.

전라도 땅에서는 김천일金千鎰 고경명高敬命 최경회崔慶會 등이 창의

했고, 경상도에서는 현풍 사람 곽재우郭再祐를 비롯하여 고령의 김면金沔, 합천의 정인홍鄭仁弘, 초계의 이대기李大期, 군위의 장사진張士珍 등이 있고, 경기에는 다시 우성전禹性傳을 위시하여 이로李魯 김탁金琢 홍계남洪季南 등이 있다.

　지방의 유생들이 앞 다투어 창의함에 따라 산중의 승도들 역시 승병을 일으켜 왜와 싸웠다. 그 중에도 특히 큰 무리로는 묘향산의 청허당淸虛堂 서산西山대사 휴정休靜을 비롯하여, 금강산 유점사의 사명四溟대사 유정惟政과, 공주 계룡산 청련암淸蓮庵의 기허당騎虛堂 영규靈圭대사가 있다.

　왜는 이제 조선 팔도 도처에서 조선의 관군 아닌 의병들과 싸워야 했다. 싸움마당이 조선 전국으로 확대되어 그들은 이제 이르는 곳은 물론이요, 군병을 둔취한 곳은 모두가 조선 의병과의 싸움터로 변해 버렸다.

　조선 수군에게 바닷길을 빼앗긴 외에 의병들마저 전국에서 들고 일어나서 왜적들은 보급과 치중輜重[말이나 수레에 싣는 군수품. 주로 군량]이 예전처럼 활발치 못했다. 더구나 바다 건너 따뜻한 왜땅에서 여름옷 차림으로 조선으로 건너온 왜적들은, 겨울이 닥쳐 추위마저 혹독해지자 조선군과의 싸움보다도 추위와의 싸움이 더 큰일로 떠올랐다. 그토록 용맹하고 흉포하던 왜적들도 이제는 오랜 싸움에 지쳐 싸움이 어서 끝나기만을 기다리는 판국이 된 것이다.

　할멈이 술상을 들고 부엌에서 술청으로 나온다. 상 위에는 술 중두리 외에 불이 당겨진 기름 등잔까지 얹혀 있다. 날이 저물어 술청이 어두워서 아예 불 당긴 기름 등잔까지 함께 술청으로 내온 것이다.

"불을 내오는 건 고맙네만 불빛을 보구 혹 왜병들이 찾아들진 않겠는가?"

"이쪽은 외진 골목이라 왜들두 잘 찾지 않수. 더구나 요즘은 왜들두 조선 사람을 무서워해서 낮에는 더러 무리지어 돌아다녀두 밤에는 군막에 박혀 저들끼리 꼼짝두 않는다는 소문입니다."

"왜들이 조선 사람을 무슨 까닭에 무서워한다는 겐가?"

"여럿이 다닐 때는 탈이 없어두 한둘이 나다니다가는 조선 사람에게 맞아죽으니 겁이 나지요."

"처음 듣는 소릴세그려. 조선 사람이 무슨 수로 감히 왜병들을 때려죽인다는 겐가?"

"사람이 막가는 판에 무엇을 가리구 꺼린답디까. 요즘은 성안의 불한당들이 쪽박찬 조선 백성보다 왜적을 더 많이 턴답디다."

"왜적을 털어?"

"조선 백성은 털어봐야 입은 옷밖에 건질 것이 없지만 왜들은 몸에 지닌 것이 많아 조선 도적들이 더 눈독을 들인다는 게요. 그래서 노략질 나온 한두 놈의 왜적들은 으슥한 골목이나 풀숲에서 조선 불한당이 쏜 화살에 등이 꿰뚫려 죽는 수가 많답디다. 엊그제는 도성 안 청계천 바닥에서두 등에 칼맞아 죽은 왜를 둘이나 보았노라구 어느 길손이 일러줍디다."

왜들에 대한 오랜 공포가 가시면서 이제는 조선 백성의 눈에도 왜들의 약점이 보이기 시작했다. 싸움이 반년 넘게 일상의 일로 지루하게 이어지자 왜적과 조선 백성들은 모두 함께 지쳐버렸다. 그러나 낯설고 물선 남의 나라 땅에 들어온 왜적들이, 제 땅에 사는 조선 백성보다는 더 지치고 서글프게 마련이다. 오랜 전쟁과 객고에 시달려 경계심과 긴장감이 풀린 왜들은 이제 숲이나 골목길에서 조선 불한당의 칼을 맞기도 하는 것이다.

"추위는 닥쳐오는데 겨울날 일이 난감허네. 이번 겨울에는 또 얼마나 많은 백성들이 얼어죽고 주려죽을는지……."

장한량이 지껄이는 말에 인홍은 대꾸없이 중두리의 술을 떠서 사발 두 개에 가득 채운다. 채반 위에 썰어 내온 개고기 한 점을 입에 넣으면서 장한량이 털투성이 얼굴로 다시 인홍을 건너다본다.

"자네 집안은 양식 걱정은 없겠네그려? 시골에 마련해 둔 전장田庄(농토)에서 올 도조가 몇 백은 되지 않나?"

"난리통에 연사를 망쳐 도조를 받으려다가는 작인들한테 밟혀 죽을 형편이라네. 논들이 온통 백답白畓(모 내지 않은 논)이라 예년의 도조는 꿈두 못 꾸는 모양일세."

"장토에는 내려가 보았든가?"

"형님이 내려가 기시어서 나는 가끔 소식이나 듣네."

"자네 형님은 병중이라 비접나가 기시다구 허지 않았나?"

"비접나가 기신 곳이 바루 시골의 장토였네. 해서 내가 형님 대신으루 난중에 솔가를 해서 평산으루 내려가지 않았든가."

"집안에 변고 있는 것두 형님께서 알구 기신가?"

"말씀 이르기가 겁이 나서 아직은 내가 형님을 찾아뵙지 못허구 있네."

"집안에 환란 닥친 것이 어디 자네 탓이라든가?"

"형님의 꾸지람이 두려운 게 아닐세. 있는 대루 변고를 알렸다가는 형님이 자처라두 헐 듯싶어 내가 감히 찾아뵙지를 못하는 겔세."

"자네가 뵙기 어렵거든 형수님을 장토루 내려보내게나?"

"형수님은 나보다두 더 보내기가 난처허네. 당신이 형님을 뵈러 가려구두 않으실뿐더러 혹 내려가 뵈온다 해두 아마 두 분이 자진하시기가 십상일세."

있을 법한 걱정이다. 아버님 김참찬과 어린 자식을 잃은 외에, 인홍의 형수인 윤씨 부인은 왜적으로 꾸민 불한당들에게 겁탈까지 당했다. 지금까지 살아 있는 것만도 그녀에게는 커다란 욕이어서 여차직하면 죽을 구실만을 찾고 있는 그녀에게, 두 사람의 만남은 바로 그녀의 죽을 자리가 될 수도 있다.

술잔들이 거푸 비워진다. 빈속에 마신 술이 어한과 함께 속을 훈훈히 데워준다. 난중에 끼니를 자주 걸러 그들은 배고픈 설움이 어떤 것인지를 이제는 알고 있다. 주림에서 오는 몸의 떨림이 가라앉자 인홍은 문득 상사람들의 속언 하나가 생각난다. 수염이 대자라도 먹어야 양반이라는 속언이다.

먹지 않으면 사람은 죽는다. 아무리 곧은 지조의 강직하고 글 높은 선비라도 이틀이나 닷새를 거푸 굶어서는 선비로서의 체통은 물론 사람의 채신도 지킬 수가 없다. 사흘 굶어 도둑 안될 사람 없다는 속언처럼 그 누구도 굶주림과는 맞설 수가 없다. 그러나 이 명확한 사실조차도 난 전의 선비들과 품관들은 똑바로 알지를 못했던 것 같다. 남이 굶주려 죽는 것은 더러 보고 들었으나 제 자신이 굶주려 본 일은 아직 한번도 없었던 그들이다. 왜적을 피해 집을 떠나 거친 산야를 헤매면서야. 그들은 비로소 굶주림의 고통과 한뎃잠의 고통이 어떤 것인가를 뼈저리게 깨우친 것이다.

"자네 혹 초모소招募所에 찾아가 본 일이 있나?"

수염에 달린 술방울을 털며 장한량이 다시 인홍에게 말을 물어온다.

"초모소라니 의병들 모으는 곳 말인가?"

"그러이."

"가본 일 없네마는……. 자네는 가보았든가?"

"지난달 내 수원 고을을 지나면서 창의하는 격문을 보구 초모소엘 잠시 들렀었네. 군사 되기를 원했던 건 아니네만 막상 찾구 보니 생각허구는 많이 다르더군."

의병을 모은다는 초모소 이야기는 인홍도 이미 여러 차례 풍문으로 듣고 있다. 그러나 그는 기회가 닿지 않아 아직 초모소를 한번도 찾아가 본 일이 없다. 찾아갈 뜻이 없어서가 아니라 초모하는 모병소를 아직 본 일이 없기 때문이다.

"그래 초모소를 찾아가니 자네 생각과는 어찌 다르든가?"

"모병관募兵官이라는 사람을 만나 말 몇 마디를 나누었네만 그 자가 나를 재물 있는 사람으루 보았든지 군량미 50석을 입납허면 상장上將 자리 하나를 떼어주마는 말이었네."

"그게 바루 매관賣官〔관직을 팜〕일세그려?"

"이르다뿐인가. 드러내놓구 직職을 팔길래 나는 어이가 없어 말두 않구 나와버렸네."

"초모소가 더러 세인들 간에 좋지 않은 소리를 듣더니만 자네가 바루 그런 델 찾아가 수모를 당했네그려?"

"나두 세상 풍문을 모르는 바 아니네만 내가 실제루 당허구 보니 세상에 도시 믿을 것이 없데그려. 각처에서 게나 고둥이나 너나없이 의병입네 허구 들구 일어나니 이제는 의병 핑계대구 협잡하는 무리까지 생기는 판국일세."

채반에 담긴 삶은 개고기가 어느 틈에 바닥을 보인다. 한 중두리 가득하던 술도 쪽박이 겨우 뜰 정도다. 개고기 한 점을 집어들며 장한량이 다시 말을 건네온다.

"자네는 올 겨울을 어디서 날 작정인가?"

"도성에서 날 듯싶네만 그것두 두구 보아야겠네."

"겨울나기는 도성보다 산골이나 시굴이 낫지 않겠나?"

"땔감 구허기는 시굴이 낫겠지만 호구지책이야 어디간들 매일반이 아닐까 싶네."

"장토 있는 시굴루는 왜 아니 가려는 겐가?"

"형수님을 내가 곁에서 뫼셔야 될뿐더러 옛 집터를 지키구 있어야만 잃어버린 권속들을 다시 찾을 수 있지 않겠나."

딴은 그렇다. 생사를 모르는 권속이라 아직 한 가닥 희망은 있다. 그들이 만일 살아 있다면 옛집을 찾아올 것이 분명하다. 찾아오는 그들을 맞기 위해 인홍은 쉽사리 도성을 떠날 수가 없다.

"자네가 도성에 머문다면 나와는 또 이별일세그려."

"도성을 떠날 작정인가?"

"강화루나 건너가 볼 생각일세. 용케 배를 얻어타면 호남 쪽으루 내려갈 게구 그두저두 다 안되면 의병에나 들어 왜적과 한바탕 싸우다 죽으려네."

　몸 붙일 곳이 없는 백성들이다. 큰 고을에는 왜적들이 득실대고 한적한 들이나 산중에는 또 떠도는 유민의 무리가 떼도둑이 되어 사람을 해친다.

　돌연 침묵을 깨고 야순을 알리는 인경 소리가 들려온다. 마음이 바빠진 두 사람은 서둘러 잔을 비운 뒤 술청에서 몸들을 일으킨다.

　달빛이 어슴푸레하다.

　숲으로 이어진 얕은 자드락을 오르면서 인홍은 길을 찾듯 잠시 걸음을 멈추곤 한다. 난 초에 도성 안에 큰불이 나고부터 북촌 일대에 살던 사람들은 대부분 집들을 불태웠다. 난이 길어지자 도성으로 되돌아온 북촌 사람들은 살던 집이 불타고 없어 가까운 산기슭에 움막을 치고 살기 시작했다. 그 중에도 특히 움막이 많은 곳은 북촌과 가까운 거리에 있는 인왕산 산자락이다. 안국방에 집을 두었던 김인홍 역시 옛집과 가까운 인왕산 기슭에 움막을 치고 구차스레 살고 있다.

　싸리와 청다래 떡갈나무 따위의 관목숲을 지나자 비탈이 가팔라지면서 다복솔 박힌 작은 등성이가 나타난다. 바위 하나를 옆으로 돌아 인홍은 솔가지로 덮인 움막 앞에 당도한다. 산짐승의 침입을 막기 위해 움막 입구에는 솔가지 위장과 함께 큰 나무로 엮어 만든 틀목문이 달려 있다.

　사람들이 도성을 떠나 도성 안이 텅텅 비자 도성 안팎의 가까운 산에는 갑작스레 산짐승들이 불어났다. 범이나 늑대 같은 사나운 짐승은 물론이요, 집에서 기르던 개들까지 주인없이 산에 버려져서, 그들은 떼거리로 몰려 죽은 사람의 송장을 뜯고 더러는 산 사람에게도 무서운 위해를 가해 온다. 그들의 해코지를 피하기 위해서는 움막 입구에 틀목문을 달아 짐승이 범접치 못하도록 든든한 방비를 해 둬야 하는 것이다.

입구의 솔가지를 거둬내며 인홍은 틀목문 앞에서 밭은기침을 두어 번 한다. 짐승 못지않게 무서운 것이 이 곳에서는 또 낯선 사람의 방문이다. 제 피붙이가 아니고는 믿을 사람이 아무도 없다. 난 후에 가장 크게 변한 것이 사나워진 세상 인심이다. 제가 살아남기 위해 사람들은 남의 목숨도 쉽게 빼앗는다. 남의 해침을 당하지 않기 위해서는 사람들은 낯선 사람에게 빈틈을 보여주지 않아야 한다.

인홍의 기침소리를 들었으련만 움막 안에서는 아무런 기척이 없다. 틀목문에 묶인 삼끈을 풀면서 인홍은 움막을 향해 나지막이 입을 연다.

"형수님, 저올시다. 제가 돌아왔습니다."

"늦었군요. 걱정했세요. 왜 이리 늦으셨세요?"

"옛동무 한 사람을 만나 얘길 허느라 늦었습니다. 형수님두 아는 사람입니다. 명례방 사는 장서방을 만났답니다."

형수 윤씨가 대꾸없이 틀목문에 질린 빗장을 뽑아준다. 비탈을 안으로 파서 억새로 지붕을 해 얹은 움막은 빛이 들어올 창구멍이 없어 한낮에도 그 안이 굴속처럼 캄캄하다.

허리를 굽혀 움막 안으로 들어온 인홍은 등뒤로 틀목문을 닫고 그 위에 다시 빗장을 가로지른다. 사람의 입김소리가 들리더니 어둠 속에 문득 빨간 열매 같은 불꽃이 보인다. 형수 윤씨가 불을 켜기 위해 재에 묻어둔 뜬 숯불을 입으로 불어 일군 것이다.

"불 당기지 마십시오. 저 이대루 발치에서 자렵니다."

"아니에요. 관솔이 있어요. 저녁은 어쩌셨세요?"

"장서방허구 객점에 들러 저는 요기를 했습니다. 형수님은 어쩌셨는지요? 아직 식전이면 제가 얼른 밥을 끓이구요?"

"아니에요. 들었세요. 산채 넣어 죽을 끓여 먹었어요."

움막 안쪽 흙벽으로 빨간 불꽃이 피어오른다. 기름 구하기가 어려운 때라 요즘은 너나없이 밤이면 관솔을 쓰고 있다. 한 칸도 못되는 좁은 움막에 거적 한 닢이 깔려 있고 그 위에 다시 이불 한 채와 바가지 새옹[작은 솥] 따위의 부엌살림들이 놓여 있다.

움막 안이 밝아지면서 형수 윤씨의 모습이 드러난다. 머리는 빗어 단정하지만 위아래로 걸친 옷은 험하게 해어져 누더기나 진배없다. 난 전에 지니고 나온 옷은 이제 그녀에게 입은 옷 한 벌뿐이다. 여러 번 빨고 깁고 해서 이제는 터진 곳과 해진 곳을 더 손볼 수도 없게 된 옷이다. 그나마 다행인 것은 요즘에야 그녀의 얼굴에서 부기가 빠진 것이다. 환란을 당한 직후에는 몸과 마음이 크게 상해 온몸이 통통 부어 기동도 못하던 그녀였다. 문밖 출입마저 여의치 못해 인홍이 곁에서 부액을 해야 겨우 걸음을 옮겨놓을 정도였다. 그러나 부기가 조금씩 빠지면서 그녀는 이내 건강을 회복했다. 요즘은 가까운 산에서 땔나무를 해올 만큼 그녀는 예전에 비해 한결 몸이 건강해진 것이다.

"명례방 장서방 댁에서는 어찌들 지내신답니까?"

"모친상을 당한 것말구는 집안이 모두 평안허다구 허더이다."

"모친상은 어쩌다가……?"

"난 전에 이미 병이 깊어 와석 중이었던 모양입니다. 난중에 다시 병환이 도져 일찍 세상을 버리신 것 같습니다."

잠시 말들이 없다. 출행 후 움막으로 돌아오면 인홍은 밖에서 보고 들은 것을 형수에게 소상히 일러주는 것이 버릇이다. 오늘은 경강 나루까지 먼길을 다녀와서 인홍은 형수에게 유난히 할 말이 많다. 그러나 그가 입을 열기 전에 형수가 먼저 엉뚱한 말을 건네온다.

"오늘 낮에 성안으루 내려갔다가 팥죽장수 할멈 하나를 만나 무서운 얘기를 들었세요."

"무서운 얘기가 무어랍니까?"

"목멱 밑 왜진(倭陣)에 머물던 왜적들이 엊그제 도성을 떠나면서 조선 아이 여럿을 잡아가는 걸 보았답니다."

"왜들이 조선 아이들을 어디루 잡아간답니까?"

"행장이 장한 걸루 보아 먼길을 가는 모양인데 아마두 조선 아이들을 멀리 왜땅으로 잡아가는 게 아닌가 싶드랍니다."

인홍은 대꾸없이 형수 윤씨의 시선을 피한다. 도적들에게 봉욕당한 뒤 그녀가 가장 크게 애달아하는 것은 시아버지 김참찬의 죽음도 아니고 그녀 자신의 더럽혀진 몸도 아니다. 그녀에게는 네 살짜리 외아들이 하나 있었다. 그날 밤 왜로 가장한 도적들의 분탕이 있은 뒤, 그 귀한 외아들 영상이 어딘가로 없어졌다. 도적들이 그 아이를 해쳤다면 마을에 그 아이의 시신이라도 남았을 것이다. 그러나 마을에는 딴 사람의 시신들은 있었어도 그 아이의 시신만은 어느 곳에서도 보이지 않았다.

아이의 시신이 보이지 않는 것은 그 아이가 홀로 도망을 쳤거나 도적들에게 잡혀갔다는 이야기다. 마을에서 여러 날을 기다렸지만 아이는 결국 돌아오지 않았다. 젊은 아낙들을 잡아간 도적들이 같은 날 밤 그 아이도 함께 어딘가로 잡아간 것이 분명했다.

지아비 찬홍이 병인으로 집을 떠난 뒤 지금은 시아버지 김참찬마저 횡액을 당해 목숨을 잃었다. 윤씨는 이제 외아들 영상을 찾지 못하면 안국방 김참찬댁이 절손이 되는 것을 잘 알았다. 아들을 찾으려는 그녀의 집념은 그래서 더욱 집요하고 처절했다. 자처할 것으로 생각했던 윤부인이 아직도 목숨을 부지하고 있는 것은 외아들을 찾기 위한 무서운 집념의 결과였던 것이다.

아마 오늘도 형수 윤씨는 아들을 찾기 위해 움막을 떠나 도성으로 내려갔던 모양이다. 그녀는 짬만 나면 인홍의 만류도 뿌리치고 사람들이 많이 모이는 장터나 나루터를 헤맨다. 언젠가는 왜적들이 둔취한 남촌의 왜진에까지도 거적을 쓰고 찾아간 일이 있다. 위태롭기 그지없는 그녀의 출행이 시동생 인홍에게는 노상 안타깝고 불안할 수밖에 없다.

"왜들이 더러 조선 사람을 잡아간다구 들었지만 그거야 옹기 굽는 사람과 종이 뜨는 장색匠色〔기술자〕들이 대부분이라구 들었습니다. 그릇이 귀하구 종이가 귀해 장색들은 더러 잡아가는 모양이지만 아무 짝에두 쓸모없는 아이들을 왜들이 무슨 까닭으루 먼 왜땅에까지 잡아간다는 말씀입니까?"

"왜땅으루 잡아가서 제 집에 종으루 부리려는 뜻이겠지요."

"왜땅에는 아이가 없어 말두 안 통허는 조선 아이를 종으루 부린답니까? 군막에서 혹 잔심부름이나 시킨다면 모르지만 왜땅에까지 잡아간다는 건 아무래두 낭설인 듯싶습니다."

잘게 쪼갠 관솔 한 줌을 불 위로 올려놓으며 윤씨는 더 이상 인홍의 말에 응대가 없다. 크게 이는 불꽃을 바라보며 인홍이 한참 만에 다시 입을 연다.

"며칠 내에 제가 아무래두 강촌 병막에를 다녀와야 될 듯싶습니다."

"……."

"양식두 바닥을 보일뿐더러 병막에 계신 형님께두 집안의 횡액을 알려드리는 것이 좋을 듯싶습니다."

숙였던 고개를 들어 윤씨가 다시 시동생 인홍을 바라본다.

"그 일만은 아니됩니다. 아직은 병막의 형님께서 그 일을 모르도록 허셔야 됩니다."

강촌으로 내려가겠다는 말만 나오면 그녀는 한사코 고개를 저어 반대한다. 그녀가 반대하는 까닭을 모르는 바는 아니지만 언제까지 그 엄청난 집안의 횡액을 형인 찬홍에게 덮어두어야 되는지 알 수 없는 인홍이다. 더구나 강촌에 내려가 있는 계집종 연이의 말을 들으면 형님 찬홍이 난중에도 도조를 거둬들여 병막에 딸린 고방 안에 벼 수십 섬이 그득하게 쌓여 있다는 것이다. 집을 떠나 비접 중에 왜란을 만난 형 찬홍은 오히려 강촌에 머문 것이 큰 복이요 행운이었다. 피난 나간 권속들은 여섯 중에 넷이 횡액을 당했건만 그는 오히려 병막에 남아 아무 화도 당하지 않은 것이다.

"아버님 돌아가신 지가 벌써 여러 날이 지났습니다. 나중에라두 그때 일을 알게 되면 형님께서 얼마나 우리를 서운케 생각허시겠습니까? 언젠가는 어차피 알게 되실 횡액인데 거상居喪이라두 입으시도록 이제는 형님께 알려드리는 것이 도리인 듯싶습니다."

"아주버니 말씀두 이치에 닿기는 합니다만 제가 따로이 생각하는 바가 있어 아직은 강촌 형님께 발설치 않는 것이 좋겠습니다. 이달 하순쯤에 연이 그 아이가 다시 도성으루 올라오기루 약조가 되었습니다. 병막의 일은 그 때 알아보아 어찌 허는 것이 좋을는지 다시 의논토록 하시지요."

높지 않은 음성이지만 윤씨의 말 속에는 범할 수 없는 위엄이 있다. 마음과 몸에 그토록 큰 상처를 입고도 지금의 그녀의 언동은 옛날과 조금도 다름이 없다. 인홍은 그러나 오늘만은 그녀의 뜻에 따르고 싶지 않다. 병인의 시탕을 위해 병막에 내려간 계집종 연이를 형수 윤씨는 필시 잘못 알고 있는 것이 분명하다. 병인 찬홍을 침소에 뫼셔온 연이는 이미 그 옛날의 어린 계집종이 아닌 것이다.

"연이가 이달 하순에 도성에는 어찌 올라온답니까?"

"지난번에 올라왔을 때 나허구 이미 약조를 했더랬지요."

"형수님은 그 아이가 홀몸이 아닌 것을 아시는지요?"

"알지요. 아주버니는 그것을 어떻게 아셨습니까?"

형수를 놀래주기 위해 건넨 말이건만 윤씨는 자기보다도 더 먼저 그 사실을 알고 있었던 모양이다.

인홍이 연이의 잉태를 안 것은 난 후에 헤어졌다가 처음으로 다시 그녀를 만났을 때다. 불타버린 옛 집터에 나타난 그녀는 첫눈에 보아도 배가 불렀고 몸이 무거웠다. 형님 찬홍을 유난히 따르던 아이여서 인홍은 강촌의 그녀가 누구의 아이를 가졌는지 대번에 알 수 있었다. 그러나 집안에 엄청난 횡액이 있은 뒤라 인홍은 그 사실을 저 혼자만 알고 있었다. 형수 윤씨가 그 사실을 알면 상심이 더욱 클 것으로 생각했던 것이다.

"연이 그 아이를 도성으루 다시 부르는 까닭은 무엇인지요?"

"산월이 가까웠기로 그 아이를 앞으로는 제 곁에 두려는 뜻입니다."

"곁에 두다니요? 강촌으로는 아니 보낸다는 말씀이오이까?"

"아이를 낳은 뒤로는 그 아이를 강촌 병막에는 내려보내지 않을 겝니다."

"무슨 까닭으로……?"

의아해 하는 인홍을 향해 형수 윤씨는 예사롭게 입을 연다.

"영상이라도 제 곁에 있었다면 제가 이러지를 않습니다. 연이가 이번에 잉태한 아이는 어쩌면 김씨 집안의 절손을 면케 해줄 혈육인지도 모릅니다. 그 아이를 대풍창의 병인 곁에 가까이 둘 수는 없는 일 아닙니까?"

인홍은 부릅뜬 눈으로 형수 윤씨를 새삼스레 아득히 바라본다. 안국동 김씨 가문에 출가해 온 맏며느리로 그녀는 지금 가문을 지키려는 마지막 노력을 하고 있다. 자식으로 태어난 자기로서도 미처 생각 못한 가문의 앞일을, 그녀는 앞뒤를 살펴 벌써부터 세밀히 손을 써두려고 하는 것이다. 윤씨가 방금 말했듯이 어쩌면 그 아이는 김씨 가문의 마지막 혈육이 될지도 모른다. 비록 계집종의 몸을 빌려 대풍창의 병인에게서 태어났지만, 그 아이는 잃어버린 영상을 대신하여 김씨 가문의 종손임이 분명하다. 그 종손을 탈없이 키우기 위해 형수 윤씨는 미리부터 그 아이의 어미를 제 곁에 두려고 하는 것이다.

"형님이 혹 연이 그 아이를 찾으시면 형수님께서는 무어라 허시겠습니까?"

"그 아이를 도성에 두는 대신 병막에는 제가 내려가 있겠습니다."

"형수님께서 병막에 내려가 형님의 시탕을 허시겠다는 말씀이십니까?"

"그렇습니다. 그 때는 아주버니께서 저 대신 그 아이를 보살펴 주어야 하실 겝니다."

인홍은 그제야 어렴풋이 형수 윤씨가 계획하고 있는 일의 속내가 머릿속에 잡히는 것 같다. 새삼스레 놀라운 여인이다. 김씨 가문의 대를 잇기 위해 그녀는 스스로 계집종 연이와 자리바꿈을 하려 하고 있다. 연이에게 김씨 가문의 귀한 혈육이 점지된 이상 계집종이라는 신분까지도 이제는 문제가 될 수 없다. 더구나 윤씨는 지난 횡액 중에 도적들에게 몸을 더럽혀 지아비를 대할 수 없는 버려진 아낙으로 스스로를 자처하고 있다. 대풍창으로 집을 떠난 지아비의 간병을 위해서는 오히려 지금의 자신의 처지가 더 마땅하다고 생각하는지도 모를 일이다.

생각에 잠긴 인홍의 귀에 문득 윤씨의 차분한 음성이 들려온다.

"밤이 깊었세요. 이제 그만 주무세요."

외대박이 큰 돛배 한 척이 들물을 타고 굴강 안으로 들어온다.
배 위에는 더그레 걸친 군사는 물론이고 옷갓한 상사람과 패랭이 쓴 하례 차림과 장옷 둘러쓴 아낙네들까지 함께 뒤섞여 한 배 가득 타고 있다.

배의 생김새로 보아서는 수군들의 군선이 아니고 바다에서 장사하는 해상海商들의 상고선 같다. 그러나 돛의 아딧줄과 배 꽁무니의 치를 잡은 것은 패랭이 쓴 상사람이 아니고 더그레 걸친 수군들이다. 뱃머리 덕판에도 전포 입은 수군 하나가 올라서서 뱃길을 바로 잡느라 손짓이 요란하다.

돛대에서 활대가 미끄러져 내려오며 팽팽하던 안옷이 접히고 배에 노질이 시작된다. 굴강 안에는 큰 군선을 포함하여 크고 작은 사선들이 십여 척이나 빼곡하게 묶여 있다. 하늬바람[서풍]이 드센 늦가을부터는 바다가 사나워서 아무 때나 배를 띄울 수 없다. 관선은 물론 사선들까지도 요즘은 아예 닻을 놓고 움직이지 않는다.

돛을 접고 노질을 하여 배가 천천히 굴강 축방으로 다가온다. 배의 긴 옆구리가 축방 벽에 닿을 무렵 교동도喬桐島 수진水鎭의 수군 몇이 배 위를 향해 커다랗게 소리를 친다.

"선두는 예좀 봅시다! 이 배가 어디서 오는 배요?"

"연안서 오우!"

덕판 위에 올라섰던 군사가 배 위에서 마주 소리를 친다. 교동도 진군의 대정隊正 하나가 그 군사를 향해 다시 묻는다.

"연안에서 올 배가 없는데 이 배가 어찌 연안서 온다는 게야?"

"이 배가 원래는 해주 상단의 사삿밴데 지난 여드렛날 옹진을 떠나 연안에 들러 이제야 오는 길이우."

"해주 배가 옹진에는 무슨 일루 갔든가?"

"지난번 왜적이 해주에 들었을 때 용못개에 있던 배가 잠시 옹진으루 피헌 게지요."

"알겠네. 헌데 자네들은 어느 진의 군사들인가?"

"원래는 해주 감영 수성군에 들었었는데 옹진으루 피해 갔다가 이제야 배를 얻어 강화루 들어오는 길이외다."

"군사가 모두 몇인가?"

"나를 합쳐 일곱이오."

"상옷 입은 저 사람들은 모두 어디 살며 예까지는 어찌 왔나?"

"반은 옹진 고을 사람들이구 나머지는 해주 연안 등 각 고을 사람들이 고루 섞였수. 이 사람들이 예까지 오기는 왜적과 도적을 피해 강화 고을에서 겨울을 나자는 뜻인 듯싶소이다."

"군선두 아닌 사삿배를 자네들이 부리는 까닭은 무엇인가?"

"선주는 있으나 뱃사람이 없어 배 부릴 줄 아는 수군 몇이 배를 예까지 끌어온 겝니다."

"알았네. 자네들은 나를 따르구 나머지 상사람들은 이제 배를 내려두 좋네."

덕판 위에 올라섰던 군사가 제일 먼저 배를 내린다. 교동도 진군에게 다가오며 그 군사가 다시 입을 연다.

"배 안에 아픈 사람이 있소이다. 이 곳 강화 고을 의원 중에 성씨 성 지닌 의원이 있는지요?"

"의원이 한둘이 아닌데 내가 그 의원을 어찌 알 겐가? 헌데 누가 아프길래 성씨 성 지닌 의원을 찾는 겐가?"

"아픈 사람은 양반댁 내당마님이구 의원을 찾는 사람은 젊은 아낙인데 의녀라는 모양입니다."

사람들이 배들을 내리는데 문득 배 안에서 곡성이 들려온다. 배 위를 바라보니 옷갓한 사내들과 장옷 쓴 아낙들이 배 안을 굽어보며 낭자하게 울음들을 내놓는다. 교동도 진군이 배 위를 올려다보다가 씁쓰레한 표정으로 다시 해주 군사 쪽을 바라본다.

"병인이 하마 죽은 겔세?"

"그런가 보이다."

"죽은 마님이 뉘시라든가?"

"벼슬하든 대감댁의 마님 같더이다. 곁에서들 그 마님을 숙부인이라 부릅디다."

숙부인이면 당상관의 내당이다. 상사람들만 탄 줄 알았더니 배 안에 의외에도 대감댁의 안식구들이 타고 있었던 모양이다. 그러나 눈썹을 꿈틀했을 뿐 진군 대정도 해주 군사들도 별로 놀라는 얼굴이 아니다. 예전 같으면 양반댁 내행을 홀대한 죄가 가볍지 않겠건만 지금은 난중이라 아무도 그들을 탓할 사람이 없다.

곡성 낭자한 배 위로부터 장옷 쓴 여인 하나가 몸을 빼어 축방으로 내려선다. 방금 죽은 대감댁 내당을 배 안에서 돌보던 의녀라는 아낙이다. 의녀가 해주 군사에게 배 위를 가리키며 입을 연다.

"숙부인 마님께서 방금 운명허셨세요. 부탁드린 강화 성의원은 아니 불러두 되겠습니다."

"여태 잘 견디시다가 강화 다 와서 돌아가셨소그려?"

"병환이 워낙 침중하셔서 뭍에 오르셔두 며칠 넘기기가 어려웠지요. 바닷바람이 드센데다가 상약常藥(상비약)마저 진작에 떨어져서……"

여러 날 함께 배를 탄 인연으로 젊은 의녀와 해주 군사들은 작별이 아쉬운 얼굴들이다. 머뭇거리는 의녀를 향해 군사 하나가 다시 묻는다.

"이제 마님이 돌아가셨으니 새댁은 어디루 가시려우?"

"강화가 원래 제 있던 고을이라 저는 이제 더 가지 않습니다. 허나 예가 교동도라 강화 가는 배가 있을는지 모르겠구먼요?"

이번에는 교동도 진군이 의녀의 말에 대답한다.

"배가 하루 세 번 있는데 아직 막배는 뜨지 않았수."

"혹 이 곳 교동도 관아에 성씨 성 지닌 활인서 의원이 아니 오셨는지요."

"며칠 전 강화에서 의원 한 사람이 오긴 왔소만 그 사람의 성이 무엇인지는 나두 잘 모르겠소."

의녀가 잠시 망설이더니 더 묻지 않고 군사들을 향해 고개를 살풋 숙여 보인다.

"그간 신세가 많았습니다. 안녕히들 계셔요."

"신세랄 게야……. 그럼 살펴가시구려."

여인이 떠나간다. 해주 군사 예닐곱이 떠나가는 그녀를 넋 나간 듯 바라본다. 그녀를 바라보는 군사들의 눈빛에는 저마다 그녀를 그리는 아쉬움과 서운함이 담겨 있다.

고운 자색의 아낙이다. 그리고 이 여인에게는 행실 험한 군사들도 함부로 할 수 없는 조용한 위엄이 있다. 여드레 동안의 험한 뱃길에 모든 선객들이 짜증도 내고 말들도 많았건만, 신분을 알 수 없는 이 젊은 아낙만은 배 한쪽에 그린 듯 앉아 도무지 말이 없었다. 그러나 배 안에 병인이 있는 것이 알려지자 이 여인이 스스로 나서 몸에 지닌 상약을 풀어 그 병인을 간병하기 시작했다. 그녀가 도성 활인서의 의녀라는 것이 알려진 것은 바로 이 일이 있은 뒤다.

한번 의녀로 배 안에 알려지자 그녀는 선객은 물론 함께 탄 군사들에게서도 병을 보아달라는 장난스런 청을 받았다. 선객들은 주로 뱃멀미를 앓아 그녀에게서 소합환蘇合丸을 타 먹었고, 군사들은 창이 創痍로 째지거나 곪은 상처에 그녀에게 밀타승을 얻어 바르기도 했다.

굴강 축방에는 배를 내린 선객들이 앞서거니 뒤서거니 건너편 축방으로 건너가고 있다. 그들이 건너편 굴강으로 건너가는 것은 하루 세 번 강화 본도로 들어가는 막배 도선渡船을 타기 위해서다.

교동도는 원래 강화에 딸린 섬으로 현감이 있어 고을을 다스리고 수군의 큰 진보鎭堡가 있어 군사도 많고 군선도 많다. 전라 충청 양도에서 올라오는 조운선과 상고선들이 대개는 교동도를 거쳐 경강으로 올라가기 때문에, 남도에서 뱃길로 서울 도성에 들어가는 배들은 경강의 길목인 바로 이 곳에서 수군의 길 안내도 받고 도성 소식도 전해 듣곤 한다.

그러나 어차피 강화에 딸린 교동도는 난이나 변고 같은 큰일이 있을 때는 배를 내어 부사府使가 있는 강화 부중으로 건너가게 마련이다. 방금 돛배에서 내린 난민들도 그래서 배를 내리자 강화로 건너가는 도선을 타기 위해 서둘러 짐들을 이고 지고 반대편 굴강으로 건너가고 있는 것이다.

그러나 황해도 난민들과 함께 여드레 만에 교동도로 건너온 의녀 옥섬은 강화 부중을 건너가는 대신 포구 안쪽에 자리잡은 교동도 관아로 올라가고 있다. 그녀가 강화 부중으로 곧장 건너가지 않는 것은 해주 밖 용못개에 머물면서 우연히 얻어들은 어느 군사의 뜻밖의 말이 생각났기 때문이다.

작은 군선 협선을 타고 강화 교동도에서 용못개로 건너온 그 군사는 갯가 주막에서 이런저런 너스레 끝에 교동도 관아에 묵고 있는 성씨 성 지닌 용한 의원의 이야기를 하기 시작했다. 성씨 성 지닌 강화땅의 의원이라면 바로 의녀 옥섬의 의붓오라비 성인욱이 분명하다. 지아비 유지평을 찾아 해주 감영까지 찾아갔던 옥섬에게, 오랜만에 듣는 오라비 성인욱의 요즘 소식은 가슴 설레는 반가운 것이 아닐 수 없다. 그녀는 서둘러 강화 가는 배를 찾다가 지난 달 그믐께에 교동도로 건너가는 외대박이 돛배 한 척을 운좋게 만난 것이다.

바닷바람이 몹시 차다. 늦가을부터 불기 시작하는 서해바다의 차가운 높새바람〔북동풍〕이다.

지난 초가을에 강화 부중을 떠난 옥섬은 무려 두 달 만에야 다시 강화로 돌아오고 있다. 그간에 겪은 온갖 고생과 신고는 이루 다 말로 할 수 없다. 그나마 한 가지 소득이 있다면 지아비 유심약에 대한 밝은 소식 한 가지를 얻어듣게 된 것이다. 해주 감영의 위아래 관원들이 난중에 모두 흩어져 생사조차 분명치 않은 판에, 유심약을 보았다는 사람이 있어 우선은 아쉬운 대로 한숨을 놓게 된 것이다.

교동도 작은 관아가 옥섬의 눈앞으로 다가든다. 황해도 내의 여러 고을에서는 왜적들의 분탕으로 성한 관아를 보기가 어려웠다. 교동에 건너와 성한 홍살문과 삼문을 보니 옥섬은 그것만으로도 한결 마음이 푸근하게 놓이는 기분이다.

그러나 역시 삼엄한 관아 앞은 힘없는 백성들에게는 쉽게 찾아지는 문전이 아니다. 문을 지키는 검은 직령直領의 장대 같은 군노들이 눈에 띄자 옥섬은 자신도 모르게 몸이 움츠러드는 긴장과 두려움이 느껴진다.

"안녕들 허세요. 사령님네들께 말씀 몇 마디 여쭈러 왔답니다."

옥섬이 건네는 말에 문지기 사령이 장난스레 말을 받는다.

"무슨 말씀인지 여쭈시구려."

"이 곳에 혹 강화서 건너온 성씨 성 지닌 젊은 의원이 아니 계신지요?"

"그런 사람이 있긴 있소만 댁네가 어찌 그 어른을 찾으시우?"

"그 어른이 제 오라버니 된답니다. 잠시 그 어른을 뵈옵도록 해주실 수 없을는지요?"

"뵈옵도록 해주기야 어렵지 않소만 그 어른이 지금 이 곳에 아니 계시니 탈이구려."

"아니 계시다니 강화루 다시 건너가셨습니까?"

"강화루 건너간 게 아니구 이 곳 일이 일찍 끝나 퇴청하여 집으루 갔소이다."

"그 어른 집이 어디쯤인지 제게 좀 일러주시어요."

"여기서 그 어른 사는 집이 보일는지 모르겠네."

사령이 삼문 앞을 떠나 눈 아래 포구 쪽의 올망올망한 집들을 가리켜 보인다.

"저 아래 돌담 둘리운 느티나무 박힌 큰 초가가 보일 게요. 그 옆으로 지붕 등마루만 보이는 작은 초가가 성의원이 들어사는 집이우."

옥섬이 사령이 가리키는 작은 초가를 눈여겨 바라본다. 강화에서 이 곳으로 건너온 까닭도 알 수가 없고, 이 곳에서는 또 누구랑 사는지 그것도 또한 옥섬에게는 궁금하다. 그러나 삼문 앞의 장다리 같은 사령을 잡고는 그녀는 더 이상 아무 말도 묻고 싶지 않다. 몸을 돌려 삼문 앞을 떠나면서 옥섬이 다시 군노에게 고갯짓을 해보인다.

"집을 일러주어 고맙습니다. 허면 이만 물러가렵니다."

"가보시구려. 헌데 그 어른이 집안에 딱히 계실는지는 모르겠수. 병 잘 본다는 선성이 돌아 혹 병인집에 불리어 갔는지두 모르겠수."

옥섬은 더 수작하지 않고 관아 앞을 떠나 마을을 향해 내려간다. 객지 원행에 신고가 클수록 그립고 보고 싶던 사람이 정인이자 오라버니인 성의원 인욱이다. 허나 이제 두 달여 만에 마음속에 안타깝게 그리던 정인을 다시 눈앞에 보게 되었다. 더구나 그 보고 싶던 정인은 외가가 있는 강화에도 있지 않고 그녀가 방금 도착한 교동도 고을에 건너와 있다. 황해도 용뭇개 주막에서 우연히 전해 들은 어느 군사의 허튼 말이 막상 교동도에 닿고 보니 사실로 드러난 것이다.

고을이 크지 않아 일러준 집은 찾기가 수월하다. 사립문 너머로 집 안을 바라보니 안팎으로 집이 두 채라 어느 집채에 성의원이 들어사는지 알 수가 없다. 그녀가 하릴없이 괴괴한 집 안을 기웃거리

16. 바람부는 대로 물결치는 대로

자 동자치로 보이는 할멈 하나가 물동이를 이고 그녀의 등뒤로 다가온다.

"뉘신데 집 안을 기웃거리시우?"

똬리 끈을 입에 물고 키 작은 할멈이 눈을 흘기듯이 옥섬을 올려다본다. 사립문 앞에서 한 걸음 물러서며 이번에는 그녀가 할멈에게 묻는다.

"이 집에 혹 강화에서 건너온 젊은 의원이 들어살지 않소?"

"병을 뵈러왔으면 어서 가시우. 오늘은 우리 나리께서 심기가 불편해 어느 병인두 아니 보시겠다구 허시었소."

"병 뵈러온 병인이 아니에요. 그 어른이 바루 내 오라버니 되시는 분이라우."

아래채 방문이 벌컥 열리더니 사내 하나가 이쪽을 급히 내다본다. 바라보니 뜻밖에도 몽매에도 잊지 못하던 정인 성인욱이다. 인욱이 이내 방에서 나와 제 눈을 의심하듯 뚫어지게 옥섬을 바라본다. 옥섬 역시 한참을 마주 보다가 뜰로 들어서며 부르짖듯 나지막이 입을 연다.

"오라버니!"

"……"

옥섬의 외쳐 부르는 소리에도 인욱은 여전히 묵묵부답이다.

옥섬이 방 앞에 이르러서야 인욱은 고개를 내두르며 힘겹게 입을 연다.

"네가 정녕 살아 있었구나. 나는 네가 죽은 줄만 알았구나."

"죽기를 바란 사람의 말 같구려. 죽기는 내가 왜 죽어요?"

"그토록 기다릴 때는 아니 오더니 네가 지금 어디서 오는 길이냐?"
"연안서 오는 길이에요. 방금 배가 들어왔세요."
"들어가자. 배 타구 왔다면 네가 많이 시장허겠구나?"
"아니에요. 배 안에서 흰무리루 요기를 했세요."

인욱이 먼저 방에 들고 그 뒤를 옥섬이 따른다. 방문을 닫고 마주 앉자 두 사람은 다시 서로의 얼굴을 바라본다. 말이 필요치 않다. 마주 앉아 바라보는 것만으로도 두 사람의 마음은 한없이 기쁘고 행복하다. 말 없는 사내를 향해 옥섬이 다시 입을 연다.

"강화 부중에 계시잖구 교동에는 어찌 건너오셨세요?"
"내가 교동에 건너온 것을 너는 어찌 알았드냐?"
"황해도 용못개에 머물러 있을 때 강화에서 건너온 어느 수군이 하는 말을 엿들었세요. 성씨 성 지닌 용한 의원 하나가 강화 교동도에 건너와서 군사들의 병을 보아주고 있노라구요."
"내가 교동에 건너온 지 오늘루 벌써 한 달 허구 열흘이 지났다."
"건너온 까닭이 무엇이에요? 새루 포설한 활인서가 강화 부중에 있는 터에 오라버니가 예 오신 것이 무슨 까닭인지 모르겠세요."

인욱이 말없이 웃기만 하다가 웃음을 지우며 옥섬을 똑바로 바라본다.

"네가 아직두 그 까닭을 모르겠니?"
"밖에서 이 곳 교동도루 쌈 싸우다 다친 군사들이 많이 들이닥친 모양이군요?"
"들고나는 군사가 많아 더러 다친 군사들두 있지. 허지만 병인이 많기루야 이 곳이 어찌 강화 부중만 허겠느냐."

"허면 무슨 까닭으루 오라버니가 이 곳 교동에 건너오셨세요?"
인욱이 한동안 말이 없더니 한숨과 함께 처연하게 입을 연다.
"황해도 가까운 이 곳에 머물면서 네 소식을 듣자는 뜻이었다."
"제 소식을요?"
"너를 홀루 해주에 보내놓구 그 동안 내가 잠을 제대루 잔 줄 아느냐."

이번에는 의녀 옥섬이 큰 눈을 한 채 말이 없다. 원행 중에 그녀 역시 정인 인욱을 그리지 않은 것은 아니다. 그러나 찾는 사람이 따로 있고 신역身役 역시 고되다보니 그녀는 잠시 잠깐씩 인욱의 일을 잊곤 했다. 하긴 강화 부중을 떠날 때 이미 그녀는 정인 인욱에게 억색한 마음으로 다짐한 말이 있다. 이번에 지아비 유심약을 찾게 되면 그의 곁에 꼭 머물러 다시는 강화에 돌아오지 않겠노라는 다짐이었다.

그러나 옥섬의 다짐은 두 달여 만에 옥섬 스스로 깨고 말았다. 찾아나선 지아비 유지평도 찾지 못한 채 그녀는 다시 혼잣몸으로 강화로 돌아온 것이다.

"그래 해주 가서 유심약은 만나보았드냐?"
"뵙지 못했세요."
"해주에 없었던 게로구나?"
"지난 여름 왜적이 해주에 가까이 이르렀을 때 해주 감영의 관원 모두가 난을 피해 어딘가루 떠났든 모양이에요. 유심약두 그 때 해주를 떠나서는 지금껏 돌아오지 못허구 여러 고을을 떠도는 것 같아요."

"그래 해주를 떠나서는 어디루들 갔다는 게냐?"

"첨엔 왜적을 피해 가까운 산으루들 들어갔던 모양이나 왜적이 해주는 물론 평양성까지 떨구는 걸 보구는 산에서 급히 내려와 배를 타구 바다루 나갔다구 허드군요."

"허면 다음에는 어느 고을에 배를 대었누?"

"근왕을 헌다면서 평안도를 바라구 올라가다가 중간에 뱃길을 돌려 장산곶長山串을 거쳐 장연長淵 고을루 들어갔답니다."

"장연에 들어갈 양이면 차라리 강화루나 건너오지."

"도사都事 검률檢律과 함께 감사 사또를 따르느라 심약 혼자 몸을 뽑기가 수월치 않았든 모양이에요."

잠시 말들이 없다. 하긴 꼼꼼하고 올곧은 성품이라 남들 따라 움직이긴 해도 스스로는 아무 일도 부질러 할 수 없는 유지평이다. 그나마 감사를 따라 장연 고을에 머물러 있다니 생사라도 알게 된 것이 여간 다행한 일이 아니다.

"그래 지평이 감사 사또 뫼시구 아직두 장연 고을에 그대루 있다는 게냐?"

"감사 사또는 진작에 떠나시구 장연에는 유심약 혼자 남아 있는 모양이에요."

"어찌 해서?"

"이런저런 핑계를 대어 사또와 도사 나리들은 모두 제 갈 길루 떠났건만, 심약만은 사또 명을 받아 그대루 장연땅에 머물러 있는 모양이에요."

"사또의 명을 받다니?"

16. 바람부는 대로 물결치는 대로

"사또 당신은 난을 피해 떠나면서 아랫사람은 그 자리에 눌러 있도록 허는 게지요. 난을 피해 먼길을 떠나자면 군식구 달리는 것이 번거롭지 않겠세요?"

"허면 지평 그 사람은 감사의 명을 받구 아직두 장연땅에 있는 겐가?"

"제 짐작일 뿐이에요. 만나보질 못했으니 그 속내야 어찌 알겠세요."

왜란 이후 각 고을 수령은 물론이요 팔도의 감사와 병사 수사 등의 변방의 방비를 맡은 장수들은, 제 직위와 자리를 지키기는커녕 백성보다 먼저 목숨을 구해 허겁지겁 사방으로 도망을 쳤다. 그러나 간혹 미관 말직의 성품 곧은 용관冗官〔중요하지 않은 벼슬아치〕 중에는 제 맡은 바 자리를 지키다가 미처 난을 피하지 못해 억울한 죽음을 당한 자가 적지 않다. 해주 감영의 심약 유지평도 어쩌면 그런 용관 중에 한 사람인지 알 수 없다.

"헌데 네가 심약을 만나지 못했다면서 어찌 그리 심약의 소식은 소상히 알구 있느냐?"

"감영의 비장 한 사람을 용못개에서 우연찮게 만났세요. 그 어른이 심약과 함께 사또를 뫼시구 피난길을 떠났던 터라 그간에 있었던 여러 일들을 내게 소상히 일러줍디다."

방 안이 어둡다. 그간 해가 기울어서 창문에 그늘이 드리운 때문이다. 밀린 이야기를 다 하자면 몇 밤을 새워도 모자랄 두 사람이다. 그러나 그것을 잘 알면서도 인욱은 옥섬에게 지금 곧 알아야 될 일이 있다.

"뱃길루 해주까지 마다 않구 건너간 네가 지평이 있다는 장연 고을에는 왜 아니 찾아갔니?"

"장연에 큰댁이 와 있는 외에 살림이 몹시 궁색해서 끼니 잇기두 어렵다구 들었세요. 내가 찾아가 뵈온다구 해두 군입만 하나 더 늘 뿐 반길 사람이 없을 듯해서……."

옥섬은 소실이다. 투기가 심한 큰댁이 와 있다면 그녀는 지평에게 가더라도 몸과 마음이 편할 리 없다. 그것을 아는 옥섬이기에 그녀는 해주 부근에서 발걸음을 돌린 모양이다.

"그래 지평이 장연 고을에서는 언제쯤 돌아올 요량이드냐?"

"장연이 왜적과 멀리 떨어진 고을이라 난이 끝나기 전에는 돌아오지 않을 듯싶어요."

나라 안 온 백성이 지금은 살던 땅을 등지고 유민이 되어 정처없이 떠돌고 있다. 이들이 다시 제 살던 고장에 돌아가자면 왜적이 하루라도 빨리 이 땅에서 물러가 주어야 한다. 그러나 평안도와 영안도 끝까지 짓쳐 올라간 왜적들이 조만간 대군을 철병해서 제 나라로 물러갈 것 같지 않다. 왜란은 이제 몇 년이나 갈지 아무도 모르게 된 것이다.

"너 혹 그 곳에서 명나라 천병이 건너온 이야기는 못 들었더냐?"

"들었지요. 황해도가 평안도와 접도接道라서 왜적의 소식두 빠를 뿐더러 명군 소식두 예보다는 빠릅디다. 이번 겨울에 특히 왜적을 토멸하러 천병이 많이 조선으로 건너왔답니다."

명나라 동정군東征軍이 조선으로 건너온 소식이 이 곳 강화 부중에도 오래 전에 입문入聞〔알려짐〕되었다. 그러나 곧 왜적을 물리칠 것

16. 바람부는 대로 물결치는 대로

으로 알았던 명군은 무슨 까닭인지 싸움도 않고 조선 백성들이 애타게 기다리는 승첩도 보내주지 않았다. 관서의 큰 고을 평양성은 아직도 왜적의 손에 점령되어 있는 것이다.

"오라버니."

옥섬이 묻든 인욱을 부른다. 인욱이 말없이 옥섬을 바라보자 옥섬이 눈길을 피하며 조심스레 말을 물어온다.

"오라버니 혹 아버님한테서 무슨 소식 없었는지요?"

"아니, 아무것두 듣지 못했다. 무슨 소식이냐? 너는 혹 들은 게 있느냐?"

"옹진읍에 머물 때 영안도永安道(지금의 함경도)엘 다녀온 도부꾼 하나를 객점에서 우연찮게 만났지요. 그 사람 말이 영안도 단천 부근에서 어느 늙은 의원 하나를 만났는데 그 의원이 돌림병에 잡혀 다 죽게 된 한 고을 사람들을 불과 열흘 남짓만에 신약神藥을 써서 살려내는 걸 보았답니다. 함자는 물어두 대답을 않구 다만 성이 성씨인 것을 알았는데 목숨 구해 준 은공으루 부락 사람들이 쌀섬을 거두어 주었더니 그걸루 매일 술을 마셔 보름 만에 다시 빈손이 되드랍니다. 성씨 성에 술 즐기시구 연세 또한 비슷해서 제 생각엔 그 어른이 바루 아버님이 아닌가 생각되더군요."

"아버님이 그새 언제 또 영안도루 건너가셨을까……."

"난중이라 혹 왜적에게 봉욕이라두 당허지 않으실는지요?"

"왜적두 사람 보는 눈이 있어 아버님 같은 의원에게는 욕을 보이지 않을 게다. 나는 오히려 아버님께서 왜진을 찾아가 왜적의 병이라두 보아주지 않을까 걱정이다."

술이 있고 병인이 있으면 장안의 명의 성기준은 지옥이라도 마다 않는 사람이다. 왜진이라고 해서 그가 남들처럼 피할 까닭은 없다.

"엄동 되기 전에 뫼시러 가야겠구나."

"어디 기신 줄 알구 뫼시러 간다세요?"

"단천에서 뵈었다면 아직 영안도는 벗어나지 못허셨겠지."

"집안이 강화에 기신 줄 알면 뫼시러 가지 않아두 당신 스스로 찾아오실 거예요. 아버님 뫼시러 떠났다가는 외려 오라버니만 큰 욕을 보실 뿐이에요."

방문이 열린다. 동자치 할멈이 방 안으로 새 불이 가득 담긴 질화로를 넣어준다.

"해 지구부터는 바닷바람이 사납구먼유. 저녁진지는 언제 방으루 들일까유?"

"되는 대루 어서 들이게. 그리구 자네 이 아씨께 인사 여쭙게."

할멈이 방문 앞에서 옥섬을 향해 허리를 굽힌다.

"아씨께 인사 여쭈오. 김포 살던 되살이 어멈이오이다."

"욕보시네. 나는 청파댁이라구 허네."

인욱이 곁에 있다가 말끝에 한 마디 거든다.

"내 사촌누일세. 앞으루는 이 집에 머물 테니 이 아씨를 허술히 대해서는 아니되네."

"허술히 뫼실 까닭이 있습니까. 쇤네 정성껏 뫼십지요."

"알았네. 물러가게."

할멈이 물러가고 방문이 닫히자 옥섬이 다시 인욱을 건너다본다.

"할멈이 싹싹하군요. 어디서 온 할멈이에요?"

16. 바람부는 대로 물결치는 대로

"보름 전에 아들의 병을 보아주었더니 그 은공을 갚는다며 제 발루 걸어들어와 내처 내 집에 살구 있어."

"강화에서는 오라버니 교동 나와기신 것을 아무두 탓하지 않든가요?"

"외가가 나를 박대허는 터에 탓할 사람이 누가 있다드냐. 어머님두 요즘은 내 하는 일에 통 말씀이 없으시다."

왜 말씀이 없을까 보냐. 아들이 정실을 두고도 딴 아낙을 보고 있는데 그 어미가 그것을 알면서 말이 없을 까닭이 없다. 더구나 아들이 몰래 두고 보는 아낙은 옛날 그의 집안에서 양딸로 키우던 아이다. 지금은 그 아이를 딴 집에 소실로 내주었건만 아직도 아들과 그 아이는 세상의 눈을 피해 옛날의 정분을 나누고 있는 것이다.

"곤하지 않느냐?"

인욱이 질화로를 밀어주며 옥섬에게 다가앉는다. 옥섬은 그러나 고개를 떨군 채 잠시 아무런 말이 없다. 인욱이 화로의 불을 헤치며 다시 그녀에게 말을 건넨다.

"내 너를 홀루 보내놓고 그간 얼마나 애를 태웠는지 모른다. 내 이제는 무슨 일이 있어두 다시는 너를 내 곁에서 떠나보내지 않을 게다."

인욱이 팔을 뻗어 옥섬의 손을 더듬어 잡는다. 잡힌 손을 힘주어 뽑더니 옥섬이 문득 고개를 든다.

"배에 올라 거친 바다를 건너면서 제가 용왕님께 소원 한 가지를 사뢰어 올렸지요. 오라버니는 그 소원이 무엇인지 짐작이나 허시나요?"

인욱을 바라보는 옥섬의 눈에 눈물이 그렁그렁 떠올라 있다. 인욱이 천천히 고개를 내젓더니 문득 팔을 뻗어 옥섬의 윗몸을 끌어안는다.

"내 어찌 네 소원이 무엇인지 모르겠니. 죽어서 우리가 다시 부부로만 되어진다면 내 지금 당장 죽더라두 서러울 게 없는 몸이다."

뼈 앙상한 옥섬의 몸이 인욱의 가슴으로 무섭게 파고든다. 오래 견뎌온 설움과 기쁨이 두 사람의 몸을 불길처럼 태워온다. 턱밑에 놓인 여인의 작은 머리에서 사내는 문득 언젠가 맡은 풋보리 내음 비슷한 여인의 짙은 몸내음을 맡는다. 갑자기 뜨거워진 그들의 몸은 이제 두려울 것도 망설일 것도 없다. 팔과 손들을 거칠게 부딪치며 그들은 서로의 몸에서 여러 겹 옷들을 벗겨내기에 정신이 없다.

창문에 아직 빛이 있다. 저물기 전의 한낮이건만 사내는 미처 낮의 부끄러움을 알지 못한다. 사내의 손길이 여인의 몸에서 마지막 한 장의 옷을 벗겨내자 여인은 그제야 가쁜 숨결 속에서도 흰 팔을 길게 뻗어 방문의 문고리를 안으로 건다.

열려진 여인의 몸에 이윽고 사내의 힘이 뿌리가 되어 가득하게 메워온다. 사내를 탐하던 열린 몸 그대로 여인의 작은 입에서는 뜻 모를 비명이 단속적으로 새어나온다. 하나가 된 그들은 이미 이 세상에 살아 있지 않다.

밥상을 들고 방 앞에 이른 동자치 할멈은 방에서 울리는 소리에 놀라 급히 다시 부엌으로 돌아간다.

바람이 세차다.

바다에는 큰 파도가 일어 흰 물이랑이 겹겹이 밀려들고 있다. 좁은 축방 안에 묶여 있는 거루들도 세찬 바람을 받아 끊임없이 일렁이고 있다. 날씨가 이렇게 사납고 험해서는 조운선 같은 굵은 배들도 바다에 나가기가 수월치 않을 듯하다. 겨울바다가 늘 그렇듯 오늘도 높새바람이 온 바다에 사납게 불고 있다.

길게 내민 곶머리에 문득 돛을 올린 배 한 척이 돌아든다. 이 험한 겨울바다에 어디서 오는 밴지 알 수가 없다. 바람을 받은 돛 안옷은 당장이라도 찢어질 듯 팽팽하게 부풀어 있다. 바람받이가 너무 세어 배는 한쪽으로 엎어질 듯 크게 기울었다. 그러나 비스듬히 가로눕듯 기운 채로, 배는 세찬 바람을 받아 살같이 포구로 들어오고 있다. 배가 저러고도 엎어지지 않는 것은 배를 부리는 뱃사람의 재주가 놀라우리만큼 뛰어난 때문일 것이다.

포구 안쪽으로 깊숙이 휘어들자 한쪽으로 기운 배가 그제야 몸을 바로 세운다. 난바다로 내민 기다란 곶머리가 밖에서 부는 세찬 바람을 막아 포구 안 바다가 잔잔해진 때문이다.

난데없이 들이닥친 배를 보고 포구 위의 부락 사람들이 일손들을 놓고 다가오는 배를 우두커니 기다린다. 포구 가까이 이른 배는 고기잡이 사선이 아니고 뜻밖에도 수군의 협선이다. 배를 부리는 뱃사람들 역시 상사람이 아니고 전포 걸친 수군들이다.

활대가 주르르 접히며 돛이 아래로 내려오고 배에 노질이 시작된다. 이물 덕판에 한 장수가 올라서서 포구 윗부락 민호들을 살피듯이 올려다보고 있다. 민호가 백여 호쯤 되는 부락은 들이 넓고 전토가 기름져서 첫눈에 보아도 살림이 알차고 포실해 보인다. 안으로 깊고 넓게 휘어져 들어간 기름진 들이 바다에 면한 갯마을치고는 뜻밖으로 넓다.

누군가가 부락으로 기별을 한 듯, 배 대는 축방머리로 사람들 여럿이 급하게 내려온다. 하긴 이런 험한 날씨에 난데없이 수군의 군선이 들어오니 마을로서는 까닭을 몰라 궁금키도 하고 놀랍기도 할 것이다. 축방 안에 묶여 있는 작은 배들은 대부분 돛 없는 거루들로 어망이나 그물 따위의 고기잡이 선구들이 실려 있다. 들이 넓어 농사일이 주가 되고 고기 잡는 어부들은 몇이 안되는 모양이다.

갯가 축방머리에 내려온 사람들이 찬 바닷바람에 몸을 내맡긴 채 한 곳에 몰려서서 난바다 쪽을 근심스레 바라보고 있다. 예닐곱이 넘는 사내들 중에 옷과 갓을 갖춘 사람은 한 사람뿐이고 나머지는 두건을 썼거나 탈망脫網의 맨상투 바람이다. 아마 급히 갯가로 내려오느라 미처 옷갓을 챙겨 입을 경황들이 없었던 모양이다.

노질을 급히 하여 배가 어느 틈에 축방머리로 다가든다. 이물 덕판에는 벙거지 쓴 장수 대신에 전건 쓴 수군 하나가 창을 짚고 우뚝 서 있다. 장수로 보이는 털벙거지는 지금은 오히려 배 복판에 내려가 있다.

"바 좀 잡아주게!"

배로부터 바 한 가닥이 축방 위에 올라선 사람들에게 날아간다. 축방 위에서 바를 받아 작은 뱃말에 바를 묶는다. 배가 축방에 머리를 대자 덕판 위에 올라선 수군이 축방 위의 사람들에게 말을 묻는다.

"이 부락 동임洞任〔동리의 공무를 맡아보는 사람〕이 뉘시우?"

옷갓한 40대의 사내가 수군을 향해 한 발 나선다.

"내가 바루 동임이오만 어디서 무슨 일루 오신 군선이오?"

"본영〔전라좌수영〕 군관의 군선이오. 군관 나으리께서 일이 있어 예까지 오시었소."

"날씨두 사납구 바다두 험한데 군관 나으리께서 예까지는 무슨 일루 오시었소?"

"이 마을 동임을 문초할 일이 있어 험한 바다를 무릅쓰구 예까지 오신 게요."

"동임을 문초허신다굽시오?"

"나으리 곧 납실 게요. 여러 말 말구 우리 나으리 맞을 채비나 허시구려."

수군의 말이 끝나자마자 벙거지 쓴 본영 군관이 손에 등채 들고 협선에서 축방으로 올라선다. 그의 뒤로는 창 든 수졸들이 시립하듯이 바싹 붙어 따르고 있다.

"말 좀 묻겠네. 예가 바루 발포鉢浦진에 딸린 두리치 마을인가?"

"예, 나으리. 예가 바루 두리치 마을입지요."

"이 곳 동임이나 집강執綱〔면장이나 이장〕을 만나구 싶네만 어디루 가야 그 사람들을 만날 수 있겠나?"

"쇤네가 바루 두리치 동임 정첨지올시다. 나으리 어서 오르시지요. 쇤네가 나으리를 제 집으루 뫼시겠습니다."

"자네가 이 곳 동임이야? 허면 자네가 군령 어긴 죄루 포박부터 받아야겠네."

험한 말을 뱉어놓고도 군관은 오히려 태평한 얼굴을 하고 있다. 과연 자기 말대로 포박할 것인지, 아니면 농으로 한 말인지 얼굴만 보아서는 알 수가 없다.

"나으리, 쇤네 지은 죄를 모르겠습니다. 무슨 까닭으루 포박을 당허는지 그 까닭이나 속시원히 일러주십시오."

"그 까닭을 일러주기 전에 자네게 내가 물어볼 말이 있네. 추호라두 거짓을 말했다가는 자네가 군법으루 죽을 줄 알게."

"이르다 뿐이오이까. 무어든 어서 물어주십시오."

본영 군관 이강득은 잠시 마주선 부락 사람들을 바라본다. 그가 이 부락에 찾아온 것은 이 부락 군정 세 사람을 근포跟捕〔죄인을 쫓아가 잡음〕하기 위해서다. 이 부락의 상번군 세 군정이 며칠 전 본영을 떠나 어딘가로 도타를 했기 때문이다.

상번군이 번중에 도타를 하면 그들을 근포하여 군법에 따라 죄를 다스리도록 되어 있다. 더구나 도타한 군정이 제 고을로 돌아갔을 때는 그 고을의 집강이나 동임이 죄를 같이 나누어 쓰게 된다. 마을을 옳게 다스리지 못한 것이 군정의 도타와 연루되어 집강이나 동임에게도 죄가 함께 주어지는 것이다.

그러나 이군관 강득은 두리치 동임 정첨지를 애초부터 포박할 뜻이 없었다. 도타한 군정에 연루되어 동임에게 물론 죄를 물을 수 있었으나 아직 속내도 알아보기 전이어서 부락 사람들이 지켜보는 눈앞에서 동임을 포박까지 할 뜻은 없었던 것이다. 한데 막상 말을 뱉고 보니 동임 이하 부락 사람들의 얼굴빛이 달라지고 있다. 아직은 지은 죄가 무엇인지도 모르면서 그들은 우선 동임을 포박하겠다는 말에 저마다 넋들이 빠져 우두망찰한 얼굴들을 하고 있는 것이다.

"나으리, 우선 제 집으루 올라가시지요. 국법을 어겨 포박당헐 죄가 있다면 쇤네가 어찌 그 벌을 면허리까. 자 어서 올라가십시다. 쇤네 집이 예서 멀지두 않사외다."

이군관이 뒤를 돌아보며 배 위의 수군들에게 말을 이른다.

"너희는 배 묶어놓구 예서 명을 기다려라. 내 잠시 마을에 올라가 말을 들어볼 생각이다."

"예 나으리 다녀오십시오."

"김대정金隊正은 나를 따르구 너희들 둘두 예 있거라."

창 짚은 수군 둘이 물러서고 배 위 덕판에서 나이 지긋한 수군 하나가 내려온다. 동임 정첨지가 앞서 걸으며 이군관 일행을 마을길로 안내한다.

축방머리를 벗어나자 이내 돌담을 두른 마을 여염집들이 시작된다. 초가라고는 해도 집들이 모두 큼직큼직하고 단단하다. 지붕에 대[竹]를 가로 엮어 큰 돌들을 달아둔 것은, 사나운 바닷바람에 이엉이 벗겨지는 것을 막자는 뜻인 듯하다. 앞선 정첨지와 이군관 뒤로는 마을 사람 여럿이 줄레줄레 따르고 있고, 집 안에서는 아낙들과 어린애들이 역시 담 너머로 군관 일행을 힐끔힐끔 넘겨다보고 있다. 동임 정첨지가 포박을 면한 것은 다행이나, 마을 사람들의 얼굴에는 불안한 빛이 역력하다. 포박하려는 까닭을 알 수가 없어 그들의 불안과 걱정은 더욱 클 수밖에 없다.

"마을에 군정이 모두 몇이오?"

이군관이 문득 동임에게 묻는다.

"군적에 들기는 백 서른 넷이외다만 나이 많은 노인들을 빼면 백명두 미처 못될 것이외다."

"그 중에 상번군이 몇이나 되오?"

"마흔 둘이 상번군에 들어 본영에 번을 서구 나머지 쉰 하나는 하번이라 부락에 그냥 있습지요."

잠시 생각하는 눈치더니 이군관이 다시 동임에게 묻는다.

"근간에 상번 든 군정이 번을 파하구 마을루 돌아온 사람은 없소?"

"있습지요. 상번군 셋이 닷새 전에 번이 풀렸다며 마을루 돌아왔습니다. 하나는 아비 상을 당해 말미를 받아 내려왔구 나머지 둘은 하루 뒤에 번이 풀려 왔답니다."

이군관이 고개를 돌려 뒤따르는 수군 김대정을 돌아본다.

"아비 상을 당했다는 건 어찌 된 이야긴가?"

"글쎄올시다. 쇤네두 상당한 이야기는 처음 듣는 것이오이다."

동임 정첨지가 훤히 터진 마당을 질러 평대문이 달린 초가 행랑 앞에 멈춰 선다. 이 집도 역시 초가치고는 집터가 넓고 집채들이 크다. 대문 안으로 들어서니 하인 서넛이 차수하여 주인과 손을 함께 맞는다. 정첨지가 곧 이군관을 안내하여 그의 사랑으로 뫼시어 들어간다.

"방이 깨끗질 않사오이다. 허나 우선 날씨가 차니 방에 들어 몸부터 녹이시지요."

이군관이 사양 않고 주인을 따라 사랑에 든다. 멈칫거리는 김대정을 향해 이군관이 다시 턱짓을 한다.

"군무 보러 예 왔으니 자네두 어서 방에 들게."

김대정이 뒤따라 들어와 방 안에는 집주인 정첨지와 세 사람이 마주 앉는다. 한동안 서로 말들이 없다가 정첨지가 한참 만에 입을 연다.

"본영서 뱃길루 곧장 오셨다면 오늘 새벽녘에 발선을 했겠구먼요?"

"본영에서는 어제 떠나 여도呂島에서 하룻밤을 잤소. 이 곳 두리치루 향발한 것은 오늘 해가 높이 떠서요."

"허면 오늘은 예서 묵으시구 내일이나 떠나시겠구먼요?"

"자게 될지 떠나게 될지는 일이 되는 품을 보아 나중에 정해야지."

"보실 일이 무엇인지는 모르오나 오늘은 예서 주무시구 내일 떠나두룩 허시지요. 촌구석이라 대접할 게 변변치 않지만 쇤네 정성을 보아 꼭 하룻밤 묵어가두룩 허십시오."

"공무 보러 나온 우리가 남이 잡는다구 주저앉을 처지가 아니오. 동임에게두 책될 일이 있을지 모르니 우선 우리 공무부터 아귀를 지어야겠소."

동임이 더 이상 권하지 않고 다소곳이 방바닥을 내려다본다. 이군관이 턱을 안으로 당기고 위엄있게 정첨지를 바라본다.

"내 우선 몇 마디 묻겠으니 바른대루 말해 주시오."

"어서 말씀허십시오. 감히 뉘 앞이라 쇤네가 거짓을 아뢰리까."

"며칠 전 번이 풀려 돌아온 군정들의 이름들을 대어보시오."

"최오쟁이 장달천이 구봉돌이, 이렇게 셋이 돌아왔습니다."

"동임은 이눔들 셋이 정말 번이 풀려 돌아온 것으루 알구 있소?"

동임 정첨지가 눈을 깜박일 뿐 한동안 말이 없다. 그러나 곧 일의 속내를 깨달은 듯 가벼운 한숨과 함께 차분하게 입을 연다.

"함께 번을 든 군총軍摠이 많은데 저희들 셋만 돌아온 것이 쉰네두 의심이 아니 간 것은 아니오나 한 사람은 아비 상을 당해 말미 받은 것이 그럴싸했구, 나머지 둘은 등 너머 사는 사람들이라 상번 하번 날을 딱히 몰라서 저희들 허는 말을 의심 않구 믿었소이다."

"그눔들이 본영 전선의 노군으로 박혀 있던 놈들인데 지난 열 하룻날 배를 내려 어딘가루 도망질을 했소. 내가 오늘 이 고을에 온 것은 그눔들을 잡아들여 치죄허자는 뜻이오."

"마을 일을 맡아 허는 동임으루 제 소임을 다허지 못해 그 죄가 크오이다. 허면 지금 이 사람이 그 세 눔을 잡아들여 나으리 앞에 대죄토록 하오리까?"

"그리할 수 있겠소?"

"집안 하인들을 풀어보내면 일각두 안돼 그 세 눔을 계하에 꿇릴 수가 있사오이다."

"허면 지체할 까닭이 없으니 지금 당장 하인들을 풀어 그눔들 셋을 잡아들이두룩 허시오."

"예, 분부대루 거행허리다. 잠시 방에 계시면 내 곧 다녀오겠소이다."

동임이 말을 마치고 부리나케 방을 나간다. 사랑에서 행랑으로 내려가는 눈치더니 잠시 후 행랑 안뜰에서 여러 사람들의 웅성이는 소리가 들려온다. 이군관과 마주 앉아 있던 김대정이 밖에 귀를 기울인 뒤 조심스레 강득을 건너다본다.

"일이 뜻밖으루 쉽게 풀릴 듯싶소이다. 수사 사또께서 내리신 분부는 도타한 노군들을 포박해 올 뿐 달리 치죄하라는 말씀은 아니 계셨지요?"

"우리는 운이 좋아 세 눔을 쉽게 잡아들이네만 딴 고을루 나간 패들은 제대루 잡아올지 모르겠네."

"사또 분부가 지엄한 터에 아니 잡아오면 어쩐답니까?"

"근간에 도타한 눔들이야 행방을 알아 잡아들이기가 수월치만, 오래 전 여름에 도타한 눔들이야 행방을 알 수 없으니 되잡기가 쉽지 않지."

"사또 분부가 지엄한 걸 보아서는 이번에 잡힌 눔들 중에 참할 눔들두 있겠습지요?"

"노군이 원래 신역이 고단해서 도망군이 유난히 많아 참형까지는 아니 갈 겔세. 사정을 묻구 경우를 살펴 결곤으루 치죄하거나 한 보름간 옥살이나 시키겠지."

하긴 수군의 양역良役 중에도 전선의 노젓는 노군이 가장 그 신역이 고단하다. 바람이 불면 돛을 올려 간혹 노질 없이도 배가 나가는 때가 있으나 바람이 없거나 역풍이 불면 그 집채만한 큰 전선이 순전히 노군들의 노질 하나로 움직이는 것이다.

그나마 발행하는 곳이 하루나 이틀 거리의 가까운 거리라면 다행이지만, 열흘이나 보름씩 걸리는 원행의 행선이라면, 노군들은 연일 계속되는 고된 노질로 손이 부르트고 몸이 지쳐 웬만한 강골이 아니고는 대부분이 초주검이 된다. 따라서 이렇게 한 차례 원행을 하고 나면 신출내기 노군들 중에는 반드시 배를 내려 어딘가로 도망치는 자가 생긴다. 그들은 차라리 군법에 죽을지언정 그 지옥 같은 노역櫓役만은 두 번 다시 할 수 없다고 스스로 작심한 자들이다.

  이번에 본영에서 군관 여럿을 각 고을로 내려보낸 것도, 실은 이렇게 도망친 수군들을 되잡아오라는 수사 사또의 엄한 명이 있었기 때문이다. 그간에도 각 전선마다 도망친 노군들이 적은 수가 아니었으나 본영에서는 언제 해전이 있을지 몰라 군관들을 본영 밖으로 함부로 내보낼 수 없었다. 그러나 지금은 동절〔겨울철〕이라 큰 싸움도 없을뿐더러 바다가 거칠고 사나워 배를 띄울 일도 별로 없어서, 수사 사또는 이 때를 잡아 각 고을로 군관들을 보내어 도망친 수군들을 되잡아 오도록 영을 내린 것이다.

  "오늘은 날이 저물어 배를 예서 재워야 되겠습지요?"
  김대정이 눈치를 살피듯 이군관을 조심스레 바라본다.
  "배를 다시 띄우재두 풍랑이 저래서는 어렵지 않겠는가?"
  "예, 예까지 오는 데두 바람이 역풍이라 여간 애를 먹었습니까."
  "배를 예서 재울 양이면 군사들 잘 곳을 마련해야지."
  "그거야 쇤네가 알아서 헙지요만……. 허면 배 안에 있는 군사들 지금 배를 내리라구 이를까요?"
  "배는 내리되 흩어지지 말구 내 가까이 있으라구 허게."
  "명대루 허오리다. 허면 쇤네 이만 물러가렵니다."
  "명만 이르구 자네는 이내 돌아오게. 도타한 군정들 잡아오면 내 곧 그 자들에게 몇 마디 공초를 받아야겠네."
  "알겠소이다. 아이들 쉴 곳만 마련허구는 이내 나으리 뫼시도록 헙지요."

　김대정이 말을 끝내고 천천히 방을 나간다. 나이 마흔이 지난 김대정은 수군에 박힌 지도 여러 해 될뿐더러 이군관 강득과는 처음부터 한 배를 탄 처지다. 성품이 무던하여 아랫사람들을 잘 다루는 외에, 인근 물길에도 눈이 밝아 탐후선 대정으로는 나무랄 데 없는 사람이다. 특히 강득과는 오랜 세월 한 배를 타온 터라, 두 사람은 작은 눈짓 하나로도 이내 마음이 통해 긴말들이 필요 없다. 지금도 강득이 말 몇 마디 건넸을 뿐이건만 김대정은 더 묻지 않고 이내 몸을 털고 방에서 나간다. 아마 그는 갯가에 내려가면 배 묶어놓고 수군들 거느리고 우선 마을에서 저녁 지을 화덕부터 찾을 것이다. 군관 할 일과 대정 할 일이 서로서로 다른 터라, 강득은 이제 방 안에 앉아 김대정의 뒷얘기만 들어주면 되는 것이다.

　방에 홀로 남게 되자 이군관은 그제야 긴장이 풀린 듯이 온몸이 나른해지며 갑작스레 시장기가 느껴진다. 하긴 아침녘에 여도진呂島鎭을 발행한 뒤 이제껏 점심도 거른 채 거친 바다에 부대낀 몸이다. 뭍하고도 달라서 움직이는 배 위에서는 몸이 쉬이 지칠뿐더러 시장기도 빨리 찾아온다. 때를 거른 시장기에 겹쳐 얼었던 몸이 데워지면서 이군관은 때 이르게 졸음 비슷한 나른함이 느껴진다.

　"나으리, 계시오이까……."

　문득 방 밖에서 아녀자의 목소리가 들려온다. 이군관이 대꾸를 앓자 방문이 열리더니 계집종 하나가 작은 주안상을 들고 들어온다.

　"우리 서방님께서 사랑에 계신 나으리께 저녁진지 올리기 전에 먼저 주안상을 올리라 이르셨습니다. 서방님두 이내 사랑에 듭신다구 우선은 나으리 먼저 독작獨酌〔혼자 술을 마심〕허시라 허시더이다."

"어허, 내가 죄인 포박하러 온 처지에 대낮부터 술상 받기가 볼썽사납구 면구허이. 자네 주인 밖에 계시거든 내 좀 보잔다구 이르게."

"서방님께서는 지금 댁에 아니 기십니다. 급한 볼일이 있어 아랫마을루 내려가셨답니다."

계집종이 술상을 내려놓고 뒷걸음으로 어물어물 물러선다. 강득이 방문 앞에 다다르자 계집종이 다시 입을 연다.

"쇤네 이만 물러가오이다. 나으리 많이 드시어요."

"들여온 상이니 받긴 허겠네만……. 찬간에 내려가거든 잘 먹겠다구 말 이르게."

"예, 나으리 쉬시어요."

계집종이 방을 나간다. 변발머리의 어린 계집종이 태도 곱고 말씨도 배운 데가 있다. 외자상투를 틀긴 했지만 아직 총각인 강득에게는 언뜻 본 어린 계집종이 마음에 흡족하다. 방 나간 계집종의 아쉬움을 떨치듯 강득은 그제야 술상 위를 굽어본다. 맑은 술이 양푼에 가득하고 해물 안주도 그릇마다 가득하다. 진안주는 하나도 없고 모두가 마른안주인데 민어 광어 같은 어포 외에 마른 전복 한 접시와 건홍합 꼬치가 따로 있다. 첫눈에도 마을이 포실해 보이더니 손을 맞는 인심 역시 생각보다 무던하다.

한참 시장기를 느끼던 이군관은 이내 양푼에서 쪽박을 건져 한 잔 가득 술을 떠낸다. 방금 거른 맑은 술이 입에 감기듯 달고 시원하다. 포박을 짓겠다는 엄포를 준 것이 이 고을 동임으로 하여금 이런 주안상을 보아오게 한 듯하다. 하긴 도망친 군사나 죄인을 되잡자면

16. 바람부는 대로 물결치는 대로

마을 동임이나 집강 같은 마을의 수장을 다그치는 것이 예로부터의 관례로 되어 있다. 백성에게 환곡이나 군포를 거둘 때도, 그 이웃을 먼저 잡아 엮는 것이 일을 풀기가 편하듯이, 도망친 군사를 잡아들일 때도 마을의 우두머리 몇을 다그치는 것이 일 풀기가 수월한 것이다.

"나으리, 김대정이오이다."

"어서 들게."

방문이 열리더니 갯가 다녀온 김대정이 방으로 들어온다. 방에 술상 놓인 것을 보고 김대정이 멈칫 발을 세운다.

"방금 갯가에 배 묶어놓구 아이들 묵을 곳을 잡아주고 왔습니다."

"아이들 묵을 곳이 어딘가?"

"마을에 객사가 있는데 방 둘이 크구 넓습디다. 배 지키는 아이 하나만 갯가에 남겨두구 나머지는 모두 객사에 들도록 했습니다."

"곧 날이 저물 텐데 저녁들은 어쩔 작정인가?"

"물선군物膳軍 용돌이 시켜 밥 지을 작정을 했드니 이 곳 동임 정첨지 어르신이 한사쿠 막는구먼요. 밥은 마을에서 차려낼 테니 달리 지을 것 없다구 허십니다."

"동임이 지금 어디 있는가?"

"댁에 가신다구 먼저 갔는데 아직 아니 왔습니까?"

"술상만 방에 들여놓구는 아직 얼굴두 뵈주지 않네그려."

멀리 바깥행랑 쪽에서 문득 요란스런 인기척이 들려온다. 뒤미처 여러 명의 발자국이 행랑 뜰을 지나 안뜰로 들어서는 기척이다. 김대정이 방문을 열자 바로 동임 정첨지가 하인들과 함께 안뜰로 들어서고 있다.

"나으리 안에 계시오? 죄인을 근포해 왔소이다."

정첨지 말대로 사내들 둘이 활 시윗줄로 뒷결박 지어 하인들 손에 잡혀 있다. 흐트러진 맨상투에 몸이 옥죄도록 결박까지 지은 터라 두 사람의 초라한 몰골이 언뜻 보기에도 딱하고 민망하다. 이군관이 그제야 방을 나와 섬돌 아래 늘어선 죄인들과 동임을 굽어본다.

"이눔들이 우리가 찾든 바루 그 죄인들이오?"

"그러하오이다."

"죄인이 셋일 터인데 어째 둘만 포박해 왔소?"

"하나는 원행을 해서 오늘은 잡아들이기가 어려울 듯싶소이다."

"원행을 허다니 마을 밖으루 도망을 쳤다는 게요?"

"강진에 처가가 있는데 양식 구하러 그리루 갔다구 허는군요."

이군관이 고개를 내두르며 두 눈썹을 곤추세운다. 못마땅해 하는 그의 표정에 동임 정첨지가 황급히 입을 연다.

"죄인에게 딸린 식구 둘이 아직 집 안에 있사외다. 그 자가 돌아올 때까지 식구들이라도 잡아둘까요?"

이군관이 대꾸없이 섬돌 아래로 내려선다. 결박지은 죄인들 둘은 벌써 겁에 질린 듯 부들부들 몸들을 떨고 있다. 죄없는 정첨지네 하인들까지도 이군관의 찌푸린 얼굴에 흘금흘금 서로의 눈치들을 보고 있다. 하긴 죄인 셋을 잡아오마 해놓고 둘만 포박해 온 것이 처음부터 틀린 일이다. 미리 흰소리를 쳤던 것도 본영 군관의 심기를 흐려놓은 경솔한 행동일 것이다.

섬돌 아래로 내려온 이군관이 결박진 죄인들에게 다가간다. 한동안 죄인들을 굽어본 뒤 이군관이 이윽고 호령기 있게 입을 연다.

"네 이름이 무어냐?"

"최오쟁이라 허오이다."

"어느 영, 어느 전선에 무엇으루 있었드냐?"

"본영 2선二船에 노군으로 있었사외다."

"언제 배를 내려 도타를 했드냐?"

"지난달 열 사흗날입니다."

"본영에 있었다니 네가 나를 알아보겠느냐?"

"예, 나으리. 본영 탐후선의 이군관 나으리가 아니시오이까."

"네가 오늘 포박당한 까닭이 무엇인지 알겠느냐?"

군정이 대꾸없이 주르르 눈물을 흘린다. 잠시 눈물 흘리는 죄인을 바라본 뒤 이군관이 고개를 내두르며 야무지게 다시 입을 연다.

"네가 눈물짓는 것을 보니 지은 죄는 아는 게로구나. 네가 혹 아비 상을 당해 배를 떠났다는 그 군정이냐?"

"예, 쇤네 아비가 병중에 있다가 지난 달 초이렛날 세상을 버리셨습니다."

"상을 당했으면 선장에 알려 왜 진작에 말미를 받지 않았느냐? 군역 중에두 부모상을 당허면 초종장사를 지낼 때까지는 말미를 주는 것을 몰랐드냐?"

"쇤네가 게까지는 미처 깨닫지 못했습니다. 상당한 것만 서러워서 앞뒤 생각없이 큰 죄를 지었습니다."

"군영을 함부루 떠난 죄가 얼마나 큰지 네 아느냐?"

"……."

군정은 대꾸없이 고개를 떨구며 다시 주르르 눈물을 흘린다. 이 군관은 그러나 본 체도 않고 그 옆에 결박지어 서 있는 다른 죄인에게 옮겨간다.

"너는 이름을 무어라 허느냐?"

"장달천이라 허옵니다."

"어느 진의 어느 배를 탔었드냐?"

"본영 제2선의 노군으루 있었습니다."

"허면 최오쟁이와 한 배에 있었구나?"

"예……."

"너두 오쟁이와 한날에 도타를 했느냐?"

"아니오이다. 오쟁이 떠난 사흘 뒤에 배가 선소 굴강에 들었을 때, 요정수 구봉돌이와 함께 배를 버리구 본영을 떠났습니다."

"봉돌이가 누구냐?"

"강진 처가에 내려갔다는 바루 그 죄인이올시다."

"그래 너희는 무슨 까닭으루 허락없이 배를 내렸드냐?"

"배가 선소 굴강에 들어 뱃바닥에 엉겨붙은 바다풀을 긁어내구 있었지요. 상판두 더러 깨어지구 감수 드는 곳두 여럿이라 배는 여러 날 굴강에 들어 손을 보구 있었습니다."

죄인이 변명 비슷이 여러 말을 늘어놓는다. 그러나 이군관은 진득한 표정으로 죄인이 하는 말을 가만히 듣고만 있다. 죄인이 잠시 말을 끊었다가 다시 헐떡이듯 말을 잇는다.

"헌데 그 때 선소 갯가에 사삿배 한 척이 들어왔지요. 그게 바루 두리치 고향 배라 우리는 여러 달 만에 처음으로 고향 소식을 이것저것 듣게 되었소이다."

"고향 소식을 들었으면 되었지, 어째 두 눔이 작당하여 배를 버리구 도망질까지 쳐야 했드냐?"

"처음엔 도망칠 생각까지는 없었사오이다. 고향 배가 본영 갯가에 닿았기루 몰래 그 배를 타구 고향엘 잠시 다녀올 생각을 했었지요. 헌데 막상 고향에 닿구 보니 하루 이틀이 건듯 지나구 열흘 보름이 지났습니다. 그제는 군법이 무서워서 더욱 갈 생각들을 못허게 된 것이오이다."

이군관이 잠시 말이 없더니 문득 몸을 틀어 동임 정첨지를 돌아본다.

"이눔들을 이 고을루 태워온 배가 뉘 집의 어느 배요?"

"아랫말 사는 조서방의 뱁지요."

이군관이 이번에는 곁에 선 김대정을 돌아본다.

"김대정 자네는 지금 당장 군사를 두엇 데리구 가서 조서방이란 자를 잡아들이게."

"예."

김대정이 떠나려 하자 동임 정첨지가 부리나케 앞으로 나선다.

"나으리, 아랫말 조서방은 반벙어리라 말을 알아듣지 못허외다. 저 사람들을 제 배에 태워준 것두 실은 귀가 먹어 일의 속내를 몰랐던 탓이외다. 이눔아, 너는 입이 없느냐? 그 착한 사람까지 네가 죄인으루 만들어야 되겠느냐?"

정첨지가 몸을 돌려 장달천이라는 죄인에게 소리를 친다. 죄인이 그제야 머리를 조아리며 이군관을 향해 발명하듯 입을 연다.

"나으리, 살펴줍시오. 죄가 있다면 오직 이눔과 구봉돌이에게 있사오이다. 조서방은 원래 가는귀가 먹어 큰 소리루 외치지 않구는 말을 잘 알아듣지 못허외다. 우리가 조서방의 야거리를 탄 것은 어찌 보면 귀먹은 그 사람을 봉돌이와 제가 기망한 덕이랄 수 있사외다."

이군관은 그러나 고개를 내저으며 호령기 있는 목소리로 김대정에게 영을 내린다.

"영을 받았으면 떠날 일이지 너는 여기서 무얼 허는 게냐. 내 그 자를 잡아들여 너와 무릎맞춤을 시켜야겠다. 그 때두 네가 나를 기망허면 살아남지 못헐 줄 알어."

다부진 이군관의 말에 김대정은 즉시 긴대답을 하고 정첨지를 돌아본다.

"조서방 집이 어디쯤이우? 내게 집 좀 일러주시오."

정첨지가 할 수 없다는 듯 하인 하나에게 턱짓을 해보인다.

"너 저 나으리께 조서방 집 좀 일러드려라."

김대정이 하인과 함께 군례를 올린 뒤 안뜰을 떠나간다. 잠시 사이를 두었다가 이군관이 다시 정첨지를 향해 입을 연다.

"동임은 들으시오. 내가 예까지 험한 뱃길을 내려온 것은 본영 수사 사또의 지엄한 분부가 계셨기 때문이오. 나라가 평온할 때두 번 중에 도망한 군사는 목을 베도록 되어 있소. 항차 나라가 병란 중에 있을 때는 도망한 죄보다 훨씬 덜한 죄를 짓구두 죄인의 목을 쳐서 그 피루 군기에 제를 지내는 것이 항용 있는 군법인 게요. 내 오늘 이 고을에 들어보니 이 고을 사람들에게 죄인 감추는 못된 버릇이 있음을 알았소. 지금은 팔도 각 고을에서 글 읽던 유생들까지 나라 구허자구 의병을 일으키는 판국이오. 헌데 이 고을에서는 동임 이하 온 고을 사람들이 군법 어긴 큰 죄인을 감추어 주거나 두둔하려구만 허구 있소. 앞으루두 만일 죄인을 두둔허는 자가 있으면 내 우선 그 자부터 큰 벌루 다스릴 게요. 자 이제 내 뜻을 알았으면 어서 이 죄인들을 헛간이나 고방 안에 가두시오. 내 곧 김대정이 돌아오면 죄인과 조서방을 대질시켜 어느 쪽 말이 참말인지 확연히 가려낼 작정이오."

"분부대루 거행헙지요. 얘들아. 어서 그 죄인들을 고방 안에 가두어라."

하인들이 주인의 명을 받아 결박지은 죄인들을 안뜰 밖으로 끌고 나간다. 잠시 그들을 등뒤에서 지켜보다가 동임 정첨지가 조심스레 입을 연다.

"나으리, 어서 방에 드시지요."

이군관이 그 말에는 대꾸없이 문득 몸을 돌려 정첨지에게 엉뚱한 말을 물어온다.

"장달천이는 무슨 까닭으루 고향으루 도망쳐 왔답니까?"

정첨지가 까닭을 몰라 이군관의 얼굴을 살피듯 바라본다. 죄인들 앞에서는 서슬 푸르던 이군관이 죄인들을 떠나보내고는 딴사람이라도 된 듯 편한 얼굴을 짓고 있다. 놀라워하는 정첨지를 향해 이군관 강득이 부드럽게 입을 연다.

"내가 아까는 보는 눈이 많아 죄인들에게 호령두 허구 엄포두 했소. 허나 이제 동임과 나뿐이니 죄인들의 속사정을 아는 대루 말해 보시오."

정첨지가 그제야 화색을 떠올리며 이군관의 손이라도 잡을 듯 반갑게 입을 연다.

"나으리, 우선 방에 드시지요. 내 이렇듯 속깊은 어른을 보았나."

두 사람이 방에 들어 술상을 두고 마주 앉는다. 이군관이 먼저 잔을 들어 정첨지 앞에 내려놓는다.

"사또 분부가 지엄해서 내 아까는 짐짓 혼뜨검을 주었소만 아마 본영에 잡혀가서는 죄인들에게 큰 벌은 아니 내릴 게요."

"그야 나으리께서 말씀 올리기에 달린 일입지요. 부디 본영에 올라가시거든 말씀이나 잘 사뢰어 주십시오."

"그 일일랑 염려 마시구 자 우선 술잔부터 받으시오."

17. 간과 끌이 땅에 흩어지다

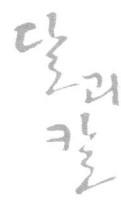

들 저쪽의 얕은 등성이로 해가 뉘엿뉘엿 지고 있다. 서해 가까운 이쪽 들 일대에는 높은 산이 거의 없다. 산도 아니고 들도 아닌 것[非山非野]이 드넓은 들에 뜸뜸이 보일 뿐이다.

노을빛을 담뿍 받으며 나귀 세 마리가 작은 역말로 들어선다. 앞선 나귀에는 옷갓한 사람이 타고 있고, 뒤따르는 나귀들에는 부담롱 두 틀이 실려 있다. 나귀 앞에 전배는 없고 경마잡이와 후배만 있는데, 후배들은 저마다 나무 궤와 봇짐들을 멜빵 지워 등에 지고 있다. 행구行具와 객장客裝으로 보아 먼길 다녀오는 부상負商[보부상]들의 일단 같다.

노을진 역말 위로 푸른 연기가 자욱이 퍼져 있다. 집집이 저녁을 짓거나 빈방에 군불을 지피는 때문이다.

"역말이 소문보다 작아 뵈는구나."

나귀 위의 옷갓한 사람이 동구를 멀리 보며 혼잣말하듯 입을 연다. 견마잡이 말구종이 얼른 윗사람의 말을 받는다.

"예, 민호가 아마 백 호두 안될 겝니다."

"어느 도道에 딸린 역말인구?"

"성환도成歡道에 딸린 역말루 아오이다."

해뜰 녘에 안성 고을을 떠나 남양을 바라고 가다가 중간에 만난 역말이다. 날이 저물어 자고 가야 되기도 하지만, 조행수는 이 곳에서 화원현花園縣에 내려간 한덕대와 만나기로 되어 있다. 걸음발이 남달리 빨라 자주 원행을 시키지만 이번 길은 멀기도 하고 위험도 해서 한덕대가 제 날짜에 대어 들어올지 알 수가 없다. 더구나 왜물고가 있는 화원 고을에는 왜적이 늘 머물러 있는 터라 웬만큼 조심 않고는 왜적의 화를 당하기가 십상이다. 이번에 덕대를 화원 먼길로 떠나보낸 것이 그를 아끼는 조행수에게는 종내 불안하고 께름하다.

"우리 일행이 여럿이라 객주에 빈방이 넉넉헌지 모르겠다?"

"명색이 역말인데 빈방 없으면 원院집이라두 있겠지요."

"왜 하필 이 역말에서 한패두는 만나자는 게야?"

"외진 곳이라 왜적들두 뜸헌데다 행수 어른께서 안성장을 보신 다니까 아마두 안성 고을 가까운 이 역말을 잡은 듯싶구면요."

"난 전에 충청도 각처루 소금도부를 쳤다더니 그 때 익힌 이 곳 길이 제깐에는 편했든 모양이군."

"그렇기두 했을 겝니다만 혹 다른 뜻이 있었는지두 모르지요."

경마잡이 차인 동개가 말끝에 힐끗 조행수를 올려다본다. 동개의 눈치가 수상했던지 행수가 나무라듯 되묻는다.

"다른 뜻이란 건 또 무어야?"

"죽산인가 이천인가에 한패두 가권이 있습지요. 아마두 게 먼저 들러 가권들 데리구 이리루 올 예정인 듯싶구먼요."

한패두에게 가권이 있다는 말은 전에도 언뜻 들은 일이 있다. 그렇다면 왜 진작에 제 가권을 남양으로 옮겨오지 않았는지 알 수가 없다.

"죽산이 예보다 윈데 거길 들러 다시 이리루 내려온다는 게냐?"

"쇤네 짐작이 그렇달 뿐이지 딱히 그렇다는 말씀은 아니오이다."

"죽산에 가권이 뉘뉘 있누?"

"아우 하나와 아낙이 있지요."

"아낙이 있어?"

"혼례 치른 아낙은 아니구 난리 중에 우연찮게 어우러져 함께 사는 아낙인 듯싶더이다."

"그러구두 그 사람이 남양에서 다시 아낙을 취했구먼?"

"남양에 있는 새악시는 혼례 올린 정실이지요. 죽산 있는 그 아낙은 기적에 박힌 관기랍니다."

"관기라면 나라 재산인데 어찌 그 여인이 상사람 한패두의 아낙이 되었단 말인가?"

나귀가 빈 들을 지나 솔밭 모퉁이를 지나간다. 차인 동개는 역말이 눈앞에 나타나자 아픈 다리도 가벼워진 듯하고 행수가 건네오는 말에 말대꾸하기도 수월하다. 덕대와는 차인들 중에서도 유난히 가깝게 지내던 터라 덕대에 관해 행수가 묻자 동개는 절로 흥도 나고 힘도 솟는 눈치다.

17. 간과 쓸이 땅에 흩어지다

"그 아낙이 원래는 한패두와 한 고향에서 앞뒷집으루 이웃해 자랐는데 집안이 어려워 빚추심을 당허게 되자 그 아비가 과년한 딸아이를 관기루 팔았던 모양입니다. 한패두가 소금 도부치다 3년 만에 고향에 들러보니 그 처자는 벌써 몸이 팔려 밀양 부중의 관기가 되었더랍니다."

"그래 관기 된 사람을 한패두가 어찌 제 계집으루 취했다든가?"

"왜적이 닥쳐 밀양 부중이 왜적의 손에 들게 되자 그 관기가 옛 고향으루 난을 피해 들어왔다가 게서 다시 고향 찾아온 한패두와 만난 게 아닌가 싶소이다."

조행수가 더 묻지 않고 묵묵히 앞을 본다. 서른이 다 된 늙은 총각 덕대에게 조행수는 지난 늦가을 반가의 규수 하나를 아낙으로 짝지어주었다. 이왕 제 수하로 크게 쓸 사람이라 제 곁에 오래 잡아두기 위해서는 짝부터 지어주는 것이 도리라고 생각한 것이다. 그러나 말을 듣고 보니 그에게는 진작에 따로 둔 아낙이 있었단다. 이제 덕대는 외자상투의 늙은 총각에서 정실 소실을 함께 거느리는 계집복 터진 사내가 된 것이다.

"저쪽 길모퉁이에 주등이 뵈는군요."

"여각旅閣[여관]인가?"

"쇤네가 한 발 먼저 가서 사첫방이라두 치우라구 이를까요?"

"자네 아니라두 사람 많네. 말고삐 쥔 사람이 수선 떨 까닭이 없네."

힐난하듯 하는 조행수의 말에 차인 동개는 눈끝이 실쭉해진다. 제 깐에는 한껏 위한다고 한 말인데 행수는 오히려 그의 말을 무참히

무지른다.

　궤를 진 후배 차인들이 객주를 멀리 보고는 빠른 걸음으로 행수의 나귀를 앞질러간다. 그 중에는 운종가 선전에서 실임實任과 서기書記를 지내던 차인들도 섞여 있다. 원래 그들은 도성 전방에 들어앉아 각 도에서 들고나는 물화를 일일이 감독하고 셈하던 사람들이다. 상단 따라 등짐 지고 팔도를 떠돌던 차인들에게는 그들은 바로 하늘처럼 높이 뵈던 사람들이다. 그러나 지금은 도성 육의전이 없어져서 그들도 역시 등짐을 지고 먼길을 떠나 다리품을 파는 고달픈 신세가 되었다. 대행수가 손수 객장 꾸려 원행을 하는 터라 행수 밑에 얹혀 사는 그들로서는 달리 꾀를 피울 구실이 없다.

　주등이 걸린 객주 마당이 삽시간에 나귀와 사람들로 가득 찬다. 객주에서 사람들이 나와 나귀를 말간에 들이고 차인들을 봉노로 안내한다.

　상단의 어른인 행수에게는 사처가 따로 치워지고, 안성장에서 보아온 물화들은 봉노 옆 빈 고방에 사람 세워 그득히 쌓여진다.

　사처에 든 조행수는 오랜만의 원행으로 온몸이 뻐근하다. 하긴 난 후에는 줄곧 남양에만 머물다가 오래간만에 기구 차려 안성 고을까지 다녀온 그다. 조행수가 안성을 찾은 까닭은 난리 후 시골 각 고을에 한 달 육장으로 제법 큰 장시가 선다는 말을 들었기 때문이다.

　도성이 왜적의 손에 떨어진 뒤 나라 안의 제일이라는 서울 운종가의 육의전은 이미 오래 전에 제 구실을 잃고 있다. 전방은 불에 타 없어지고, 상단의 차인들도 산지 사방으로 흩어져서 시골 임방任

房이나 상방商房〔거래소〕과도 연락이 끊긴 지 오랠뿐더러, 연락이 있다 해도 물화의 거래가 거의 없어서 각 상단의 여러 행수들은 저마다 일손을 놓고 난리 끝나기만을 목을 빼고 기다리는 형편이다.

헌데 이럴 즈음 팔도 각처에서 백성들이 스스로 물화를 장에 내어 고을마다 시골 장시를 세우기 시작했다. 하긴 난 전에도 관아의 눈을 피해 장시가 더러 서기는 했다. 그러나 나라의 법이 장시를 엄히 금해 오는 형편이라, 한 달 육장으로 날짜를 정해 장이 서는 일은 아주 드물었다. 필요에 따라 잠시 서고는 이내 없어지는 장이어서 상단에서는 그 사정을 아는 터라 별로 대수로이 여기지 않았다.

그러나 난리 후로는 장도 크세 설뿐더러 장마다 달에 여섯 번씩 날을 정해 장시가 서고 있다. 그럴 수밖에 없는 것이 난리가 나 서울 운종가가 불에 타 없어져서, 백성들이 급히 쓸 물건들이 필요하면 제 고을 가까운 옛날부터의 장터를 찾아가 서로 물화들을 주고받는 임시변통의 상거래를 시작한 것이다. 말하자면 핑계 없던 차에 백성들은 난을 틈타 고을마다 서둘러 장시들을 세우게 된 것이다.

이렇게 해서 새로 생긴 시골의 큰 장시로는 경강변의 송파장, 경기도의 안성장, 충청도의 강경장, 황해도의 비천飛川장, 강원도의 대화大化장, 경상도의 창원장, 평안도의 진두津頭장 등이 있다.

결국 조행수의 이번 원행은 그 중에도 특히 장시의 규모가 크다는 경기도 안성장을 알아보기 위한 것이었다. 다행히 그는 이번 원행에서 크게 일어난 안성장도 구경했고, 그 곳에서 뜻하지 않게 여러 물화도 좋은 값으로 구할 수 있었다. 해온 물건이 너무 많아 차인 일곱으로도 모자라서 그는 다시 마방에 들러 나귀 세 마리를 세내기까지 했다.

"대인 어른. 계시오이까?"

설풋 선잠이 들었다가 조행수는 번쩍 눈을 뜬다. 방문 밖에 인기척이 들리더니 차인 동개의 조심스런 목소리가 들려온다.

"소인 동개올시다. 경상도 내려갔던 한패두가 방금 객주에 들었습니다."

아까는 창문에 노을빛이 붉더니 지금은 방 밖이 먹물처럼 캄캄하다. 방 안에는 누가 들여놓았는지 불 당긴 촛대까지 퇴침 곁에 세워져 있다.

한패두 덕대가 왔다는 말에 조행수는 윗몸을 일으켜 방문을 벌컥 연다.

"한패두가 언제 왔드냐?"

"방금 객주에 들었습니다."

"들었으면 나부터 볼 일이지 어딜 가구 아니 오느냐?"

"어떤 손허구 동무해 왔는데 아마 그 손헌테 잠시 이를 말이 있는 듯허오이다."

"그 손이 누군가?"

"쇤네는 통 모르는 사람이더이다."

조행수가 방문을 닫으려는데 바깥채를 돌아 사람 하나가 사채 쪽으로 다가온다. 키가 장대처럼 큰 것으로 보아 그는 묻지 않아도 한덕대임을 알 수 있다.

"행수 어른께 문안이오. 쇤네 이제 막 객주에 닿았습니다."

"대어오느라 욕보았네. 그래 원행 중에 혹 욕이라두 당허지 않았든가?"

"욕본 일은 없사오이다만 약조한 날짜에 대어오느라 여느 때보다 다리품이 많이 든 폭이지요."

"좌우간 애 많이 썼네. 자 어서 방에 들게."

덕대가 사양없이 신을 벗고 방에 든다. 행수를 향해 반절을 올린 뒤 그가 다시 듬직하게 입을 연다.

"안성장은 볼 만허셨습니까?"

"구경두 좋구 물건두 많이 해왔네."

"내다 팔 곳두 마땅찮은데 웬 물건을 해오셨습니까?"

"장에 낼 물건이 아니야. 용처가 따루 있네."

잠시 말들이 끊긴다. 믿는 마음들이 돈독해서 두 사람은 말없이도 서로의 속을 짐작할 수 있다. 궁금해 하는 행수를 향해 덕대가 다시 입을 연다.

"소인두 이번에 화원 내려가서 얻은 소득이 적지 않습니다."

"저런 고마울 데가. 그래 어떤 소득을 보았든가?"

"그 말씀은 식후에 차근히 아룁지요. 행수 어른께서는 우선 저녁상부터 받으시지요."

덕대의 말이 끝나기도 전에 방문이 열리더니 중노미 하나가 밥상을 방안에 들여놓는다. 상 위의 밥과 찬을 보더니 행수가 다시 덕대에게 묻는다.

"자네두 식전이지?"

"예."

"나하구 함께 먹세. 찬은 이미 상에 놓였으니 밥 한 사발하구 수

저 한 벌만 더 놓으면 되지 않겠나?"

 잠시 생각하는 눈치더니 덕대가 몸을 틀어 방문 앞에 서 있는 중노미 쪽을 돌아본다.

 "객주에 술은 없는가?"

 "방금 뜬 맑은 술이 있습지요."

 "허면 그 술 한 양푼허구 수저 한 벌만 얼른 들여주게."

 "예."

 중노미가 방을 나가자 덕대가 다시 행수를 향한다.

 "어르신, 쇤네 목이 갈해 술 한 잔 먹으렵니다."

 "실은 나두 술 생각이 있었네. 저녁상 내오며 술 빠뜨린 객주가 이상허이."

 서로 보고 마주 웃고는 행수가 다시 덕대에게 묻는다.

 "알아보러 간 일은 잘 되었는가?"

 "제가 얻은 소득이란 게 바루 그 일을 이른 말이오이다."

 "우리 물건이 아직두 화원 왜물고에 있다는 겐가?"

 "고방들이 거개가 불에 타 없어지구 더러는 도둑을 맞어 성한 것이 없었소이다. 헌데 그 중에두 우리 물건이 든 고방만은 도적을 맞긴 했으나 남은 물건이 절반쯤은 되더이다."

 "물건 절반만 건질 수 있어두 내 셈이 많이 풀리겠네. 그래 어디루 손을 써야 그 물건들을 되찾을 수 있겠나?"

 "손쓰는 길이 따루 있더이다. 쇤네가 우리 일 보아줄 귀한 사람 하나를 데리구 왔소이다."

 "예까지 데리구 왔어?"

"상대가 왜적이라 손쓸 길 찾기가 수월치 않았소이다. 그나마 그 사람 만난 것이 천행인 듯싶사외다."

"그 사람이 뉘든가? 혹 왜상은 아니든가?"

"왜상은 아니옵구 왜녀와 사는 왜홉니다."

"왜호倭戶?"

"지금 객주에 부탁해서 방 하나를 따루 잡아들게 했습니다. 내 발걸음을 따라오느라 그 사람이 지금 운신을 못허두룩 지쳤소이다."

"자네랑 전부터 알구 지내든 사람인가?"

"아니외다. 화원 객주에 들었다가 우연찮게 알게 된 사람입지요. 왜호라서 왜말두 잘허구 왜적들과 알음두 많은 듯싶더이다."

일이 뜻밖으로 수월하게 풀린다. 만일 이번 일만 뜻대로 풀린다면 상단을 새로 세우는 일도 노상 어려운 것만은 아니다. 화원 왜물고에 잡혀 있는 물화가 그만큼 조행수에게는 큰 몫의 재물이다.

왜호란 삼포三浦나 오시瓦市〔외국과의 교역소〕 근처에서 왜녀를 얻어 사는 조선 사내를 이르는 말이다. 왜관 근처에는 원래 왜상을 비롯한 왜인들이 많이 살아. 그들을 따라 조선에 나온 왜녀들도 적지 않다. 왜호는 바로 그녀들을 취해 아낙으로 삼아 함께 사는 조선 남자를 두고 하는 말이다.

방문이 열리더니 변발머리의 아이 하나가 모판에 술 양푼과 밥 한 사발을 담아들고 들어온다. 술 양푼이 상에 놓이자 덕대가 먼저 행수에게 잔을 올린다.

"안성에서는 그래 어떤 물건을 해오셨습니까?"

"엄동이라 여러 피물皮物〔짐승가죽〕과 면주綿紬〔명주·비단〕를 여러 동했네."

"나온 면주가 있든가요?"

"집안에 오래 묵혀둔 물건이 양식 파느라 헐값으루 나왔더군. 가을걷이 끝난 지 몇 달두 안되는데 양식 구허느라 벌써부터 악다구닐세."

"쇤네 다녀온 경상도두 예사롭지가 않았소이다. 고을마다 문전 걸식하는 거렁뱅이 유민이 무리지어 다닙디다. 난중에 폐농한 백성이 많아 한 고을에 절반 이상이 고향 버리구 유민으루 떠돈답니다."

"올 겨울 날 일이 난감허네. 해토 되는 내년 봄에는 숱한 백성들이 떼죽음을 당헐 게야."

행수 잔에 술을 따른 뒤 덕대 자기는 스스로 술을 떠서 상 아래로 잔을 놓는다. 행수가 잔 내기를 기다려 덕대도 고개를 돌려 제 잔의 술을 비운다. 옛날 같으면 선전 대행수와 겸상은 고사하고 면대하기도 어려운 덕대다. 그러나 지금은 아쉬운 쪽이 행수여서 오히려 행수 쪽에서 덕대를 가까이 대하고 있다. 덕대도 그것을 아는 까닭에 행수에게 옛날보다 더 몸조심을 하는 것이다.

"안성에서 혹 선비 한 분이 행수 어른을 뵙자구 허지 않든가요?"

"자네가 그걸 어찌 아는가?"

"원래는 그 선비가 저를 먼저 만났지요. 괴산 고을을 지나다가 원집에서 그 선비를 뵈었는데 그 선비가 도성으루 행수 어른을 찾아간다구 허드군요. 해서 쇤네가 앞뒤 생각없이 행수 어른 계신 곳을 그 선비께 일러드리구 말았습니다."

"자네가 괜한 짓을 했네. 내가 지금 세상 피해 숨어사는 줄 모르는가."

　행수가 술잔을 비운 뒤 꾸짖듯이 한 마디 한다. 그러나 어투는 꾸짖듯 해도 얼굴 표정은 의외로 담담하다. 상단의 대행수다운 너그러운 태도다. 덕대가 고개를 떨구며 변명 비슷하게 입을 연다.

　"쇤네 처음엔 그 선비를 상단 사람으루 잘못 알았습니다. 상단 일에 밝기두 허려니와 언행이 상사람처럼 구수하구 수더분해서 글 읽는 선비라구는 꿈에두 생각질 않았지요. 얘기가 길어져서 쇤네가 행수 어른 안성 가신 일까지 소상히 일러드렸더니 그제야 선비가 허허 웃으며 자기는 상단 사람이 아니구 선비라구 밝힙디다. 사람을 잘못 본 쇤네 때문에 혹 낭패라두 당허시지 않으셨는지요."

　"낭패 볼 것이 틀림이 없기루 내가 미리 선손을 써서 그 선비를 피해 버렸네."

　"웬만헌 핑계루는 쉬이 물러설 양반이 아니던데 대인께서 무슨 핑계루 그 선비를 피허셨습니까?"

　"둘러대기 좋은 핑계루 몸 아픈 핑계보다 더 좋은 게 있나. 관격[급체]이 들어 와석[병석에 누움] 중이라 뵐 수 없노라구 병탈을 대어 피해 버렸네."

　"만나뵈려는 까닭이 무엇인지는 알아보셨습니까?"

　"까닭을 알아 무엇허게. 양반네 만나 이로울 게 없네."

　술잔이 거푸 비워진다. 행수는 입으로 술을 권하고 덕대는 손수 행수와 제 잔에 술을 따른다. 한동안 말없이 잔들을 내다가 행수가 다시 덕대에게 묻는다.

　"그래 화원 왜물고에 우리 물건이 무엇무엇 남았든가?"

"손쉬운 물건은 진작에 도둑을 맞구, 남은 것은 소목蘇木 단목丹木에 호초와 구리와 물소뿔이 조금 남았다구 들었습니다."

"상아와 유황 사탕 따위는 하나두 남질 않은 게군?"

"왜적이 들기 전에 도둑이 한 차례 휩쓸어 가구, 그 뒤루 다시 왜적이 들어 유황과 철 사탕 따위는 하나 남김없이 쓸어간 모양입니다."

난리 전에 시전 상단에서는 부산포 오시와 화원 왜물고에서 왜상들이 들여온 왜물들을 여러 바리 사두었다. 난이 날 것을 미리 안 왜인들이 난 전에 물건들을 헐값으로 내놓아서, 상단에서는 앞뒤 생각없이 나온 물건들을 휩쓸어 사둔 것이다. 그러나 왜적들이 삽시간에 도성을 떨구어서 부산포와 화원에 사둔 물화들은 고방 안에 쌓아둔 채 한 바리도 실어내지 못했다. 나라의 존망이 위태로운 판국이라 영악스런 상단에서도 달리 손을 쓸 여유가 없었던 것이다.

그러던 차에 선전 행수는 헛걸음 삼아 덕대를 화원으로 내려보냈다. 화원과 인접한 대구 고을이 바로 덕대의 고향이라 발걸음 빠른 그를 보내어 난 전에 사둔 상단의 물건이 어찌 되었는지 알아오도록 했던 것이다. 헌데 화원으로 내려간 덕대는 뜻밖의 소식을 조 행수에게 물고 왔다. 아예 잃은 물건으로 기대도 않았던 왜물들이 여러 차례 도둑은 맞았으나 아직 절반쯤은 남아 있노라는 것이었다.

더구나 덕대는 돌아오면서 왜말을 할 줄 아는 왜호 하나를 데려온 모양이다. 왜적이 화원에 둔취해 있는 한 어차피 물화를 찾으려면 왜적들과 거래를 해야 한다. 그러기 위해서는 왜말을 할 줄 아는 왜통사나 왜호의 도움이 절실하게 필요하다. 덕대는 바로 그 도움을 얻기 위해 멀리 부산포로부터 왜호 한 명을 데리고 올라온 것이다.

"대인 어른 계시오이까?"

방 밖에서 문득 동개의 목소리가 들려온다.

"무슨 일이냐?"

"객주에 찾아오신 선비 한 분께서 행수 어른을 잠시 뵙자구 허십니다."

"선비께서 나를 무슨 일루 보자신다드냐?"

"긴히 전할 말씀이 계시다구 잠시 사처루 뫼시라는 분부시오이다."

"내 지금 원행 후라 몸이 비편해서 손님 맞을 형편이 아니라구 여쭈어라. 꼭 나를 뵙자시면 내일 날 밝거든 내가 찾아뵙겠다구 말씀 올려라."

"인물 크다는 선성을 들었더니 선전 조행수가 좀스러운 사람일세그려. 안성서두 병탈을 대더니 예서도 날 병탈대어 피하려는 게요?"

동개가 아닌 다른 목소리다. 아마 선비가 동개를 따라 사처 안뜰까지 찾아 들어온 모양이다. 지껄이는 말을 들어보니 안성에서 만나자고 했던 바로 그 선비 같다. 덕대를 잠시 건너다 본 뒤 조행수가 이윽고 몸을 일으켜 방문을 연다. 그러나 마루로 나오고도 조행수는 상대를 알아보지 못한다. 칠흑 같은 어둠 속이라 얼굴을 분간키가 어렵기 때문이다.

"뉘시길래 야심한 밤에 예까지 나를 찾아오시었소?"

"이름을 대면 아시겠소? 행수 만나기가 이렇듯 어려울 줄 내 몰랐소."

"이 사람이 원행 후라 지금 몸이 성치 않소이다. 선비께서 뵙자 시는 데 아니 만날 까닭이 있습니까."

"아니 만날 까닭이 없다면서 엄동에 찾아온 손을 뜰에 세워 두고 방에 들라는 말도 않소?"

"아니오이다. 어서 방에 드시지요. 말끝에 이 사람이 잠시 예를 잊었소이다."

방에 들라는 말이 떨어지자 선비가 이내 신을 벗고 마루로 오른다. 큰갓 쓰고 도포 입은 것이 선비 복색은 분명하나 몸채가 크고 장대해서 선비 같지 않고 무변 같다. 방에 서 있는 덕대를 보고는 선비가 다시 우렁우렁 입을 연다.

"자네가 구면일세그려? 남도에 내려간다드니 언제 다시 이리로 올라왔나?"

"안녕협시오. 방금 전에 객주에 닿아 행수 어른께 인사 여쭙는 중이외다."

"그래 남도에 내려간 일은 뜻대로 잘 되었든가?"

"뜻만 같지는 못하오나 생각보다는 잘된 듯도 허오이다."

선비가 먼저 자리에 앉고 행수가 잇따라 자리에 앉는다. 방에 놓인 밥상을 본 뒤 선비가 새삼 행수 쪽을 돌아본다.

"저녁상이 늦었소그려? 상 받고 있는 줄은 내 몰랐소이다."

"선비께서는 저녁을 어찌 허셨소이까?"

"방금 전에 상 물리고 곧장 객주로 나온 참이오. 내 걱정일랑 하지 말고 어서 상들이나 받도록 하시오."

"아니외다. 야심한 밤에 이렇듯이 사처에까지 찾아오신 것을 보면, 선비께서 이 사람을 찾는 긴한 까닭이 있을 듯싶소이다. 상이야 나중 받아두 되니 우선 이 사람을 찾은 까닭부터 일러주십시오."

선비가 형형한 눈빛으로 대꾸없이 조행수를 쏘아본다. 살갗이 팽팽하고 터럭이 아직 검은 것으로 보아 선비는 많이 잡아야 서른을 갓 지난 장년이다.

선전의 대행수라면 세상이 다 아는 노회한 장사꾼이다. 아무리 선비가 글이 높고 인품이 고매해도 시전의 대행수 앞에서는 조금은 주눅이 들지 않을 수 없다. 지체로 따져서는 양반과 상사람의 큰 차가 있지만 사람과 사람으로 면대해서는 역시 대행수는 녹녹치 않은 인물이다.

그러나 마주 앉아 서로를 바라보는 눈빛에는 선비도 조행수도 이글거리는 열기가 숨어 있다. 다만 두 사람의 연치 차 때문에 젊은 선비가 조행수보다 눈빛에 더 힘이 느껴질 뿐이다.

"행수는 장차 이 나라가 어찌 될 게라고 생각하시오?"

"그런 일이야 선비님네나 아실 일이지, 우리 같은 미천한 장사치야 용훼容喙(입을 놀림)할 일이 되오리까."

"행수 말씀이 겸양이 아니라 내 하는 말을 시까슬르는 말로 들리오그려."

"시까슬르다니 천만 부당헌 말씀이외다. 이 사람이 원래 배움이 짧아 선비님 말씀에 옳게 응대치를 못허는 탓인 것 같사외다."

주고받는 말투는 한껏 점잖고 신중하나 두 사람은 내심으로 제 나름의 경계와 계산들을 하고 있다. 조행수에게는 불쑥 찾아온 낯선 선비의 정체가 궁금할 수밖에 없고, 선비에게는 선전 대행수가 소문에 듣던 대로 녹녹치 않게 느껴졌기 때문이다. 한참 동안 말이 없다가 선비가 다시 무겁게 입을 연다.

"나라가 지금 어떤 형편에 있는가는 내가 새삼 이르지 않더라도 행수께서 이미 잘 알고 계시리라 믿소. 내가 여러 날을 벼러 행수를 꼭 뵙자고 한 것은 행수를 만나 직접 전할 청이 한 가지 있기 때문이오. 행수는 부디 나라와 백성들을 생각해서 이 사람이 하는 청을 물리치지 않기 바라오."

"아까두 잠시 말씀을 올렸소이다만 장사를 생업으루 하는 위인이라 이 사람은 나랏일에는 통히 아는 것두 베풀 것두 없사외다. 아무래두 선비께서는 사람을 잘못 찾아온 듯싶소이다."

선비의 굵은 눈썹이 잠시 경련하듯 꿈틀 움직인다. 상대가 대행수라고는 하나 역시 그에게는 상사람의 장사치에 불과하다. 그를 상대하여 어려운 청을 하노라니 양반의 체통과 자존심이 크게 상한 느낌이다. 그 아픔을 참느라고 선비는 잠시 안간힘을 쓴 것이다.

"행수는 내가 하려는 청이 무엇인지 들으려고도 않는구려?"

"황공하외다. 청을 받을 처지가 아니라서 여쭙기조차 쑥스럽사외다. 허나 이제 말이 나왔으니 청이 무엇인지 들려나 주십시오."

"길게 끌어 무얼 하겠소. 행수도 이미 내 청이 무엇인지 짐작하리다. 수원 사는 선비들 몇이 창의하기로 뜻을 모았소. 헌데 방을 걸어 의병을 초모하다 보니 그들을 먹일 군량이 달리오그려. 처음엔 초모 군사가 2·3백이나 겨우 될 걸로 알았으나 모병 된 군사가 5백에 이르자 준비한 적은 군량이 벌써 바닥을 보이게 되었소그려. 해서 사방으로 군량을 구하러 다니다가 오늘은 조행수에까지 청을 들고 찾아왔소. 행수는 부디 우리 뜻을 살펴 우리들의 어려운 처지를 저버리지 않기 바라오."

말을 끝낸 젊은 선비가 부릅뜬 눈으로 조행수를 바라본다. 행수는 그러나 예사로운 얼굴을 한 채 선비 뒤쪽의 벽 한곳을 우두커니 바라볼 뿐이다.

숨막히는 침묵이 흐른다. 말을 끝낸 선비도 답답하고 침묵을 지키는 조행수도 답답하다. 그러나 곧 조행수의 입에서 뜻밖의 말이 담담하게 흘러나온다.

"이 사람이 원래 옷감을 팔던 장사치라 군량으로 쓸 곡식은 제 쓸 것말구는 넉넉히 지닌 것이 없사외다. 해서 이 사람 생각에는 다른 변통으로 군량미를 구하는 것이 어떨까 싶소이다만?"

"다른 변통이란 게 무어란 말이오?"

"장사 밑천으루 깊이 숨겨둔 은자 몇 냥이 제 수중에 있사외다. 은자 한 냥이면 지금 시세루 벼 두 섬을 팔 수 있사외다. 은자 백 냥을 내드리면 벼 2백 섬을 마련헐 수 있지 않겠습니까?"

선비가 대답을 잃고 아득한 눈으로 조행수를 바라본다. 소문에 듣던 대로 조행수는 과연 그릇이 큰 인물이다. 벼 2백 섬을 말 한 마디에 선뜻 내주리라고는 꿈에도 생각 못한 선비다. 막상 행수의 시원스런 대답을 듣고 보니 젊은 선비는 목이 메어 입이 쉽게 떨어지지 않는다.

"내 이 고마운 뜻을 무엇으로 답해야 좋을지 모르겠소. 이제야 우리 주린 군사들이 조행수 덕에 배를 채울 수 있게 되었소그려."

"은자 백 냥을 어디루 전하리까? 이 사람이 걸음이 빨라 수원이라면 하루 안에 닿으리다."

감격해 하는 선비의 얼굴을 조행수는 담담하게 바라본다. 행수가 이 사람이라고 가리킨 사람은 바로 곁에 앉은 한덕대다. 선비가 그제야 정신을 수습하고 고개를 크게 끄덕인다.

"빠를수록 좋소이다. 내일이라도 보내주십시오."

어둠이 깔린 패수浿水[대동강] 강변에 중들의 독경 소리가 은은히 들려온다. 모래톱을 지나 강변으로 다가오던 행각승 하나가 독경 소리를 듣고는 발을 세우고 밝은 곳을 바라본다. 화톳불 지핀 강변 한 곳에 제상이 진설되고 그 앞에서 여러 중들이 목탁을 치며 경들을 외고 있다. 죽은 사람을 극락으로 인도하는 천도기원의 독경 소리다.

행각승이 제상 왼쪽의 사공막 쪽으로 다가간다. 그 곳에는 또 다른 중들이 제물들을 꾸려지고 강 건널 차비들을 하고 있다. 아마 강변으로 천도기원을 나갔다가 제가 파할 때쯤 되어 떠날 준비를 하는 모양이다.

"객승 문안이오. 말 좀 물읍시다."

행각승이 등에 망태를 진 젊은 중에게 말을 건넨다. 젊은 중이 흠칫 놀라 경계하는 눈빛으로 늙은 행각승을 바라본다.

"뉘시오?"

"길 가던 객승이외다. 말 몇 마디 물어두 되겠소?"

"복색이 승군이 아니시구려? 그래 무얼 묻자시오?"

17. 간과 골이 땅에 흩어지다

"의승군義僧軍의 군막을 찾아가려는데 어디루 가야 될는지 모르겠구려?"

"의승군 군막은 어찌 찾으시우?"

"동접 한 사람을 만나러 가외다. 의승 도대장都大將두 아직 성안에 계신지 모르겠소?"

"도대장 대사님을 아시오이까?"

"옛날 한때 한 절에서 지냈지요. 여러 해 전 일이라서 도대장이 날 알는지 모르겠구먼?"

두 사람의 말을 듣고 곁에 있던 중들이 가까이 다가온다. 머리를 깎아 중인 줄 알 뿐, 강변의 여러 중들은 행전 치고 손에 각기 선장禪杖이나 창들을 들고 있다. 병장기를 몸에 지닌 것으로 보아 그들은 묻지 않아도 의승군임을 알 만하다.

"도대장 큰스님을 아신다니 스님의 법호法號가 어찌 되시오이까?"

이번에는 젊은 중을 대신해서 나이 지긋한 중이 묻는다. 목탁 소리가 끊긴 것으로 보아 강변 독경도 이미 끝난 모양이다.

"법호랄 것은 없구 절에서는 나를 모두 사발이라구 부르구 있수."

"허면 혹 남악(두류산)에 주석해 계시다는 사발 큰스님이 아니시오이까?"

"땡초 사발까지 아시는 걸 보니 스님두 어지간히 세상 잡사에 밝소그려?"

"소승 몰라뵈었소이다. 이 곳에 계신 자산스님을 통해 스님께서 진주성 싸움에서 큰 공을 세우신 것을 전해 듣고 있사외다."

"그 사람이 또 헷소리를 했군. 그래 자산이 이 곳 군막에 아직두 머물러 있소?"

"계신지 어떤지는 모르겠습니다만 우리가 바루 그 스님 막하에 딸려 있는 의승군들이오이다."

말 울음소리가 멀리 강 건너에서 들려온다. 아마 명군明軍을 따라 조선에 나온 호마胡馬의 울음소리일 것이다. 잠시 생각하는 빛이더니 사발이 다시 승군들에게 묻는다.

"군막이 예서 얼마나 가야 하오?"

"바루 강 건너 평양성 외성에 있사외다."

"지금 군막을 찾아가면 자산을 만날 수 있소?"

"명군 군막에 가시지 않았으면 아마 우리 진막에 그대루 계실 겝니다."

"명나라 군사들이 아직두 평양성 안에 있다는 말이오?"

"대병은 이미 왜적을 따라 황주까지 내려갔사옵구, 군량 조달허는 후진만이 아직 성안에 남아 있지요. 우리 승군두 성에 남아 군량 진발하는 일을 거둘구 있사외다."

강바람이 살을 에듯 모질게 불어온다. 사발은 어느 틈에 승군들과 어울려 강을 바라고 몸을 웅크린 채 걷고 있다. 방금 전까지 승군들이 독경하던 것이 생각나서 사발이 다시 승군들에게 말을 묻는다.

"방금 여러 스님네가 천도기원을 허는 것 같던데 이 어두운 강변에 나와 어느 중생을 극락으로 인도허셨소?"

"지난번 평양성 큰 싸움에서 삼군의 전망한 군사가 수천에 달합니다. 도총섭都總攝 큰스님이 우리를 불러 삼군의 전망한 군사들을 천도허라는 분부가 계셨지요."

"나무 관세음……, 헌데 삼군이라니 어느 어느 군사들을 이르는 게요?"

"조선군 명군 왜군. 이렇게 세 나라 군사를 이르는 게지요."

도총섭은 서산대사 휴정을 가리키는 말이다. 지난 임진년 가을 휴정은 그의 제자 사명당 유정과 함께 순안順安 법흥사法興寺에서 의승군을 일으켰다. 그 뒤로 승군은 근왕에 임하다가 지난 정월 평양성 싸움에서 동정군 명군을 도와 성을 되찾는 데 큰몫을 한 것이다.

일행이 드디어 강가에 다다랐다. 그러나 넓은 강가에 강을 건네줄 나룻배가 보이지 않는다. 망설이는 사발을 버려두고 승군들은 그러나 강심을 향해 곧장 걸어간다. 사발은 그제야 강이 얼어붙어 등빙登氷을 해도 된다는 것을 뒤늦게 깨닫는다.

"스님께서는 하삼도에서 어느 길루 예까지 오시었습니까?"

"강화까지는 뱃길루 오구, 게서는 다시 뭍에 올라 금교도金郊道를 따라 예까지 왔소."

"오는 길에 혹 왜적들과 부닥치지는 않았습니까?"

"아랫녘에서는 부닥치지 않았으나 황해도 지경에 들어서는 여러 차례 맞닥뜨렸지."

"해꼬지〔해코지〕 않든가요?"

"쫓겨가는 패군들이 남 해꼬지할 틈이 있나. 신병神兵이라던 왜적들두 패군이 되니 별 게 아니데."

강심으로 들어왔으나 얼음의 굳기가 돌과 같다. 달빛이 있기에 망정이지 강변이 넓어 길을 분간키가 쉽지 않다. 자산과 헤어진 지도 어느덧 두 달이 지났다. 진주성 싸움에 큰 공을 세운 자산은 닷새를 성에 머물고는 다시 진주를 떠나갔다. 애초에 그가 목적한 곳은 근왕이 아니고 묘향산이었다. 보현사를 찾아 큰스님 휴정 대선사를 만나 뵙겠다던 그가, 오히려 그에게 다시 잡혀 평양성 싸움까지 치르게 된 모양이다.

외성 밖의 여러 민호가 달빛 속에 어슴푸레 보이기 시작한다. 격전을 치른 거성답지 않게 지금은 성 안팎이 물을 뿌린 듯 고요하다. 하긴 삭풍이 휘몰아치는 엄동이라 지금은 성민 모두가 추위를 피해 집 안에만 박혀 있을 계절이다. 간혹 어둠 속에 들리는 소리는 긴 밤을 한데서 자는 호마들의 울음소리뿐이다.

"스님 이쪽으루 오시지요."

등빙해서 강을 건너자 앞선 승군이 여염 사잇길로 들어선다. 이곳은 더러 병화를 입어 불타버린 빈 집터가 거뭇거뭇하게 남아 있다. 골목길이라 바람이 좀 숙어들고 어디선가 시끌벅적한 사람들의 훤소喧騷[뒤떠들어 소란함]가 들려온다. 날이 저물어 어둡기는 해도 시각은 이제 겨우 유시酉時[일곱시] 가까운 초저녁이다. 동절이라 어느 때보다 밤이 일찍 찾아온 것이다.

갑자기 눈앞이 밝아지면서 화톳불 무더기가 여럿 보인다. 불 둘레에는 짚자리가 깔리고 승군들 여럿이 번을 서는지 둥그렇게 앉아 있다. 이쪽 일행이 가까이 다가가자 창 짚은 승군 하나가 앉은 채로 커다랗게 말을 건네온다.

"이제들 오나? 욕들 보네. 어서 와 불들 쬐게."

불 가까이 다가간 승군이 앉은 승군에게 허리를 굽힌다. 불을 쬐는 줄 알았더니 그는 구부린 채 말을 묻고 있다.

"우리 부도대장副都大將 어디 기신가?"

"글쎄 도총섭이나 도대장 군막에 아니 기실까?"

"아까 내가 듣기루는 명군 진영에 가신다구 했네. 지금쯤에는 하마 돌아오신 걸루 알구 있는데?"

"잠시 전에두 얼핏 뵈었네. 도대장 군막에 아니 기시면 우리 진막에 들어 기시겠지."

이쪽 승군이 떠나려는데 또 다른 승군이 갑자기 묻는다.

"우리 대장스님은 무슨 일루 찾는 게여?"

"대장스님 뵙기 위해 멀리서 오신 큰스님이 기시네. 자 모두 인사를 여쭙게나. 자산스님이 말씀하시던 바루 그 진주성의 사발스님일세."

"어서 옵시오. 소승 문안이오."

승군들이 모두들 일어나 창을 뉘어놓고 사발에게 합장해 보인다. 군규가 엄연하건만 그들은 역시 동도同道 사문의 승려들이다. 대덕 큰스님을 눈앞에 대하고는 무심중 창을 놓고 합장이 나온 것이다.

"큰일들 허시었소. 평양성 되찾은 것이 모두 스님들 공이시오."

"우리 공이랄 게 있습니까. 부처님의 가없는 가피지요."

"여기 혹시 자산스님 따라 두류산 운해사에서 오신 스님은 아니 기시오?"

"운해사 스님이 네댓쯤 됩니다만 눈에 아니 뵈는 걸 보니 하번 중이라 잠들 자는 모양입니다."

"알겠소이다. 자 허면 고생들 허시오."

"예. 스님 살펴가십시오."

화톳불 지핀 큰 마당을 지나자 길이 훤히 넓어지면서 그 안쪽으로 홰를 밝힌 기와집 한 채가 나타난다. 활짝 열린 평대문 앞에 승군 하나가 창을 짚고 지키고 있다. 그 안으로는 역시 두 무더기의 화톳불이 벌겋게 타고 있다. 사발을 인도해 온 나이 든 승군이 이번에는 다시 문 지키는 승군에게 묻는다.

"자산스님 안에 기신가?"

"기시네마는 지금 심기가 좋지 않으시네."

"심기가 안 좋으신 까닭이 무언가?"

"명군 진영엘 가시더니 못 볼 것을 보신 듯허네. 누가 찾거든 없다구 허라시며 오늘은 초저녁에 일찍 침소에 드시겠다구 말씀허시데."

"내 말 한 마디만 전해 주시우."

사발이 문득 말쯤에 끼여든다.

"무슨 말을 전허라는 게요?"

"운해사 사발이 왔노라구 전허시우. 아마 그 말 전해 들으면 무슨 하회[대답]가 있으리다."

"공연히 잠 깨운다구 꾸중이나 듣지 않겠소?"

"자네가 이 스님이 어떤 스님인지 모르네그려. 우리 대장의 스승이 되시는 대덕 노장스님일세. 찬 날씨에 시비 말구 어서 들어가 말씀 전허게."

문득 집 안에서 큰 인기척이 들려온다. 뒤미처 승관(僧冠)을 쓴 큰 중 하나가 선장 짚고 평대문을 나온다.

"자산. 오래간만일세."

문을 나서는 큰 중에게 사발이 먼저 말을 건넨다. 문을 막 나서려다가 엄장 큰 중이 뒤를 돌아본다.

"뉘시오?"

"낼세."

"내라니? 아니, 이게……. 스님 평양에는 언제 오시었소?"

"지금 막 패수 건너왔네. 자네 보러 일부러 왔지."

"자 어서 안으루 드십시다. 내 지금 말벗 찾아 속에 든 울화를 풀려든 참이었소."

"허면 내가 먼길까지 자네 울화를 받으러 온 겐가?"

"아따 수천릿길 걸으시구두 아직 농할 기운이 있으시오? 자 어서 내 방으루 가십시다. 스님께 헐 말이 많소."

팔을 잡혀 들어가면서 사발은 그제야 자산의 입에서 술내를 맡는다. 술을 금하는 사문이건만 자산은 전에도 곡차曲茶〔술〕를 자주 했다. 아마 싸움터에 나온 뒤로는 술 하는 횟수가 더 잦아진 모양이다.

화톳불 지핀 안뜰을 지나 자산은 중문을 거쳐 어느 고방 앞에 발을 세운다. 문을 열고 들어서니 훤한 횃불 아래 불탁佛卓 비슷한 탁자가 있다. 아마 자산이 외성에 머물면서 임시 군막으로 쓰고 있는 방인 듯하다.

"게 앉으시우. 운해사 조실스님은 기력이 여전허십디까?"

"잘 있네. 모우당은 명군이 평양성 되찾은 것두 아직 모르구 있을 겔세."

"스님은 언제 평양성 깨친 것을 들으셨소?"

"뱃길루 강화에 갔다가 황해도 땅에 건너와서 처음으로 인편에 들었네."

"스님두 그 싸움을 보셨어야 허는 건데. 싸움에 패한 왜적의 괴수가 목숨을 구해 밤을 틈타 성밖으루 도망을 쳤소. 정월 초엿샛날 시작된 싸움이 꼬박 나흘 걸려 아흐렛날 끝이 났소."

"진주성 싸움과 견주어서는 어느 게 더 격렬허든가?"

"두 싸움이 서루 달라 바루 견주기는 어렵지요. 진주성은 우리가 성을 지킨 싸움이구 이 곳 서경은 성안의 적을 우리가 깨친 싸움 아니우."

탁자를 사이에 두고 마주 앉은 채 사발은 잠시 군막 안을 둘러본다. 검은 휘장을 둘러친 벽에 계도戒刀 한 자루가 걸려 있고, 왼쪽 벽 아래로는 승창 여러 개가 가지런히 늘어놓여 있다. 아마 군막 안에 모임이 있을 때 장수들이 그 승창들을 깔고 앉는 모양이다.

"휴정 유정 두 스님들은 이번 싸움에 무사허신가?"

"두 큰스님만 무사헌 게 아니구 승군 모두가 별루 상한 사람이 없수."

"두 스님이 그래 성중에 계신가?"

"휴정 큰스님은 연로하셔서 싸움 후 순안에 내려가 계시구 도대장 유정스님만 성중에 남아 우리 승군을 이끌구 계시우."

왜란도 이미 해가 바뀌어 임진년에서 계사년이 되었다. 다행스러운 것은 대국 명나라가 동정군을 조선에 보내어 왜적을 깨쳐 평양성을 되찾은 일이다. 작년 6월에 잃은 평양성을 명나라의 힘을 빌려 무려 반년 만에 되찾은 셈이다.

"서경을 이미 되찾았으니 이제 서울 도성두 되찾을 날이 머지않겠네그려?"

"서울을 되찾으면 무얼 허우. 왜적보다 더 흉한 적을 상전으루 뫼시게 되었는데."

"더 흉한 적이 누군가?"

"우리를 구허러 왔노라는 바루 동정군 명나라 군사들이우."

"명군이 어찌해서 우리에게 적이 된다는 겐가?"

"구허러 와준 것은 고맙기 그지없으나 장수와 군사들의 위세와 행패라니 왜적 못지않게 방자허구 흉측헙디다. 내 오늘 울화가 치민 것두 바루 그 명군들의 험한 행패를 보았기 때문이우."

"무슨 행패를 보았다는 겐가?"

"명군을 접반하는 우리 조선의 낭관 한 사람을 명군의 부장 하나가 뺨을 후려 때립니다."

"뺨 때릴 곡절이 있었겠지. 명군이 까닭없이 젊은 관원을 욕보였을까."

"까닭이 다 무어요. 소 잡아 바치라는 데 소가 없어 돝을 잡아 바쳤더니 그 부장이 천병을 홀대한다구 낭관의 뺨을 후려 때린 게요."

"군량을 대기두 쉽지 않은데 명군이 조선 관원에게 소까지 잡아 바치라든가?"

"걸핏하면 소 잡아라 돝 잡아라 성화를 대구, 어느 놈은 잠자리에 조선 기생까지 넣어달라구 허드랍니다."

사발이 허허 웃고는 더 묻지 않고 입을 다문다.

명군의 위세와 행패에 대해서는 사발도 이미 여러 차례 소문을 듣고 있다. 원래 명군의 군량과 마초馬草는 조선에서 대어주기로 파병 전부터 약조가 되어 있었다. 천리 타국 조선에까지 대병을 이끌고 온 것만도 고마운 일이어서 그들이 머물며 먹을 군량은 의당 조선에서 대어주는 것이 도리였다.

그러나 나라가 난중에 있는데다 임금이 멀리 변방에 몽진 중이어서 명군의 군량을 제때에 대기가 말처럼 그렇게 쉽지 않은 일이었다. 조선으로서는 온갖 애를 다 썼어도 간혹 일이 어긋나서 군량 조달이 늦어지는 때가 있었다. 헌데 이렇게 군량 조달이 늦어지면 명군은 조선 관원을 거리낌없이 때리거나 욕보였다. 삼공 육경을 지낸 아무리 높은 관원이라도 명군 장수는 아랑곳 않고 뺨을 때리거나 발로 찼다. 대국인 명나라 장수의 눈에 조선의 삼공 육경은 손찌검을 해도 좋은 하찮은 존재로 보인 것이다.

높은 벼슬의 관원까지도 이렇듯 업신여기는 명군이라 조선 백성을 대하는 그들의 태도는 달리 이를 말이 없을 정도였다. 발길 닿는 고을마다 그들의 위세와 행패가 낭자해서, 조선에 온 지 달포도 안 되건만 명군에 대한 나쁜 소문이 온 나라 안에 가득할 지경이다.

"스님 참 저녁 허기는 메우셨소?"

"강 건느기 전에 생식으루 허기 꼈네."

"먼길 오시면서두 익힌 음식을 아니 드시오?"

"불 피우기 성가셔서 난곡을 물에 불구어 생식으루 지내구 있네."

"내게 지금 백성들이 갖다 바친 반야탕般若湯[술을 두고 중들 사이에서 쓰는 곁말]이 두어 말 있수. 오랜만에 스님 뵈었으니 허기 메울 겸 반야탕 좀 아니 드시겠소?"

"자네 입에서 술내 나기루 내 이미 반야탕 있는 줄 짐작했네."

"반야탕이 좋은 줄은 내 이번에 새루 알았수. 이번 싸움에 내가 쏜 살에 맞아 왜적 여럿이 죽는 걸 내 눈으로 똑똑히 보았소. 진주성에서는 성을 지키는 싸움이라 왜적을 죽이구두 백성을 구한다는 핑계가 있었는데, 여기서는 성을 치는 싸움이라 왜적 무찌르는 것이 그대루 살생입디다."

"그래서 그 핑계루 반야탕으루 목을 축인 겐가?"

"중이 그 때 술맛 안 보면 언제 또 핑계가 있답니까. 호리건곤壺裏乾坤(병 속의 세상, 즉 술에 취함)두 지옥이기는 일반이라 내 미리 반야탕을 빌어 지옥엘 먼저 다녀온 게요."

호방한 자산의 얼굴에도 싸움에 지친 곤한 기색이 어려 있다. 하긴 그는 승장 중에서도 진주와 평양 두 성에서 두 번에 걸쳐 큰 싸움을 치른 사람이다. 그는 어쩌면 몸보다도 마음이 먼저 곤핍해 있는지 모른다.

방 밖에서 문득 인기척이 들려온다. 뒤미처 승군 하나가 문 밖에서 커다랗게 소리친다.

"대장스님 기시오이까?"

"예 있네. 무슨 일인가?"

"명군 진막의 호통사胡通詞(중국말 통역) 한 사람이 잠시 대장스님을 뵙자구 허는구먼요."

"통사가 나를 무슨 일루 보자는 겐가?"

"긴히 여쭐 말씀이 있답니다. 잠시 만나보시지요."

"알겠네. 들여보내게."

방문이 밖으로 열리고 사람 하나가 군막으로 들어온다. 더그레 걸치고 벙거지 쓴 것이 언뜻 보아서는 조선군의 비장 차림이다. 횃불 밑에 얼굴을 들어보이며 통사(통역)가 아첨하듯 자산을 올려다본다.

"대장스님, 쇤네 알아보시겠습니까?"

"자네가 등총병(登摠兵) 밑에 있는 김씨 성 지닌 통사가 아닌가?"

"예, 소인이 바루 그 통사외다."

"그래 이런 늦은 밤에 나를 어찌 찾아왔는가?"

"방금 전에 명진(明陣)의 진부장(陣部將)이 접반관 박직장(朴直長) 나으리를 매질한 까닭이 무엇인지 아시오이까?"

"소를 잡아 바치라는데 돝을 잡은 죄루 뺨을 맞은 게 아닌가?"

"그거야 밖에 드러난 트집일 뿐 원래 까닭은 달리 있습지요."

"다른 까닭은 또 무어야?"

"진부장이 마음속에 뜻을 둔 여인이 하나 있사외다. 그 여인을 몹시 탐허구 있사온데 박직장 나으리께서 그 뜻을 헤아리지 못허는 때문이지요."

"진부장이 탐허는 여인이 그래 누구라든가."

"박직장이 총애허는 관기 매향이 바루 그 여인이외다."

"매향은 나두 아네만 진부장이 매향을 언제 보았기에 탐헌다는 이야긴가?"

"등총병을 접대하는 술자리에서 매향이 진부장의 술을 친 적이 있사외다. 그 때 한번 매향을 보구는 진부장이 줄곧 욕심을 품어온 모양입니다."

"그래 진부장이 매향에게 뜻을 두고 있다는 것을 박직장과 매향 두 사람이 알구는 있는 겐가?"

"직장 나으리는 아시는 듯싶사오나 매향은 일러주는 사람이 없어 아직 그 눈치를 모르는 듯싶사외다."

"그렇다면 무엇이 큰 걱정인가? 앞으루두 연이어 만나야 될 진부장인데. 박직장이 진부장의 뜻을 알았다면 매향을 진부장의 침소에 넣어주면 될 것이 아닌가?"

호통사가 난처한 얼굴로 고개를 크게 가로 내젓는다.

"그것이 어려운 것이 매향이 아직 나이 어려 박직장 나으리의 속 깊은 뜻을 헤아리지 못허는 것이외다. 직장의 말씀인즉 매향에게 진부장의 수청을 들라 허면 매향이 크게 낙담해서 자처를 헐지두 모른다구 허는구먼요."

자산이 난처한 얼굴로 마주 앉은 사발을 건너다본다. 사발이 자산의 눈길을 받고는 눈꼬리에 주름을 잡으며 장난스럽게 입을 연다.

"기생 절개 굳은 것두 이런 때는 탈일세그려. 허지만 그 기생이 하나만 알구 둘은 모르네. 제가 정작 정인을 위헌다면 몸만 지키려 애쓸 것이 아니라 정인이 당허는 곤경두 구헐 줄을 알아야지."

"제 생각두 바루 그것이외다. 한번 욕심을 품은 진부장은 매향을 쉬이 단념치 않을 것이외다. 그리 되면 직장 나으리는 그 곡경이 이만 저만이 아니지요. 강물에 배 지나간 자린데 기생 주제에 수절이 당헌가요. 곡경 당허는 나으리를 보노라면 생각 짧은 매향이년이 야속헐 때가 한두 번이 아니외다."

"허면 어째 그 속사정을 자네는 매향에게 바른대루 일러주지 못허는 겐가?"

"그년이 콧대가 높아 우리 말은 들으려구두 않사외다. 대장스님께서 좋게 타이르시면 그년이 혹 알아듣지 않을까 싶어……."

"듣구 보니 자네가 지금 내게 진부장의 조방구니가 되어달라는 부탁일세그려?"

"농으루 돌리실 일이 아니오이다. 진부장이 지금 몸이 달아 일이 뜻대루 아니되면 무슨 일을 저지를지 모릅니다. 일의 속내를 알지 못허구 진부장은 직장 나으리가 매향을 감추어 두구 짐짓 딴청을 쓰구 있다구 믿구 있습니다. 조선 백성을 우습게 아는 명군이라 진부장이 한번 분기를 내면 직장 나으리를 크게 해칠 수두 있사외다. 쇤네가 야심한데 대장스님을 찾아뵈온 것은 바루 그 위험스러움을 잘 아는 까닭이외다."

자산이 대꾸없이 탁자 너머로 다시 사발을 바라본다. 명군의 통변을 맡고 있는 통사여서 이 사람은 누구보다도 명군 진막의 사정에 밝다. 걱정스레 바라보는 자산을 향해 사발이 다시 장난스럽게 입을 연다.

"싸움두 제 힘으루 해야지, 남의 힘을 빌자니 별 아니꼬운 꼴을 다 보네그려. 힘없는 백성 위해 내가 숨은 공덕 하나 쌓기루 허세."

통사가 그 말을 듣고 사발을 향해 고개를 넙죽 숙여보인다.

"쇤네 이제야 한시름 놓겠습니다. 허면 쇤네 스님만 믿구 이만 물러가렵니다."

얕은 강여울을 따라 사람 하나가 강을 건너온다.

허벅다리까지 바짓가랑이를 걷어붙이고 사내는 짚신짝을 손에 든 채 물 속으로 조심스레 발걸음을 내딛고 있다. 겨우내 얼었던 강물이 풀린 것은 이 달 초순이 막 지나서다. 강에 얼음은 보이지 않아도 강물은 아직 뼈가 저릴 만큼 차디차다. 그 찬 강물을 건너오는 사내를 윤씨 부인은 병막 뜰에 선 채 반가운 눈으로 아득하게 바라보고 있다.

사내가 드디어 강을 건너 이쪽 강변 모래톱에 앉아 바지를 끌어내리고 버선과 짚신을 다시 신는다. 붉은 노을을 받은 강물은 눈을 못 뜰 만큼 빨갛게 번쩍이고 있다. 패랭이 쓰고 봇짐을 진 것이 사내는 먼발치로 보아도 윤씨에게는 낯이 익다.

강의 나룻배가 떠내려가서 사람 본 지가 오랜 윤씨다. 더구나 지금 강을 건너온 사내는 그녀가 유일하게 집안일을 의논하는 김씨 가문의 하나뿐인 혈족이다. 비록 서출의 몸으로 그녀에게는 시숙이 되는 사이지만, 이 사내를 믿는 마음은 요즘의 그녀에게는 지아비에 못지않다.

버선 신고 대님 치느라 사내는 아직도 그대로 강가 모래톱에 앉아 있다. 병막 뜰에서 기다리다가 윤씨가 이윽고 사내를 맞아 강 쪽으로 내려간다. 강변 따라 길게 자란 갈대숲 때문에, 비탈진 강변으로 멀리 내려가면 강변의 모래톱은 이쪽에서 보이지 않는다. 활 한 바탕의 거리쯤 내려가도 사내는 여전히 모습을 보이지 않는다. 아마 발을 벗은 김에 강변 찬물에 얼굴이라도 닦고 있는 모양이다.

인기척을 듣고 언뜻 바라보니 사내가 그제야 모래톱에서 강변 갈대숲으로 들어서고 있다. 갈대밭 모서리에 발을 세운 채 윤씨는 사내가 갈대숲에서 나오기를 기다린다. 마른 갈댓잎이 발밑에 밟혀 윤씨는 그 소리만 듣고도 사내가 어디쯤 오고 있는지 알 수 있다.

사내가 이윽고 갈대숲을 나와 서너 칸 저쪽에 서 있는 윤씨를 발견한다. 발걸음을 빨리하면서 사내가 먼저 윤씨에게 반절을 한다. 윤씨 역시 맞절을 하며 다가오는 사내를 말없이 맞이한다.

"형수님, 그간 평안허셨습니까?"

"네. 서울 일은 어찌시구 여길 또 내려오세요?"

"소문이 하두 흉흉하구 어수선해서 한번 뵙지 않구는 견딜 수가 없구먼요."

"어떤 소문이 흉흉하구 어수선하죠?"

"군량 떨어진 왜적의 무리가 요즘은 촌에 다니며 닥치는 대루 분탕질을 헌답니다. 명나라 군사들에게 쫓겨 내려온 분풀이루 왜적들이 요즘 들어서는 조선 백성들을 마구 죽이는 모양입니다."

"왜적이 많이 늘기는 했세요. 하지만 여기까지는 왜적이 아직 이르지 않았세요."

"강의 나룻배는 어딜 가구 보이질 않습니까?"

"배 있으면 사람 건너온다구 강촌 조서방이 배를 깨뜨려 물에 띄워 버렸다는군요."

가까워진 두 사람이 이제는 병막을 바라고 나란히 걸음을 옮긴다. 반보쯤 떨어져 걷는 사내에게 윤씨가 다시 말을 묻는다.

"그래 도성 새 아기는 탈 없이 잘 크는지요?"

"예, 형수님의 이르는 말을 듣구부터는 연이 그 아이가 마음을 잡아 아기두 잘 키우구 집안일두 썩 잘 거듭니다. 실은 그 아이 성화 때문에두 제가 서둘러 병막에두 내려오게 된 겝니다."

"그 아이가 또 무슨 성화를 대었게요?"

"형님께서 병막 떠나셨다는 말을 듣구는 한동안 실성한 사람처럼 끼니두 거르구 밤에 잠두 못 잡다다. 허나 요즘엔 아기에게 정이 들어 아기 키우구 어르는 재미에 형님 일은 많이 잊은 눈칩니다."

비녀 연이의 몸에서 찬홍의 아이가 태어난 지도 어느덧 달포가 지났다. 도성 움막에서 강촌 병막에 내려와 있던 부인 윤씨는 연이가 아이를 낳자 곧장 모자를 서울로 올려보냈다. 계집종의 몸에서 태어나긴 했어도 그 아이는 이제 하나 남은 김씨 가문의 피붙이다. 병막에 두어 무서운 대풍창을 옮겨받기보다는 하루라도 일찍 손을 써서 아이와 그 어미를 성한 사람으로 지켜주어야 했던 것이다.

그러나 산모 연이는 윤씨의 깊은 뜻을 알지 못했다. 그녀는 윤씨가 자기를 서울로 보내려는 것이 여인의 투기에 의한 보복이라 생각했다. 주인의 명에 의해 마지못해 도성으로 올라갔으나 그녀는 한참 뒤까지도 윤씨의 속뜻을 헤아리지 못한 것이다.

그러나 비자 연이가 서울로 올라간 열흘쯤 뒤에 강촌 병막에서는 뜻하지 않은 또 하나의 일이 벌어졌다. 윤씨의 지아비인 병인 김찬홍이 어느 날 말 한 마디 없이 병구를 이끌고 병막을 떠난 것이다.

윤씨가 스스로 병막에 머문 것은 대풍창의 병인인 지아비를 죽는 날까지 곁에서 간병하자는 뜻이었다. 그녀는 이미 시부 김참찬과 자식 영상을 잃은 외에, 왜적을 가장한 가왜假倭들에 의해 몸을 더럽힌 처지였다. 죽을 자리를 찾지 못해 하루하루 목숨을 부지해 온 그녀로서는 차라리 병막에 머물러 대풍창의 병을 옮겨받을 작정이었다. 지아비와 함께 대풍창의 병인이 되어 평생 동안 찬홍의 곁에 같은 병인으로 살다 죽을 생각이었다.

그러나 병인 찬홍은 부인 윤씨를 잠자리에 받아들이지 않았다. 아니 끝내는 아내 윤씨의 뜻을 거역하여 스스로 병막을 떠나 어딘가로 종적을 감춰버린 것이다.

"형님은 그간에두 아무 소식이 없었습니까?"

"예……."

"저두 혹시나 해서 도성 옛 집터엘 여러 차례 가봤습니다만……."

"돌아올 어른이 아니에요. 저두 이제는 기다리지 않기루 했세요."

형수 윤씨의 말끝이 강바람에 아득히 날려간다. 인홍은 문득 형수인 이 여인을 위해서라면 유황불이 이글거리는 지옥 속에라도 뛰어들리라는 생각을 한다. 언제부터 그의 마음속에 형수를 그리는 애틋한 마음이 싹텄는지 알 수 없다. 도적들에게 욕을 당한 뒤 열에 뜬 몸으로 생사를 넘나들던 처참한 모습일 때, 인홍은 밤새워 병인 곁에 머물면서 그녀의 뜨거운 몸을 찬 물수건으로 정성스레 닦아주었다. 사흘에 걸친 그 뜨거운 밤들을 지내면서 인홍은 자신의 몸도 뜻하지 않은 열기에 휩싸이는 것을 깨달았다.

열에 뜬 병인의 몸은 아무 가림없이 밤새워 방 안을 뒹굴었다. 간병이 인홍의 목적이지만 그의 눈에는 꿈틀거리는 젊은 여인의 몸이 보였다. 소스라치게 놀라 눈을 감거나 고개를 돌리노라면, 병인의 괴로운 신음이 다시 그의 감은 눈을 뜨게 했다. 그는 비로소 사람의 목숨이 세상의 그 무엇보다도 우선해야 한다는 사실을 깨달았다. 젊은 형수의 보아서는 안될 속살을 보고도, 그제야 시동생 인홍은 찬 물수건을 갈아댈 수 있었던 것이다.

그러나 형수 윤씨가 병을 털고 자리에서 일어났을 때 인홍은 그 누구에게도 발설할 수 없는 비밀 한 가지를 마음속에 키워놓고 있었다. 특히 도성으로 돌아와 인왕산 밑에 움막을 치고 살던 몇 달 동안은 인홍에게 가장 견디기 힘든 시련의 나날이었다. 인홍에게 더욱 송구하고 참괴慙愧〔부끄럽게 여김〕한 것은, 모르리라고 믿었던 형수 윤씨가 그의 마음속에 깊이 감춰진 비밀한 감정을 알고 있는 듯한 것이었다. 신열에 잡혀 죽음을 넘나들던 윤씨였지만 가물가물한 의식 속에서도 그녀는 시숙 인홍의 열에 뜬 눈길을 어렴풋이 눈치채고 있었던 것이다.

병막이 눈앞으로 다가온다. 노을빛을 받은 병막은 집채들이 온통 붉은빛을 띠고 있다. 난리 중에 도무지 성한 것이 없건마는 이 외진 병막의 초가들만은 상처 하나 없이 옛모습 그대로다. 병막 안뜰로 들어서며 윤씨가 다시 말을 물어온다.

"아주버님은 이리루 오시면서 왜적을 만나지 않으셨던가요?"

"먼빛으루는 더러 보았으나 가까이 본 적은 없습니다."

"요즘은 왜적들이 작은 무리를 지어 큰 고을이나 역말에만 머물러 있다는 게 참말인지요?"

"예, 전에는 예닐곱씩 무리 지어 사방으루 쏘다니던 왜적들이 명군에게 쫓겨 도성으루 몰려오구부터는 큰 고을이나 역말에만 대병을 둔취시켜 둔다구 허더이다. 평양성을 내주구부터는 조선 의병들을 경계하는 탓이겠지요."

"왜적들이 요즘 들어 부쩍 더 사납구 흉포해졌다는데 그 까닭이 무엇인지 아주버님은 짐작허십니까?"

"전에는 군량을 제 나라에서 가져다 먹던 왜적들이 요즘은 바닷길이 막혀 저마다 제 있는 곳에서 구해 먹두룩 되어 있답니다. 해서 요즘은 군량 구허느라 왜적들이 더욱 흉포해진 모양입니다."

빈집인 줄 알았는데 안채 뜰에서 머리털 희끗희끗한 할멈 하나가 인사를 한다.

"작은서방님, 쇤네 문안 여짜오이다."

"본 듯한 얼굴일세. 자네가 강 건너 사는 마름집 할멈이 아닌가?"

"예, 용케 잊지 않구 기시구먼요. 오갈 데 없는 늙은것을 아씨께서 거두어 주시어 쇤네가 다시 새루 살구 있사오이다."

"저녁 쌀 안쳤는가?"

말허리를 무지르듯 윤씨가 문득 할멈에게 묻는다. 할멈이 머리를 조아리며 부리나케 부엌으로 물러간다.

"이제 곧 안칩지요."

부엌으로 들어가는 할멈을 바라보며 인홍이 드디어 아래채 방 앞에 멈추어 선다.

"홀로 계신 것이 노상 마음에 걱정이더니 할멈이 곁에 있어 제 걱정이 줄었습니다."

"며칠 전 마름 조서방이 제 어미를 데리구 강을 건너왔더군요. 의병에 들기루 작정을 했는데 늙은 어미가 눈에 밟혀 떠날 수가 없답니다. 해서 제가 조서방 돌아올 날까지 그 어미를 이 병막에 맡아

두기로 약조를 했습니다."

"그 사람이 의로운 사람이군요. 나이두 적지 않을 터인데 의병초모에 응허다니."

"의로운 뜻보다는 금년 도조를 면허려는 뜻이 더 크지요."

"도조를 면허다니요?"

"농사 망친 작인들이 열 중 아홉이나 타처루 도타를 했답니다. 제 밑의 작인들이 도타를 해서 마름질허는 조서방두 아마 우리 볼 낯이 없었을 겝니다."

인홍이 고개를 끄덕이고 아래채 빈방에 들려 한다. 그러나 방문을 열기 전에 형수 윤씨가 먼저 입을 연다.

"오래 비워둔 냉방이라 거냉이라두 허구 드시지요. 잠시 안채에 들어기시면 아궁이에 곧 불을 지피두룩 허겠세요."

인홍이 망설이다가 안채 쪽으로 몸을 돌린다. 쪽마루를 거쳐 아랫방으로 들려니까 윤씨가 다시 그의 등뒤에서 말을 건네온다.

"아주버님 그 방은 아니됩니다. 병인이 쓰던 방에는 아무도 들이지 않기루 했습니다."

인홍은 멈칫 선 채 무심히 형수 윤씨를 돌아본다. 병인이란 바로 그녀의 지아비인 찬홍을 뜻한다. 인홍을 병인의 방에 들이지 않으려 하는 것은 방을 아끼는 뜻보다도 대풍창의 무서운 병이 그에게 옮길 것을 염려하는 때문이다. 자기를 지켜주려는 형수의 깊은 뜻을 깨닫자 인홍은 자신도 모르게 가슴 한구석이 따뜻해진다. 그녀의 마음 속에 인홍은 벌써 김씨 문중의 큰 기둥으로 든든히 자리잡고 있는 것이다.

"잠시 제 방에 드시지요. 아주버님께 긴히 드릴 말씀두 있습니다."

재촉하듯 하는 윤씨의 말에 인홍은 드디어 형수가 쓰는 안방으로 들어선다.

난을 겪기 전이라면 형수와 감히 한 방에 들 수 없는 인홍이다. 남녀가 유별하기에 감히 한 방에 들기는 고사하고, 서출이라 내당의 형수를 면대하기도 어려웠던 그인 것이다. 그러나 함께 도성을 떠나 험하고 고생스런 피난길에 오르면서 그 모든 예절과 범절은 한갓 요란스런 겉치레가 되고 말았다. 양반이 위엄과 체통을 지킬 수 있었던 것은, 그들의 곁에서 궂은 일을 맡아하던 하례들이 있었기에 가능하다.

방 안이 어둡다. 아랫목 횃대에 옷이 몇 벌 걸려 있고 방 윗목에는 반닫이 위에 이불 한 채만이 덩그렇게 놓여 있다. 형수와 시숙이 마주 앉은 채 한동안 묵묵히 말들이 없다. 두 사람 모두 말수가 적어 전에도 한 방에 들면 늘 말이 없어 갑갑했던 그들이다. 그러나 오늘은 형수 쪽에서 시숙 인홍에게 할 말이 있는 눈치다.

"요즘은 잠만 들면 꿈이 자주 꾸이는군요. 어제는 꿈속에서 우리 영상이를 보았세요."

영상은 그녀에게는 아들이 되고 인홍에게는 조카가 된다. 환란이 닥친 그날 밤에 어린 조카 영상은 마을에서 감쪽같이 사라졌다. 시신이 마을 안에 보이지 않아 그는 도적들에게 산 채로 잡혀간 것이 아닌가 생각되고 있다.

"그 아이 나이가 다섯 살이에요. 워낙 영특한 아이여서 그 아이가 그날 밤의 일들을 대충이나마 기억할 수 있을 거예요. 내가 방

안에서 도적들에게 욕을 당할 동안 그 아이는 방 밖의 마루에서 오들오들 떨구 있었세요. 그 아이가 흐느껴 우는 소리를 나는 방에서 여러 차례 들었세요."

그날 밤에 있었던 환란에 대해 형수 윤씨는 아직 한번도 입을 열어 말해 준 적이 없다. 너무나 끔찍한 환란이어서 그녀에게는 생각만 해도 몸서리가 쳐지는 일이었기 때문일 것이다. 인홍도 입을 다물기는 형수 윤씨와 마찬가지다. 묻기조차 두려울 만큼 인홍도 그날의 환란은 되뇌이고 싶지 않은 악몽이다.

그러나 오늘은 형수의 입에서 뜻밖에도 그날의 일들이 담담하게 이야기되어지고 있다. 해가 바뀐 지금에야 그녀는 그날의 일들을 시숙 인홍에게 들려주려는 모양이다.

"도적들이 마을에 든 것은 그날 밤 3경쯤이었지요. 동구 초입으루 들어오면서 그들은 말을 몰며 왜적들처럼 큰 고함을 내질렀세요."

말끝이 떨리는가 싶더니 윤씨가 잠시 말을 끊는다. 벌써 해가 바뀌었건만 그 때 일은 아직도 윤씨의 마음속에 고통과 분노로 남아 있는 모양이다. 들릴 듯 말 듯한 숨소리와 함께 윤씨가 다시 차분하게 말을 잇는다.

"온 마을에 불을 놓아 한밤이건만 창문이 대낮처럼 밝았지요. 도적들은 왜적으루 보이려구 머리와 얼굴들을 검은 천으루 가렸더군요. 몇 놈은 손에 왜적의 긴 장검을 들었구 더러는 곡식을 털려는지 손에 치렁치렁한 긴 자루를 들기두 했세요. 고함소리가 몇 번 울리더니 잇따라 사내들의 외침과 아낙들의 찢어질 듯한 비명소리가 섞여 들렸세요. 아버님의 호령소리가 들린 것두 바루 그 무렵이었지요. 상대를 왜적으로 잘못 아신 아버님은 다른 말씀은 없으신 채 이 놈들 아니된다. 물러가라고만 호령을 하셨세요. 허나 서너 차례 호령하시는 목소리가 들리더니 영상아 하는 외마디와 함께 아버님 목소리가 갑자기 끊겼세요. 도적이 호령하시던 아버님을 장검으로 해친 게지요."

"형수님, 무슨 말씀을 허시려구 새삼스레 그날 일을 되뇌이시는 겝니까? 함께 뫼셔 지켜드리지를 못한 죄루 이 사람은 그 때 일만 생각허면 가슴이 미어지는 심사외다."

"잠시 제 말씀 잠자쿠 들어주세요. 저두 그날 일은 꿈에서조차두 되뇌이구 싶지 않아요. 헌데 요즘 들어 그날 일을 잠시 들추다가 지금껏 허투로 흘린 중요한 일 한 가지를 되살리게 되었세요. 왜 지금껏 잊구 있다가 요즘에야 그 일이 되살아났는지 모르겠세요. 그 일을 좀더 똑똑히 되살리면 잃어버린 우리 영상이를 되찾는 길이 있을지두 모르겠세요."

"영상이를 되찾다니요?"

"끔찍한 생각에 무심히 지나친 그 때 일이 지금은 오히려 영상이를 찾는 좋은 실마리가 될 수도 있을 것 같아요."

"그래 그런 실마리가 무어란 말씀이십니까?"

"도적들이 그날 밤 이슥해서 서루 부르든 이름들 몇이 생각났세요."

"도적들의 이름이 생각났다는 말씀이오이까?"

"영상이가 도적들에게 잽혀간 것이 사실이라면 우리는 영상이를 찾기 전에 그 애를 잡아간 도적부터 먼저 찾아내는 게 옳을 듯싶어요. 헌데 마침 제 머릿속에 도적들이 그 때 서루 부르던 이름들 몇 개가 뒤늦게 생각이 난 거예요."

"그래 어떤 이름들이 생각이 나셨는지요?"

"고만이, 자근쇠, 수동이 이렇게 세 이름이 생각나는군요."

잠시 말들이 없다. 날이 저물어 어두워진 방 안에 윤씨의 흰 얼굴이 부연 빛으로 가만히 떠 있다. 막상 이름들을 말해 놓고도 윤씨 스스로가 막연해진 모양이다. 다음 말을 기다리다가 인홍이 드디어 한참 만에 입을 연다.

"그 이름들 셋으루야 어찌 도적들을 찾아낼 수 있겠습니까. 아랫것들의 이름들 중에는 제일 흔헌 게 그런 이름들이 아니오이까."

"제 생각에두 이름만으루는 도적을 찾기가 수월치 않다구 알구 있세요. 헌데 마침 이름들을 서루 부르다가 한 도적이 떠날 때가 임박해서 저들이 옛적에 살던 고을 이름을 주구 받는 걸 들었세요. 내가 혼절했다가 잠시 깨어나 누워 있는 것을, 도적들은 죽은 것으루 알구 할 소리 안 할 소리 마구 헤프게 지껄여댄 게지요."

"그래 도적들 지껄이는 소리 중에 어느 고을 이름이 생각이 나셨습니까?"

"한 도적이 십 수년간 떡전거리에서 양반의 종살이를 했노라구 말허니까 또 한 도적이 떡전거리라면 수원 아랫녘에 있는 그 떡전거리를 말허는 게냐구 되묻습니다. 아주버님은 혹 수원 고을의 떡전거리라구 들어본 일이 없으신지요?"

"떡전거리라면 저두 아는 고을입니다. 수원 고을에 붙어 있는 고을루 남양이나 발안으루 가자면 그 고을 위턱으루 올라가지요."

떡전거리라면 이 곳 강촌의 병막에서도 겨우 백여 리 상거한 작은 고을이다. 그 고을에서 종살이하던 고만이 자근쇠 수동이라면 양반집 몇만 훑어가더라도 그들을 쉽게 찾을 수 있다. 만일 일이 뜻대로만 된다면 그들은 영상은 물론이고 인홍의 생모 조씨와 안식구 용인댁도 뒷소식을 들을 수 있다. 그 무서운 환란을 겪고도 또렷이 살아 있는 형수 윤씨의 맑은 총기가, 결국은 환란 중에 잃은 가족을 되찾게 하는 뜻밖의 계기를 마련한 것이다.

"떡전거리가 예서 백여 리라 나흘이면 다녀올 수가 있습니다. 이왕 예까지 내려온 김에 제가 내일 바루 찾아볼까 싶습니다."

"종살이하다가 도타한 자들이라 옛 상전집에 다시 찾아들진 않을 겝니다. 만에 하나 일을 급히 서둘다가는 다된 일을 망칠 수도 있습니다. 떡전거리에 가시더라두 아주버님은 도적의 내력만 알아보시구는 이내 강촌으루 돌아오셔야 될 겝니다."

"옛날 상전집을 찾아간다구 곧 도적들을 잡게 되는 건 아닙지요. 도적들이 어디에들 있는지 행방이나 알아보자는 것이지요. 영상이 조카는 물론이구 제 어미와 안식구두 함께 걸린 일입니다. 형수님의 당부 말씀이 안 계시더라두 제가 앞뒤 살펴 실수없이 잘 허구 오겠습니다."

"영상이 걱정이 너무 커서 어머니와 아랫동서 걱정은 늘 뒤루 미루어지는군요. 제가 세상에 믿는 이는 아주버님 한 분뿐이십니다. 운세 기운 집안을 일으켜 세우려면 아주버님의 노고가 크실 수밖에 없습니다."

"형수님의 깊은 뜻을 전들 어찌 모르리까. 이번 일을 일 되게 허신 것두 형수님의 맑은 총기 덕이지요. 살아만 있다면 조카 영상이두 쉬 만날 날이 있을 것으로 아옵니다."

눈물짓는 윤씨의 흰 얼굴이 어둠 속에서 천천히 앞으로 숙는다. 그것을 보기가 안쓰러워 인홍은 얼른 눈을 한 번 감았다 뜬다.

바람결에 언뜻 누린내가 풍겨온다.

사람의 머리카락이나 짐승의 털을 불에 태우는 고약한 누린내다. 자드락 산길을 내려오다 말고 의원 성기준은 천천히 발을 세운다. 바람결에 풍겨오는 누린내가 기준에게는 문득 섬뜩한 공포로 전달된다. 그는 지난해 가을에도 어느 마을 초입에서 이와 비슷한 역한 냄새를 맡은 일이 있다. 그 때의 기억이 되살아나서 그는 무심중에 섬뜩한 느낌이 든 것이다.

한낮이건만 날이 어둡다. 잔뜩 찌푸린 하늘에서는 당장 비라도 쏟아질 것 같다. 눈 아래로 내려다 뵈는 마을에서는 인기척은 고사하고 연기 한 줄기 볼 수가 없다. 얕은 구름을 머리에 인 채 마을은 종이에 그린 먹물 그림처럼 고요하고 적막하다.

참새떼들이 왼쪽 들에서 무리를 지어 마을 위로 날아간다. 숨을 죽이고 마을 쪽을 굽어보던 기준은 그제야 다시 마을을 향해 자드락 산길을 내려온다. 새떼들이 날아내리는 것으로 보아 마을은 어쩌면 비어 있는지도 알 수 없다. 만일 왜적이 들어 있다면 그들의 불질 소리에 놀라 참새떼가 마을에 가까이 가지 않을 것이기 때문이다.

잠시 뜸하던 누린내가 다시 바람결에 실려온다. 냄새가 이토록 역할 때는 연기 한 줄기라도 보일 법한데 20여 호 인가의 마을에는 연기는 고사하고 인기척 하나 들리지 않는다. 역한 누린내만 공중에 떠돌 뿐 마을 전부가 물 속에 잠긴 듯 귀가 멍하게 적막하고 고요하다.

자드락 산길을 다 내려온 기준은 어느 틈에 휘적휘적 마을 초입으로 들어선다. 냄새의 정체가 무엇이건 어차피 의원 성기준은 이 마을에서 하룻밤을 묵어야 한다. 다음 마을까지 가기에는 길이 멀기도 하려니와 잔뜩 찌푸린 날씨로 보아서는 비를 만나기가 십상이기 때문이다.

말방울 소리가 쩔렁 들려온다. 때아닌 말방울 소리에 기준은 흠칫 발을 세운다. 빈 마을로 알고 들어왔더니 역시 마을에는 사람이 있었던 모양이다. 말이 있으면 그것을 부리는 사람이 있게 마련이다. 더구나 요즘 말을 부릴 수 있는 사람은 높은 벼슬의 관원이 아니면 지체 높은 양반이다. 난중이라 말을 구하기가 요즘은 하늘의 별 따기보다 더 어렵다.

"이놈, 게 섰거라! 한 걸음만 더 움직이면 네 등어리에 화살이 꿸 것이다."

기준은 호통소리를 듣고 이르는 대로 발을 세운다. 사람은 보이지 않고 호통소리만 들리는 것은 진작부터 저쪽에서는 기준의 움직임을 지켜보고 있었다는 증거다. 아마 상대는 활시위에 살을 먹여 들고 기준의 등허리를 겨눈 채 마을 어느 집에 숨어 있는 모양이다. 호통소리가 멀지 않은 것으로 보아 상대와 기준과의 거리도 불과 네댓 칸이 될까 말까한 간격인 듯하다. 당장 살이 날아올 듯해서 기준은 등과 목덜미가 뻣뻣하게 굳어지는 느낌이다.

한참을 더 기다려서야 상대가 다시 큰 소리로 말을 건네온다.

"내 지금부터 네게 몇 마디 말을 물을 테니 바른대루 아뢰어야지 거짓을 말했다가는 살에 꿰어 살아남지 못헐 게다. 네가 지금 어디서 오는 길이며 장차는 어디루 가려느냐?"

"오기는 멀리 함길도서 오구 가기는 경강 건너 강화를 찾아가는 길이오."

"강화에는 무슨 일루 가는 게냐?"

"집안 권속이 게 있기루 권속을 찾아가는 길이외다."

"네가 원래 강화 살면서 함길도까지는 무슨 일루 갔드냐?"

"원래 사는 곳은 강화가 아니구 도성 안 남촌이오. 난중에 집안이 왜적을 피해 잠시 처가가 있는 강화루 내려간 게요."

"이름을 무어라 허느냐."

"성기준이라구 허우."

"생화는 무어냐."

"의원질을 허구 있소."

잠시 말이 없더니 등뒤에서 인기척이 들려온다. 인기척이 가까이 오더니 바로 등뒤에서 부드러운 목소리가 들려온다.

"천하의 명의 성의원을 예서 볼 줄은 몰랐구려. 자 뒤를 돌아보시우. 내가 뉜 줄 모르시겠소?"

기준이 그제야 몸을 돌려 전립 쓰고 목화 신은 키 껑충한 무반을 바라본다. 아는 얼굴이다. 그것도 언젠가 병을 보아준 도성 안 무장 대가[武將大家(대대로 무반을 낸 집안)]의 첨사 벼슬을 하던 사람이다.

"뉘시라구요. 북촌 사시는 최첨사 나오리가 아니시오이까?"

"나를 알아보시는구려. 내 하마터면 장안 명의를 활로 쏘아 맞출 뻔했소."

"나오리가 여기는 어인 일이시오이까? 근왕허신 줄 알았는데 도성 가까이 기셨든 모양이지요?"

"난 후에 줄곧 상감 곁에 근왕했다가 보름 전에야 명군 따라 임진 나루까지 내려왔소. 이 곳에 오기는 며칠 전에 있은 행주산성 큰 싸움을 알아보기 위해서외다."

"행주서 있었다는 큰싸움 소식은 저두 얼핏 들었습니다. 대첩이라구 허드군요. 이만 다행이 없습니다."

"내 가서 살펴보니 대첩은 과연 대첩입니다. 왜적의 송장을 태우는 연기가 닷새 동안이나 들을 덮었소."

"허면 지금 이 누린내두 바루 그 냄새이오이까?"

"예서 행주가 수십 리 상건데 그 냄새가 예까지 올까. 지금 예서 나는 냄새는 다른 송장들을 태우는 냄새외다."

"다른 송장이라면 어느 송장을 이르는 것이오이까?"

"왜적들이 죽여 버리구 간 우리 백성의 시신들을 내가 새벽녘에 이 마을에 들러 아랫것들을 시켜 저쪽 골짝에서 태우라구 일렀소이다. 진종일 태워 뼈들을 골짝에 묻었는데두 그 냄새 끄트머리가 아직두 마을 위루 떠돌구 있소그려."

"왜적이 마을에 들었던 모양이지요?"

"지난밤에 들었던 모양이나 지금은 모두 떠나구 없소."

"그래 왜적이 우리 백성을 얼마나 많이 해쳤습니까?"

"행주 싸움에 진 분풀이루 왜적들이 근기近畿 인근에서 이르는 곳마다 우리 백성들을 죽이거나 욕보이구 있소. 사내는 보이는 대루 칼루 찍어 죽이는 모양이구, 아녀자는 반가의 사녀들까지두 잡히는 대루 욕들을 보이는 모양이오. 지금 이 마을 저 위 초가에는 욕당한 반가 사녀들이 다섯이나 앓구 누워 있소."

"첨사께서 그 부인들을 왜적들에게서 구해내셨소이까?"

"내가 구한 사람들이 아니구 왜적들이 욕을 보인 뒤 버리구 떠난 아낙들이오. 내가 이 마을에 이르러 보니 아낙들이 욕을 당해 반송장이 되어 빈집 방 안에 혼절하여 누워들 있습디다."

요즘 들어 왜적의 행악이 더욱 악독하고 잔인하다. 평양성을 잃은 뒤로 패색을 보이기 시작한 왜적들은, 군량 조달이 어렵게 되자 민가에 흩어져 약탈과 분탕질을 때도 없이 저지르고 있다. 이제 다시 행주산성에서 크게 패한 왜적들은 근기 인근 고을로 흩어져 조선 백성 죽이기를 놀이삼아 자행하는 모양이다. 깊은 산 속에 숨어 있는 반가의 사녀까지 욕보일 정도라면 그들의 포악과 행악이 얼마나 극악한가를 미루어 알 수 있다.

"나으리."

종자 차림의 사내 하나가 채마밭을 질러 첨사에게 다가온다. 기준이 바라보니 그도 역시 낯이 익은 얼굴이다. 사내가 기준을 보고 머리를 한번 꾸벅 한 뒤 다시 자기 주인 최첨사에게 머리를 조아리며 입을 연다.

"방금 저 위 마님들께서 누워 기시다가 일어들 나셨습니다. 잠시 나으리를 뵙자구 허시는구먼요. 나으리께 긴히 여쭐 말씀이 기시답니다."

"몸들은 어떻드냐. 운신들을 헐 수 있겠드냐?"

"우리처럼 온전치는 못해두 칙간 출입 같은 것은 헐 수 있을 듯 싶더이다."

"알았다. 올라가자. 헌데 너 이 어른 뉘신지 알겠느냐?"

"쇤네가 어찌 성의원 어른을 몰라뵈오리까. 소인 문안이오. 그간 평안허셨습니까?"

"난중에 평안이 당치 않네. 자네가 아마 임서방이지?"

"예, 쇤네 성까지 잊지 않구 기시구면요. 의원 어른을 만나뵈었으니 이제 아씨들두 한시름 놓겠습니다."

"아씨가 뉘시라든가?"

"올라갑시다. 이 아이가 아씨라구 하는 것은 바루 왜적들에게 욕당한 사녀들을 이르는 말이외다. 여러 날 왜적에게 잡혀 욕을 당한 몸들이라 병색이 깊은 외에 운신두 못헐 만큼 몸들이 피폐해 있소이다. 마침 성의원이 이르렀으니 우선 그 병인들부터 병을 보아주시구려."

말이 끝나자 종자 임서방이 앞을 서서 채마밭을 질러간다. 그 뒤를 따라가면서 기준이 다시 첨사에게 묻는다.

"지금 저 위 초가에 있다는 아씨들이 나으리께서 전부터 아는 사대부 집안의 아녀자들입니까?"

"전혀 모르는 부인들이외다. 입은 옷이나 말투로 미루어 사대부 집안의 사녀들이라구 짐작헐 뿐이외다."

빈 채마밭을 가로질러 집 두 채를 돌아가자 약간 비탈진 곳에 제법 큰 초가가 나타난다. 초가 밖에는 오동나무 밑에 털빛이 붉은 절따말 한 필이 묶여 있고, 그 곁에는 첨사를 따르는 더그레 걸친 군사들이 말과 함께 서 있다. 첨사가 초가 평대문을 들어서며 다시 몸을 돌려 기준에게 말을 건네온다.

"지금 초당에 들어가면 성의원은 부인들의 병을 보아줄 수 있으시겠소?"

"그 부인들이 저 같은 사람에게 병을 보이려구 해야지요."

"왜적에게 욕을 당하구두 지금껏 자처허지 않은 걸 보면, 의원에게 병 보이는 것두 크게 부끄러워 않을 듯싶소이다만."

"글쎄 어디 뵙기나 허십시다. 병이 깊구 심중하면 내가 본다 해두 소용이 없소이다."

초가가 제법 장하다. 바깥채를 지나 안채 뒤로 돌아드니 광 두 채에 엇비슷이 가린 초별당 한 채가 나타난다. 최첨사가 별당 앞에 다다르자 종자가 방을 향해 공손하게 입을 연다.

"마님, 우리 첨사 나으리 방 밖에 기시오이다."

잠시 아무런 응대가 없더니 방문이 열리면서 서른 안팎의 부인 한 명이 마루로 나온다. 왜적에게 잡혀 욕을 당한 여인치고는 머리 빗질도 단정하고 옷매무새도 빈 구석이 없다. 그러나 부석부석한 얼굴에 역시 병색이 깊어 얼굴빛이 백회처럼 희다. 고개를 외로 돌려 사내들을 외면한 채 부인이 이윽고 차분하게 입을 연다.

"나으리의 보살핌을 입어 우리가 이렇듯 죽을 목숨들이 살았습니다. 이제 나으리를 다시 뵙자구 하온 뜻은 나으리께 고마운 말씀 두 전할뿐더러 달리 또 나으리께 드릴 청이 있어섭니다."

"자리에서 일어나셨으니 이만 다행이 없소이다. 아랫것들이 혹 선후를 몰라 예를 저버린 일은 없었는지요."

 "보살핌이 지극해서 우리가 외려 송구할 뿐입니다."

 "그래 무슨 청이신지 어서 말씀을 해보시지요."

 "왜적들에게 잡혀 있을 동안 우리가 내처 여러 끼를 굶었습니다. 이제 목숨을 구하구 보니 새삼 허기가 져서 운신키가 어렵구먼요. 나으리께 혹 군량이 있으시면 우리에게 내주시어 밥을 지어먹도록 해주십시오."

 "군량이 넉넉지는 않소이다만 부인들 허기 메울 만큼은 내드릴 수 있소이다. 그래 그 청말구는 또 다른 청은 없소이까?"

 잠시 망설이는 얼굴이더니 부인이 다시 차분하게 입을 연다.

 "그간 왜적에게 놀란 가슴이, 방 밖의 작은 기척에두 깜짝깜짝 놀라군 허옵니다. 우리를 지켜주시는 고마운 뜻을 모르는 바 아니오나 이쪽 별당 쪽으로는 잡인들의 출입을 막아주시기 바랍니다."

 "우리가 이 마을에 머무는 것두 오늘 하루뿐이외다. 오늘 하루는 이 집에서 잡인의 왕래를 막을 수가 있소이다만 내일 우리가 떠나구 나면 그제는 부인들끼리 어찌허실 작정이십니까?"

 "내일 이후의 일일랑은 우리에게 따루 마련이 있사오이다. 나랏일에 바쁘신 나으리께서는 우리 일은 괘념치 마시구 큰일부터 당하두룩 허십시오."

 잠시 말들이 끊긴다. 여인이 한참 만에 방으로 막 들어가려 하자 첨사가 그제야 생각난 듯 부인에게 다시 입을 연다.

 "제 곁에 계신 이 사람은 도성에서두 선성이 높은 장안의 명의 성의원이오다. 혹 부인들 중에 병 뵈일 이가 계시거든 지금이라두 이 어른께 병을 보이두룩 허시지요."

"병 보일 사람이 없을 듯싶구면요. 허면 저는 이만 방으루 물러가오리다."

부인이 말을 마치고 서둘 듯이 방 안으로 들어간다. 닫힌 방문을 우두커니 바라본 뒤 최첨사가 이윽고 몸을 돌려 휘적휘적 뜰을 나온다.

"어떠시오, 성의원 생각에는? 저 부인들이 과연 절개 높은 반가의 내당마님들 같소?"

"언행으루 보아서는 틀림이 없는 사대부 집안의 사녀들이외다. 헌데 한 가지 궁금한 것이 있사외다. 방금 그 부인말구두 몇이나 더 방에 기시오이까?"

"아래 윗방에 나뉘어서 모두 다섯 부인이 있사외다."

"그 다섯 부인들이 모두 저렇듯 자색이 곱구 젊사오이까?"

"자색들두 출중할뿐더러 서른 넘어뵈는 부인이 없소이다. 아무래두 내 생각에는 저 부인들이 왜장의 노리개가 되었던 듯싶소마는……."

말끝을 흐리는 첨사를 바라보며 기준은 오히려 고개를 갸웃한다.

왜장의 노리개로 왜진에 잡혀 살았다면 방금 본 그 부인의 얼굴이 그렇듯 창백하게 병색으로 찌들 리 없다. 아마 부인은 왜장의 수청을 거절하다가 강제로 몸을 더럽힌 뒤 사나운 병사들에게 내팽개쳐진 몸이 되었을 것이다. 군졸들에게 한번 내쳐지면 그 여인에겐 더 이상 지킬 것도 가릴 것도 없다. 사나운 군졸들에게 연이어 짓밟

혀서 그녀는 목숨만 붙었을 뿐 더 이상 산 사람이 아닌 것이다.

"나으리 혹 저 부인들의 본래 거처는 알아두셨사오이까?"

"물어두 통 대답들을 않는구려. 아마 가문에 누가 될 듯싶어 입을 열지 않는 것 같소."

기준은 더 이상 묻지 않고 허공 한곳을 아득히 바라본다. 그가 바라보는 허공에는 생각만 해도 몸서리쳐지는 무서운 환영이 둥실 떠 있다.

날이 부옇게 밝아온다.

인기척에 잠이 깬 성기준은 잠시 눈을 뜨고 바깥 소리에 귀를 기울인다. 누군가가 방문 앞에 이르러 낮은 목소리로 자기를 부르고 있다.

"기시오이까, 주부 어른! 방에 주부 어른 기시오이까?"

목소리가 귀에 익다. 그러나 방금 잠을 깬 기준은 목소리의 주인이 언뜻 머리에 떠오르지 않는다. 자리에서 급히 몸을 일으키자 목소리가 다시 그를 부른다.

"주부 어른 기침해 기시오이까? 쇤네 첨사나으리 댁의 말복이 놈이올시다."

"나 이제 막 기침했네. 헌데 자네가 새벽부터 웬일인가?"

"주부 어른, 일났사오이다. 나으리께서 주부 어른을 급히 뫼셔오랍시는 분부가 기시오이다."

"나으리가 무슨 일루 나를 새벽부터 보자시는 겐가?"

"안채 뒤 초별당에 밤새 변고가 생긴 듯하오이다. 나으리께서 어르신을 급히 뫼셔오라 허십니다."

잠시 아무런 대꾸가 없더니 방문이 열리면서 의원 성기준이 방을 나온다. 잠자리에서 깨어난 그가 어느 틈에 갓 쓰고 버선 신고 대님까지 치고 있다. 첨사댁 하인과 말을 주고받는 동안에 그는 이미 옷갓을 차려입은 모양이다.

"마님들 계신 초별당에 그래 무슨 일이 있다는 겐가?"

"쇤네 자세히는 모르오나 방 안에 필시 변고가 있는 것 같사외다."

"변고라니 무슨 변고?"

"마님 몇 분이 크게 몸이 편찮으신 듯 방에서 여러 차례 앓는 소리가 들려오구 있사외다. 어느 마님께서 편찮으신지는 방 안이 어두워 살필 수가 없사오이다."

안채 뒤 초별당이라면 왜적들이 버리고 간 반가의 사녀 다섯 사람이 들어 있는 방이다. 그녀들은 어제 저녁 첨사에게 양식을 얻어 저녁밥을 지어먹고 일찍 잠자리에 들었었다. 오늘이면 그녀들과 헤어져야 될 처지여서 첨사는 물론 의원 기준도 그녀들의 존재에는 별 관심이 없었던 것이다.

기준이 짚신을 꿰어 신고 섬돌에서 뜰로 내려선다. 날이 아직 다 밝지 않아 그늘진 집 안이 컴커무레하다. 종자 말복이 길을 잡아가며 다시 기준에게 입을 연다.

"나으리께서두 초별당에 나가보셨으나 방문이 안으로 잠겨 더 살피지를 못했사오이다. 밖에서 쇤네가 여러 차례 문을 두드려두 안에서는 무슨 까닭인지 앓는 소리뿐 통 기척들이 없으십니다."

"나으리는 그래 지금 어디 계신가?"

"별당 뜰에 계시다가 지금은 안채루 나와 기십니다."

"초별당에 마님이 다섯이나 들었는데 그 다섯 마님들이 모두 변고가 생겨 앓구 기시다는 겐가?"

"다들 앓구 기시길래 문을 두드려두 통 기척이 없으시지요. 방문마저 안으루 잠겨 방 안을 통 살필 수가 없구먼요."

"방에 변고 생긴 것을 처음 안 사람은 뉘라든가?"

"쇤네이오이다. 새벽에 뒤보러 칙간을 찾아가는데 집 안에서 으악소리가 들리기루 깜짝 놀라 발을 세웠지요. 소리나는 곳을 찾아 안뜰 쪽으루 가노라니 그 소리가 뜻밖에두 마님들 기신 초별당 쪽에서 새어나오질 않겠습니까."

무심히 말복을 따라가던 기준이 별당 쪽으로 난 일각문 앞에서 갑자기 발을 세운다. 뒤를 돌아보는 말복을 향해 기준이 문득 말을 물어온다.

"방 안에서 앓는 소리 난 지가 그래 지금 얼마나 지났나?"

"동트기 전이니까 별루 오래지는 않사외다."

"나으리 찾아뵐 경황이 없네. 내 먼저 초별당에 가볼 테니 자네는 곧 안채루 들어가서 나으리 뫼시구 별당 쪽으루 건너오게."

"어르신, 쇤네에게 시방 무슨 말씀을 허시는 겝니까?"

"내가 이르는 대루만 허게. 까닭은 오래잖아 자네두 곧 알게 될 겔세."

의아해 하는 말복을 버려두고 기준은 말을 마치자 반쯤 뛰듯이 초별당 쪽으로 내닫는다. 넓은 뜰을 질러간 기준은 짚신발 그대로 초별당 마루로 뛰어오른다. 방문을 쾅쾅 주먹으로 두드리며 기준이 급하게 방 안을 향해 소리를 친다.

"마님 문 좀 여십시오! 이러시면 아니됩니다! 잠시 제 말씀 좀 들어주십시오!"

기준의 고함을 듣고도 방에서는 아무런 기척이 없다. 몇 번 더 방문을 두드려본 뒤 기준이 이윽고 발을 들어 격자 문짝을 세차게 걷어찬다. 연달은 발길질에 격자문 창살이 부러진다. 기준이 곧 문살 틈으로 손을 디밀어 안으로 걸린 문고리를 벗겨낸 뒤 방문을 급히 열어제친다. 그러나 방문만 열어제친 채 기준은 돌이라도 된 듯 방문 앞에 그대로 멈춰 선다. 아니 잠시 멈춰 선 듯하더니 그는 천천히 몸을 돌려 마루에서 뜰로 쫓기듯이 내려온다.

"성의원 어인 일이시오? 이게 무슨 행패란 말이오?"

첨사다. 안채에서 달려나온 첨사는 부릅뜬 눈으로 기준을 쏘아보고 있다. 아녀자들이 들어 있는 방을 발로 차 부순 기준에게 최첨사는 당장이라도 호통을 칠 듯한 험악한 얼굴이다.

"나으리 돌아가십시오. 이미 때가 늦었소이다."

눈 부릅뜬 첨사를 향해 기준은 의외에도 부드럽게 입을 연다. 첨사가 그제야 낯을 풀고 퉁명스레 되묻는다.

"돌아가라니 무슨 소리요? 방 안에 대체 무슨 일이 있는 게요?"

"보시지 않는 게 좋으실 겝니다. 안채루 들어가시면 제가 이 곳 일을 소상히 일러드리지요."

첨사가 의아한 얼굴인 채 문짝 부서진 초별당 쪽을 바라본다. 기준은 그러나 아랑곳 않고 그대로 뜰을 가로질러 안채로 통하는 일각문을 지나간다.

작년 임진년 늦여름에도 성기준은 함길도 땅에서 이와 비슷한 참사를 본 일이 있다. 그날의 참사가 오늘과 다른 것은 아낙들의 신분과 숫자가 오늘과 많이 다른 것뿐이다. 그녀들은 열 일곱 명 모두가 한 부락에 살던 여인들이었고, 늙고 젊은 나이와 상관없이 열 일곱 명 모두가 상사람의 아낙들이었다.

"성의원, 갑갑하오그려. 별당에 대체 무슨 일이 있는 게요?"

처져 있던 최첨사가 어느 틈에 기준의 뒤를 따라왔다. 안채 섬돌 위로 올라서며 기준이 그제야 첨사 쪽을 돌아본다.

"초별당에 든 양반네 마님들이 지금 방 안에 둘러앉아 자처들을 허구 있소이다."

"자처라니?"

"자처두 모르시오이까?"

기준이 되묻는 말에 첨사가 그제야 눈을 크게 떠보인다.

"허면 방 안 부인들이 스스로 목숨들을 끊는다는 게요?"

"아직 다 죽지는 않았으니 끊었다구는 헐 수 없지요. 허나 오늘 낮 동안에는 모두 숨들이 끊어질 겝니다."

"다 죽지 않았으면 아직 살아 있는 부인두 있소?"

"내가 보니 다섯 마님들이 아직 모두 살아 있습디다. 목을 매면 혹 모를까, 부인들 힘으루는 자처가 쉽지 않소이다."

첨사가 넋 나간 표정으로 안채 마루 끝에 걸터앉는다. 아직 목숨들이 붙어 있다면 지금 손을 써서 살려낼 수 있을지도 모른다. 그러나 담 큰 무변 최첨사도 지금은 몸이 굳어 손가락 하나 들 힘이 없다. 한참 동안 넋 나간 표정이더니 최첨사가 이윽고 더듬거리듯 묻는다.

"사람이 지척에서 죽어가는데 우리는 이렇게 앉아만 있어야겠소?"

"앉아 있지 않으면 어찌해야 좋겠소이까?"

"부인들이 아직 살아 있다면 우리가 손을 써서 살려내는 게 도리가 아니오?"

"도리루야 그럴지두 모르지만 이제는 너무 늦어 편작扁鵲이 온다 해두 목숨을 구헐 수가 없소이다."

"앓는 소리 들린 지가 한 식경이 지났는데 아직두 살아들 있다면 혹 부인들이 생각을 바꾼 게 아닐는지?"

"죽을 생각들이 없어진 게 아니구 죽으려구 해두 죽어지지가 않는 겝니다. 은장두가 무디구 작아 그걸루 목을 찔러서는 사람이 쉽게 죽을 수가 없소이다."

"은장두루 목들을 찔렀습디까?"

"찌르기는 여러 차례 찌른 듯헌데 그 동안 힘들이 진해 지금은 흥건한 피 속에 그냥 누워들 있소이다."

"힘들이 진해 누워만 있으면 장차 그 부인들은 어찌 되는 게요?"

"언젠가는 죽겠지요. 빨리 죽지 않는 게 보기에 딱헐 뿐, 오늘 중으로는 죽게 되지 않겠소이까."

첨사가 다시 부릅뜬 눈으로 곁에 앉은 기준을 말없이 바라본다.

절개를 지키기 위해 반가의 사녀들은 대부분 몸에 은장도를 지니고 있다. 위기에 처해 몸을 온전히 지키기가 어려울 때는 사녀들은 몸에 지닌 은장도로 스스로 목을 찔러 자결을 하는 것이다. 그러나 의원 성기준의 말을 듣고 보니 은장도로 자처하는 것도 쉬운 일만은 아닌 모양이다. 죽음을 작정키도 쉬운 일이 아니지만 그것을 막상 결행하기도 힘없는 아낙들에게는 난감한 일인 것이다.

"가십시다."

오랜 침묵 끝에 기준이 문득 입을 연다. 첨사가 잠에서 깨듯 마루 끝에서 몸을 일으킨다. 날이 밝아 훤해진 뜰에는 어느 틈에 첨사를 따르는 군사 두 명까지 시립하듯 서 있다. 섬돌에서 뜰로 내려서며 첨사가 다시 혼잣말하듯 입을 연다.

"내 지금껏 싸움터에서 여러 죽음들을 보았소만 오늘처럼 딱한 죽음은 예서 처음으루 보는 것 같소."

대꾸없이 몇 걸음 걷더니 기준이 별당으로 통하는 일각문 앞에서 발을 세운다.

"나으리 먼저 떠나십시오. 내 곧 뒤따라 가리다."

"나 먼저 보내놓구 성의원은 예 남아서 어쩔 작정이오?"

"칼이 작구 무디어서 마님들께서 쉬 죽지들을 못허실 겝니다. 거들어 드릴 수는 없는 일이지만 잠시 곁에서 지켜보아 드려야지요."

"거들지 못할 바에야 곁에서 무얼 지켜준다는 게요?"

"속설에 이르기는 칼을 입에 물구 엎어지거나 목을 찌르면 쉬 죽는 걸루 되어 있지요. 허나 사람의 살이 깊구 질겨 작은 장두로는 요처를 찌르거나 끊기가 어렵습니다. 더구나 여인들은 간이 떨리구 힘이 부쳐 제 곳을 옳게 찾더라두 힘껏 찌르지를 못헙니다. 한번두 안 해본 일인데다가 어설픈 속설만 믿구 죽음들을 결행하는 터라, 목숨이 끊어지는 시각까지 그 고통은 이루 다 말루 할 수가 없소이다. 내가 곁에서 마님들을 지켜주려는 것은 죽기까지의 그 고통을 조금이나마 덜어드리자는 뜻이오이다."

최첨사가 허락의 뜻으로 천천히 몸을 돌린다. 먼저 떠나려던 최첨사가 다시 발을 세워 기준을 돌아본다.

"얼마나 기다려야 하오?"

"나 기다릴 생각 마시구 먼저 길들을 떠나십시오."

"동구 밖에서 기다리리다. 일 끝나건 그리루 오시오."

"그러리다. 자 허면 어서 먼저들 떠나십시오."

두 군사와 하인들을 거느리고 최첨사가 뜰을 나간다. 기준을 혼자 두고 떠나는 것이 그에게는 왠지 민망하다. 그러나 죽을 사람을 지켜보는 일은 무장인 자기보다 의원인 기준의 소관사다. 그는 생각을 떨쳐버리듯 급히 집을 빠져나온다.

해가 높이 떴다.

동구 밖 홰나무 밑에 첨사 최상필은 승창을 펴고 앉아 있다. 등허리로 내리쬐는 아침녘의 봄볕이 살을 파고들 듯 뼛속까지 따스하다. 햇살이 곱게 퍼진 마을 쪽은 한낮이건만 여전히 쥐죽은듯 고요하다. 사람이 살지 않는 빈 마을이라 하늘을 나는 날짐승조차도 그쪽으로 날지 않는 모양이다.

"나으리, 저것이 연기가 아니오이까?"

군사 하나가 한 걸음 나서며 손을 들어 마을 쪽을 가리킨다. 최첨사가 바라보니 과연 마을 한 곳에서 연기 한 줄기가 피어오른다.

잠시 연기를 바라보다가 최첨사가 문득 군사들 쪽을 돌아본다.

"사람 없는 빈 마을에 연기 이는 것이 괴이쩍다. 너희는 곧 마을루 들어가서 무슨 연긴지 알아보구 오너라."

"예."

군사들이 관디목을 지르고[하급자가 상관에게 경례를 하고] 마을을 향해 바야흐로 떠나려 한다. 그러나 그보다 한 발 먼저 최첨사가 다시 군사들에게 말을 묻는다.

"저게 누구냐? 이제야 성의원이 일을 끝낸 모양이구나."

옷갓한 사람 하나가 마을 쪽에서 이쪽으로 오고 있다. 사내의 등 뒤로 이는 연기는 시각이 지날수록 점점 짙어지고 굵어진다. 성의원의 모습이 서너 칸 거리로 좁혀지자 연기는 어느 틈에 붉은 불길로 하늘 높이 치솟고 있다. 성의원이 가까이 이르자 최첨사가 이윽고 큰 소리로 말을 묻는다.

"저 불길이 어인 불길이오?"

"내가 놓은 불이외다."

"어디다 불을 놓았소?"

"초별당에 놓았지요."

서너 칸 거리가 좁혀져서 두 사람은 이제 지척의 거리에 마주서 있다. 마을 쪽의 불길을 바라보더니 최첨사가 한참 만에 다시 묻는다.

"별당에 불을 놓은 것을 보니 이제야 그쪽 일이 다 끝난 모양이오그려?"

"예. 방금 젊은 마님 한 분이 마지막으루 숨을 거두었소이다. 그 부인이 이르시는 대루 시신을 태우기 위해 별당에 불을 놓았소이다."

"불을 놓아달라구 성의원에게 부탁을 헙디까?"

"예, 서찰 한 통을 남기면서 꼭 시신들을 태워달라구 부탁허십 디다."

"서찰은 뉘게 가는 것입니까?"

"죄송하외다. 부인과의 약조가 있어 그것만은 나으리께 말씀드 릴 수가 없소이다."

첨사가 더 묻지 않고 안장 지운 말 쪽으로 다가간다. 한 집안의 다섯 아녀자는 이로써 일부종사[한 지아비를 섬김]의 아름다운 뜻을 지 켰다. 남겨진 서찰에는 아마 그녀들의 한 맺힌 사연들이 적혀 있을 것이다. 그녀들의 처참한 죽음이 첨사에게 새삼 큰 노여움을 일게 한다. 이 모든 처참한 죽음들은 왜적들에 의해 저질러진 만행이다. 그들을 이 나라에서 내몰지 못하는 한 아녀자들의 처참한 죽음은 앞 으로도 계속 이어질 것이다.

18. 혼이여! 있거든 흠양하시라

해가 진다.

도성 안 움막에서는 벌써 저녁 짓는 연기들이 오르고 있다.

"나오지 말게."

평대문을 나오면서 젊은 의원 인욱은 하인을 돌아본다. 하인은 그러나 고개를 내젓고는 오히려 인욱의 곁으로 몸을 맞댈 듯이 바싹 붙어 선다.

"의원 어른, 댁까지 뫼시라는 우리 마님의 분부가 기셨소이다. 쇤네 명례방 초입까지만 의원 어른 따라뫼십지요."

"길이 멀지두 않을뿐더러 아직 날두 저물지 않았네. 자네 따라오는 것이 번거로워 하는 말일세."

"모르는 말씀이오이다. 요즘은 날만 설핏하면 도성에 온통 도적 떼가 들끓습니다. 그제는 광통교 근처에서 벌건 대낮에 사람이 둘이

나 죽었답니다. 길양식 지구 가는 나그네 둘을 떼도둑이 달려들어 칼루 찔러 해꼬지를 했다는 겝니다."

인욱은 입을 다문다. 길게 말해야 이 하인은 곱게 떨어져 줄 것 같지 않다. 하긴 대감댁에서 의원인 자기에게 하인을 딸려보내는 데는 그럴 만한 까닭이 있다. 난중이라 사람이 귀해 지금의 도성에서는 천금을 주고도 의원을 만나기가 쉽지 않다. 다음에 또 의원을 불러 병을 보이기 위해서는 의원의 뒷배를 잘 살피고 후대해서 미리 선손을 써둬야 하는 것이다.

왜적의 무리가 도성을 떠난 지도 어느덧 달포가 지났다. 작년 5월 초에 서울 도성을 점령한 왜적들이 꼬박 1년을 채우고야 스스로 도성에서 물러간 것이다. 4월 열 여드렛날 왜적이 도성을 떠나가고 이틀 뒤인 스무날에는 명나라 군사가 뒤따라 도성에 들어왔다. 금년 정월에 평양성에서 동정군 명군에게 패퇴한 왜적들이 벽제관碧蹄館 싸움에서 다시 명군을 크게 이기고도, 함길도 군사까지 함께 뽑아내려 급기야는 도성을 버리고 멀리 경상도 지경까지 물러가게 된 것이다.

1년 만에 되찾은 도성은 그러나 소문에 듣던 대로 눈뜨고는 볼 수 없는 참혹한 정경이었다. 경복궁을 비롯한 여러 대궐들이 몰려 있던 북촌 일대는 공해公廨와 여염의 구분없이 모든 집들이 불에 타 없어졌고, 성 안팎에 붙어 있던 상사람의 초가들 역시 난중에 모두 타버려 빈 집터들만 휑뎅그렁하게 남아 있었다. 숭례문 동편의 비스듬한 목멱 기슭에만 왜적들이 머물러 쓰던 여염집 몇 채들이 듬성듬성 남아 있을 뿐이었다.

그밖에도 도성에는 이르는 곳마다 악취가 진동했다. 길거리에 버려진 주인 없는 송장은 물론이요, 왜적들이 버리고 간 죽은 군마들까지도 도성 이곳 저곳에서 아무렇게나 썩어가고 있다.

인적이 드문 것도 다시 찾은 도성의 특징 중에 하나였다. 하긴 들어살 집채가 없어 도성에 사람이 없는 것은 당연하게도 생각된다. 살던 집이 불에 타 없어져서 대부분의 성민들도 옛날 집터에 움막을 치고 살고 있다.

그러나 간혹 거리에서 만나는 사람들조차도 바로 보기가 민망할 정도로 성한 사람의 몰골이 아니다. 오랫동안 왜적들 밑에 굶주려 살아온 그들은 눈자위가 꺼지고 광대뼈가 불쑥 튀어나와서 하나같이 병자 같은 처참한 몰골들을 하고 있다.

인욱이 강화에서 서울 도성으로 올라온 것은 왜적들이 도성을 떠난 열 엿새 만이었다. 그가 강화에서 도성으로 서둘러 떠난 것은 부친 성기준의 안부가 궁금했기 때문이었다. 왜적이 도성에 들기 전에 잠시 만나고 헤어진 뒤, 부자는 1년 동안이나 서로 소식을 끊고 살았다. 그 후로 단 한 차례 부친의 소식을 들은 것은 헤어진 지 여덟 달 만인 지난해 초겨울 무렵이었다. 멀리 함길 단천땅에서 부친을 보았다는 어느 군사의 말을 우연히 전해 들은 것이다.

강화에는 마침 도성으로 떠나는 관선 한 척이 있었다. 교동도 수군에 속해 있는 조운을 겸한 군선이었다. 뱃길로 이틀 걸려 경강을 거슬러 올라온 군선은, 경강 나루 중에서도 가장 아랫녘에 치우쳐 있는 서강나루에 배를 대었다. 왜적이 떠나면서 진군津軍[나루에 파견된 군사]의 배들을 모두 깨어버려 경강변의 그 많은 나루에는 배 한 척을 볼 수 없었다. 서강나루에서 하루를 자고 인욱은 다음날 도성을 바라고 올라갔다.

길에는 행인이 별로 없었다. 길가에 있던 수많은 여염집 초가들은 불타 없어지고 헐리기도 해서 성한 집채를 볼 수 없었다. 특히 경강변에 헐린 집들은 강 건널 떼배를 만드느라 기둥을 뽑아간 때문인 듯했다.

도성에 가까워질수록 인욱의 눈에는 끔찍한 장면들이 보이기 시작했다. 가장 흔한 것은 죽은 사람의 송장들이었다. 오래 전에 죽어 육탈肉脫이 다 된 송장도 있고, 더러는 반쯤 썩었거나 이제 막 썩고 있는 시체들도 적지 않았다. 대부분의 이런 시체들은 오랫동안 먹지를 못해 굶어죽은 노약자들의 시체였다.

끔찍한 것은 이제 막 죽은 송장을 들개들이 떼로 몰려들어 뜯어먹는 광경이었다. 난리통에 주인 없이 버려진 개들은 사람들이 발을 굴러 쫓으면 오히려 이를 드러내고 덤빌 듯이 으르렁거렸다. 그 개들은 이미 집에서 기르는 가축이 아니었다. 1년 동안 돌보는 사람 없이 산과 들에 야생으로 놓여살아서, 그들은 어느 틈에 늑대나 여우 같은 반야생의 맹수들로 변해 버렸다.

명례방에 있던 성의원의 집은 목멱 밑 남촌에 있어 천행으로 병화를 면했다. 그러나 집채는 큰 손상을 입지 않았어도 집안의 세간과 가구는 비로 쓸듯이 깨끗하게 없어졌다. 특히 인욱이 아쉬워한 것은 집안 고방에 높이 쌓아둔 귀한 건재乾材들이 반 넘어 없어진 것이었다. 그나마 건재가 반이나 남은 것은 왜적들이 약재를 몰라 손을 안댄 덕이었다. 건재 중에 일부를 불쏘시개와 말먹이로 써보고는, 달리 긴한 용도가 없자 고방을 그대로 잠가둔 채 지낸 것이다. 그러나 집 안 곳곳에는 왜적들이 남긴 어수선한 흔적들이 적지 않았다. 방 안에는 왜장이 쓰던 자리깔린 긴 침상이 놓여 있었고, 마당에는 밥 짓는 솥을 걸었던 듯 검은 숯덩이와 화덕 자리가 그대로 남아 있었고, 뒤뜰에는 군마들을 매어 두었던 듯 싱싱한 말똥들이 여러 무더기로 쌓여 있었다.

부친 성기준은 집에 아직 돌아오지 않았다. 그러나 왜적이 도성에서 물러갔으니 부친은 살아만 있다면 언젠가는 꼭 집에 돌아올 것이었다. 지니고 온 양식을 풀어놓고 인욱은 스스로 아침 저녁의 끼니를 끓였다. 도성에서 제일 어려운 것은 양식을 구해 끼니를 때우는 일이었다. 작년 한 해 동안 온 나라가 농사를 망쳐 나라에는 지금 만고에 없던 무서운 기근이 닥쳐왔다. 춘궁春窮을 넘기기도 전에 무수한 유민들이 산과 들에서 굶어죽었고, 이제는 다시 명군의 군량을 대기 위해 숨겨진 곡식까지 시골에서 거둬들이는 판국이라, 대처는 물론 궁벽한 산골에도 제 먹을 양식이 없어 부황든 백성들이 수도 없이 늘어났다.

인욱은 그러나 한 가지 믿는 것이 있었다. 부친 성기준은 난 전에 이미 앞으로 닥칠 곤란을 환하게 내다보고 있었다. 그는 도성을 떠나기 전날 인욱과 옥섬을 시켜 뒤뜰 한 곳에 땅을 파고는 독 세 개를 깊이 묻고 그 안에 양식을 채우고 다시 흙을 덮어 독을 감추었다. 난중에는 화재와 도적이 가장 큰 재앙이었다. 재앙을 피해 양식을 숨기는 방법으로는 땅을 파고 독을 묻어 그 안에 양식을 보관하는 것이 가장 안전한 방법이었다.

인욱은 집에 닿자마자 날이 저물기를 기다려서 뒤뜰에 몰래 묻어둔 독 세 개를 확인했다. 왜적들이 1년이나 그의 집에 머물면서도 땅 속에 감춘 양식은 손 하나 대지 않았다. 앞을 내다본 부친의 지혜가 천금보다도 귀한 양식을 두 섬 가까이나 고이 지니도록 한 것이다.

양식 걱정은 간신히 면했으나 혼자 사는 인욱에게는 여전히 위험이 따랐다. 가장 큰 위험은 이번에도 역시 도적 무리의 분탕이었다. 난중에 가장 많이 느는 것이 유랑하는 떼도둑의 무리였다. 그들은 대부분 양반집에서 종살이를 하던 사노들이거나 관아에서 군노나 급창 등으로 천역을 맡아 하던 낭속廊屬들이었다. 어지러운 난중을 틈타 여러 명이 작당한 그들은 관의 힘이 미치지 않는 한 세상에 아무것도 꺼리거나 두려울 것이 없었다. 시와 때의 가림없이 그들은 행인이 눈에 띄면 서슴없이 달려들어 재물을 털거나 아녀자를 욕보였다. 특히 그들 중 큰 무리를 이룬 도적들은 엉뚱하게도 의병을 가장하여 유향소留鄕所〔지방 수령을 보좌하던 자문 기관〕를 협박하거나 관고를 깨어 나라의 군량을 탈취해 가기도 했다.

왜적이 물러간 빈 도성에도 역시 도적의 무리는 그악하게 횡행했다. 도성의 도적들이 특히 흉포하고 사나운 것은, 지방보다 도성이 더욱 양식 구하기가 어려운 때문이었다.

굶고 사는 장사는 없었다. 어떠한 금은 보화보다도 귀한 것이 양식이었다. 오늘 하루 주린 배를 채울 수 있다면 사람들은 이 세상에서 못할 짓이 아무것도 없었다. 지체 높은 양반네는 대대로 내려오던 패물과 귀물을 팔아 양식을 샀고, 팔 것이 없는 상사람들은 과년

한 딸이나 제 아낙을 팔아 목숨을 사나흘 이어갔다. 빈집에 혼자 거처하는 인욱은 그러나 방을 비워둔 채 고방에서 잠을 잤다. 언제 도적이 집 안에 들어 방에 자는 그를 해코지할지 모르기 때문이었다.

작은 돌개천을 건너 인욱은 다시 골목길로 접어든다. 불난 지가 오래된 듯 이 곳의 빈 집터에는 풀들이 무성하게 자라 있다. 그나마 더러 성한 집채가 있는 것은 지붕이 기와로 되어 불이 쉽게 옮겨붙지 않은 탓일 것이다. 처마를 맞댈 듯이 다닥다닥 붙어 있는 초가들은 병화가 없더라도 한 해 겨울이면 서너 차례씩 큰 화재를 당하곤 했다. 어쩌면 이 곳 일대는 난 전에 이미 큰불을 만나 동네가 잿더미로 되었는지도 모를 일이다.

"주부 어른……."

두어 걸음 앞서 가던 하인이 발을 세우고 인욱을 돌아본다. 일그러진 표정이 이상해서 인욱은 목을 빼어 하인의 등 너머를 넘겨다본다. 땅거미 깔린 골목 안에 흰 물체가 가로놓여 있다. 언뜻 보아도 그 물체는 죽은 사람의 송장임을 알 수 있다. 앞을 막아선 하인을 향해 인욱이 타이르듯 입을 연다.

"비켜서게. 괜치 않네. 냄새가 별루 없는 걸 보니 진송장은 아닌 듯허군."

"진송장은 아닙니다만……. 저리루 돌아가시지요."

비키라는 말을 듣고도 하인은 오히려 인욱의 시야를 막고 있다. 뭔가 까닭이 있음을 알고 인욱은 조용히 하인의 몸을 옆으로 밀친다.

"송장 무서워할 내 아닐세. 무슨 일인지 나두 좀 알아보세."

골목을 바라고 두세 걸음 걷다가 인욱은 흠칫 놀라 잡아끌듯 발을 세운다. 땅거미 깔린 어둑신한 골목이건만 눈앞에 보이는 것은 너무나 선명하다. 몸에 걸친 치마로 보아 송장은 여인의 시신임을 알 수 있다. 송장이 여인이라서 인욱이 놀란 것은 아니다. 그가 놀라서 발을 세운 것은 송장의 드러난 몸이 크게 망가져 있었기 때문이다. 첫눈에 보아도 끔찍한 것은 송장의 넓적다리 살이 뭉텅이로 뜯겨나간 것이다. 피범벅이 된 채 누워 있는 송장은 큰 살덩이가 있어야 될 곳이 살들이 뜯겨나가 뼈들을 가늘게 드러내고 있다.

"아무리 짐승들이기루 사람의 시신을 이 지경으루 망가뜨릴 수가 있나……."

중얼거리는 인욱의 말을 받아 하인이 문득 고개를 내두른다.

"짐승의 짓이 아니오이다……."

"짐승이 아니면 누가 이 짓을 했다는 겐가?"

"쇤네 생각에는 사람의 짓인 듯하오이다."

"사람의 짓이라?"

"수표교 근처와 숭례문 밖 성밑에서두 쇤네 이 지경이 된 송장들을 여러 개 보았소이다. 뜯겨나간 살을 보십시오. 칼질을 한 것이 분명허외다."

고개를 외로 돌리고 있다가 인욱이 그제야 다시 송장 쪽을 넘겨다본다. 그러고 보니 도성에 올라온 뒤 인욱 자신도 여러 번 이와 비슷하게 훼손된 시신들을 본 듯하다. 이것은 짐승이 아니라 사람이 칼 따위의 연장을 써서 훼손시킨 시신이다. 산 사람이 고기를 얻기 위해 죽은 사람의 넓적다리 살을 칼로 베어간 것이다.

"모진 것이 사람의 목숨이지요. 송장 망한 것은 외려 낫습니다.

듣자니까 요즘 들어서는 살아 있는 사람두 해꼬지를 헌답니다. 그래서 도성에 사는 백성들은 아낙이나 아이들을 홀루 집밖으루 내보내지 않는다구 허는군요."

지껄이는 하인을 무시한 채 인욱이 이윽고 빠른 걸음으로 시신 옆을 지나친다. 인상살식人相殺食, 사람이 사람을 잡아먹는다는 소문도 있다. 세상에 굶주림보다 무서운 것은 없다. 사람들은 이제 제가 살기 위해서는 같은 사람의 인육도 먹을 수 있다. 그들은 살아남기 위해서는 세상에 못할 짓이 아무것도 없다.

"자네는 그만 돌아가게. 예서부터는 나 혼자 가겠네."

인욱이 발을 세우고 따라온 하인을 돌아본다. 하인이 이번에는 고집을 꺾고 순순히 인욱의 말에 따른다.

"허면 쇤네 따르뫼시지 않겠습니다. 길 살펴가십시오. 내일 또 뫼시러 가겠습니다."

"알았네. 욕보았네. 자네두 살펴가게."

하인이 머리를 조아린 뒤 오던 길로 되짚어간다. 뒤에 처져 혼자 남고 보니 인욱은 새삼스레 두려움과 허전함이 느껴진다. 명례방 그의 집까지는 앞으로 불과 활 한 바탕 거리밖에 남지 않았다. 그러나 어두운 골목길에 저 홀로 남고 보니 당장이라도 길가 빈집에서 칼 든 도적이 나타나 그의 등이라도 찌를 것 같다. 몸에 지닌 양식을 탐내서가 아니라 이제는 도적들이 고기를 탐내어서도 사람을 해친다. 인륜을 저버린 인상살식의 끔찍한 만행에 인욱은 자신도 모르게 몸이 떨리고 몸서리가 쳐진다.

골목길이 괴괴하다. 멀리 바람결에 들리는 소리는 가까운 남촌에 머문 명군들이 술에 취해 떠드는 소리일 것이다. 집이 점점 가까워지면서 인욱은 차츰 불안하고 초조하다. 도성에 겁없이 찾아온 자기가 아무래도 무모하고 경솔하게 생각된다. 상감의 어가가 아직 환도하지 않는 한, 도성은 얼마 동안 인적 없는 적굴賊窟[도적의 소굴]이 될 것이다. 그간에 목숨을 부지하기 위해서는 좀더 몸놀림에 신중하고 침착해야 될 것 같다.

골목이 다시 휘어진다.

목멱 기슭의 남촌 중에서도 아랫녘보다는 윗녘에 더 성한 집이 많다. 큰 집들이 많은 아랫녘에는 도적들이 불을 놓아 집들이 거의 잿더미가 되었지만 못 사는 사람들의 작은 집들이 많은 윗녘은 불도 면하고 도적도 면해서 성한 집들이 많은 편이다.

갑작스런 인기척과 함께 어디선가 사람의 말소리가 들려온다. 얕은 돌담 밑을 걷던 인욱은 발을 세우고 담 너머를 굽어본다. 길이 높고 담이 얕아 집 안이 담 너머로 훤하게 굽어보인다. 다투는 듯한 말소리는 바로 눈 아래 빈집에서 들려오고 있다.

어슴푸레한 달빛 속에 사람들이 엉겨 있다. 뜰 한쪽에 쭈그려 앉은 것은 언뜻 보아도 쪽머리의 아낙이다. 사내가 주저앉은 아낙을 일으켜 세우려 하고 있고, 아낙은 끌려가지 않으려는 듯 잡아끄는 사내의 손길을 말없이 뿌리치고 있다. 다투는 까닭이 있으련만 사내나 계집이나 주고받는 말들이 없다. 사내가 가끔 숨가쁜 목소리로 혼잣말하듯 나지막이 중얼거릴 뿐이다.

다투는 두 사람을 버려둔 채 인욱은 다시 걸음을 옮긴다. 어느 틈에 어둠이 짙어져서 하늘에 별들이 총총하다. 오늘밤은 날도 푸근

해서 편한 잠을 잘 것 같다. 병 보아준 대감댁에서 저녁까지 든든히 얻어먹어 늘 허전하던 뱃속까지 오늘만은 만복감이 느껴진다.

드디어 집이 보인다. 빈집은 거개가 문짝이 없건만 그의 집에는 문짝이 달려 있다. 누군가가 문짝을 떼어 마루 밑에 처박아 둔 것을 인욱이 집에 돌아와서 다시 제자리에 달아둔 것이다.

문짝을 제자리에 끼워두긴 했으나 인욱은 집을 비울 때는 문의 빗장을 지르지 않는다. 안으로 빗장을 질러두면 문짝은 오히려 더 심하게 망가질 뿐이다. 빈집은 차라리 빈집으로 보여야만 도적들의 심술과 행패를 면할 수가 있다.

집을 떠날 때 지쳐둔 그대로 두 개의 문짝은 얌전하게 닫혀 있다. 문이 아직 닫힌 채로 있는 것은 그가 집을 비운 사이에도 집에 사람이 찾아들지 않았다는 이야기다. 하긴 성중이 텅텅 빈 지금은 도적이나 비렁뱅이가 아니고는 집에 찾아올 사람이 없다. 집들이 불에 타 없어져서 들어 살 집도 많이 없지만 아직도 백성들이 옛집으로 돌아오지 않아 도성은 날만 저물면 사람 만나기가 쉽지 않다.

집 안으로 들어선다. 빈집임을 뻔히 알면서도 인욱은 짐짓 인기척을 크게 낸다. 집에 만일 도적이 들었다면 그가 내는 기척을 듣고 미리 도망쳐 주기를 바라는 마음에서다. 말똥 냄새가 풍겨온다. 왜적이 집에 머물면서 말똥을 그대로 담장 밑에 버려둔 때문이다.

왜적이 버리고 떠난 것은 말똥뿐만이 아니다. 찢어진 군기와 부러진 창 자루가 있는가 하면, 짠지 비슷한 저린 무와 어디선가 훔쳐 온 듯한 돌부처까지 버려져 있다. 그러나 가장 놀라운 물건은 사람의 귀를 말린 것이다. 댓가지에 꿴 채 너무 바싹 말라 있어서 인욱도 처음에는 그것이 사람의 귀인 것을 알지 못했다. 자세히 들여다보고서야 그는 그것이 소금에 절여 오랫동안 그늘에서 말린 사람의 귀임을 알아낸 것이다.

뜰을 가로질러 인욱은 바깥채 큰 마루로 오른다. 빈방인 줄 알면서도 그는 방문들을 차례로 열어본다. 가구와 집기가 남김없이 없어져서 방들은 하나같이 굴속처럼 휑뎅그렁하다. 큰방은 아예 문짝이 떨어져 나가 대청 끝에서 바라보면 방 안이 훤히 들여다보인다.

바깥채는 원래 찾아온 병인들의 병도 보아주고 약첩도 지어주던 곳이다. 따라서 이 방에는 약장은 물론 작두와 저울과 약연 따위가 골고루 갖춰져 있었다. 그러나 지금은 썰렁한 빈방인 채 천장에 건재 한 봉 매달려 있지 않다. 도적인지 왜적인지가 방안 물건들을 송두리째 쓸어간 것이다.

병을 보아주던 바깥채와는 달리, 식구들의 거처인 안채에는 방들도 모두 성하고 가구와 집기도 더러 남아 있다. 이상한 것은 부엌살림 중에 사기로 된 여러 그릇들이 왜적에게 모두 도둑을 맞은 것이다. 목기와 질그릇들은 그대로 버려둔 채 왜적들은 유독 사기 그릇들을 탐냈다. 제법 잘 굽힌 사기 그릇들은 집 안에서 아예 구경을 할 수 없을 정도다.

빈 방들이 여럿이건만 인욱은 짐짓 방을 피해 건재들을 쌓아두던 별채의 작은 고방에서 잠을 자고 있다. 마른 약재가 반 넘어 들어차 있어서 도적들도 이 고방만은 손 하나 대지 않고 있다. 방에 들어 도적의 욕을 당하기보다는 차라리 고방에서 자는 것이 안전하고 편하기 때문이다.

떠날 때 지쳐둔 그대로 고방 문은 얌전히 닫혀 있다. 문을 밀고 들어서니 약 냄새와 함께 고방 안이 칠흑처럼 캄캄하다. 불씨가 없어 불을 켤 수도 없기 때문에 인욱은 잠자리가 깔린 고방 안쪽으로 더듬어 들어간다. 불씨를 만들지 못해 고방에 불을 켜지 않는 것이 아니다. 횡행하는 도적들 때문에 불도 역시 마음놓고 밝힐 수 없다. 그들의 도심盜心을 유발하지 않기 위해서는 집 안에 불을 없애 아예 빈집처럼 해두는 것이 현명하다.

"오라버니."

칠흑 같은 어둠 저쪽에서 문득 귀에 익은 음성이 들려온다. 놀라야 마땅한 사람의 목소리건만 인욱은 오히려 가슴이 뛸 만큼 그 목소리가 그립고 반갑다. 그는 우뚝 발을 세운 채 한참 만에 되묻는다.

"옥섬이구나. 네가 도성엔 언제 왔드냐?"

"낮에 왔세요. 강화에서 올라온 군사들이 경강의 서강나루에서 도성으로 들어오면서 저를 예까지 데려다 주었세요."

입김이 느껴질 정도로 두 사람의 거리는 아주 가깝다. 강화에 두고 온 누이 옥섬이 이 곳 도성 본가에까지 올라왔을 줄은 미처 몰랐다. 사내들도 감히 올라오기를 꺼리는 도성에 옥섬이 홀로 올라온 것은 담력도 아니고 고집도 아니다. 그러나 꾸짖어야 마땅한 그녀건만 인욱의 입에서는 뜻밖의 말이 튀어나온다.

"강화에서 언제 떠났드냐?"

"그제 새벽에 배를 띄웠세요."

"강화 군사가 몇이나 올라왔드냐?"

"큰배 세 척에 군사가 가득했으니까 대충 잡아두 3·4백 명이 넘을 거예요."

"그래 강화 군사들이 모두 도성에 들어왔느냐?"

"도성에 든 군사는 서른두 채 안되었세요. 경강으루 올라온 강화 군사들은 의병장을 따라 죄 서강에 머물렀어요."

"의병장이 뉘라드냐?"

"김씨 성 지닌 전라도 선비라구 들었세요."

강화 의병장이 군사들을 이끌고 뒤늦게 도성에 올라온 까닭을 알 수가 없다. 도성을 떠난 왜적들은 이미 죽산을 거쳐 충주 아랫녘으로 내려갔다는 소문이다. 도성에 입성한 명나라 군사들은 아예 왜적의 뒤를 쫓을 생각조차 하지 않는다. 하긴 왜적들이 경강의 배를 모두 깨뜨려서 처음 얼마간은 명군들이 강을 건널 수 없기도 했다. 그러나 배들이 마련된 지금에도 그들은 왜적의 뒤를 쫓을 생각들을 하지 않는다.

들리는 소문에 의하면 명군들은 왜적들과 화의를 도모해 앞으로는 큰 싸움을 하지 않을 것이라고 한다. 명나라 장수가 왜진으로 왜장을 찾아가서 서로 화의를 맺음으로써 왜군과의 싸움을 끝낸다는 소문이다.

"앉으세요, 오라버니."

옥섬이 권하는 말에 인욱은 그제야 어둠 속으로 내려앉는다. 고방 안에는 그가 이미 자리를 깔아 잠자리를 마련해 두었다. 옥섬도 어떻게 알았는지 그가 집에 오기도 전에 고방 안의 잠자리를 찾아 먼저 들어앉아 있었던 것이다.

"이 안에 잠자리 마련한 것을 너는 어찌 알았드냐?"

"방에는 사람 잔 흔적이 없기루 사방을 두루 살피다가 우연히 고방에서 잠자리를 찾아냈지요."

"밖에는 나가 보았드냐?"

"대문 밖에 잠시 나갔다가 도성이 빈 것을 보구는 이내 들어와 이 고방에 숨어들었세요."

"도성에는 지금 널린 게 송장이구, 살아 있는 사람이라구는 명나라 군사들과 떼지어 다니는 사나운 도적들뿐이다. 네가 예까지 어찌 왔는지 내 아무리 생각해두 기가 막힐 노릇이구나."

"오라버니 걱정 마세요."

걱정 말라는 옥섬의 말이 의외로 밝고 명랑하다. 그녀가 도성에 찾아온 까닭을 모를 리 없는 인욱이다. 그러나 그것을 아는 까닭에 그는 더욱 옥섬의 앞일이 걱정이다.

"청파역에는 들렀드냐?"

"예."

"네가 살든 집은 그대루 성허구?"

"예."

"앞으루는 그래 도성에서 어찌 지낼 생각이냐?"

"매향이를 찾아보겠세요."

"매향이가 어디 있기에?"

"도성에 머문 명나라 진막에 있다구 허드군요."

"명나라 진막에?"

"보았다는 사람이 있세요. 제가 도성에 찾아온 까닭두 매향이를 만나자는 욕심에서예요."

매향은 옥섬과 함께 부친 성의원에게서 의술을 배우던 의녀였다. 그러나 자색이 빼어난 그녀는 어느 해 기어이 의녀에서 관기로 몸을 바꾸었다. 헌데 그 관기 매향이 지금은 도성에 머문 명나라 군사의 진막에 들어가 있다는 것이다. 믿을 수 없는 옥섬의 말에 인욱은 잠시 말문이 막힌다.

"허면 매향이 명나라 진막에서 명나라 군사들에게 몸을 맡기구 있다는 게냐?"

"명나라 군사에게 몸을 의탁한 게 아니구, 명나라 높은 장수의 수청을 든다구 허더이다."

"그 아이가 언제부터……?"

"명나라 군사가 평양성 싸움에 이기구부터 매향이 줄곧 명진에 머물러 명나라 장수를 따라 이리저리 옮겨다닌 모양입니다. 이번에 도성을 되찾게 되자 그 아이두 명군을 따라 다시 도성으루 올라왔다구 허드군요."

"그 소문을 뉘게서 들었느냐?"

"강화에 내려온 호통사한테서 제가 우연찮게 바루 전해 들었지요."

"호통사가 강화에를 무슨 일루 들렀다는 게냐?"

"명군과 함께 도성에 올라온 그 통사가 경강 건널 배를 구허느라 강화에를 내려왔더군요. 경강에 있던 배들은 왜적들이 모두 깨뜨려버려서 명군 장수가 그 통사를 보내어 강화에서 배 몇 척을 구해 오라구 했답니다."

경강에 배가 없는 것은 인욱도 보아 알고 있다. 배가 없어 강을 못 건너면 군사들은 강변의 집을 헐어 그 재목으로 떼배를 엮어 강물에 띄우곤 했다. 삼개와 샛강 두뭇개 일대의 여염집들이 거의 다 헐린 것은 바로 그런 까닭에서다.

"그래 매향을 찾아내서는 무엇을 어찌 헐 작정이냐?"

"그 아이가 소문대루 높은 장수를 곁에서 뫼신다면, 오라버니 처신을 위해 여러모루 큰 도움이 될 거예요. 달리 마련한 작정은 없지만 한번 만나보면 무슨 수가 나겠지요."

"내가 매향이 팔아 덕 볼 생각두 없을뿐더러 설혹 덕을 본다 허드라두 너를 집 밖으루 내보낼 수가 없다. 큰길 쪽에 나가보면 네가 그 까닭을 알 수 있을라. 명군에게 욕당하구 죽은 아낙이 수도 없이 길가에 널려 있어."

지척의 거리에 마주 앉은 채 두 사람은 한동안 말들이 없다. 그러나 곧 뜻밖의 소리가 그들의 긴장된 침묵을 여지없이 깨뜨린다.

무언가가 가까운 거리에서 요란하게 부서지는 소리다. 담장이나 대문 같은 것이 갑작스런 힘에 의해 자빠지는 소리일 것이다. 잠시 숨을 정지한 채, 두 사람은 소리가 들린 집 밖으로 귀를 기울인다. 어느 틈에 그들의 몸은 한 덩어리로 굳게 엉겨 있다. 할딱거리는 여인의 숨결이 사내의 품안에서 애처롭게 느껴진다. 그러나 지금은 눈 부릅뜨고 바깥 소리에만 온 정신을 집중할 때다. 만일 그것이 도적이 낸 소리라면 그들은 도적들이 물러갈 때까지는 어떤 기척도 내어서는 안된다.

기척이 다시 들려온다. 하나가 아닌 여러 사람들이 빈집들 사이를 거침없이 지나가는 소리다. 가까이 들리던 기척들이 이윽고 조금씩 아랫녘 쪽으로 멀어진다. 그들의 발걸음이 아득해진 무렵에야 인욱은 한숨과 함께 옥섬의 몸을 품안에서 풀어준다.

"갔나보다."

"무엇이에요?"

"도둑일 테지."

"……."

옥섬이 몸서리를 치며 다시 인욱의 품속으로 파고든다. 인욱이 마주 옥섬을 안으며 그녀의 이마에 입술을 가져다댄다. 입술 밑에 잡힌 이마가 땀으로 촉촉이 젖어 있다. 공포와 긴장이 조금씩 가시면서 인욱은 문득 거칠고 황황한 욕망을 느낀다.

남들의 죽음 앞에 나 혼자 살아 있음이 송구하고 죄스러운 세상이다. 언제 닥칠지 모를 죽음으로 해서 그들은 오히려 더 거칠고 사나운 욕망을 느끼는지 모른다. 사내의 손길이 자신의 가슴을 풀어헤치자 여인도 마주 품에서 나와 사내의 매듭진 윗고름을 풀어헤치기 시작한다.

어둠 속이라 모르고 있다가 인욱은 그제야 옥섬의 몸에 사내의 바지가 입혀진 것을 깨닫는다. 하긴 군사들과 함께 왔다면 치마 두른 여복으로는 처신이 매우 어려웠을 것이다. 정든 정인을 찾아가기 위해 그녀는 이번에도 역시 목숨을 건 모험을 치른 것이다.

뜨거운 몸들이 부딪는다. 닫혀 있던 여인의 몸이 사내의 손길 밑에 일렁이는 물결로 열려진다. 오늘따라 여인의 몸은 사내의 몸을 미친 듯이 탐하고 있다. 오래 못 만난 아쉬움과 함께 여인도 사내도 무언가에 쫓기는 급한 마음이다. 그 쫓기는 황황한 두려움을 그들은 몸들을 섞어 가장 확실하게 확인하고 있다.

　칠흑 같은 어둠 속에 여인이 내지르는 높은 단속음이 더운 열기로 울려퍼진다. 그 소리에 화답하듯 사내가 이윽고 무서운 기세로 여인의 깊은 몸 속에 자신의 몸을 디밀어간다. 하나가 된 그들의 몸은 이제 까마득한 열락의 구름 위로 솟구쳐 오른다. 아무것도 생각하지 않기 위해 그들은 차라리 온몸을 던져 미친 듯한 황음荒淫에 탐닉하고 있는지도 알 수 없다.

　해가 설핏 기울었으나 볕은 아직 호되게 뜨겁다.
　말복을 며칠 앞둔 절기여서 더위가 유난히 기승이다. 고을 복판으로 들어갈수록 행인들의 왕래가 많다. 행인들은 거개가 홑옷 입은 상사람들이고 더러는 옷갓 차림의 종자 거느린 양반네도 있다.
　이 고을은 지난 한 해 동안 왜적의 화가 미치지 않아 고을의 관아는 물론이고 수백 호 여염들도 상한 집이 별로 없다. 전라도와 경상도 접경에 속한 고을들은 왜적의 침구를 받지 않아 아직은 고을 안팎에 병화의 흔적이 없다.
　실버들 늘어진 개천가에 난장亂場이 선 듯 사람들이 북적거린다. 산간에 자리잡은 이 작은 고을은 난 전에도 닷새 도막으로 개천가에 난장이 서곤 했다. 아마 지금도 옛 풍속 그대로 난중임에도 불구하고 난장이 계속 이어져 내려오는 모양이다.
　"게 가는 길손, 나 좀 봅시다."
　실버들 그늘 속을 걷던 두산은 누군가의 부르는 소리에 발을 세우고 그늘 속을 바라본다. 엄장 큰 사내 하나가 돌 위에 앉았다가 몸을 일으켜 두산에게 다가온다.

"댁이 나를 부르셨소?"

"그렇소. 내가 불렀지. 얼굴을 보아 허니 이 고장 사람이 아닌 게로군?"

"바루 보았수. 예가 객지요. 그래 나를 무슨 일루 보자시오?"

"등에 진 게 무어요?"

"그건 알어 무얼 허려우?"

"장에 낼 물건이면 내가 살까 해서 묻는 말이우."

"낼 물건이 아니외다. 먼길 오느라 객장으루 꾸린 짐이우."

"객장이면 길양식이 있겠구려. 오늘 예서 묵어갈 양이면 내가 댁을 객점客店까지 인도허리다."

"객점은 나두 알우. 이 고을이 객지기는 해두 여러 번 와보아서 객점 못 찾을 사람은 아니우."

"멧부엉이가 영악허기는……. 길 알면 어서 가게."

말투가 대뜸 하오에서 하게로 변한다. 두산은 그러나 대거리 않고 사내 앞을 천천히 떠나간다.

흉흉해진 인심이다. 진주성이 왜적에게 떨어진 요즘은 이 고장 인심이 더욱 각박하고 흉흉해진 느낌이다. 작년 가을에 왜적을 쳐물렸던 진주성이, 금년 7월 하순에는 왜적의 침공을 받아 열 하루 만에 함몰했다. 하늘 아래 처음 있는 장렬하고 처절한 싸움이었다. 들리는 소문에 의하면 진주성의 온 성민은 칠십 노인과 갓난애는 물론이고 개 고양이 같은 살아 있는 짐승들까지도 성을 떨군 왜적들에 의해 무참히 도륙을 당했다고 한다.

지난해 가을 싸움에서 한 차례 패한 뒤에 그 복수를 위해 다시 진주성을 공격해 온 왜적들은 성을 떨구고 입성하자 살아남은 성민 남녀노소를 눈에 보이는 대로 야차처럼 칼로 찍어죽인 모양이다.

병가상사兵家常事라는 옛말이 있듯이 싸움에는 이기기도 하고 때로는 힘이 달려 적에게 패하기도 하는 법이다. 그러나 금년 7월에 진주성을 침공해 온 왜적들은 병가상사인 승패를 떠나 오로지 앙갚음을 하기 위해 대병을 몰아 성을 다시 쳐들어왔다고 한다. 앙갚음이 목적이기 때문에 성을 함락한 뒤 그들의 복수는 처절했고 잔혹했다. 성안에 살던 짐승조차 남김없이 죽임을 당했을 만큼 왜적들은 성을 떨군 뒤 성민을 깡그리 도륙해 버린 것이다.

도성을 떠나 남으로 내려온 왜적들은 이제 조선 팔도 중에 경상 좌우도 일대에만 그들의 대병을 둔취시키고 있다. 그러나 그들이 아래로 내려옴으로써 민심이 흉흉해진 것은 하삼도 일대와 남해 연안의 백성들이다. 팔도에 퍼져 있던 왜군들이 한곳으로 모두 집결함으로써 그들은 더욱 크게 인근 고을을 위협하거나 호령하게 된 것이다.

해가 설핏 기운 때라 장터는 이미 파장판이다. 이 고을 난장에서도 값지고 귀한 것은 알곡이다. 상목 한 필이면 쌀가마를 사던 난전의 시세가 요즘은 한 필을 주어야 쌀말을 팔기도 어려운 세상이다. 놀라운 것은 시골 난장에도 값진 귀물들이 흔하게 보이는 것이다. 양반네 안식구들이 농짝에 깊이 숨겨둔 보물들이 요즘은 시골 난장에까지 팔 물건으로 쏟아져 나온 것이다.

귀물들은 여러 가지다. 흔한 것이 백옥白玉 오옥烏玉 마노瑪瑙 호박琥珀 같은 값나가는 보물이요, 그 다음은 은가락지 옥지환 옥비녀 비취노리개 산호가지와 은장도 옥장도 등의 안식구들의 패물이다. 다음은 선비들의 문방제구文房諸具로 단계端溪벼루와 호주湖州붓과 옥필통과 휘주徽州먹 따위다. 그 다음에 눈에 띄는 진물은 산삼과 녹용 웅담 사향 같은 보기 드문 약재가 있고, 수포석水泡石 안식향安息香 초피 돈피 같은 각 지방의 특이한 방물도 적지 않다.

이런 귀물들이 난장에 나온 것은 두말할 필요도 없이 난중에 양식이 귀해졌기 때문이다. 양반도 역시 굶고 사는 재주는 없다. 지닌 양식이 떨어져서 한두 끼를 굶게 되면 양반집에서도 할 수 없이 대대로 내려오던 진귀한 보물들을 난장에 내다팔아 양식을 살 수밖에 없는 것이다.

개천가 장터를 벗어나자 잇대어진 여염들 사이에 반송 한 그루가 유난히 크게 눈에 띈다. 일산처럼 우뚝 선 반송은 멀리서 보기에도 모양이 특이하고 아름답다.

반송을 발견한 사냥꾼 두산은 갑자기 걸음이 빨라진다. 아슴아슴하던 그의 기억이 이제야 뚜렷하게 머릿속에 되살아난다. 언젠가 그는 이 반송집에 어떤 볼일로 찾아왔던 일이 있다. 그 볼일이 어떤 것인지는 모르지만 반송집을 눈앞에 찾았으니 짝쇠는 이제 찾은 것이나 다름없다.

운해사 절을 떠나 여러 달 동안 종적을 감춘 사미 짝쇠가 바로 이 고을 반송집 행랑에서 오목五目이라는 사람과 함께 말먹이는 일을 거들고 있다는 것이다.

넓은 뜰을 질러가자 솟을대문이 눈앞으로 다가든다. 반쯤 열린 대문 사이로 늙지도 젊지도 않은 아낙 하나가 빠져나온다. 동이를 이고 나온 아낙을 향해 두산이 다가들며 급하게 입을 연다.

"말 좀 물읍시다. 이댁에 혹 오목이라는 아랫사람이 살지 않소?"

"그런 사람 없수."

"말먹이는 하인인데 그런 사람이 없단 말이오?"

"말먹이는 사람이 있긴 있으나 그 사람은 하인두 아니구 오목이라는 이름두 아니우."

"오목이가 아니면 이름이 어찌 되우?"

"이름은 잘 모르구 신서방이라들 부르구 있수."

"그래 그 신서방을 내가 지금 좀 만나볼 수 없소?"

"있어야 만나보지. 신서방은 지금 집에 없수."

"어딜 갔기에 없다는 게요? 원행이라두 했단 말이오?"

"이댁 작은서방님 뫼시구 집 떠난 지가 벌써 여드레째요."

"허면 혹 그 사람과 함께 있던 짝쇠라는 아이가 어디 있는지 모르시오?"

"댁네가 짝쇠 아비 되시오?"

"아비는 아니오만 그 아이를 내가 꼭 만나봐야 할 일이 있소."

"그 아이가 지금 크게 다쳐 방 안에 자리보전허구 누워 있수."

"어디를 다쳤길래 자리보전까지 했다는 게요?"

"팔을 다친 지가 달포가 지났는데 상처가 쉬 낫지를 않아 아직두 열에 떠서 누워지내는 날이 많수."

"그래 그 아이가 지금 어느 방에 누워 있소?"

"날 따라오시우."

아낙이 몸을 돌려 열린 대문으로 다시 들어간다. 두산이 아낙을 따라 들어가며 집 안을 한 바퀴 둘러본다. 중문이 굳게 닫혀 있어, 보이는 것은 여러 개 행랑방과 찬간 고방 마구간 따위들이다. 아낙들 둘이 찬간 앞에서 저녁 찬에 쓸 푸성귀를 다듬고 있을 뿐, 그밖에는 사람이 없어 규모 큰 집에 비해 집 안이 썰렁해 보인다. 아낙이 행랑방들 여러 개를 지나더니 말먹이는 마구간 옆방에 발을 세우고 뒤를 돌아본다.

"그 아이가 바루 이 방에 있수. 지금 잘 텐데 깨우리까?"

"깨울 것 없수. 내가 방문을 열어두 되우?"

"여시구려."

아낙이 한 걸음 옆으로 비켜서자 두산이 이내 방문을 연다. 잘 것으로 알았던 짝쇠가 바깥 소리에 잠이 깨었든지 방문 앞에 일어나 앉아 있다. 왼팔에 헝겊뭉치를 감고 있는 것으로 보아 팔을 다쳤다는 말은 사실인 모양이다. 찾아온 사람이 두산임을 알고 짝쇠는 대번에 자리에서 몸을 일으킨다.

"아저씨!"

"짝쇠야!"

잠시 말들이 없다. 두산을 바라보는 짝쇠의 눈에 대뜸 눈물이 그렁그렁 차오른다. 그 꼴이 보기 싫었던지 두산이 고개를 돌리더니 신을 벗고 방으로 성큼 들어선다.

"내가 너를 몇 달 만에 보는 게냐?"

"얼추 1년쯤 되어 갈 게요."

"다쳤다더니 바루 그 팔을 다친 게로구나."
"왜적의 살을 맞았소."
"이 고을에두 왜적이 들었드냐?"
"이 고을서 맞은 게 아니구 진주성 싸움에서 살을 맞았소."
"허면 네가 지난 달 큰싸움에 진주 성중에 있었다는 게냐?"
"예."

말문이 막힌다. 진주성 싸움이라면 두산은 누구보다 그 처절함을 잘 알고 있다. 그는 작년 가을 싸움 때 사발스님과 함께 성에 들어 망군望軍 대정으로 왜적과 싸웠다. 다행히 그 때는 싸움에 이겨 왜적을 물리치고 성을 무사히 지킬 수 있었다. 그러나 이번 여름 싸움에서는 수성군이 여러 날 버티다가 끝내는 패해 성을 왜적에게 내주었다. 성이 함락된 뒤의 참혹한 일들은 이미 두산도 소문을 들어 알고 있다. 헌데 바로 그 참혹한 싸움 때에 이 아이 짝쇠가 진주 중에 있었다는 것이다. 운해사 절 부엌에서 도망쳐 내려간 이 아이가 어떻게 진주 성중으로 들어가게 되었는지 알 수가 없다.

"그래 네가 성중에서는 어느 날 떠나온 게냐?"
"성이 왜적에게 떨어지구두 닷새 지난 뒤에 떠나왔소."
"허면 네가 그 때까지두 왜적의 손에 해를 입지 않았다는 게냐?"
"입을 뻔했지만 입지는 않았수. 외려 왜진에서 살 맞은 상처에 약까지 얻어붙였수."
"왜진에 잡혀 있었드냐?"
"왜진에 갇힌 건 하루뿐이구 이튿날부터는 성 안팎을 왜적들 달구 마음대루 돌아다녔수."

"성 안팎을 돌아다니다니?"

"길 모르는 왜적에게 길을 잡아 주었었소."

짝쇠는 살아난 까닭이 있었다. 목숨을 부지하기 위해 그는 왜적의 길잡이 노릇까지 했던 모양이다. 그러고 보니 지난 1년 새에 짝쇠는 키도 부쩍 크고 말하는 품도 어른스러워진 느낌이다. 원래가 영악하고 지혜로운 아이다. 저 사나운 왜적들 틈에서 살아남을 수 있었던 것은 이 아이의 영악한 지혜와 대담성 때문일 것이다.

"그래 진주성엔 언제 무슨 일루 들어갔드냐?"

"지난 5월에 산을 내려와 그믐께쯤에 성에 들었소."

"산을 내려간 까닭은 무어며 진주성에는 어찌 갔드냐."

잠시 대답을 망설이더니 짝쇠가 내뱉듯 입을 연다.

"중질이 싫어 산을 내려갔구 성에는 싸우러 들어갔소."

"네 나이에 싸우다니 군영에서 너를 받아주기나 헌다드냐?"

"첨엔 나를 내치더니 싸움이 급해지니까 받아줍디다."

"그래 너두 성중에서 왜적들과 싸웠다는 게냐?"

"내가 죽인 왜적만두 적게 잡아 셋은 될 게요. 불꾸러미를 성밖으로 내쳤는데 불맞아 죽은 놈을 내 눈으루 여럿 보았소."

싸움은 이번에도 역시 처절을 극한 것이었다. 아니 지난해 가을 싸움보다 이번 싸움이 더 격렬했고 처절했다.

지난해의 패배를 설욕하려는 싸움이어서 왜적들도 이번만은 대군을 휘몰아 풍우같이 성을 들이쳤다. 수성군은 고작 4천인 데 비해 왜적은 예비대를 합쳐 9만을 넘는 대병이었다. 한 차례 패한 경험이 있어 왜적은 이번만은 공성기구도 여러 종류를 마련했다. 비차飛車

와 운제雲梯 광제廣梯는 물론이고 수백 개의 대나무단과 화살막이 대방패도 마련했다.

수성군이 더욱 어려웠던 것은 지난해 싸움과는 달리 밖으로부터 외원이 전혀 없었던 점이었다. 성밖 수십 리까지 온통 왜군들이 점령하고 있어서 진주성은 고립무원의 외롭고 어려운 싸움을 치러야 했다.

싸움은 그러나 열 하루 만에 조선군의 완전한 패배로 끝났다. 창의사倡義士 김천일金千鎰, 충청병사 황진黃進, 경상우병사 최경회崔慶會, 김해부사 이종인李宗仁, 거제현령 김준민金俊民 등이 모두 이 싸움에서 장렬하게 전사했다.

그러나 어찌 죽은 사람이 이들 이름있는 장수들뿐이겠는가. 더 많은 착한 백성과 더 많은 어진 생령들이 이 열 하루 동안의 외로운 싸움에서 처절하게 싸우다 죽었다.

진주성이 함락된 소식은 삽시간에 온 나라에 퍼졌다. 한 차례 승첩이 있었던 성이기에 진주성의 함락은 조선 백성들에게는 더 큰 충격과 놀라움이었다. 특히 하삼도 일대의 백성들은 진주성 함락 소문에 크게 민심이 흔들렸다. 수군이 바닷길을 막아 안전하다고 생각해온 남도가, 이제 다시 뭍 쪽의 진주성이 떨어짐으로써 자기들이 사는 남도 일대도 더 이상 안전하지 않음을 깨달았기 때문이었다.

그러나 진주성을 떨군 왜적들은 더 이상 그들의 대군을 전라도 땅으로 서진시키지는 않았다. 성을 지킬 병사만을 진주성에 둔취시킨 채 왜의 대군은 성을 떠나 다시 그들의 본진으로 물러갔다. 그들은 지난해 진 싸움의 설욕으로 만족했고, 남도의 거성 진주를 점거

함으로써 동서의 길목인 요충을 차지한 것으로 만족했다.

"팔은 그래 얼마나 다쳤느냐?"

헝겊 감은 팔을 바라보며 두산이 다시 짝쇠에게 묻는다.

"팔에 살촉이 박힌 것을 칼루 발구느라 더 크게 상처를 덧뜨렸소."

여름철에 칼질을 했으니 상처가 덧날 것은 뻔한 이치다. 하긴 살촉을 그대루 두고는 살이 썩어들어 목숨이 위태롭다. 겨울철 싸움에는 상처가 잘 아물어 큰 상처를 입고도 살아나는 사람이 많으나 한여름 싸움에 입은 상처는 살과 피가 잘 상해서 작은 상처로도 목숨을 잃는 예가 많다.

"그래 의원에게는 보여보았느냐?"

"처음에 몇 번 보였소만 별무신통이라 이제는 그만두었소."

"고만두어 쓰겠느냐. 그러다 곪기라두 허면 네가 아주 병신될라."

"병신되면 대수랍디까. 지금두 상처 한쪽에는 피고름이 가득 찼수."

"이 녀석 말하는 것 좀 보게. 헝겊 좀 풀어보자. 내가 한번 상처를 봐야겠다."

"놔두시우. 의원두 아니며 상처는 보아 무얼 하려우."

"아니다. 이리 좀 보여라. 내가 의원은 아니다만 상처가 가볍구 깊은 것은 눈짐작으루 알 수 있다."

짝쇠가 도리질하는 것을 두산이 우격으로 팔을 잡아 동인 헝겊을 풀어낸다. 겉의 몇 겹을 풀어내자 이내 헝겊들이 피고름과 한데 엉겨 있다. 피고름 냄새를 맡았는지 어느 틈에 파리들이 사방에서 날아든다. 떡처럼 엉긴 헝겊들을 풀자니 짝쇠가 팔을 뽑으며 외치듯 비명을 내지른다. 두산은 그러나 아랑곳 않고 마지막 헝겊까지 상처에서 조심스레 풀어낸다.

　상처가 드러난다. 팔이 탱탱 부어 있고 상처 주위가 벌겋게 열이 올라 짓무른 연시처럼 당장이라도 피고름을 쏟을 것 같다. 상처와 짝쇠를 번갈아 바라본 뿐 두산은 잠시 아무런 말이 없다. 한참 동안 한숨만 내쉬다가 두산이 그예 꾸짖듯 입을 연다.

　"에이 곰 같은 녀석. 상처를 이렇두룩 놓아두었느냐?"

　이번에는 짝쇠 쪽에서 아무런 대꾸가 없다. 팔에 헝겊을 다시 감으며 두산이 조용히 말을 묻는다.

　"살촉을 무얼루 발구어냈느냐?"

　"장두요."

　"칼질은 누가 했느냐?"

　"내가 아는 스님이오."

　"칼을 불에 달구었느냐?"

　"칼질할 때 혼절해서 게까지는 나두 모르겠소."

　알 만하다. 화살촉에는 미늘(역으로 달린 걸림쇠)이 달려 있어서 그대로 뽑아서는 생살만 크게 찢어질 뿐이다. 해서 살에 박힌 화살촉을 뽑아내려면 살촉 주위를 크게 도려 살촉을 발구어내야 한다.

　"일어나거라."

　상처에 헝겊을 다 감고 두산이 불쑥 몸을 일으킨다.

　"어딜 가자는 게요."

　"의원에게 가자."

　"의원에겐 왜 가려우?"

"상처가 이 지경인데 그냥 앓구만 누워 있을 게냐? 자 어서 일어나거라. 이 고을에 내가 아는 용한 의원이 하나 있다."

"일 없수. 의원 뵈어봐야 진맥이나 허구 고만입디다. 벌써 여러 번 가보았수. 딴 병이면 혹 모르지만 살맞아 상한 상처는 쉬 낫지 않는답디다."

"쉬 낫는지 아니 낫는지는 가보면 알 것 아니냐. 어린 녀석이 고집두 세구나. 자 냉큼 일어나거라."

팔을 잡아끄는 데도 짝쇠는 전혀 일어나려 하지 않는다. 두산도 이번만은 팔을 놓고 온언순사〔정답고 조용조용한 말씨〕로 입을 연다.

"고집부리는 까닭이 무어냐? 네가 아직두 덜 아픈 모양이구나."

짝쇠가 앉은 채로 힐끗 두산을 올려다본다. 흰창 드러난 그의 눈에 원망하는 빛이 가득하다.

"찾아가려는 의원이 누구요?"

"오주부라는 나이 많은 의원이다."

"그 사람은 나이 많아 요즘은 병을 아니 본다구 헙디다."

"네가 그 의원을 아는 게로구나. 딴 사람의 병은 아니 보아두 그 의원이 네 병만은 보아주게 되어 있다."

"내가 의원에게 왜 아니 가려는지 아시오?"

"그걸 내가 어찌 알겠니?"

"이댁 주인마님의 주선으로 내가 벌써 세 번이나 강의원이라는 의원을 찾아갔소. 헌데 그 때마다 그 의원이 약값으루 상목을 한 필씩이나 빼앗아 가는 게요. 내가 이제는 내줄 상목두 없을뿐더러 마님께두 상목 내달라구 말할 염의가 없게 되었소."

"이댁 마님이 무슨 까닭으루 너를 먹여주며 약값까지 대어주는 게냐? 설마 네가 이댁 행랑에 하인으루 들어앉은 건 아니렷다?"

"행랑살이가 아니우. 이댁에서 나를 거두어 먹이는 까닭이 있소."

"그 까닭이 무어냐?"

"진주성 싸움 때 이댁 큰서방님이 왜적과 싸우다 목숨을 잃었소. 그 어른 시신을 내가 숲에 숨겨두었다가 싸움 끝난 연후에 이댁에 일러주어 이댁 사람들이 그 은공으루 나를 집에 들게 하여 먹여주구 재워주는 게요."

"이댁 큰서방님이 어쩌다가 그 싸움에 끼여들게 되었드냐?"

"이댁이 지금은 낙향해서 시골에 숨어살지만 옛적에는 도성에서두 유명짜한 무장대가武將大家 집안이랍디다. 아마 진주성 싸움에 이댁 큰서방님이 의병장으루 싸우신 것 같소."

"그래 시신은 거두어 왔느냐?"

"왜적에 붙은 조선 사람 왜통사에게 뇌물을 써서 시신만은 왜적의 눈을 피해 성밖으루 탈없이 거두어 왔소."

알 만하다. 주인의 시신을 숨겨준 은혜라면 짝쇠는 이 집안의 은인이나 진배없다. 말먹이는 신서방의 덕이 아니고 짝쇠는 스스로의 공으로 이 집안에 기식하고 있는 것이다.

"자 이제 알았으니 내 아는 의원에게 어서 가자."

두산이 권하는 말에 짝쇠가 그제야 몸을 일으킨다. 그러나 방 밖으로 나오면서 짝쇠가 다시 두산에게 묻는다.

"의원에게 내 줄 상목이 있소?"

"없다."

"상목이 없으면 가보아야 헛일이우. 요즘은 병인이 많아 약값 없는 사람은 문 안으루 들이지두 않소."

"내 아는 그 의원은 나를 박대허지 못할 게다. 내 신세가 적지 않은데 나를 박대허면 사람두 아니지."

"아저씨 신세가 무어길래 그 의원이 박대치 않는다는 게요?"

"나허구 네가 한겨울을 나구두 너는 내 하는 일이 무엇인지 모르는 게냐. 웅담 녹용 산삼 같은 약재를 의원들이 뉘게서 사니?"

짝쇠가 뻔히 두산을 마주본다. 사냥질이 생화인 두산은 겨울 사냥막에 온갖 약재들을 말려두고 있다. 웅담 사향 녹용 웅설熊舌에 때로는 이름도 모르는 귀한 약재도 굴 안에 가득하다. 여염에 사는 의원들은 바로 이 약재들을 금은 보화보다 더 귀하게 여긴다. 그것들을 대어주는 것이 두산의 일이라 의원들은 무자리 두산을 박대할 수가 없다.

밖은 어느 틈에 땅거미가 깔려 있다. 방을 나와 대문 쪽으로 가자니 찬간 앞에서 아낙 하나가 큰 소리로 짝쇠에게 묻는다.

"짝쇠 총각 아프다더니 어둘 녘에 어딜 가는 겐가?"

"의원헌테 가우."

"손이 찾아온 모양인데 마님께는 말씀 여쭈었나?"

"여쭙지 않았소. 이 손은 곧 떠날 사람이오."

"알았네, 다녀오게."

찬간을 멀리 보며 뜰을 지나 대문을 나온다. 발걸음 빠른 두산을 따르느라 짝쇠는 이마에 찐득하게 땀을 흘린다. 골목길로 접어들며 두산이 그제야 발걸음을 늦춘다.

"네가 예 있다는 걸 내가 어찌 알았는지 궁금허지 않느냐?"

"궁금하오."

"사발스님 만나뵈러 운해사에 들렀더니 탁발나갔던 중 하나가 너를 예서 보았다구 허드구나. 그 중이 네게 절루 다시 가자구 했더니 네가 욕을 하며 아니 가겠다구 했다면서?"

"중질이 싫어 절 나온 사람에게 다시 절루 가자니 욕질이 아니 나오겠소?"

"그래 다시는 절에 들어가지 않을 작정이냐?"

"예. 다시는 절에 아니 들어갈 게요."

"사발스님이 보구 싶지 않느냐?"

"그 스님은 보구 싶소."

"그 스님이 지금 서울 도성에 계실 게다."

"도성에는 어찌……?"

"의승장이 되신 자산스님 찾아 평양성까지 올라가셨다가 왜적이 도성을 떠나가자 자산스님과 함께 도성으루 내려오신 모양이다."

"허면 그 스님두 자산스님처럼 승군들 거느린 승장이 되시었소?"

"그 스님이 어디 장수될 어른이냐. 아마 승군들 틈에 섞여 죽은 송장들 염이나 해주시겠지."

한동안 말이 없더니 짝쇠가 무겁게 입을 연다.

"혹 그 스님 만나시거든 나 죽었다구 전해 주시우."

"죽었다구?"

"예."

이번에는 두산이 말이 없다가 한참 만에 눙치듯이 입을 연다.

"내가 까닭없이 산 사람을 죽었다구 헐까. 중질 싫으면 그만이지 거짓말까지 할 것은 없다."

고을 관아가 눈앞에 보인다. 앞서 걷는 두산을 따라가며 짝쇠는 온몸으로 으스스한 오한을 느낀다. 상처에서 퍼진 열이 전신에 오한을 불러온 것이다.

"길은 알구 가시는 게요?"

"의원집이 관아 뒤라 관아만 돌면 찾을 수 있다."

"그 의원이 이 고을에서는 용허다구 선성이 났습디다. 헌데 나이 많아 병을 아니 본다던데 아저씨가 찾아간다구 내 병을 보아주겠소?"

"내 행탁에 웅담 녹용과 사향 여러 덩이가 들어 있다. 내가 그걸 내보이면 그 노인이 네 병을 아니 보구 못 배길라."

관아 옆 담을 끼고 돌자 여염집들이 띄엄띄엄 나타난다. 골목 두어 개를 휘어돌더니 두산이 이윽고 어느 사립 앞에 발을 세운다.

"기시오이까?"

울바자 너머로 소리를 치자 노인 하나가 평상에 앉았다가 사립문 앞으로 다가온다. 흰 채수염에 얼굴빛이 붉은 풍채 좋은 노인이다.

"어찌 오시었소?"

"의원 어른, 나를 못 알아보시겠소."

"내가 손을 어찌 알까."

"자세 보시우. 남악에서 사냥질 허는 무자리 박두산이우."

"뉘라구. 이제 알겠네. 헌데 자네가 내 집에 웬일인가?"

"병 보일 사람을 데리구 왔소. 이 아이 병 좀 보아주시오."

"내가 요즘은 나이가 많아 기력이 쇠해서 병을 보지 않구 있네.

자네 신세가 크긴 허네만 다른 의원을 찾아가 보게."

"웅담과 사향이 닷냥씩 있는데, 허면 그것들을 딴 의원에게 내주어두 좋소?"

노인이 잠시 말이 없더니 삽짝 앞에서 한 걸음 비켜선다.

"이 아이가 어디가 아픈가?"

"진주성 싸움 때 왜적의 살을 맞아 헝겊감은 이쪽 팔이 서까래만 큼이나 크게 부었소."

"살촉은 뽑았는가."

"뽑기는 뽑았는데 칼질을 잘못해서 상처를 외려 더 크게 덧뜨려 놓았소."

"알았네. 들어오게. 내게 마침 좋은 약이 있네."

노인의 안내를 받아 짝쇠와 두산은 서둘러 집 안으로 들어선다.

해가 진다.

통제영 기를 단 사후선 한 척이 돛을 접고 노질을 하여 본영 굴강으로 천천히 들어선다. 뱃머리 덕판에는 벙거지 쓰고 더그레 걸친 수군 장수 하나가 우뚝 서 있다.

그토록 붐비던 좌수영 굴강이 요즘은 배들이 없어 허전하리만큼 텅 비었다. 경상우도 한산섬에 삼도수군통제영이 생기고부터 이 곳 매성 전라좌수영은 배들이 줄어 한산해진 것이다.

사후선이 뱃머리를 틀어 긴 굴강 벽에 옆구리를 갖다댄다. 굴강 축방 위에 서 있던 수군들이 던져주는 바를 받아 뱃말에 배를 묶는다. 배가 멎기를 기다리지 않고 덕판 위에 올라섰던 군관이 크게 발을 굴러 축방으로 뛰어내린다.

"잘들 있었는가."

"안녕합쇼. 서군관 나으리."

"자네들은 내가 처음 보네그려?"

"나으리야 우리를 처음 보지만 우리네는 나으리를 여러 차례 보았습지요."

"어디서들 상번했는가?"

"밤골에서들 왔사외다."

"알았네. 욕들 보게."

"예. 올라가십시오."

굴강을 지키는 수군들과 헤어져 사후선 선두 서복만은 빠른 걸음으로 매성 본영을 바라고 올라간다.

오래간만이다. 지난해 4월에 다녀가고 처음이니 달수로 무려 여덟 달 만에 다시 보는 진해루鎭海樓다. 변한 것은 아무것도 없다. 배들과 군사들만 많이 줄었을 뿐 매성은 물론 성하의 여염집들까지 4년 전의 옛 모습을 그대로 지니고 있다.

"이게 뉘시오? 서군관 나으리가 아니시오이까?"

매성 남문을 지키던 문졸이 복만을 알아보고 반갑게 군례를 올린다. 서군관이 고개를 끄덕이고 문졸에게 되묻는다.

"우후 나으리 동헌에 기신가?"

"퇴청허시구 아니 기십니다."

"유시두 안되어 벌써 퇴청인가?"

"요즘은 신시申時〔오후 네 시〕에 퇴청허시지요. 낮이 짧은 겨울철에는 신시에 퇴청키루 되어 있사외다."

복만이 대꾸없이 몸을 돌려 방답 쪽 바다를 잠시 바라본다. 거칠기로 유명한 겨울철 바다가 오늘만은 봄철 바다처럼 잔잔하고 평온하다.

우후가 이미 퇴청을 했다면 본영에 찾아갈 이유가 없다. 이수사 순신이 삼도수군통제사로 승급되어 내례포 좌수영을 떠난 지도 올해로 벌써 네 해가 지났다. 그 동안 수사 없는 매성에는 우후나 선임 군관을 남겨두어 영성을 지키도록 했다. 군관 서복만이 오늘 매성에 들른 것은 통제영의 이문移文〔공문〕도 전할 겸 수장守將 우후에게 귀영歸營 인사를 하자는 뜻이었다. 그러나 우후가 이미 퇴청하고 성에 없다면 굳이 성안으로 찾아갈 까닭이 없다.

"자네들 혹 본영 전선 타는 막개라는 노군이 어디 있는지 모르는가?"

"압지요. 그 장사가 줄곧 방답진에 있다가 며칠 전에 다시 본영으루 건너왔소이다."

"방답에는 언제 갔다가 매성에는 왜 또 되돌아왔는가?"

"지은 죄가 사해져서 이제는 선소에서 배 뭇는 일을 거든다구 들었소이다."

"허면 그 사람이 선소 공방에 있겠네그려?"

"게 있을 걸루 아옵니다. 도목수 밑에서 그 장사가 목장일을 배우구 있다구 들었소이다."

"알겠네. 욕들 보게."

"예 나으리, 살펴가십시오."

복만이 몸을 돌려 빠른 걸음으로 선소를 바라고 내려온다. 집안 일이 궁금하지만 그는 먼저 선소에 들를 생각을 한다. 의형제를 맺어 아우로 삼은 막개여서 복만은 먼저 그를 만나본 뒤 집에는 저물녘에 들어갈 생각이다.

갯가에 잇대인 여염 사이에서 저녁 짓는 연기가 자욱히 피어오른다. 매성 아랫녘 너른 길에는 전에 못 보던 좌고와 나뭇짐이 여럿 서 있다. 좌고는 주로 비린 생선을 팔고 있고, 나뭇짐은 땔감으로 쓸 장작과 솔가리 삭정이 짐들이다. 아마 성 아래 여염을 상대로 이런 좌고들과 시목전이 새로 선 모양이다.

본영이 한산섬으로 옮겨갔어도 이 곳 내례포 포구에는 사람들이 오히려 더 불었다는 소문이다. 왜적의 화를 피해 인근 사방에서 모여든 난민들이 수군 떠난 그 후로도 이 곳에서만은 줄곧 불어나고 있다는 것이다.

일이 공교롭다. 통제영 한산섬에서 그를 이리로 보낸 것은 내례포 선소에 도목수로 있는 지율개를 한산섬으로 데려오라는 영을 받은 때문이다. 삼도 수군을 하나로 합쳐 지금은 전선 수백 척이 한산섬에 집결해 있다. 그러나 많은 전선에도 불구하고 통제사 이순신은 더 많은 배를 무으려 하고 있다.

까닭이 있다. 왜적의 수군이 난 초에 우리 수군에게 연패를 당한 것은 우리 수군의 용맹함과 이수사 순신의 뛰어난 지략 때문만은 아니었다. 오히려 그보다 더 큰 승인은 왜의 싸움배와 그 장비가 우리의 그것보다 많이 못했던 까닭이다. 왜의 배가 우리보다 못한 것은 우선 그 크기가 작고 배를 꾸민 방법과 모양이 우리보다 약하다는 것이다. 우리 싸움배 판옥선은 그 크기가 우람할뿐더러 굵은 나무를 서로 맞물려 무은 탓으로 어딘가에 부딪쳐도 쉽게 깨어지거나 부서지지 않는다. 나무를 맞물려 무은 탓에 큰 충격이 전해져도 배가 그것을 고루 흡수해서 배 한쪽이 이지러지거나 부서지지 않는 것이다.

그러나 왜의 배는 송판에 못질을 해서 가볍고 날렵하게 무은 탓에, 밖에서 큰 충격이 가해지면 배가 쉽게 엎어지거나 배의 한쪽이 크게 부서진다. 크고 육중한 조선 배에 비해 왜선들은 가볍고 빠른 대신 튼튼치가 못한 것이다.

그 위에 또 하나 크게 다른 것은, 조선 배는 바닥이 넓고 편편해서 물의 저항을 많이 받아 속력이 느린 대신, 제자리에서 머리를 틀어 쉽게 방향을 바꿀 수 있고, 뻘이 많은 조선 연안에서는 배가 또한 더 깊숙이 안전하게 뭍으로 다가갈 수 있다. 한편 일본 배는 뱃바닥이 꺽쇠 모양으로 뾰족해서 속력이 빠르고 날렵한 대신, 배를 돌릴 때 물의 저항으로 큰 원을 그리며 돌아야 하고, 뻘이 많은 연안에서는 배가 쉽게 뻘에 박혀 한쪽으로 크게 기울며 빠져나오기가 쉽지 않다.

왜선의 이러한 결점을 잘 아는 조선 수군은 그래서 왜선을 보면 곧바로 달려들어간다. 이쪽의 배로 적의 배를 떠받아서 적선을 엎어버리거나 크게 깨뜨리는 전법을 쓰는 것이다. 이 전법은 당파전이라 해서 경상우수영의 원수사元水使 균均이 즐겨 쓴 전법이다. 왜선의 취약점을 재빨리 간파한 원수사는 누구보다 먼저 이 당파전을 즐겨 쓰곤 했던 것이다.

왜의 수군의 두번째 약점은 배에 실린 각종 화포가 조선 수군에 못 미친다는 것이다. 육전에서는 조총이 있어 왜군이 조선군보다 장비가 월등히 우수하다. 그러나 바다에서는 사정이 달라서 우리 수군에 큰 화포가 있어 왜군보다 오히려 화력이 우세하다. 우리에게는 천자포 짓자포 현자포 등 파괴력과 사거리射距離가 월등한 함포가 탑재되어 있지만, 왜적에게는 조총이 고작이라 바다에서 싸울 때는 화력의 열세가 두드러지게 드러나는 것이다.

그러나 난 초에 연패를 당한 왜의 수군은 남해 연안으로 철수하여 명나라와 강화 교섭을 하는 동안, 그들의 취약점을 보완하여 배들을 새로 뭇고 화력을 크게 증강시켰다. 철갑선 거북선을 흉내내어 그들도 철갑을 덧댄 장갑대선裝甲大船을 수십 척이나 건조했고, 우리의 짓자포 현자포를 모방하여 그들은 큰배마다 화포 서너 문씩을 탑재하게 된 것이다. 이 모든 증강 작업에는 왜군에 포로로 잡힌 조선 백성들의 부역이 동원되었다. 배 뭇는 선장과 화포장들이 왜적에게 사로잡혀 그들의 강압에 따라 조선 기술과 화포 기술을 그들에게 고스란히 일러준 것이다.

이렇게 되어 왜의 수군은 이제 전선과 장비가 우리 수군에게 조금도 뒤지지 않는다. 난 후 5년이 지난 뒤에야 왜의 수군과 조선 수군은 전력이 서로 엇비슷해진 것이다.

통제사 이순신이 새로이 전선을 무려 하는 것은 이러한 왜군의 증강에 큰 불안을 느꼈기 때문이다. 준비성이 많은 통제사 이순신은 왜적의 점진적인 전력 증강이 초조하고 걱정스러울 수밖에 없다. 하긴 그는 한산섬에 통제영을 둔 뒤로 섬 주위에 둔전을 새로 일구어 싸움 없는 한가한 틈에 군사들로 하여금 농사를 짓고 소금도 굽게 했다. 명나라가 왜적들과 강화 교섭을 하는 동안, 그는 멀리 앞날을 내다보고 장기전에 대비하여 전력 증강에 꾸준히 힘을 써온 것이다. 오늘 서복만이 도목수 율개를 데리러 온 것도 이 통제사가 계획해 온 전력 증강의 일환일 뿐이다. 매성의 도목수를 한산섬에까지 불러올 만큼 통제사 이순신에게는 전선의 증강이 시급했던 것이다.

선소가 눈앞에 보인다. 해가 지자 날씨가 험해져서 바다가 다시 사납게 뒤척이기 시작한다. 낯익은 선소 굴강에는 뭇고 있는 배들이 세 척이나 들어앉아 있다. 두 척은 작은 협선으로 모양이 거의 다 갖추어졌고 한 척은 큰 판옥선으로 용골과 갈빗대만이 겨우 배 모양을 드러내고 있다.

굴강을 뒤로 하고 복만은 송진내 풍기는 공방 쪽으로 올라간다. 송판을 켜던 한데 일터에는 아직도 덜 사윈 화톳불의 잉걸불이 벌겋게 남아 있다. 해질 녘까지 일을 하다가 방금 전에 일을 끝낸 모양이다.

"말 좀 묻세."

"뉘시우?"

"보면 모르겠나?"

"어이구 용서헙시오. 쇤네 눈이 어두워 군관 나으리를 알아뵙지 못했소이다."

"도목장 지서방 어디 있나?"

"도목장이 해 떨어지기 전에 공방을 먼저 떠났소이다."

"공방을 떠나 어디루 갔는가?"

"서군관댁이라구 헙디다만 게가 어딘지 쇤네는 모르오이다."

4년의 세월이 지나다 보니 선소 공방에도 낯선 목장이 적지 않다. 이 젊은 목장녀석도 복만은 처음 보는 얼굴이다.

"이 곳에 혹 방답에서 건너온 막개라는 총각이 없는가?"

"있습지요만 그 총각두 지금은 이 공방에 없습니다. 해지기 전에 도목장 어른 따라 그 총각두 함께 서군관 사처루 갔사오이다."

"알았네. 일 보게."

"예, 나으리."

복만은 다시 공방을 나와 빠른 걸음으로 여염을 향해 올라간다. 진작에 집으로 갔더라면 율개와 막개를 좀더 빨리 만났을 것을, 친구 먼저 찾아본다는 것이 오히려 일을 더디게 만든 꼴이다.

집을 바라고 올라가자니 새삼스레 안식구 강진댁의 얼굴이 떠오른다. 여덟 달 만에 처음 만나는 안식구다. 지난해 늦가을에 형 수만을 통해 그간의 집안 소식을 자세히 듣고 있다.

그 즈음 강진댁은 여섯 달 된 아이를 지우고 상심 끝에 병을 얻어 여러 날 누워 병치레를 했노라고 했다. 모처럼 배태한 아이를 지웠으니 그녀의 상심과 절망이 어떠했는가는 알 만하다. 그러나 이왕에 지운 아이라면 상심하여 몸 상하기보다는 빨리 털고 일어나는 것이 현명하다. 마침 형 수만이 곁에 있어 강진댁은 나흘 만에 자리에서 일어났다. 시아주버니 수만에게 유난히 어려움을 느끼는 강진댁은, 아이 지운 상심을 털고 다시 억척스레 베를 짜기 시작한 것이다.

주위에 벌써 땅거미가 깔리기 시작한다. 바람이 드센 고장이라

대밭의 대들이 요란스레 바람에 흔들린다. 살을 엘 듯한 겨울 바람이 솜 둔 겹옷 속에까지 서늘하게 파고든다.

한산섬 통제영을 떠날 무렵 언뜻 들은 소문이 군관 서복만의 가슴속을 무겁게 한다. 정유년 새해 들어 다시 왜적들이 험한 겨울 바다를 건너 조선으로 떼지어 건너온다는 소문이다. 4년여에 걸친 명나라와의 강화 교섭이 깨어져서, 왜적이 다시 대군을 휘몰아 조선으로 재차 짓쳐 들어온다는 소문이다.

하긴 4년 동안의 어정쩡한 기간이 조선 백성들에게는 불안하고 걱정스러웠다. 싸움도 아니고 화친도 아닌 채 그간에도 바다와 뭍에서는 여러 차례 싸움들이 있었다. 내원해 온 명나라 군사만이 왜군과 뚝 떨어진 채 강화 교섭을 벌여왔을 뿐, 조선 군사와 왜군들 사이에는 그간에도 여러 곳에서 크고 작은 싸움이 계속되어 온 것이다.

그러나 이번에는 전과 달리 왜의 대군이 바로 왜땅에서 바다를 건너 조선을 바라고 온다는 것이다. 임진년 첫해에 조선 팔도를 침공했듯이 이번에도 왜의 대군은 조선땅 전부를 바라고 짓쳐 올라올 조짐이라는 것이다.

드디어 집 앞이다. 사립문 너머로 집 안을 살피자니 부엌과 건넌방에서 인기척이 들려온다. 부엌에서는 설거지를 하는지 그릇 부딪는 소리가 들려오고 방 안에서는 여러 사내들의 두런거리는 말소리가 들려오고 있다.

문을 밀고 집 안으로 들어와 복만은 곧장 부엌으로 다가간다. 아궁이에 지핀 장작불 불빛으로 강진댁의 얼굴 한쪽이 어둠 속에 훤히 보인다. 선반 위에 그릇들을 엎어놓다가 강진댁이 그제야 부엌문 쪽을 돌아본다.

"뉘시어요?"

"낼세."

"에그머니!"

반가움이 지나치면 말이 막히는 모양이다. 마주 서서 뻔히 쳐다볼 뿐 두 사람은 한동안 말들이 없다. 눈물 흘리는 강진댁을 바라보며 복만이 한참 만에 먼저 입을 연다.

"그 동안 어찌 지냈소?"

"시아주버니가 오셨세요."

"형님이?"

"지금 방에 시아주버니랑 도목수 어른이랑 막개 총각이 함께 기세요. 자 어서 들어가세요. 당신 밥상두 얼른 보아 가겠세요."

떠밀 듯하는 강진댁에게 쫓겨 복만은 다시 부엌에서 떠나온다. 그러나 그가 막 건넌방 쪽으로 몸을 돌리자 방문이 벌컥 밖으로 열리며 사람 머리 하나가 이쪽을 향해 말을 물어온다.

"제수씨, 밖에 누가 왔소?"

"형님 나요."

"나라니?"

"나두 모르시우. 아우 복만이가 왔단 말이오."

"무어? 네가 왔어? 어디 보자, 네가 정말 복만이냐?"

아우가 대꾸없이 신을 벗고 방에 오른다. 방 안구석에 앉아 있던 막개와 율개가 들어서는 복만을 바라보며 넋 나간 표정을 짓고 있다.

"이게 뉘시우? 복만이 형님 아니시오?"

막개가 먼저 방이 울리도록 큰 목청으로 소리를 친다. 원래가 큰 목청인데다가 반가움이 겹쳐 그 목소리가 더욱 크다. 복만이 고개를 끄덕이고는 막개를 무시한 채 수만에게 먼저 절을 한다.

"형님이 여긴 어쩐 일이시우?"
"네 소식이 궁금키루 일부러 짬을 내어 제수씨를 찾아본 게다."
"어디서 오시는 길이시우?"
"오늘 새벽에 남해 미조서 사선을 타구 방금 왔다."
"해남에 계신 걸루 알았는데 미조에는 무슨 일루 갔습디까?"
"해남서는 진작에 떠나 내가 그간 왜들이 있는 부산포에까지 다녀왔다. 그 얘기는 나중에 허구 우선 네 이야기부터 들어보자."

복만이 그제야 몸을 돌려 안구석에 앉은 도목수 율개를 바라본다.

"내 지금 선소에서 오는 길이오."
"나를 찾았는가?"
"형님 신색이 예전만 못허구려? 어디 몸이라두 편치 않으시오?"
"죽을 날이 가까운 듯허네. 아픈 데 없이 몸이 자꾸 여위어가네."
"신역이 고단해서 그런 것 아니우? 며칠 좀 쉬시구려?"
"쉴 틈이 있어야지. 요즘은 일감이 밀려 밤일까지 해야 허는 걸."
"내가 형님을 데리러 왔소. 통제사 사또께서 형님을 한산으루 데려오라는 분부시우."
"내 진작 그럴 줄 알았네. 그래 언제까지 한산으루 가야 되나?"
"아직 며칠 짬이 있으니 그간에라두 푹 쉬시구려."
"쉴 짬이 없을 게야. 통제영으루 떠나려면 여기 일들두 마무리를 지어야지."

복만이 마지막으로 눈 크게 뜬 막개 쪽을 바라본다.

"네가 이 참에 노군에서 풀렸다면서?"

"예, 형님."

"노군이 풀리긴 해두 네가 군역까지 풀린 건 아니다. 방답진에서 무슨 선심으루 너를 곱게 풀어주었는지 모르겠다."

"까닭이 있수. 여기 이 율개 형님이 나를 본영 선소루 끌어주시었소."

귀가 먹어 말소리는 못 들어도 막개는 입놀림을 보고 상대편의 말을 곧장 알아듣는다. 복만이 일부러 입놀림을 크게 해서 이번에는 다시 마주 앉은 율개에게 묻는다.

"형님이 무슨 힘으루 이 아이를 본영으루 부르셨소?"

"나군관한테 청을 넣어 이 녀석을 내게 달라구 했네."

나군관이란 본영 군관의 나대용을 이르는 말이다. 대용은 난 전에 이미 이수사의 영을 받아 구선을 비롯하여 전선 여러 척을 맡아 무은 사람이다. 배뭇는 도목장 율개에게는 가장 가깝고도 어려운 윗사람이다.

"이 아이를 방답에서 본영으루 뽑아올린 까닭은 무어요?"

"이 아이가 살인 죄인 된 까닭이 모두 내게서 비롯되었네. 내가 이 아이를 방답에 보낸 것이 탈이 되어 죄인이 되었으니, 죄 풀린 이제는 내가 거두어 아예 내 가까이 손닿는 곳에 두어두구 싶었네."

"목장일 배운다는 이야기는 내 진작에 선소에서 듣구 왔소. 그래 수하에 거두어 보니 목장일에 싹수가 보입디까?"

"천출이 아까운 아일세. 반가에만 태어났더라면 그 힘에 그 총기루 절충장군 하나는 떼어놓은 아일세."

"목장일을 잘 배운다는 말이구려?"

"힘 좋은 사람은 몸이 굼뜨거나 하는 짓이 아둔한 법인데, 이 아이는 절륜한 힘에 눈썰미마저 남다른 데가 있네. 요즘처럼만 일을 배우면 금년 말쯤에는 목장으루 쓰일 수 있을 게야."

복만이 흐뭇한 눈길로 구석에 앉은 막개를 바라본다. 큰 몸으로 방구석에 웅크려 앉은 채 막개는 부릅뜬 눈으로 복만을 당당히 마주 바라본다. 그 눈빛이 형형하고 당당해서 복만은 타이르듯이 부드럽게 입을 연다.

"너 이제두 부아난다구 함부루 힘을 쓸 테냐?"

"안 쓸 게요."

"네가 홀루 여기 남아 있겠느냐, 아니면 나를 따라 율개 형님이랑 한산으루 가구 싶으냐?"

"한산으루 가구 싶소."

"한산으루 가구 싶으면 네가 나헌테 미리 한 가지 약조를 해야 된다. 그 약조를 지키지 않으면 내가 너를 한산으로 데려갈 수 없다."

"무슨 약존지 말만 허시우. 내 이제는 형님 말씀이라면 죽는 시늉두 해보일 수 있소."

"사람 다치지 마라. 다시 또 사람을 해쳤다가는 내가 그제는 너와 의절하여 아예 남남이 될 게다."

"알았수. 두 형님을 생각해서라두 내 다시는 시비 붙지 않으리다."

방문 밖에 인기척이 들려온다. 수만이 방문을 열자 강진댁이 쪽

마루에 두리반 하나를 올려놓는다.

"저녁이 늦었세요."

"어느새 저녁상이오."

"술상 먼저 보아왔세요. 밥상두 함께 들일까요?"

"술상 밥상 따루 보지 마시구 아예 함께 들이시구려. 장정 넷이 들어앉으니 방이 비좁아서 두 상 들일 빈자리가 없수."

"알았세요. 그럼 밥상은 나중 들일 테니 우선 술상부터 방 안으루 들이세요."

수만이 술상을 받아 방 안으로 들여놓는다. 둥그런 모양의 솔 소반에는 삶은 닭 두 마리와 해물 찬들이 그득하게 놓여 있다. 바탱이에 가득 찬 맑은 술을 바라보며 수만이 힐끗 아우 복만을 건너다본다.

"제수씨가 너 올 때를 짐작허구 미리 술 두 말을 담그어 놓은 모양이다. 오늘 처음 뜬 웃국이라 술이 맑구 준할 게다."

"제가 점쟁이두 아닌 터에 내가 오늘 올 게라구 어떻게 짐작을 했답니까?"

"꿈에 너를 보았다는 게야. 네가 통 아니 뵈다가 요즘은 거푸 꿈 속에 뵈드란다."

"알았수, 형님 뵌 지 오래요. 자 우선 내 술부터 받으시우."

복만이 말과 함께 쪽박으로 술을 떠서 형 앞에 놓인 푼주에 맑은 술을 가득 채운다. 율개의 잔에도 술을 채우며 복만이 다시 입을 연다.

"형님 허시는 일은 그래 좀 앞길이 보입디까?"

"세상 인심이 흉악해져서 일이 무척 더디어지는구나."

"난중이라 더 그렇지요. 그래 부산포에는 무슨 일루 갔드랍니까?"

수만이 대꾸없이 잔을 비워 아우에게 건네준다. 군관된 뒤로 날이 갈수록 아우 복만은 사람이 실하고 듬직해진다. 하긴 복만이 군관이 된 지도 올해로 벌써 이태째다. 전라좌수영이 한산섬으로 옮긴 뒤로 복만은 연일 사후선을 타고 경상우도 너른 바다로 순환을 나가곤 했다. 원래 담이 크고 배 부리는 재주가 뛰어난 복만은, 왜적을 만나도 겁을 먹거나 지레 뱃머리를 돌려 도망치는 일이 없다. 인근 바닷길을 잘 알아서 미리 도망칠 길까지 살펴두고 나오는 터라, 왜적을 만나면 그 뒤를 바싹 쫓아 왜진 가까이까지 탐망을 마치고야 돌아온다.

처음에는 통제영 제장들도 그의 이런 담력과 탐망을 바로 보아주지 아니했다. 사후선 부리는 일개 수군에 불과한데다가, 글을 깨우치지 못한 터라 그의 사람됨을 업수이여겨 그를 눈여겨보지 않은 것이다. 그러나 여러 날이 지나면서 이통제를 비롯한 통제영의 여러 장수들은 그가 통보하는 그날 그날의 적정과 적세가 매우 정확할뿐더러 소상하고 알찬 것을 깨달았다. 다른 탐망선들은 왜적이 두려워서 난바다에 순환을 나와서도 섬 그늘에 숨어 있다가 해를 지우고야 귀영歸營하는 것이 보통이나, 복만은 한번 탐망을 나가면 반드시 왜군의 뒤를 쫓아 적세를 자세히 살피고야 돌아오곤 했던 것이다.

결국 이러한 복만의 군공은 광양현감 어영담魚泳潭의 눈에 띄어 통제영의 수장인 이통제에까지 우연찮게 입문되었다. 이통제 순신은 복만을 친히 만나보고는 그 길로 사후선 선두에서 통제영의 직속

군관으로 천거하기에 이른 것이다.

"이군관은 잘 있는가?"

율개가 문득 복만에게 묻는다.

"강득이가 지금 통제영 군관들 중에는 손에 꼽히는 상장上將이우. 작은 싸움에는 선봉을 서서 길을 잡아 나가기두 허우."

"그쪽 바닷길에 밝은 사람이라 내 벌써 중히 될 줄 알았네."

"작년에 우도〔慶尙右道〕쪽에 큰 역병이 돌아 하마터면 강득이가 병으루 죽을 뻔했소."

"역병은 예서두 크게 번졌네. 강진 어느 고을서는 사람이 너무 죽어 송장 묻을 사람이 없어 고을 안에 온통 허연 백골이 널렸더라네."

작년 그끄러께 갑오년에는 팔도에 대기근이 들어 굶어죽은 백성이 수십 만에 이르더니, 작년에는 또 역병이 돌아 무수한 남도 백성들이 떼죽음을 당했다. 통제영이 있는 한산섬에도 그 역병이 크게 번져 무수한 장졸이 병에 들어 목숨을 잃었다.

"왜적에게 죽구, 굶어서 죽구, 이제는 또 역병으루 사람이 죽소그려."

"하늘이 노한 게야. 우리 백성이 망종이라 하늘이 우릴 버린 게야."

잠시 방 안에 침묵이 흐른다. 들기름 등잔의 작은 불꽃이 사람들의 머리통을 그림자로 크게 부풀려 뒷면에 던져두고 있다. 술이 두어 순배 돈 뒤에야 수만이 모처럼 입을 연다.

"경상우도의 웅천과 부산포 등지에는 새해 들어 왜군들이 바다를 건너 새까맣게 몰려들구 있다. 듣자니까 해토 무렵에 왜군들이 다시 3로루 나뉘어 도성을 바라구 짓쳐 올라갈 게라는 소문이다."

"왜적들이 바다 건너오는 것은 통제영에서두 진작에 알구 있수. 사후선 타구 순환 돌러 난바다 쪽으루 나가 보면 두섬 쪽에서 왜의 대선들이 열지어 떠오는 것이 매일처럼 내 눈에두 보이구 있수."

"웅천 부산포는 온 성안이 왜군들루 가득하더라. 싸움에 쓸 군기軍器와 물화두 내 생전에 처음 보는 어마어마한 분량이드라."

"형님은 그래 무슨 볼일루 왜군들 머문 좌도까지 가셨습디까?"

"내가 잘 아는 왜호 하나가 해남으루 나를 찾아왔더구나. 원래 오시에 살던 위인인데 요즘은 왜군에 붙어 조선 사람에게서까지 여러 물화들을 사들이는 모양이다."

"그래 그 왜호가 형님한테 무슨 볼일루 왔답니까?"

"왜상들이 웅천과 부산포에 여러 명 건너와 있으니 나더러 그리루 내려가서 왜상들을 한번 만나보라구 허드구나. 난이 길어져서 앞으루는 왜국과 조선 사이에 오가는 물화가 많아질 테니 나더러 진작에 손을 써두면 훗날 이로움이 많을 게라는 이야기다."

웅천과 부산포 울산 일대의 연안에는 왜들이 성을 새로 쌓아 저희들 땅처럼 여러 해째 웅거해 살고 있다.

명나라 군사와 강화교섭을 벌이면서 왜들은 조선에 할지割地〔땅을 떼어줌〕를 요구하여 아예 그 일대를 저희 나라 땅처럼 점유하고 있는 것이다. 강점이 오래 되니 그 곳에는 어느 틈에 왜풍의 집들이 들어서고, 왜상과 왜녀와 왜의 물화가 쏟아져 들어왔다. 왜호들은 바로 그 북새통을 이용하여 조선 백성과 왜인들 사이에 여러 물화들을 거간하고 있는 것이다.

"그래 형님은 그 말만 듣구 부산포에까지 가셨드란 말이오?"

"마달 까닭이 없겠기루 헛걸음 삼아 그 왜호를 따라갔다."

"가보니 그래 어떻습디까? 과연 왜호 말처럼 왜상들이 많습디까?"

"왜상은 별루 없구 왜호들 몇이 난전 비슷이 열구 있더구나. 한 열흘 구경만 허다가 이내 다시 우도루 건너왔다."

형 수만이 왜호와 거래를 하는 것이 군관된 복만에게는 어색하고 불만스럽다. 그래도 아무런 내색 않고 복만은 다시 말을 묻는다.

"그래 왜들이 조선 물화 중에 어떤 물화를 제일루 쳐줍디까?"

"가마에서 구운 사기그릇과 면주 종이 따위를 제일루 치더구나."

"그릇이라면 강진 가마에서 1년에두 수백 죽이 구워져 나오지 않소?"

"왜호가 나를 찾아온 까닭두 바루 게 있었던 것 같다. 그릇들을 보물루 여기는 왜들이라 나더러 한 배 가득히 그릇을 싣구 부산포루 오라는 부탁이다."

"그눔이 미친 눔이우. 부산포가 어디라구 배를 타구 오라는 게요?"

"나두 그 자 말이 말 같지 않아 한 귀루 듣구 한 귀루 흘려버렸다."

거푸 비운 술잔으로 복만은 차차 취기를 느낀다. 닷새 후면 복만은 다시 도목수 율개를 데리고 타처인 경상우도 한산섬으로 떠나야 한다. 그간에 이 곳에서 그가 할 일은 인근 고을로 여러 집을 찾아가서 군역 나간 전라도 수군들의 안부를 전하는 것이다.

전라좌수영이 한산섬으로 옮아감에 따라 전라도 수군 수천 명은 벌써 여러 해째 경상도 땅에 머물러 있다. 부모 처자와 멀리 떨어져 객지 바다에서 지내는 그들은, 먹고 자고 입는 것 모두가 고향과 달라 비편함이 적지 않다. 특히 그들이 안타까워하는 것은 처자식에 대한 애타는 안부와 소식이다. 흉년이 들어 많은 사람이 굶어죽고, 역병이 돌아 수많은 마을이 폐동이 되었다는 소문이다. 그러나 타처인 경상도 땅에 머물러 있는 전라도 수군들은, 아무리 흉한 소문이 떠돌아도 그것을 확인하거나 알아볼 길이 없다. 좁은 통제영 군영에 갇힌 채 그들은 울화와 걱정만을 속으로 끓이고 있는 것이다.

"형님, 그래 나를 언제 한산섬으루 데려가실 게요?"

말없이 술잔을 비우다가 막개가 갑자기 큰 소리로 말을 물어온다. 복만이 입을 크게 놀려 마주 크게 소리친다.

"넉넉 잡구 닷새 후다. 너두 그간에 길 떠날 채비를 해라."

19. 칠천량 패전

"차지 어른, 어서옵시오."

중문으로 들어서는 덕대에게 얼굴 익은 차인 하나가 허리를 굽혀 인사를 한다. 덕대가 비를 피해 처마 밑으로 붙어서며 뒤따르는 차인에게 사랑 쪽을 턱짓해 보인다.

"행수 어른, 요즘은 좀 어떠신가?"

"조금 차도가 기신 듯하오이다."

"의원은 다녀갔든가?"

"의원 다녀가면 무얼 헙니까. 잡숫던 탕약마저두 요즘은 자주 내치셔서 애들을 태우구 있습지요."

"탕약을 내치시는 까닭이 무어야?"

"풍風에는 백약이 무효라시며 도무지 어떤 약두 아니 드시려 하는 게지요."

"곡기는 거르지 않으시겠지?"

"웬걸요. 요즘은 곡기마저 자주 거르셔서 입맛 맞는 찬을 대느라 찬간 사람들이 애들을 많이 쓰구 있답니다."

처마 끝 기왓골로 내리는 낙숫물이 흡사 대발을 드리운 듯 야단스럽고 요란하다. 봄장마라도 들려는지 계절답지 않게 빗발이 굵고 세차다.

조행수가 풍에 쓰러진 지도 오늘로 벌써 석 달째다.

계사년 10월에 상감께서 도성으로 환궁하자, 남양에 있던 시전 조행수도 뒤따라 차인들과 함께 도성으로 돌아왔다.

시전이 있던 운종가는 종루에서 종묘 앞깍지가 임진년에 불탄 그대로 숯덩이만 널린 허허벌판이었다. 당장 들어살 집이 없어 조행수는 살림집으로 남대문 밖에 큰 집 한 채를 구해 들었다. 상감까지 월산대군月山大君댁[지금의 덕수궁]을 행궁으로 쓰는 판에, 장사치의 운종가를 먼저 지을 수는 없는 터라 시전은 형편 보아 천천히 짓기로 하고 우선 당장 들어살 집을 마련키로 한 것이다.

그러나 계사년이 지나고 갑오 을미 병신년이 지나면서 운종가의 훤한 빈터에는 흙으로 벽들을 친 초라한 전들이 들어앉기 시작했다. 왜적이 멀리 경상우도 연해 고을로 내려가 있어서 도성에도 다시 사람들이 모여들어 새로이 물건 거래가 활발하게 이루어지자, 시전에서도 옛날 전방 터에 흙벽을 쌓고 짚으로 지붕을 얹어 초라하게나마 임시 점포들을 즐비하게 세운 것이다.

그러나 성안 운종가에 가가假家들이 생기기 전에 성 안팎 여러 곳에는 난전들이 새로이 수도 없이 생겨났다. 그 중에 대표적인 것이 남대문 밖과 동대문 밖에 생긴 두 개의 큰 난전으로, 남대문 밖에 생긴 난전은 칠패七牌라 불리었고, 동대문 밖에 생긴 난전은 땅이름을 따서 배오개[梨峴]로 불린 것이다.

성 안팎에 난전들이 성하면 운종가 시전들은 장사를 할 수가 없다. 원래 시전 상인들에게는 궁 안에 물건을 대어주는 대가로 금난전권이라는 특혜가 주어져 있다.

운종가 이외의 다른 곳에 좌고나 행상들의 난전이 서면, 시전이 이것을 평시서平市署에 통보하여 포졸들이 현장에 달려가서 난전을 둘러엎어 장이 서지 못하도록 엄하게 금한다. 그러나 난중이라 나라 기강이 해이해져서 성 안팎에 수많은 난전들이 들어서도 요즘은 누구 하나 그것을 치거나 막지 않는다. 금난전권을 집행하는 평시서도 없을뿐더러 설혹 평시서가 있다 해도 난전 상인들의 세력이 막강해서 웬만한 포졸과 군졸로는 난전을 치기가 어렵게 된 것이다.

이렇게 되니 어려워진 것은 운종가에 있는 시전의 상인들이다. 도처에 새로이 난전들이 생겨나서 백성들 사이에 싼값으로 물건들을 사고팔아. 그들과 맞서 경쟁하기에는 시전이 훨씬 힘겹게 된 것이다.

시전의 우두머리인 조행수가 중풍에 잡힌 것은 바로 이런 무렵이다. 자고 나면 도처에 난전들이 새로 생기건만 아무도 그것을 막는 이가 없어, 조행수는 속으로 울화를 끓이다가 끝내는 병을 얻어 자리에 몸져눕는 병인이 된 것이다. 한번 자리에 누운 조행수는 쉽게 몸을 추스르지 못했다. 그나마 다행인 것은 총기가 아직 살아 있고 말을 할 수 있다는 것이다. 몸은 말을 듣지 않아, 앉고 서기도 힘겨워하건만 정신과 말씨만은 의외로 또렷해서 제 뜻과 생각하는 바를 남에게 쉽게 전할 수가 있는 것이다.

　드디어 조행수 거처인 사랑채 앞에 당도했다. 상노아이가 덕대를 알아보고 흠신한 뒤 방을 향해 조용히 입을 연다.

　"어르신 한차지가 문앞에 대령해 있사오이다."

　"차지가 왔어? 그럼 속히 들라 해라."

　"예."

　덕대가 곧 젖은 옷을 턴 뒤 신을 벗고 마루로 오른다. 봄비에 버선이 흠씬 젖어 물기가 걸레를 짜듯 마루 위로 질펀히 찍힌다. 덕대는 그러나 아랑곳 않고 상노아이가 열어주는 문을 통해 큰 키를 잔뜩 숙여 꾸부정히 방 안으로 들어선다.

　"소인 문안이오."

　"도성엔 언제 올라왔든가?"

　"그제 올라왔습니다."

　"그러구두 여적 내게 아니 왔더란 말인가?"

　"인사 여쭈러 찾아뵈었더니 도령 어른께서 모레쯤 들르라 허십디다. 와석 중이라 곤해 뵈신다구 급한 일이 아니거든 천천히 뵈오라는 말씀이셨습니다."

　"그 사람이 찰찰察察이 불찰일세. 자네 보기를 여삼추로 아는 터에 자네를 문전에서 돌려보내다니 알 수 없는 심보로군."

　"그래 요즘은 기동허기가 좀 어떻습니까?"

　"기동은 조금 나아졌으나 입맛을 잃어 몸 놀리기가 더 힘이 드네."

"안색은 오히려 좋아뵈시는구먼요. 앉아기시기가 편치 않으시면 자리에 눕도록 허시지요."

"아닐세. 너무 오래 누워 있었드니 등허리에 곰팽이가 피는 것 같네. 자네가 아니라두 내가 지금 일어나 앉을 참이었네."

행수가 잠시 말을 끊고 팔을 잡고 있는 처녀아이를 돌아본다.

"허리 뒤루 베개나 하나 고여주구 너는 잠시 나갔다가 내가 부르거든 다시 오너라."

"예."

처녀아이가 조행수 허리 뒤에 베개를 고여준 뒤 서둘러 방을 나간다. 윗몸을 세워 보료 위로 꼿꼿이 앉은 채 조행수가 그제야 덕대를 똑바로 바라본다.

"그제 도성으루 올라왔다니 노독은 벌써 풀렸겠네그려?"

"쉴 짬이 어디 있습니까. 어제는 서강을 다녀오구 오늘은 동대문 밖으루 배오개를 다녀왔사외다."

"서강엔 어찌 갔든가?"

"요즘 강상들의 행패가 심하다기루 형편을 살피러 내려갔지요."

"그래 형편이 어떻든가?"

"얼었던 강물이 풀려 군량으루 올라오는 남도의 세곡두 많을뿐더러 두뭇개 사리진 삼개 서강이 예전 못지않게 크게 붐비구 있더이다."

"아는 얼굴은 만나보았든가?"

"거기두 예전 얼굴은 볼 수가 없구 모두가 새루 들어앉은 낯선 얼굴들뿐이었습니다."

"이제 날이 풀렸으니 물화가 더욱 흥청대겠지. 동대문 밖 배오개에는 그래 또 어찌 나갔든가?"

"난장이 하 요란타는 소문이라 제 눈으루 한번 보자구 일부러 나갔습지요."

"그래 보니 어떻든가?"

"소문처럼 대단허드군요. 들고나는 물화두 많을뿐더러 오가는 사람두 대단했소이다."

잠시 말들이 없다.

난 후에 가장 큰 변화가 난전과 난장들의 난립이다. 특히 지난 갑오년에는 나라 안에 대기근이 들어 도성뿐 아니라 근기의 작은 고을들에도 크고 작은 난장들이 수없이 서곤 했다. 그럴 수밖에 없는 것이 굶주린 백성들이 끼니 이을 양식을 구하느라 너도나도 팔 물건들을 들고 난장으로 몰려들기 때문이다. 장사하는 상인들을 그토록 천히 보던 세속이건만 굶주림 앞에서는 반가의 사녀들까지도 종들을 앞세워서 난장에 물건들을 내다팔았다. 저마다 주려죽지 않기 위해 앞뒤 체면 가리지 않고 온갖 수단들을 다 동원하여 연명하고 있는 것이다.

난전과 난장들이 곳곳에 흥청대고 보니 도성의 시전 상인들은 기운을 잃고 맥이 빠졌다. 난리 전에는 팔도 상권이 자기들 손안에 들어 있었으나 이제는 상권이 도성은 물론이고 여러 고을로 뿔뿔이 흩어져서 난이 속히 끝나기 전에는 살아날 길이 막연하게 된 것이다.

"도성 안 난전만이 큰 것은 아닐 게야. 시굴에두 난장들이 여럿 있다구 들었네만?"

 윗몸을 꼿꼿이 벽에 기댄 채 조행수가 다시 덕대에게 입을 연다. 아마 덕대가 원행에서 돌아온 참이라 그에게 각도 난장들을 알아보고 싶은 모양이다.

 "난장이 크기루는 죽산장과 안성장이 제일입니다. 전라도 나주 허구 강경장두 크다구 들었으나 가보지를 못해 얼마나 큰지를 알 수가 없구먼요."

 "민호 몇백의 작은 고을에두 난장들이 선다는군? 자네가 먼길을 다녀왔으니 시굴 난장들을 많이 보지 않았겠나?"

 "매일 서는 날장은 아니구 날짜를 정해 달에 예닐곱 번 돌려가며 서드군요. 좀 크다는 고을치구 장터 없는 고을이 없었습니다."

 병색 깃든 조행수의 얼굴에 잠시 어두운 그늘이 낀다. 무언가를 골똘히 생각하는 눈치이더니 그가 다시 혼잣말처럼 입을 연다.

 "예전에 좋던 세월 다시 오기는 어려울 게야."

 "어찌 허시는 말씀이오이까?"

 "이번 난리루 이 나라 상단에두 큰 변화가 올 게라는 이야길세. 예전처럼 이제는 호령 한 마디루 팔도 물화들을 다 거두기가 쉽지 않네. 난장들이 곳곳에 생겼으니 이제는 도성 시전들두 제 힘 쓰기가 옛날보다 곱절이나 까다롭구 어려울 겔세."

 "지금이야 난중이라 난장칠 힘이 없어 난장들이 각처에 성한 게 아닙니까. 난이 끝나구 나라 기강이 바루잡히면 어디 난장들이 배겨날 수 있겠습니까?"

 "자네 말이 하나만 알구 둘은 모르는 소릴세그려. 예전에 난장이 생기기 전에는 나라에서 난전을 치기가 수월했을지 모르네만, 이제 난전이 고을마다 생긴 뒤라 예전처럼 나라 힘으루두 억압허기가 쉽지 않게 되어버렸네. 난장들이 집 가까이 생겨 편한 맛을 본 백성들이 고을 사또께 품해 올려서 상감에게까지 상소가 올라갈 게야. 백성을 위허는 게 나라의 일이라 그리 되면 나라에서두 달리 방도를 마련할 겔세. 예전처럼 평시서에서 나졸이나 군졸을 풀어 난전들을 모두 처없애지는 못헐 게라는 이야길세. 큰 고을 장시들을 그대로 두어 도성 시전들과 함께 살두룩 허는 게지."

"그리 되면 각 고을 장시에서두 도성의 궁으루 방물方物들을 진상케 해야겠지요?"

"그 고장 난전들을 쳐 없애주지 않구서야 나란들 어찌 그런 부담을 시굴 난장에 떠안길 수 있을라든가. 우리 시전들이 궁안에 여러 물건들을 내는 것은 평시서에서 군졸들을 풀어 난전들을 우리 대신 쳐주는 때문이 아니든가."

"행수 어른 말씀 듣구 보니 난 후에는 여러 모루 세상살이가 달라지게 되겠구먼요."

방문 밖에 인기척이 들리더니 방 밖에서 문득 여인의 말소리가 들려온다.

"대인 어른, 탕약 드실 시각이에요."

"알았다. 물러가 있거라."

인기척이 다시 멀어지자 행수가 턱을 당긴 채 살피듯이 덕대를 바라본다.

"자네가 나를 도와주어야겠네."

조행수의 얼굴빛이 심상치 않아 덕대가 한참 만에 조용히 되묻는다.

"쇤네가 대인 어른을 어찌 돕는다는 말씀이오이까?"

"내가 지금 병이 깊어 바깥일을 통 볼 수가 없네. 내가 자네를 시전 부령副領으루 천헐 테니 난리통에 망가진 상단을 자네가 한번 새롭게 일으켜 보게."

"당치두 않은 말씀이오이다. 쇤네 같은 굴러온 돌이 부령 자리가 당키나 한 자립니까."

"예전 같으면 자네 말처럼 외지 사람에게 부령위는 당치가 않네. 허나 지금은 난중이라 시전 상단이 모두 깨어져서 차인은 물론 시굴 임방들두 풍비박산들이 되어버렸네. 상단만 다시 예전처럼 일으켜 세운다면 이제는 누가 부령위가 되든 탓하거나 시비붙을 사람이 없을 게야. 어떤가 자네 의향은? 나를 도와 큰일 한번 해보지 않을 텐가?"

덕대가 대꾸없이 벽 한곳을 아득하게 바라본다.

시전 상단의 부령위라면 대행수 다음으로 세 칸 아래의 높은 자리다. 대행수 아래로 도령위都領位 수령위首領位가 잇달아 있고 그 아래가 바로 부령위요, 그 밑으로는 다시 차지령次知領과 별임령別任領이 있다. 지금 자리인 차지령이 된 지도 덕대는 불과 1년이 될까 말까 하다. 남들은 평생을 두고도 겨우 별임령 자리에 오르기도 힘들건만, 그는 상단에 든 지 불과 네 해 만에 네번째로 높은 자리인 부령위를 권유받고 있는 것이다.

"내 자네를 여러 해 겪어보아 누구보다 자네 됨됨이를 잘 알구 있네. 다른 재주는 별루 없어도 내가 사람 보는 지인지감知人之鑑〔사람 보는 눈〕은 있는 사람일세. 자네에게 달리 마음에 둔 일이 있다면 모르지만, 그렇지 않다면 내 청을 꼭 들어주게. 세상이 다시 어수선해지기 전에 누구라두 우리 상단을 다시 바루잡아 세워야 허지 않겠나."

앉아 있기가 힘에 겨운 듯 조행수의 이마에 땀방울이 말갛게 돋아 있다. 조행수의 눈을 마주보며 차지령 한덕대가 무겁게 입을 연다.

"도령위와 수령위 두 어른께서두 이 일을 알구들 기신지요?"

"내가 두어 번 귀띔을 해서 대강 짐작들은 허구 있을 겔세."

"분부 받잡기는 허겠습니다만 쇤네헌테 과연 그만헌 깜냥이 있을는지 걱정이구먼요."

"내가 자네를 만난 것이 내 복이 아니구 우리 상단의 복인 듯싶네. 이제 자네 허락을 들었으니 내가 마음놓구 아파두 되겠네그려."

방문이 열리면서 습한 바람이 서늘하게 불어든다.

해질 녘에 비는 그쳤으나 아직도 습한 기운이 공기 중에 그대로 남아 있다. 진종일 내린 봄비가 이제야 겨우 그쳤다. 술상을 덕대 앞에 내려놓으며 금홍이 예사롭게 말을 물어온다.

"저녁은 진작에 드셨다구요?"

"할멈이 새 밥을 지어주어 나 혼자 먼저 먹었네."

"남문 밖 도가都家〔전방〕에는 벌써 다녀오셨겠지요?"

"도가에는 낮에 들러 행수 어른 찾아뵈었네."

"할멈 말을 듣자니까 제 집에 오신 지가 여러 시각이 지났다구요?"

"훤한 낮에 찾아들어 한밤이 되었으니 오래 되었지."

"그 동안 빈집에서 무얼 허며 지내셨세요?"

"여러 날 밀린 잠을 오늘 낮잠으루 다 때웠네."

금홍이 잔에 술을 채우며 살피듯이 덕대의 얼굴을 바라본다. 워낙 말수가 적고 감정 표현이 인색한 사람이라, 겉으로 드러난 얼굴만 살펴서는 그의 속마음을 알 수가 없다. 그러나 사내가 소실집에 찾아와 여러 시각을 기다렸다면 기분이 결코 좋을 리 없다. 더구나 그는 원행 후라 금홍의 집을 여러 날 만에 찾아왔다. 의당 그녀가 집에 있어 사내를 맞아야 할 일이건만 하필 밖에 일이 있어 밤이 깊어야 집으로 돌아온 것이다.

"급해서 거냉만 해왔세요. 술을 다시 데워올까요?"

"차지 않으면 그대루 두게. 그래 자네는 진종일 어디를 갔었든가?"

금홍이 대답없이 제 앞에 놓인 빈 잔을 바라본다. 갑갑증이 날 만큼 말이 없다가 그녀가 갑자기 입을 연다.

"남양에 내려가 계신 동안 제가 옛날 나으리를 만나뵈었세요."

"옛날 나으리라니?"

"밀양 고을 있을 적에 저를 여러 모루 뒷배 보아주시든 나으리예요."

"사또말구 어느 나으리가 자네 뒷배를 보아주었다는 겐가?"

"벼슬 살다가 낙향허신 나으리신데 본수 사또두 그 어른 앞에는 어려워허시는 분이세요."

19. 칠천량 패전

"그래서?"

"내가 아직 기안妓案에 박힌 관기라는 건 서방님두 아시겠지요. 그 어른이 나를 보시드니 도성에는 네가 언제 올라왔느냐구 물으십디다. 해서 내가 무심중에 한다는 말이……"

"자네가 그 나으리를 도성 안 길에서 만났다는 겐가?"

"길에서 만난 것이 아니구 장악원掌樂院 시사時仕에 나갔다가 선비들 시회詩會에서 우연찮게 그 어른을 만나뵈었세요."

"자네가 장악원엔 어찌 갔든가?"

"기안에 이름이 박힌 내가 언제까지 서방님 곁에 숨어살 수는 없는 일이에요. 기안에서 이름을 지울 때까지는 장악원에 아니 갈 수 없지 않겠세요?"

덕대가 대꾸없이 제 앞에 놓인 술잔을 집어든다.

하긴 관기가 샛서방을 두어 남몰래 살림을 나는 것은 나라 법으로도 금하는 일이다. 기생이 사사로이 서방을 얻기 위해서는 먼저 기안에 오른 이름을 지워 기적부터 없애야 한다. 밀양 고을의 관기 금홍도 기적이 있는 한은 역시 나라 재산인 관기임을 면할 수 없다. 난리 중이라 잠시 몸을 숨기고 있을 뿐이지, 그녀가 장악원에 찾아간 것은 결코 나무라거나 책망할 일이 아니다.

"자네 기적이 밀양 관아에 있지 않든가?"

"게 있지요."

"관아가 모두 불타구 없는데 자네 기적인들 그대루 있을 겐가?"

"관아가 불타기는 했어두 서고書庫가 타지 않아 귀한 문권들은 그대루 살아 있답디다. 얼마 전에 저와 동접한 기생 하나를 우연히 만나 그간에 있었던 부중 일들을 소상히 들었지요."

"동접 기생을 서울 도성에서 만났다는 겐가?"

"예, 그 아이는 갑오년 환궁 후로 진작에 장악원을 찾아가서 지금껏 줄곧 시사허구 있다구 헙니다."

"자네두 그래 장악원에 찾아가서 바루 오늘부터 시사허구 오는 길인가?"

"장악원에는 지난달 보름께에 찾아갔구 시사허기는 이번이 벌써 세 번째가 되나봅니다."

덕대가 별다른 내색없이 금홍이 따라주는 대로 술잔만 거푸 비운다. 조행수의 중매로 피난처인 남양에서 반가의 규수를 정실 아내로 맞아들인 덕대는, 옛 정인인 관기 금홍과는 이런저런 일들로 예전같이 자주 보는 사이가 아니다. 그간에 상단 일로 자주 원행을 한 탓도 있지만 그보다는 자기를 위해 주는 정실의 마음 씀씀이가 더 알뜰하고 소중하기 때문이다. 그 중에도 특히 덕대의 마음을 사로잡는 것은 정실 아내의 몸에서 맏상제가 될 사내아이가 태어난 것이다. 장가 든 그 이듬해 곧 아이를 배태하더니 1년 뒤에 아이를 순산하여 그 아이가 벌써 세 살이 되고 있다. 상단 일로 어쩔 수 없이 자주 집을 비우는 덕대지만 그래도 짬만 있으면 그는 세 살배기 아들을 보러 한달음에 남양으로 내려가곤 한다. 여주에서 도성 남촌으로 거처를 옮긴 금홍에게는 그래서 더욱 찾아올 기회가 뜸해지고 있는 것이다.

"자네가 장악원에 시사를 나가면 내가 앞으루는 자네 보기가 예전 같지 않겠네그려?"

"그런 말씀 마시어요. 가끔 시사에 불려갈 뿐인데 예전 같지 않을 까닭이 무어예요?"

"시사에 불리어 가다보면 사또나 나리님들께 수청들 일두 생기지 않겠는가? 그리 되면 나는 자네 보러왔다가 밤새 빈방만 지키구 헛물만 켜구 돌아가지 않겠는가?"

덕대의 농섞인 말에 전혀 가시가 느껴지지 않는다. 사내의 투기에 은근히 겁을 먹고 있던 금홍은 그제야 안심한 얼굴로 장난스레 말을 받는다.

"나이 어린 아이들두 많은데 어느 나으리가 나 같은 늙다리를 청헌답니까. 예전과 달리 내 나이가 벌써 스물 일곱인 걸 모르십니까?"

기생의 나이 스물 일곱이면 과연 젊다고 할 수 없다. 열 여섯 열 일곱을 한창으로 치는 기생들은 벌써 스물 다섯만 지나도 환갑 나이로 치는 것이다.

"그래 장악원에 나가면서 기적은 언제 없앨 겐가?"

"2·3년만 더 지내면 퇴기루 나올 듯싶구먼요. 지금이라두 뇌물만 쓰면 기안에서 곧바루 물러날 수 있다구두 헙디다만."

"뇌물을 뉘게다 얼마나 쓴다는 겐가?"

"주부主簿나 직장直長에게 쌀 한 섬만 쓰면 된답니다. 나이를 속이거나 병탈을 대어 얼마든지 기안에서 이름을 뺄 수가 있다는군요."

덕대가 말없이 잔을 들어 술을 비운다. 요즘의 쌀 한 섬은 예전의 쌀 열 섬보다 더 귀하다.

왜적의 대군이 다시 조선으로 건너와서 명나라에서도 왜적을 무찌르러 역시 대군이 조선으로 건너온다는 소문이다. 임진년에 난리가 난 후로 몇 해는 싸움없이 조용히 지내더니 이제 다시 강화 교섭이 깨어져서 조만간 조선땅에 큰 싸움이 있을 것이라는 풍문이다.

왜적의 침공보다 더 골치 아픈 것이 동정군인 명나라 군사들의 새로운 조선 입국이다. 명나라 군사가 조선에 들어오면 그들이 먹을 군량을 조선에서 대어주도록 되어 있다. 연사가 연이어 흉년이 들어 우리 조선 백성들도 주려죽는 자가 헤아릴 수 없을 지경인데, 그 위에 다시 수만 명의 명나라 군사를 먹이자면 조선은 그 양식을 구하느라 뼈가 휘는 고초를 겪어야 한다.

여북하면 나라에서도 달리 묘책을 찾지 못해, 백성들에게 벼슬을 걸고 양식 모을 궁리들을 하고 있다. 나락 다섯 섬에는 종8품 봉사奉事요, 나락 열 섬에는 종7품 직장直長이요 하는 따위로 나라에서 드러내놓고 백성들에게 벼슬을 판다는 소문이다. 양식이 이토록 귀하다 보니 기적을 지우는 데도 쌀 한 섬 뇌물이면 어렵지 않은 모양이다. 하긴 내놓고 벼슬을 파는 세상에 기적쯤 지우는 것이 무슨 큰 대수겠는가. 난리 몇 해를 치르는 동안 조선은 나라 사정이 형용할 수 없으리만큼 피폐하고 타락한 것이다.

"그래 오늘 시사 나가서 새로이 들리는 소문은 없든가?"

"왜적들이 다시 짓쳐오리라는 소문들이구, 뒤따라 명나라에서두 군사를 다시 조선에 보낼 게라는 소문들입디다. 앞서 떠난 명나라 군사들은 벌써 강을 건너 의주땅을 지났다구들 허드군요."

덕대가 그 말에는 대꾸없이 잔을 내려놓고 물끄러미 금홍을 바라본다. 잠시 생각하는 얼굴이더니 그가 한참 만에 엉뚱한 말을 물어본다.

"자네 혹 나국청拿鞠廳에 장수 한 사람이 잡혀온 소식 듣지 못했는가?"

"들었지요. 벼슬 높은 장순데 지금 옥에 갇혀 국문을 당허는 모양입디다."

"그 장수 이름이 어찌 되는지 혹 아는가?"

"이李 무어라구 허는 것들 같던데 자세 듣지 않아 이름은 모르겠군요. 헌데 서방님이 그 장수는 어찌 물으시오? 그 장수와 서방님과 교분이라두 있는 게요?"

"나는 한번 본 일두 없네. 허나 남도 쪽의 여러 백성들이 그 장수가 잡혀간 것을 원통히들 여기구 있다네. 바다에서 여러 차례 큰 공을 세웠건만 못된 무리가 모함을 해서 지금 그 어른이 억울허게 국문을 당허는 모양일세."

"나두 그 얘기는 들은 듯허구먼요. 임진년 초에 그 장수가 남도 바다에서 왜적을 여러 차례 쳐 무찌른 장수가 아니든가요?"

"자네두 아네그려. 지금껏 전라도 바다가 왜적들로부터 온전히 지켜진 것은 전수히 이순신이라는 그 장수가 경상도 바다에서 왜적을 가로막아 뱃길을 끊은 때문일세. 그 장수가 난 초에 왜적을 막지 못했다면 지금쯤은 왜선들이 경강에까지 쳐 올라왔을 게야."

"헌데 어째 그런 장수를 옥에 가두어 국문을 헌답니까?"

"낸들 아나. 나라에서 허는 일들이 언제 한번 백성의 뜻과 같아 본 적이 있어야지."

말들이 끊긴다. 거푸 마신 술로 해서 덕대는 그제야 얼얼하게 취기가 느껴진다. 이제 다시 왜적들이 짓쳐 올라오면 임금은 또 도성을 버리고 서경이나 의주로 황황히 도망을 칠 것이다. 온 백성이 하나로 뭉쳐도 살아남기가 힘겨운 판국에, 이번에는 또 덕망있는 장수 하나를 소인배들이 죄를 들씌워 장하杖下에 죽이려 하고 있다. 지난 해인 병신년 7월에도 홍산鴻山에서 이몽학李夢鶴이 난을 일으켜 그의 역모를 들춰내는 과정에서 아까운 여러 사람이 발명 한번 못하고 혹독한 국문 끝에 죽었다. 밖으로는 왜적을 맞아 애꿎은 백성들이 떼죽음을 당하고 있고, 안으로는 서로 공을 질시하여 당치 않은 무고와 모함으로 같은 나라 백성끼리 서로 물고 뜯어 크게 해치고 있는 것이다.

한갓 장사치에 불과한 덕대지만 이제는 그의 눈에도 나라 되어 가는 꼴이 어렴풋이 보이기 시작한다. 난이 오래 끌어 세상이 온통 뒤집히는 통에 덕대와 같은 천한 백성들도 비로소 세상 움직임을 제 눈으로 똑똑히 바라보기 시작한 것이다.

"술 더 데워올까요."

"아닐세. 그만 되었네. 밤두 깊었으니 이제 그만 잠이나 자세."

덕대가 하품을 물고 술상 앞에서 물러난다. 금홍이 곧 술상을 들어 방 밖으로 내어놓는다. 방으로 다시 들어온 금홍이 생각난 듯 말을 물어온다.

"나 아이 가져두 될까요?"

"아이가 어디 갖구 싶다구 이녁 마음대루 가져지는 겐가?"

"앞으루 혹 배태가 되면 아이를 가져두 되겠지요?"

"배태가 되면 갖다마다. 자네 그걸 말이라구 허는 겐가?"

금홍이 돌아앉아 아랫목에 이부자리를 편다. 장침長枕을 내려놓고 돌아앉은 금홍의 눈에 뜻밖에도 눈물이 그렁그렁 괴어 있다. 덕대가 그녀의 눈물을 발견하고 의아하여 입을 연다.

"자네 지금 우는 겐가?"

"울기는요."

"나를 바루 쳐다보게. 자네가 지금 울구 있네그려?"

금홍이 급히 고개를 떨구며 옷고름으로 눈물 방울을 찍어낸다. 한동안 묵묵히 말이 없다가 그녀가 한참 만에 입을 연다.

"내가 관기루만 아니 팔렸으면 서방님의 정실이 되었겠지요."

"자네 또 그 소린가?"

"지난 겨울에 내가 얼마나 남양 큰댁을 원망했는지 모르시지요? 팔자소관이다 허구 생각을 허면서두 여편네 좁은 소갈지라 투기가 날 때는 어쩔 수가 없더군요."

"내 자네 속 잘 알구 있네. 혼자 속 끓이지 말구 자네두 아이나 가져보게. 아이 낳아 키우노라면 투기두 절루 없어질 게야."

갑자기 등잔불이 훅 꺼지면서 방 안이 칠흑처럼 캄캄해진다.

몸을 움츠릴 틈도 없이 덕대의 큰 손이 금홍을 나꿔채어 이불 속으로 끌어들인다.

유난히 크고 장대한 덕대의 몸이다. 금홍의 몸에서 옷들이 벗겨지며 사내는 어느 틈에 여인의 몸을 열어 성급하게 제 몸을 디밀어온다. 몸이 아직 더워지지 않은 채로 여인은 서두르는 사내를 누이처럼 다소곳이 받아들인다. 그녀는 이 큰 사내의 폭풍과 같은 무서운 힘을 알고 있다. 그 힘을 밤새 견디기 위해서는 여인은 초저녁에는 자신의 힘을 아껴야 하는 것이다.

폭풍과 같은 사내의 힘이 이윽고 여인의 몸에 동통과 흡사한 둔중한 쾌락을 일깨우기 시작한다. 같은 몸놀림이 반복되면서 동통은 빠른 속도로 견디기 힘든 쾌락으로 반전된다. 쾌락은 이내 아우성이 되어 여인의 입을 통해 비명처럼 뿜어나온다. 오늘밤이 유난히 긴 밤이 될 것을 여인은 숨가쁜 쾌락 속에서도 꿈결처럼 아득하게 깨닫는다. 가슴에 맺힌 설움을 풀기 위해 그녀는 오늘밤에는 힘을 아끼지 않기로 한 것이다.

해가 설핏 기울었다.

깊은 골짜기 아랫녘에는 벌써 산그늘이 컴컴하게 드리워져 있다. 늦은 봄의 긴긴 해도 때가 되니 서산으로 기운 것이다.

잘록이 산길에서 땀을 들이던 행각승 사발은 눈 아래 깊은 골짜기를 퀭한 눈으로 아득하게 굽어본다. 불쑥 튀어나온 산모퉁이에 가려 아직 산골 마을은 눈에 보이지 않고 있다. 그러나 골짜기 아랫녘으로 내려가면 마을은 바로 눈앞으로 다가들 것이다. 산모퉁이 왼쪽으로 휘어지면 오목한 분지와 함께 마을 전부가 눈 아래로 드러날 것이다.

민호 백여 호의 이 마을을 사발은 난리 전부터 여러 차례 들른 일이 있다. 인근의 산촌 마을들 중에서는 기름진 전지田地와 더불어 살림이 제법 포실하다고 알려진 마을이다. 떡단지골이라는 마을 이름이 말해주듯 1년에 네댓 차례 떡을 해먹을 수 있을 만큼 마을의 살림과 양식이 넉넉하다는 소문이다.

땀이 얼추 잦아들자 사발은 다시 돌 위에서 몸을 일으킨다. 산길 타기가 힘겨운 것이 아니라 못 견딜 것은 눈앞이 아득한 허기와 탈기脫氣다. 벽곡辟穀(곡기를 멀리함)을 시작한 지도 오늘로 벌써 반보름이 지났다. 참구정진을 위한 벽곡이 아니고 절에 양식이 떨어져서 어쩔 수 없이 시작한 벽곡이다. 원래 벽곡은 낟알을 피하고 솔잎을 주로 하여 대추 밤 같은 실과를 먹고 연명하는 것을 말한다. 그러나 지금 산중 사발이 곡기를 끊은 것은 벽곡을 위한 것이 아니고 산중에 낟알이 없어 피치 못해 하고 있는 벽곡이다.

온 산중이 텅 비었다. 절에 양식만 떨어진 것이 아니고 도량을 지켜야 될 중들까지도 절을 떠나 빈 절들이 된 것이다. 많은 중들이 오래 전에 승군으로 뽑히어 갔고, 더러는 탁발을 나갔고, 더러는 아예 환속하여 영원히 절을 떠나기도 했다.

한번 탁발을 나간 중들도 다시는 옛 절로 돌아오지 않았다. 그들은 절로 돌아가 보았자 양식이 없는 것을 잘 알았다. 난세에 굶어죽지 않기 위하여는 참구하는 중들조차도 절에 들기를 꺼려하게 된 것이다.

"이보시오······."

묵은 칡덩굴 옆을 지나가는데 문득 숲속에서 사람의 말소리가 들려온다. 사발은 자신도 모르게 발을 세우고 소리나는 쪽을 돌아본다. 산중에서는 짐승보다도 사람을 만나는 것이 더 위험하다. 이런 산중에 홀로 사는 사람이면 결코 예사로운 사람이 아니기 때문이다.

"이보시오, 승도님네. 나 좀 봅시다. 사람 좀 살려주시오."

말소리가 의외로 가냘프고 힘이 없다. 중병에 걸린 병인이거나 탈기한 사람의 힘겨운 목소리다. 해칠 목적으로 자기를 부르는 말소리는 아니다. 오히려 그를 향해 구원을 청하는 간곡한 음성이다.

잠시 미심쩍게 칡덩굴 속을 바라보던 사발이 이윽고 숲 안을 살피며 부드럽게 입을 연다.

"나를 찾으시는 모양인데 시주께서는 뉘시오이까?"

"아랫말 떡단지골 사는 김첨지라는 사람이외다. 함께 산에 온 사람 하나가 지금 탈진하여 숨을 거두려 하고 있소이다. 힘 좀 빌려주십시오. 사람 좀 살려주십시오."

"알았소이다. 헌데 시주께서 어디 기신지를 모르겠구먼요. 기신 곳을 알아야겠으니 근처 칡덩굴을 흔들어 주시구려."

묵은 덩굴과 새 덩굴이 호망虎網처럼 뒤엉킨 칡숲이다. 사발이 숲을 살피자니 과연 덩굴 일부가 조그맣게 흔들린다. 잠시 흔들리는 덩굴을 살피다가 사발이 초로樵路[나뭇길]를 벗어나 허리를 굽히고 칡덩굴 속으로 몸을 디민다. 엉킨 덩굴들을 손으로 헤치자 이내 눈앞으로 사람의 흰옷이 어른거린다. 사발은 서너 걸음 더 들어가 흙구덩이 속에 들어앉아 있는 두 사내를 놀란 듯이 굽어본다.

"시주께서 나를 찾으셨소?"

"예, 내가 찾았소이다. 속히 이 사람 좀 살려주십시오."

"그 사람이 병인인 게오그려? 헌데 이 산중에 무슨 까닭으루 흙구덩이는 파시었소?"

"흙구덩이를 판 게 아니구 우리 두 사람이 칡을 캐는 중이외다. 헌데 이 사람이 칡을 캐다가 입으루 거품을 물더니 이렇듯 탈진하여 기운을 못 차리는구려."

말을 하는 사람은 마흔쯤 되어 보이고 부둥켜 안긴 사람은 그보다 열 살은 더 들어보인다. 칡을 캐던 흙구덩이 속에 두 사람은 마치 산짐승처럼 뒤엉켜 있다. 비쩍 마른 병자 같은 몸에 흙까지 흠뻑 덮어써서 그들은 사람의 형상이 아니고 땅에서 방금 캐어놓은 송장 같은 몰골들을 하고 있다.

"내 의원은 아니오만 그 사람 맥부터 짚어봅시다. 내가 보기엔 아무래두 그 사람이 산 사람 같지가 않소그려."

구덩이 앞에 쭈그려 앉으며 사발이 손을 뻗어 안겨 있는 사내의 손목을 잡는다. 오랫동안 굶주린 탓인지 사내의 팔목이 낫자루보다 더 가늘다. 뼈가 앙상한 손목을 쥐고 사발은 한동안 맥이 뛰는가를 가늠해 본다. 그러나 아무리 기다려도 맥 뛰는 기색을 느낄 수가 없다. 그는 다시 손목을 쥔 채 허리를 굽혀 사내의 코 가까이 자기의 귀를 가져간다. 맥 뛰는 기척도 없을뿐더러 숨쉬는 콧김도 느낄 수가 없다. 사내는 아마 칡을 캐다가 탈진하여 절명한 모양이다.

"죽었수. 산 사람이 아니외다."

"죽어요? 그럴 리 없소. 방금까지두 이 괭이루 칡을 캐던 사람이오. 죽을 사람이 아니외다. 다시 한번 맥을 짚어보아 주시구려."

"소용없는 일이외다. 맥두 진작 끊어졌구 숨두 벌써 끊긴 사람이우. 자 이제 시주께서두 구덩이 밖으루 나오시우."

사내가 넋 나간 표정으로 끌어안은 송장을 내려놓고 구덩이 밖으로 엉금엉금 기어나온다. 혼자 구덩이 속에 남겨진 사람은 이제 누가 보더라도 산 사람의 몰골이 아니다. 잠시 구덩이 속을 굽어보던 사내가 천천히 고개를 들어 등뒤에 선 사발을 돌아본다.

"저 사람을 내가 죽였구려."

"무슨 말씀을 허시는 게요?"

"내가 저 사람을 이리루 데려왔으니 저 사람이 죽은 것이 바루 내 탓이란 말이외다."

사발은 대꾸없이 몸을 돌려 칡덩굴 숲을 빠져나간다. 죽은 사람의 뼈 앙상한 몰골로 보아 그는 이미 죽기 전부터 여러 끼니를 굶은 것을 알 수 있다. 그가 칡을 캐다가 숨이 끊긴 것은 그 누구의 탓도 아닌 바로 굶주림의 탓인 것이다. 주림을 메우기 위해 산에 칡을 캐러나왔다가 그는 바로 칡을 캐던 도중에 칡 구덩이 속에서 목숨을 잃은 것이다.

"시주님, 무얼 허시우? 자 어서 내려가십시다."

사내가 칡뿌리 몇 덩이와 땅 파던 연장을 어깨에 메고 숲을 나온다. 먼저 산을 내려가려는 사내에게 비켜섰던 사발이 생각난 듯 말을 건넨다.

"이대루 떠나면 어쩔 게요? 산짐승이 해꼬지 못허게 시신을 땅에 묻어주어야 허지 않소."

"집안 사람이 보아야 하니 지금 묻어서는 아니됩니다. 저 사람 집이 저 아래 있으니 우선 마을루 내려가 집안에 알려야 헙니다."

"저 사람 집안에 누가 있수?"

"과년한 딸아이가 하나 있지요. 그 아이에게라두 아비 시신을 보여야지요."

"산역山役 못할 딸자식은 열이 있으면 무얼 허우. 집안에 그 아이 말구 아들이나 조카는 없소?"

"아들이 둘 있었으나 의병에 나가 죽구 지금은 아무두 없수. 허나 마을에 곁쪽이 많아 산역 치르는 데는 별루 어려움이 없을 게요."

사발이 앞서 산을 내려가며 더 이상 사내 말에 응대가 없다.

포실하기로 소문난 떡단지골에도 여러 해 난을 겪느라 큰 기근이 찾아든 모양이다. 산에 칡을 캐러나온 것을 보면 마을의 어려운 형편을 미루어 짐작할 수 있다.

"스님은 어느 절에서 오시우?"

"떠나기는 운해사를 떠났으나 지금은 화엄사 거쳐 구례 고을을 지나오는 길이오."

"산에 온통 도적들이 들끓는다던데 혹 봉적逢賊하여 욕이라도 당허지 않으셨소?"

"도적처럼 뵈는 사람은 더러 만났어두 정작 도적은 만난 일이 없소."

"절들이 온통 비었다던데 운해사에는 아직 승도들이 남아 있는 모양이지요?"

"워낙 절이 크다보니 절이 비는 일은 없는 것 같소. 허나 말사와 아래 딸린 암자들은 벌써 여러 해째 산짐승들의 둥지가 되어 있소."

다섯 해나 계속된 난리로 산중의 절들까지도 피폐할 대로 피폐해졌다. 본사 같은 큰절에는 그래도 승도가 더러 남아 있으나 이름 없는 말사나 암자 따위에는 사람이 살지 않아 까막까치의 둥지가 된 지 오래다.

"아랫말 떡단지골은 포실허기루 소문이 났는데 시주께서는 무슨 까닭으루 산에 칡뿌리를 캐러 오시었소?"

"포실은 옛말이외다. 마을에는 지금 끼니를 놓쳐 굶어죽는 사람이 적지 않소이다."

"연사가 흉년이 들었기루 굶어죽을 지경에 이르렀단 말씀이오?"

"연사가 흉년 든 탓두 있지만 금년 초봄에 관군들이 들이닥쳐 1년 먹을 양식을 죄 쓸어간 탓이지요."

"관군이 무슨 까닭에 백성들의 양식을 털어간다는 말씀이오?"

"왜적이 장차 다시 임진년 같은 큰 난리를 일으킬 게라구, 양식 구하는 군사들이 고을 안 고방들을 깨구 양식을 강제루들 거두어 간 겝니다."

"백성의 고방을 깨는 관군이면 그것이 도적이지, 무슨 놈의 군사란 말이오? 그래 고방을 깨는 것을 마을에서는 보구만 있었드란 말이오?"

"숙정패肅靜牌〔사형 집행 때 조용히 하라고 써서 세워놓는 나무패〕를 높이 들구 발검拔劍〔칼을 뽑음〕한 군사가 고방을 깨는 데야 우리 같은 힘없는 백성들이 무슨 수루 대적을 헌답니까? 장정들 몇이 말 몇 마디를 건네다가 그 중에 한 장정이 칼을 맞구 그 자리에서 죽기두 했소."

각 도에는 지금 비변사의 명을 받아 군량을 조달하는 높은 벼슬아치 여러 명이 내려가 있다. 그들은 각 고을에 내려가 수령들에게 군량을 할당하여 기일 안에 그 군량을 거두어 바치도록 독촉들을 하고 있다. 독촉을 받은 고을 수령들은 기일을 넘기지 않기 위해 제 밑의 아전들을 닦달하고, 아전들은 다시 사또의 닦달을 면할 셈으로 만만한 백성들을 다그치거나 들볶는 것이다. 견디다 못한 각 고을 백성들은 살던 집과 땅을 버리고 몰래 고을을 떠나 산중으로 숨거나 유민이 되어 팔도를 떠돈다. 그들은 결국 집과 땅을 모두 잃은 채 낯선 산천을 떠돌다가 외로운 타처에서 고혼이 되는 것이다.

"그래 지금 떡단지골에는 남아 있는 백성이 몇 호나 되우?"

"원래는 백 호가 넘던 마을인데 지금은 거지 반 떠나구 겨우 30여 호가 마을을 지키구 있소이다."

"관군들이 죄 양식을 거두어 갔으니 마을에 남은 사람들은 가을까지 무엇으루 연명들을 헐 생각인구?"

"마을에서는 지금 남아 있는 서른 집을 다 털어두 알곡 한 말 거두기가 힘들 겝니다. 가을걷이까지 살아남기 위해서는 이렇게 칡을 캐거나 산채를 뜯거나 산열매를 줍는 도리밖에 없소이다."

가파른 길이 편편해지면서 산굽이 안쪽으로 오목한 마을이 내려다 보인다. 해가 기운 저녁때건만 마을에서는 통 밥짓는 연기를 볼 수가 없다. 무거운 걸음을 재촉하며 사발이 다시 사내에게 묻는다.

"해가 저물어 내가 오늘밤엔 이 고을에서 묵어가야 될 것 같소. 내 먹을 양식은 몸에 지녔으니 내가 이슬 피할 잠자리나 하나 마련해 주시겠소?"

"길양식을 몸에 지녔다면 빈집들이 즐비한데 딱히 내 집에 들 까닭이 없지 않소이까? 손을 박대해서 허는 말이 아니라 내 집에 병인이 있어 승도를 우리 집에 재울 수 없을 듯싶소이다."

"아픈 사람이 누구요?"

"내 늙으신 어머님이오. 제대루 잡숫지를 못해 연로하신 몸에 병환이 더 깊어진 듯싶소."

무슨 병인가를 물어보려다 사발은 아예 입을 다문다. 사람이 굶주려 죽는 판에 병이 무슨 대수겠는가. 어쩌면 이 사내의 늙은 어머니는 제 자식을 살리기 위해 스스로 굶기로 작정을 했는지도 알 수 없다. 방금 이 사내가 산에서 캔 칡이 아마 오늘 저녁 이 사내 식솔들의 저녁 끼니가 될 것이다. 사발은 그 구차한 끼니를 함께 끼어 축낼 생각이 조금도 없다.

"길을 비켜야 될 것 같수. 저 사람 지게에 진 것이 아무래두 송장이지?"

마을 초입으로 들어서던 사내가 좁은 돌담길 앞에서 한 걸음 옆으로 비켜선다. 뒤따르던 사발이 바라보니 사내 하나가 거적에 둘둘 만 긴 짐을 지고 마주 오고 있다. 가까이 오는 지게 진 사내에게 이쪽 사내가 퉁명스레 묻는다.

"오늘은 뉘 집인가?"

"뽕나뭇집 막내딸이우."

"자네 일감 하나가 더 있네. 칡 캐러 함께 산에 올라간 샘터 봉수 형님이 방금 전에 운명했네."

"그 형님이 어찌 돌아가셨답니까?"

"허한 몸에 힘을 너무 쓰다 보니 기운이 탈기를 해서 변을 당헌 듯싶네마는……"

"제가 오늘은 몸이 지쳐 이 아이만 묻구는 산역을 더 못허겠소. 그 형님 시신은 딴 사람을 시키든가 하루 쉬었다가 내일이나 묻두룩 허십시다."

"그간에 사나운 짐승이 시신에 덤벼들어 해꼬지나 허면 어쩔 텐가? 그 형님의 옛정을 생각해서라두 자네가 오늘 꼭 좀 그 형님 산역을 해줬으면 좋겠구먼."

"마을에 장정이 여럿인데 어째 꼭 내게다만 송장과 산역을 맡긴답니까? 나두 이제는 쉬어야겠수. 제대루 먹이지두 않으며 일만 시키는 건 무슨 경우요?"

툴툴거리는 사내를 보내며 이쪽 사내는 더 이상 말이 없다. 지게 진 사내가 멀리 가자 사발이 궁금한 듯 사내에게 묻는다.

"저 장정이 무엇 허는 사람이우?"

"마을 유사有司에서 부리는 종인데 난 후에는 버릇이 난해져서 저렇듯 아무에게나 대거리를 헌답니다."

모든 것이 뒤엉킨 난세에서는 오직 실적만이 가장 확실한 가치가 될 수 있다. 양반에게 눌려 살던 천민과 상민들은 확실한 실적을 통해 비로소 그들의 존재를 드러낼 수 있게 된 것이다.

달빛이 휘영청 밝다.

눈 아래로 보이는 질펀한 경강이 달빛에 반사되어 유난히 넓어 보인다. 보름을 이틀 앞둔 열 사흗날 밤이어서 달빛이 밝은 것은 조금도 이상할 것이 없다.

"기시우? 안에 기시우?"

거적 드리운 움집 밖에 사내들 몇이 줄레줄레 늘어서 있다. 북상투머리에 쪽박 한 개씩을 허리에 찬 사내들은 위아래로 험한 누더기들을 걸쳤고 저마다 몸 어느 한곳이 부실하거나 불편하다.

곰배팔이 사내가 거적 앞에서 다시 움집을 향해 커다랗게 소리를 친다.

"보입시다. 안에 기시우? 뉘 기시거든 얼굴 좀 내미시우?"

한동안 대꾸가 없더니 인기척 비슷한 작은 소리가 들려온다. 뒤미처 어두운 움집 속에서 우렁우렁한 사내의 말소리가 들려온다.

"돌아들 가게. 여기는 사람이 아무두 없네."

밖에 늘어선 사람들이 잠시 서로를 돌아본다. 그러나 곧 키 껑충한 애꾸눈의 사내가 움막을 향해 큰 소리로 입을 연다.

"아무두 없다는 사람은 뉘시우? 우리가 지금 허깨비허구 이야기를 허는 게요?"

"찾는 사람이 없다는 겔세. 자네들이 예까지 왔을 적에는 따루 찾는 사람이 있지 않겠는가?"

"우리가 찾는 사람이 바루 지금 말씀 허시는 어른이시우. 어르신 말구 우리가 예서 누굴 또 찾는다는 말이우?"

다시 아무런 대꾸가 없다. 한동안을 기다리다가 뒤처진 사내 하나가 퉁명스레 입을 연다.

"우리가 시방 어르신을 데리러 왔수. 지금 저 아래 나루 진막에서 생사람 하나가 목이 잘려 죽을 판이우. 어르신이 글을 안다기에 우리가 이렇게 사람 하나 살리자구 올라온 게요."

"어떤 사람이 무슨 까닭으루 목이 잘려 죽는다는 겐가?"

"나루에 나온 명나라 군사 여러 명이 우리 조선 사람이 탄 말을 빼앗구는 그두 모자라서 막 목숨마저 빼앗으려 허구 있수. 손짓 발짓을 허는 데두 말이 서루 통허지를 않아 누가 곧 말리지 않으면 그 사람이 당장 목이 잘려 죽을 판이우. 그 사람 목숨을 구허자구 우리가 이렇게 움파리까지 올라왔구먼요."

"내가 호통사두 아닌 터에 어찌 명나라 군사들과 말이 통헐 수 있다든가. 내가 가두 소용이 없네. 명나라 말을 모르기는 내가 자네들과 매일반일세."

"명나라 말은 모르시더라두 글은 아시지 않소이까? 글을 써서 보여 주면 명나라 군사들이 알아볼 수 있겠지요?"

"글을 내가 어찌 안다든가? 나는 글 배운 바가 없네."

"어르신 왜 이러십니까? 우리가 비록 밥 빌어먹는 거렁뱅이들이지만 어르신께서 병들기 전에는 도성 북촌에서 글 읽던 선비라는 걸 다 알구 있소이다."

"자네들이 잘못 보았네. 나는 글두 모를뿐더러 도성 북촌에서 산 일두 없네. 자네들두 보듯이 나는 악역(惡疫)에 걸린 흉악한 병인일세."

"사람의 목숨이 경각에 달렸는데 선비께서는 예서 이렇게 입씨름만 허구 계실 겝니까? 자 어서 내려가십시다. 우리가 선비님 뫼셔 올 동안 진막에서는 우리 동아리가 명나라 군사들 붙잡구 실랑이들을 허구 있습니다."

잠시 아무런 기척이 없더니 거적이 쳐들리며 사람 하나가 움막을 나온다. 이 사내도 역시 누더기를 걸쳤으나 한 가지 다른 것은 얼굴을 가리는 낡은 방갓을 쓰고 있는 점이다.

늘어선 사람들은 아랑곳 않고 사내가 먼저 언덕배기를 내려간다. 움막 밖에 늘어섰던 사내들이 그제야 불편한 몸으로 앞서가는 사내를 부지런히 따라간다.

"어르신 고맙습니다요."

키 작은 곰배팔이 사내가 인사치레로 한 마디 한다. 사내는 그러나 응대가 없다가 언덕을 반쯤 내려온 무렵 엉뚱한 말을 물어온다.

"자네들 같은 사람들이 이쪽 나루에 모두 몇 명이나 사나?"

"헤아려 보지는 않았으나 얼추 아마 3·4백은 될 겝니다."

"예전에두 이 나루 근처에 빌어먹는 사람들이 많았든가?"

"예전에두 더러 있기는 했으나 요즘처럼 많지는 않았지요. 빌어먹는 사람이 부쩍 늘기는 이 땅에 왜란이 나구부터요."

달빛이 휘영청 밝아 밤길 걷기는 어렵지가 않다.

경강에는 아랫녘으로 양화나루를 비롯해서 서강 삼개 노돌 두뭇개 등 수많은 나루들이 잇대어 있다. 하삼도에서 올라오는 사람과 물화가 주로 이들 경강 나루를 거쳐 도성으로 들어가기 때문에 예전부터 나루 근처에는 사람과 물화가 1년 내내 붐비곤 했다. 사람과 물화가 붐비다 보니 자연 그 인근에는 여러 종류의 천한 백성들이 꼬여들게 마련이다. 나루 주변 언덕배기에 유난히 비렁뱅이가 많은 것도 바로 그 붐비는 물화에 까닭이 있는 것이다.

방갓 쓴 선비 비렁뱅이가 이 곳 언덕배기 빈 움막에 든 것은 땅이 질퍽하게 녹기 시작한 해토 무렵의 이른 봄이다. 강바람이 아직 살을 에일 듯 차갑던 때라 언덕배기 높은 곳에는 움막들이 더러 빈 채로 남아 있었다. 헌데 어느 날 방갓으로 얼굴을 가린 비렁뱅이 하나가 텅 빈 움막 하나를 깨끗이 치우고는 그 안에 들어 살기 시작했다.

홀로 사는 이 비렁뱅이를 처음에는 아무도 눈여겨보지 않았다. 눈여겨볼 수도 없는 것이 그는 늘 둥근 방갓을 깊숙이 눌러쓰고 있어서 아무에게도 자기 얼굴을 보여주려 하지 않았다. 그러던 어느 날 비럭질을 나갔다가 돌아오던 그가 언덕배기 중간쯤에서 죽어가는 아이 하나를 침을 놓아 구해 주었다.

관격이 들어 다 죽어가는 아이 하나를 그가 지나다가 언뜻 보고는 침 몇 대를 놓아 막힌 숨을 틔워준 것이다. 소문은 이내 온 나루터로 퍼져나갔다. 무심히 보아오던 한 동아리의 비렁뱅이들은 물론이고, 나루 근처의 잘 사는 강상들도 어느 틈에 이 비렁뱅이를 신기한 눈으로 바라보기 시작한 것이다.

온갖 기괴한 소문들이 이 비렁뱅이의 뒷전에서 생겨났다. 어느 사람은 그가 호조판서를 지낸 대감이라고 했고, 누구는 또 그가 절충장군을 지낸 무장이라고 했고, 어떤 사람은 또 그가 상감의 사촌인 아무개 대군大君이라고도 했다. 그러나 그 많은 소문에도 불구하고 이 사내의 신분은 고사하고 얼굴조차 본 사람이 없었다. 방갓을 깊이 어깨에 닿도록 눌러쓴 채, 그는 하루 종일 움집 속에 들어 있다가 해질 무렵에야 쪽박을 들고 밥을 빌러 여염으로 내려오는 것이다.

나루가 있는 강변 모래톱이 어느 틈에 눈 아래로 내려다보인다. 달빛 밝은 모래톱에는 말 몇 필과 사람들 여럿이 무언가를 구경하듯 둥그렇게 둘러서 있다. 말 울음소리가 혹간 들리고 그 사이로 왁자지껄하게 사람들의 말소리가 섞여 들려온다.

방갓 쓴 사내가 앞서 가다가 걸음을 늦추며 한참 만에 입을 연다.
"명나라 군사가 몇이나 되는가?"
"예닐곱쯤 되어 보이구 그 중에 하나는 장수루 보입디다."
"나루에는 그 사람들이 무슨 일루 나왔다든가?"

"말이 통칠 않아 자세히는 모르겠으나 필시 밤배를 타러 나루 쪽으루 내려온 듯싶소이다."

"그래 지금 이 시각에 밤배를 낼 수 있겠나?"

"사공들이 모두 제 집으루 자러들 가서 지금 시각에 밤배 뜨기는 어려울 듯싶소이다."

"말 빼앗긴 조선 사람은 어디 사는 뉘라든가?"

"복사골 사는 조서방인데 우리 동아리랑 곁쪽이 되는 사람이지요."

여염 사이의 골목을 나오자 이내 길이 끊기고 강변 나루가 나타난다. 이쪽의 인기척을 들었는지 강변 사람들이 모두 이쪽들을 돌아본다. 그 중에 한 사내가 이쪽을 향해 커다랗게 소리를 친다.

"게 오는 사람들이 사공이우?"

"사공 아닐세. 언덕 위루 방금 전에 선비 뫼시러 올라간 사람들일세."

"왜 이리 늦으셨소? 그 동안 조서방의 귓바퀴 한쪽이 잘려나갔소."

"그 새에 귀를 잘랐는가?"

"목 안 치길 다행이우. 그래 선비는 뫼셔왔소?"

"뫼셔오기는 했네마는 그놈들이 정작 글을 아는지 모르겠네. 글을 모르면 선비를 뫼셔와두 서루 뜻이 통헐 수 없지 않나."

"뫼셔왔으니 다행이우. 자 어서 이쪽으루 뫼셔오시우."

달빛 아래 언뜻 검광劍光이 빛난다. 구경삼아 둘러선 사람은 눈어림으로도 백 명이 넘을 듯하다.

방갓 쓴 선비를 선두로 하여 일행 대여섯이 가까이 다가가자, 장검을 뽑아든 명나라 군사 하나가 알 수 없는 고함을 내지르며 일행들 앞으로 달려나온다. 그가 내두르는 푸른 칼빛이 잠시 눈을 어지럽힌다.

"서라는 모양이우. 그 자리에 멈춰 서시우."

등뒤에서 말을 일러주는 데도 방갓 쓴 선비는 곧장 나루 쪽의 명나라 군사들에게 다가간다. 칼 든 군사가 방갓을 쳐 벗기고, 칼끝으로 목을 겨누어서야 그 선비는 걸음을 멈춘다.

"……"

졸개인 듯한 군사 하나가 다시 알 수 없는 고함을 내지른다. 그의 뒤쪽에는 말 두 필과 군사 예닐곱이 말없이 둘러서 있다. 조선 사람 하나를 무릎 꿇린 채 굽어보는 사람만이, 여타의 졸개와는 달리 승창 위에 걸터앉아 있다. 언뜻 보기에도 그 군사가 명나라 군사들의 우두머리인 모양이다.

방갓을 제껴 등에 걸친 채 칼끝을 목에 받은 선비가 잠시 달빛 속에 망건바람으로 우뚝 서 있다. 명나라 군사는 물론이고 백여 명 구경꾼들도 누구 하나 말이 없다. 한동안 그렇게 우두커니 서 있더니 선비가 돌연 칼끝을 쳐내고 승창에 걸터앉은 대장 앞으로 천천히 걸어간다.

"그 장검을 좀 빌려주시오."

조선말을 알아들을 리 없건마는 선비는 말과 함께 손을 내밀어 명군 장수에게 칼을 달라는 시늉을 해보인다. 장수가 잠자코 선비를 살피더니 제 칼은 아니 주고 곁에 선 졸개의 칼을 뽑아 선비에게 건네준다.

칼을 받아든 걸인 선비가 이내 모래 위로 칼을 붓 삼아 진서(한문) 몇 자를 써보인다. 씌어진 글을 굽어보던 명군 장수가 선비를 힐끗 보고는 자기도 모래 위에 커다랗게 글을 쓴다. 잠시 명군과 선비 사이에 쓰고 지우고 다시 쓰는 모래판 위의 필담이 교환된다. 명군이 이윽고 고개를 끄덕이며 제 곁에 선 졸개에게 무어라고 말을 건넨다. 그 졸개가 잠시 대장의 말을 듣더니 무릎 꿇린 조선 사람에게 다가가 상투잡아 모래밭에서 일으켜 세운다. 잠자코 그들을 지켜보더니 선비가 그제야 귀 잘린 조선 사람에게 낮은 목소리로 말을 묻는다.

"자네 저 구렁말을 어디서 훔쳤는가?"

"훔치지 않았소이다. 쇤네 맹세쿠 저 말을 훔치지 않았소이다."

"헌데 어째 이 사람들은 자네가 저 말을 훔친 게라구 허는 겐가?"

"실은 저 말이 양장군楊將軍의 말이온데 말이 잠시 병이 들어 병 나을 때까지 제게 먹여달라구 맡겨온 말이외다."

"양장군이 뉘신가?"

"제가 일하는 마방馬房에 찾아온 명나라 장수외다."

"자네가 마방에서 일하는 걸 보니 말의 병두 볼 줄 아는 게군?"

"소인이 원래 마의馬醫올시다. 말의 병을 보아온 지가 햇수로 벌써 열두 해가 넘사외다."

"알았네. 잠시 기다리게. 말이 서루 통칠 않아 양쪽에 오해들이 있었든 모양일세."

선비가 말을 끝내고 다시 명나라 장수 쪽으로 돌아선다. 모래를 발로 쓸어 편편하게 고른 뒤 선비가 칼끝으로 다시 모래 위에 글을 쓰기 시작한다. 씌어진 글들을 굽어보던 장수가 자기도 모래 위로 몇 자 글을 써보인다. 서로 주고받기를 예닐곱 차례나 반복하더니 이윽고 명나라 장수가 제 졸개에게 무언가 말을 이른다. 졸개가 곧 장수의 말을 받아 결박진 조선 사람에게서 묶인 줄들을 풀어낸다. 결박이 거의 다 풀릴 즈음 선비가 다시 조선 사람에게 입을 연다.

"자네에게 말을 맡긴 양장군과 여기 이 장수가 서루 아는 사이인 모양일세. 제 친구의 말을 자네가 타구 있기루 이 장수가 잠시 자네를 말도둑으로 알았던 모양일세. 자 이제 오해가 풀렸으니 더는 큰 탈이 없을 걸세. 자네 말을 지금 내어줄 모양이니 말을 끌구 속히 여기를 떠나두룩 허게."

둘러선 구경꾼들 사이에서 찬탄의 말소리가 들려오다. 말을 되찾게 된 조선 사람은 그제야 선비에게 무수히 머리를 조아린다.

"나으리께 이 은혜를 어찌 다 갚는답니까. 나으리께서 아니 오셨으면 소인은 영락없이 칼 아래 죽은목숨이외다. 성명 석 자라두 일러주십시오. 쇤네 다음날에라두 꼭 이 은혜를 갚겠사외다."

"나는 이름이 없는 사람일세. 내게 은혜 갚을 생각말구 세상 살아가며 옳은 일이나 가끔 허게."

명나라 군졸이 어느 틈에 말고삐를 풀어 사내의 손에 쥐어준다. 사내가 다시 몸을 돌려 명나라 장수에게 절구질하듯 머리를 조아린다. 잠시 그 꼴을 지켜보던 선비가 방갓을 고쳐쓰더니 말없이 모래밭을 떠나간다. 나루터에 둘러섰던 구경꾼들은 홀로 떠나가는 비렁뱅이 선비를 우두커니 지켜볼 뿐이다.

선비가 둑길에 올라 여염 사이의 골목길로 휘어진다. 그러나 골목 안으로 서너 걸음도 들기 전에 안쪽에서 누군가가 길을 막으며 말을 건네온다.

"어르신, 잠시 이 사람 좀 뵙게 해주십시오."

길을 막는 사내를 선비는 잠시 무언으로 맞이한다. 이쪽의 대답도 기다리지 않고 그 사내가 다시 성급하게 말을 물어온다.

"혹시 선비께서는 성씨가 김씨가 아니신지요?"

"……."

"이 사람이 벌써 여러 해째 찾아헤매는 집안 형님이 기시오이다. 경강 나루 근처에서 그 형님을 보았다는 소문이 들리기루, 이 사람이 온 나루를 뒤진 지가 하마 달포가 지났나 보오이다. 예가 아닌 줄 잘 압니다만 어르신 얼굴 좀 자세 보입도록 허락해 주십시오."

"세상 보기가 역겨워서 숨어사는 사람에게 얼굴을 보여달라는 것은 무슨 배폰지 모르겠네. 내게는 자네 같은 아우가 없네. 사람을 잘못 본 모양일세."

처음 보는 사내건만 방갓 쓴 비렁뱅이 선비는 서슴없이 하대를 한다. 말을 마친 선비가 이내 다시 걸음을 옮긴다. 그 뒤를 급히 따라가며 패랭이를 쓴 사내가 끈덕지게 말을 건네온다.

"이 사람이 어르신을 꼭 뵙고자 하는 것은 잃어버린 집안 형님을 되찾자는 뜻이오이다. 죄만 하오나 거듭 청하오니 잠시 갓을 벗구 어르신 얼굴을 좀 보여주십시오."

"자네가 심술궂은 사람일세. 내가 유년에 역질에 걸려 얼굴에 흉한 두흔痘痕〔마마자국〕이 있네. 흉터 가리느라 쓰고 다니는 방갓을 자네가 무슨 까닭으로 우정 벗기려 허는 겐가?"

"그러기에 소인이 어르신께 이렇듯 간곡하게 청을 올리는 게 아니오이까? 소인은 무슨 일이 있어두 기어이 형님을 찾아야 합니다. 형님을 찾지 않구서는 앞으루 세상을 살아갈 수가 없소이다."

비탈이 시작된다. 강을 굽어보는 밋밋한 비탈은 경사가 급하지 않아 오르기에 별로 숨가쁘지 않다. 비탈을 두어 걸음 앞서 올라가며 비렁뱅이 선비가 한참 만에 다시 입을 연다.

"내가 비럭질하며 경강에서만 여러 달을 살았네. 자네 형님이 뉘신지는 모르지만 찾는 까닭을 일러주면 내가 혹 도움이 될 수도 있네마는……?"

"이 사람이 형님을 찾는 까닭은 형님께 큰 죄를 얻었기 때문이외다. 그 죄를 형님께 고허지 않구는 제가 죽더라두 눈을 감을 수가 없소이다."

"요즘은 사람이 사람을 상식相食하는 만고에 없던 흉악한 세상일세. 세상이 어지러운 난중에는 어질고 착한 사람두 형편 따라 간혹 죄를 짓게 되어 있네. 모진 목숨 끊지 못해 불각중에 지은 죄라면 자네 형님두 어찌 자네를 크게 꾸짖기만 허겠는가?"

"세상에는 지은 죄에 따라 용서받을 죄가 있구 용서받지 못헐 죄가 따로이 있사외다. 헌데 이 사람이 형님께 얻은 죄는 하늘 아래 그 어느 사람두 용서받기가 어려운 죄입니다. 벌을 받구 죄를 씻을 수만 있다면야 이 사람이 여러 해를 지나두룩 이토록 가슴 아파헐 까닭이 있겠습니까."

비렁뱅이 선비의 발걸음이 갑작스레 더디어진다. 짐짓 걸음을 늦추는 것인지, 걷기가 불편해서 더딘 것인지 알 수가 없다. 방갓을 깊이 눌러쓴 비렁뱅이 선비는 여전히 제 얼굴을 가린 채 이편 사내 쪽을 돌아보려고도 하지 않는다. 패랭이 쓴 이쪽 사내가 다시 한참 만에 말을 물어온다.

"어르신 끝내 이 사람의 청을 들어주시지 않겠습니까?"

"이제껏 말을 들구두 자네는 나를 아직두 자네 형님으루 아는 겐가? 자네가 내 아우가 아닌 터에 내가 어찌 자네 형님이 되겠는가?"

역중 섞인 선비의 말에 패랭이 쓴 사내는 더 이상 말이 없다. 그러나 말은 없어도 사내는 여전히 선비의 뒤를 따라 비탈길을 오르고 있다. 따라오는 것을 알면서도 선비 역시 패랭이 쓴 사내를 탓할 생각이 없는 모양이다. 선비가 들어 사는 움집 앞에 이르러서야 두 사람은 약속이나 한 듯 나란히 발을 세운다.

"여기가 내 사는 토굴일세. 자네는 이만 돌아가게."

"월색 좋은 밤이구먼요. 어르신 거처에서 잠시 다리 좀 쉬어가면 아니 될까요?"

"자네 낯가죽이 쇠가죽일세. 토굴 안이 워낙 좁아 두 사람 들어앉을 여유가 없네."

"허면 어르신은 안에 드시구 쇤네는 움집 밖에서 달구경이나 헐랍니다. 선비님께서는 움집 안에 기시면서 제 하는 이야기나 잠자쿠 들어주십시요."

"자네가 나를 말동무 삼자는 겐가? 아무려나 좋두룩 허게. 나는 이만 들어가네."

비렁뱅이 선비가 거적을 들치고 움집 안으로 사라진다. 움집 밖에 홀로 남은 사내는 선비가 사라지자 그 자리에 털썩 주저앉는다.

등에 진 봇짐을 끄르더니 사내가 봇짐 속에서 베 보자기에 싼 흰무리 두 덩이를 꺼내든다. 그 중에서 하나를 거적문 안으로 디밀며 사내가 다시 선비를 향해 넉살좋게 입을 연다.

"제가 아직 저녁 요기를 못했습니다. 이 흰무리 좀 들어보시구, 선비님은 제게 목 축일 물 한 바가지만 주십시오."

거적 안으로 디민 흰무리를 선비가 뜻밖에도 선뜻 받아간다. 잠시 인기척이 들리더니 선비가 거적을 들치고 패랭이 쓴 사내를 안으로 청한다.

"내 비록 빌어먹는 처지지만 찾아온 내 집 손을 문전축객한 일은 없네. 움막이 좀 비좁기는 허네만 안에 들어와 요기를 허게."

"이런 고마울 데가. 쉰네 그럼 들어갑니다."

사내가 거적을 들치고 움집 안으로 몸을 디민다. 달 밝은 밤이기는 해도 역시 움집 안은 칠흑처럼 캄캄하다. 어둠에 눈이 익으면서 사내는 그러나 움집 안이 어슴푸레 보이기 시작한다.

밖에서 보기보다는 움집 안이 제법 넓다. 바닥에는 거적이 깔려 있어 땅의 냉기를 막아주고 벽과 천장에 가리개가 있어 밤이슬을 피할 만하다. 사내가 움집 안을 둘러볼 동안 선비는 깨어진 동이에서 물 한 바가지를 떠 사내 앞에 내려놓는다.

"자네 덕에 내가 밥 빌러 안 나가두 되겠네그려."

"말 듣자니 선비님께서는 글 읽던 선비라 허드구먼요. 지체 높은 양반님네가 여염에 내려가 밥을 빌어 자셔두 되는 겐지요?"

"이 세상에 양반 있기 전에 사람이 먼저 있었네. 양반두 사람이라 먹어야 살겠기루 내 이렇게 여러 해째 팔도를 떠돌며 비럭질을 허구 있네."

"쇤네가 난리 중에 괴이쩍은 일을 적지 아니 겪어보았어두 밥 빌어자시는 양반님네를 보기는 오늘이 처음인 듯싶습니다. 그래 문전서 밥을 비시니까 부끄럽거나 거북허시지 않았습니까?"

"부끄러운 걸 알았으면 양반이 어찌 쪽박을 차겠는가. 죽고 사는 것이 부질없음을 깨달으면 지체나 체면 따위가 크게 낭패롭지 않은 법일세."

"여러 해 전 토정土亭선생이 이 곳 경강변에서 빌어먹는 천민들을 구휼했다구 들었습니다. 혹 선비님께서두 옛적 토정선생처럼 빌어먹는 사람들을 보살피려는 뜻이 아닌지요?"

"내게는 토정선생 같은 큰 국량두 없을뿐더러 남의 딱함을 살피거나 구할 어진 뜻두 전혀 없네. 내가 예 머문 것은 나루 하여 내 가까이 있는 사람들을 해치지 않겠다는 뜻일 뿐일세."

"선비께서 무슨 까닭에 이웃을 해친다는 말씀이십니까?"

"내가 실은 악질에 걸려 여염에 내려가 살 형편이 아닐세. 여염에 살면 병을 남에게 옮겨주어 내가 불각중에 이웃들을 해치는 것이 되네."

"허면 전수히 병 때문에 양반의 지체를 감추시구 숨어사시는 것이오이까?"

선비가 어둠 속에서 크게 머리를 내두른다. 움집 안이라 방갓을 벗었으나 움 속이 어두워 얼굴은 역시 알아볼 수 없다. 한동안 말이 없더니 선비가 다시 느직하게 입을 연다.

"남들은 내 사는 모양을 보구 숨어산다구들 말허는 모양이나 나는 아직 남들의 눈을 피해 숨어산 적이 없네. 내가 이 곳 움막 속에 사는 것은 전수히 내가 좋아 내 뜻에 따라 사는 겔세."

흰무리에 목이 메는 듯 선비가 떡 한 입을 물고는 바가지를 집어 들어 물을 마신다. 사내도 덩달아 물 한 모금을 마시고는 앉음새를 고치면서 엉뚱한 말을 건네어온다.

"선비님, 이제는 여기 이눔의 기구한 이야기 좀 들어주십시오. 이 노릇을 어찌 해야 좋을지 선비님의 높은 가르침을 받아뫼시구 싶습니다."

사내가 지껄이는 대로 선비는 묵묵히 듣고만 있다. 이쪽 대답을 기다리지 않고 사내가 다시 제 말을 이어간다.

"쇤네가 이래뵈두 절름발이 양반이외다. 양반 아버지에 종의 어미라 뼈는 양반에게서 물려받구 살은 비자 출신의 어미에게서 물려받았지요."

"자네가 말동무를 잘못 고른 모양일세. 내가 오늘은 심기가 좋지 않아 자네 하는 이야기를 길게 들어줄 경황이 없네."

"듣구 싶지 않으시더라두 오늘만은 제 얘기를 꼭 들어주셔야 되겠습니다. 쇤네가 오늘을 만들기 위해 그 동안 남몰래 얼마나 많은 공을 들였는지 아시오이까?"

응대가 있을 줄 알았으나 선비는 더 이상 말이 없다. 어둠 깔린 움집 안에 잠시 숨 갑갑한 침묵이 찾아온다. 갑작스레 찾아온 침묵에 두 사람은 어느 쪽도 입을 열기가 두려운 모양이다.

목을 다듬느라 물 한 모금을 마시고는 패랭이 쓴 젊은 사내가 다시 선비 쪽을 똑바로 바라본다.

"이 사람이 태어나기를 반쪽 양반으로 태어나서 남들 몰래 어깨너머루 글은 조금 읽었으나 과거보아 벼슬할 생각은 애초부터 없었습니다. 집안 형편이 궁색치 않아 끼니 거를 걱정은 없겠기루 유산遊山이나 다니구 활이나 쏘며 울적한 심사를 술루 달래군 했습니다."

잠시 선비 쪽의 낌새를 살피는 듯 사내가 말을 끊고 수굿하여 어둠 속에 앉아 있다. 그러나 끝내 선비 쪽이 들은 체를 않자 사내가 제풀에 다시 하던 말을 이어간다.

"서얼루 태어난 안팎 설움이야 선비님 같은 온 양반이 짐작이나 허실까마는 내 오늘밤은 거두절미허구 난 후에 내가 겪은 기막힌 일들을 대강 간추려서 선비님께 들려드리다. 이 얘기만은 하늘 아래 그 누구에게두 한 일이 없소마는 선비님 행색두 나와 별반 다른 바가 없어 뵈어 이렇듯 선비님을 믿구 뱃속엣말을 털어놓는 것이외다. 그나저나 지금 내 얘기 듣구나 기신 겝니까? 듣구 기시건 듣구 기신다구 기척이나 해주십시오."

"듣구 있으니 계속허게."

"우리 집안이 원래 자손이 귀해 벌써 3대째나 독자루 이어져 오구 있지요. 나와 배가 다른 큰댁 형님두 2대독자루 태어나더니 그 밑에 또 태어난 것이 사내아이 달랑 하나뿐입니다. 서얼루 태어난 나를 빼구는 이를테면 3대에 걸쳐 아슬아슬하게 절문絕門을 면허구 있는 게지요."

"자네 말이 이치에 맞지 않네. 자네가 있는데 자네 형님이 독자라는 건 무슨 소린가?"

"여태 제 얘기 들으시구두 딴소리를 허시는군요. 서얼이 백이면 무얼 헙니까? 서얼이 어디 자식축에 든답니까?"

"집안 나름이 아니겠나? 내 알기루는 적서 구별 않구 자식으루 거두는 집안두 적지 않은 걸루 듣구 있네."

"아니지요. 말씀들은 그렇게들 허십니다만 그런 집안이 도성 대가 중에 몇이나 되겠습니까? 선비님께 만일 서제庶弟가 기시다면 선비님은 그 아우를 친 아우루 대허실 수 있겠습니까?"

"내게두 서제가 있네마는 나는 그 아우를 달리 생각해 본 일이 없네. 지금두 그 생각은 마찬가질세. 내가 병을 얻구부터는 집안의 모든 대소사를 죄 그 아우에게 맡기구 있네."

"그야 선비님이 병을 얻어 집안에 달리 믿을 사람이 없기 때문이지요. 선비님이 집안에 기시다면야 어찌 집안 대소사를 서제에게 맡길 수 있겠습니까?"

"자네 말이 근리近理허네마는 그 역시 사람 나름일세. 내 경우는 자네 말처럼 집안에 달리 일을 맡길 사람이 없네. 서제나마 내 곁에 있었던 것이 내게는 얼마나 다행인지 모른다네."

잠시 말이 끊긴다. 뒤미처 인기척이 들리더니 캄캄하던 움집 안에 달빛이 환히 비쳐든다. 사내가 움집 어귀에 늘어진 거적자리를 말아올린 것이다.

"이야기가 곁가지루 흘렀구면요. 이제 다시 제가 겪은 기막힌 사연을 들려드리지요."

말아올린 거적을 흙벽 어딘가에 찔러두고 사내가 제자리로 돌아와 다시 선비와 마주 앉는다.

"지난 임진년 왜적이 도성에 들이닥쳤을 때 이 사람두 도성 안

북촌에서 안팎 가권을 영거해서 멀리 황해도 땅으루 피난길을 떠났습니다. 아버님의 동접되는 어른이 황해도 평산 고을의 수령으루 계신 터라 잠시 난이나 피할까 해서 권속들이 모두 평산을 바라구 떠난 게지요. 허나 천신만고 끝에 평산 고을에 닿구 보니 그 곳두 왜적이 가까이 닥쳐 오래 있을 곳이 못되었습지요. 가권은 다시 평산 고을을 버리구 가까운 산중 암자루 몸을 숨기게 되었지요."

"집안의 가권들 외에 달리 거느린 하례들은 없었든가?"

"군식구가 왜 없었겠습니까. 원래 도성을 떠날 임시는 사내종 일곱에 계집종이 아홉이나 되었지요. 헌데 막상 평산에 닿았을 때는 중간에 이것들이 하나둘 도타를 해서, 사내 계집을 모두 합쳐 여섯밖에 남지를 않았습니다. 그나마 남았다는 것이 나이 많아 오갈 데 없는 늙은 계집종들뿐이어서 산에 머물러 있을 동안 양식들이나 축낼 뿐이지 만고에 주인을 위해서는 보탬이 되는 일이 없었습니다. 허나 그것들두 양식 떨어져 더 파먹을 것이 없자 어느 날 말 한 마디 않구 우리 곁을 떠났습니다. 우리한테는 그것들 떠난 것이 서운키두 허구 시원키두 허더이다."

"양식이 떨어진 산중에서는 그래 어떻게들 연명을 했든가?"

"처음엔 도성에서 지니구 나온 은자를 팔아 양식을 장만했으나 그나마두 다 떨어진 뒤에는 안식구들이 몸에 지닌 패물을 팔아 양식을 구했지요. 헌데 그것을 팔자 해두 종당에는 산골 멧부엉이들이 아예 양식들을 팔려구 허지 않더군요. 난중에는 귀한 것이 양식인 것을 깨닫구는 아무리 값진 귀물을 내밀어두 고개들을 외루 저을 뿐 양식을 내놓지 않았습니다."

"난중인 임진년 중에는 나라 안 백성이 너나없이 겪은 일일세. 제 먹을 양식두 없는 처지에 귀물이 무슨 소용이라든가. 그래 가권이 산중에 든 채 양식두 없이 무엇으루 살았는가?"

"인근에 마침 아버님과 면식이 있는 토반 한 분이 살구 기셨지요. 그 어른이 우리 사는 모양을 보시구는 가끔 곡식말과 소금되를 보내주어 우리가 굶는 일없이 이럭저럭 연명할 수 있었습니다. 허나 왜적이 가까이 이르러 그 어른 집안두 피난을 떠나게 되어서는 우리두 더 버틸 수가 없어 산을 내려와 사람 사는 마을에 들었지요."

"산중에서 무슨 까닭에 사람 사는 여염으루 내려온 겐가?"

"그 즈막에는 무서운 것이 왜적두 도적두 아니었습니다. 당장 주려죽지 않기 위해서는 양식을 찾아, 사람 사는 마을루 내려와야 했습니다. 헌데 바루 그 때부터 우리 집안에는 큰 액운이 닥치기 시작했습니다. 그 때 집안 어른들 따라 같이 죽지 못한 것이 이 사람에게는 평생 지울 수 없는 큰 한이 되었습니다."

"액운이 어떤 것이길래 자네가 그토록 안타까워 허는 겐가?"

"미처 말씀을 못 드렸습니다만 난중에 큰댁 형님이 저희와 함께 하질 못했습니다. 아버님과 제 생모와 형수님 조카와 제 안식구는 피난을 나왔으나, 병들어 시골에 비접해 기신 제 배다른 형님께서는 우리와 함께 난을 피허지 못했습니다. 그 어른만 홀루 시골 병막에 남겨두어 이 사람이 그 어른 뒷소식을 알아보러 잠시 도성에를 올라가게 된 겝니다."

"허면 그 즈막에는 자네 가권에 하례가 한두 명두 딸려 있지 않았든가?"

"물론입지요. 워낙 양식이 귀한 때라 우리두 집안 종들이 우리 곁에 있는 것이 썩 긴치가 않았습니다. 그들이 떠나면 당장 입치레 하나가 주는 까닭에 오히려 그 즈막에는 종들 떠나는 것이 홀가분할 지경이었지요."

"그래 도성에 올라가서는 자네 형님을 찾았든가?"

"찾기는커녕 생사조차두 알아볼 길이 없습니다. 전에 살던 도성 안 북촌 집은 불에 타구 노략질을 당해 건질 것 하나 눈에 띄지 않구, 시골 병막에 내려가 계시던 형님마저두 난중에 병막을 떠나 계신 곳을 모르겠더이다. 해서 며칠 더 수소문을 해보구는 저는 다시 가권을 찾아 부랴부랴 황해도루 내려갔습니다. 허나 내가 황해도 난지亂地에 닿구 보니 집안에는 벌써 앙화가 닥쳐 차마 눈뜨고는 보지 못할 기막힌 형국이었습니다. 아버님은 세상 떠나 무덤 속에 누워 계시구 제 생모와 안식구와 어린 조카는 생사를 알 수가 없구, 오직 제 형수 한 분만이 목숨을 부지한 채 몸져 누워계셨습니다."

"어떤 앙화를 당했길래 집안이 일시에 그 지경이 되었다는 겐가?"

"왜적으루 가장한 도적떼가 마을에 들었던 모양입니다. 온 마을이 잠든 깊은 밤에 마을을 덮친 도적들은, 양식을 털구 아낙들을 겁탈허구 사내들은 눈에 뵈는 대로 칼루 찍어죽인 모양입니다."

"아낙과 사내들은 도적의 해꼬지를 당했다 허드래두 나이 어린 자네 조카는 어찌하여 해꼬지를 당헌 겐가?"

"그 아이는 해꼬지를 당헌 게 아니구 도적들이 탐을 내어 산 채 잡아간 모양입니다. 명나라 잠상潛商들이 조선에 건너와서 간혹 젊은 아낙이나 나이 어린 아이들을 비싼 값에 사간다구 들었습니다.

도적들이 아마 제 조카를 명나라 상인들에게 팔아먹을 셈으루 잡아 간 듯싶소이다."

"명나라 상인들은 무슨 까닭에 조선 아이들을 비싼 값에 사가는 겐가?"

"아이를 제 나라루 실어가서 종으루 팔려는 속셈이겠지요."

"허면 자네 어린 조카두 명나라 잠상에게 종으루 팔려갔다는 겐가?"

"아니올시다. 이 사람이 훗날 여러 곡절 끝에 수소문해 본 결과로는 그 아이가 도적들에게 잡혀간 뒤 지금은 남양땅 어딘가에 숨어 사는 모양입니다. 난이 끝나 세상이 평정되면 내 기어이 그 조카만은 찾아내구야 말겠습니다. 선비님께서두 남양땅에 가실 일이 기시거든 이 사람의 딱한 처지를 생각허셔서 숨어 있는 그 아이를 찾아보두룩 허십시오."

선비가 대꾸없이 움막 안쪽에 그린 듯이 앉아 있다. 거친 숨소리를 기대했으나 선비는 여전히 돌로 깎은 듯 침착하고 조용하다. 한동안 말이 없더니 선비가 이윽고 차분하게 입을 연다.

"자네 조카 아이가 남양땅에는 어찌 갔다든가?"

"도적들에게 잡혀 남양 마산포馬山浦루 내려가던 차에 어느 상사람 집안에 팔려 남양땅 농사꾼 집안에 종으루 박힌 모양입니다. 그 상사람만 알아내면 그 아이를 쉽게 찾겠는데 벌써 여러 해를 찾아 헤맸으나 여직 못 찾구 있소이다."

"자네 권속이 화를 당했다는 마을은 이름이 어찌 되는가?"

"그건 알아 무얼 허시렵니까?"

"내가 혹 황해도 땅으루 비럭질이라두 가게 되면 자네가 말한 그 마을에 들러 자네 부친의 묘라두 찾아볼지 어찌 아나. 격식 갖추어 젯상이야 차릴 수 있겠나만 물 한 사발 떠올리는 급수汲水 공덕이야 못허겠나."

"뜻이라두 고맙구려. 마을 이름은 쇠머리구 딸린 속현屬縣은 역시 평산 고을입니다."

"쇠머리 마을에 들어 어느 집엘 가야 자네 선친의 묘를 찾겠나?"

"큰 산뽕나무 박힌 집을 찾으시면 게서 할멈이 묘 있는 곳을 가르쳐 줄 겝니다."

"알았네. 하던 얘기 마저 허게."

마저 하라는 말을 듣고도 이번에는 사내가 아무런 말이 없다. 한참을 말없이 앉아 있더니 사내가 문득 혼잣말하듯 입을 연다.

"내가 그 마을에 닿구 보니 벌써 형수님이 아버님 봉분을 올렸습디다. 아니 성치 않은 몸으루 아버님 장례 치른 뒤에 봉분까지 홀루 올리구는 그 길루 병을 얻어 인사불성으루 앓구 누워 있습디다. 형수를 제 집에 거두어 간병허는 할멈에게 들으니 상성한 채 앓아 누운 지가 그새 벌써 나흘이 된답니다. 도적들에게 겁간을 당해 참혹하게 찢긴 몸으루 초종장사까지 홀루 치렀으니 인사불성 된 게 오히려 당연허겠지요. 허나 선비님두 그 모습을 보았더라면 바로 보기가 어려워서 고개를 외루 내둘렀을 겝니다. 죽구 싶어두 죽지 못한 것이 아마 그 때 형수님의 처지였을 것으루 압니다."

달빛 흐르는 움막 안에 잠시 숨막히는 적막이 흐른다. 움막 뒤쪽의 등성이 숲에서는 아까부터 밤 자규가 구슬프게 울고 있다. 숨을 고르듯이 꼼짝 않고 앉아 있던 사내가 기다란 한숨과 함께 다시 천천히 입을 연다.

"시숙이 원래 형수님 간병이 당치 않은 일입니다만. 생사를 넘나드는 중병인이라 나는 한 방에 들어 자며 병든 형수님을 사흘 동안이나 살폈습니다. 불덩어리 같은 형수님의 몸을 밤새 물수건으로 닦아주며 내가 그 사흘 동안을 형수님 못지않은 열탕지옥 속에 살았습니다. 상성한 젊은 형수님이 생각없이 내굴리는 몸뚱이가 시퍼렇게 젊은 이눔의 눈에 선뜩선뜩하게 다가들더란 말입니다. 선비님께서는 제가 지금 무슨 말을 허는지 아시겠습니까?"

"알 듯허네. 그래서 자네가 강상죄인綱常罪人〔인륜을 범한 죄인〕이 되었다는 겐가?"

"그 즈막에 강상을 범했다면 이 사람은 짐승이지 사람이 아니외다. 내가 정작 강상을 범한 것은 그 일이 있구부터 1년이 지난 뒷날이외다."

비렁뱅이 선비인 김찬홍은 서제 인홍의 말에 비로소 몸을 꿈틀한다. 그러나 그의 가벼운 놀라움은 이미 오래 전에 예견된 일이었다.

더럽혀진 몸으로 강촌 병막에 찾아온 부인 윤씨를 찬홍은 냉혹하게 밀쳐 그의 잠자리에 받아주지 않았다. 그녀의 더럽혀진 몸 때문이 아니라 그는 윤씨로 하여금 더 큰 절망을 겪게 해야 된다고 생각했다. 죽을 때를 놓친 그녀는 이미 살아 있는 사람이 아니다. 살아 있기가 죽기보다 더 어렵다는 것을 깨달아야만 그녀는 집안을 위해 더 큰일을 치러낼 수 있다. 찬홍이 믿는 것이 부인 한 사람뿐이기 때문에 그녀에 대한 찬홍의 믿음이 이토록 크고 잔혹했는지 모를 일이다.

"내 이미 강촌에 내려가 네 지은 죄를 눈으로 보았다."

어느 틈에 찬홍의 말씨가 아우를 대하는 형의 말씨로 바뀌었다. 아우도 그제야 말투를 바꾸어 아우가 형을 대하는 부드러운 말씨로 된다.

"형님이 강촌엘 언제 들렀으며 대체 그 곳에서 무얼 보셨다는 말씀이오?"

"김씨 가문을 다시 이어갈 새 아이두 보았을뿐더러, 네 형수가 문에 기대어 네가 돌아오기를 기다리는 모습두 자세 보았다."

"저는 이미 죄를 얻어 형수님을 다시는 뵈올 수가 없습니다. 형수님이 정작 기다리는 것은 오랏줄에 저를 묶어오는 형님일 것이외다. 형님, 이놈에게 죄를 주어 사람처럼 살게 해주십시오. 형님이 나를 내버려두는 한은 저나 형수님은 하늘 아래 살아갈 수가 없습니다."

"너는 내가 이렇게 사는 것마저 용납허려 않는구나. 네 말대루 내가 너를 용서허는 길은 내가 이 세상에서 없어지는 것일 게다. 허나 나는 영상이놈을 찾기까지는 죽을 수가 없는 몸이다. 네 형수두 그 뜻을 아는 까닭에 너를 기꺼이 집안에 받아들이려 허는 게야."

난바다로 길게 내민 곶 그늘을 따라 고깃배로 보이는 사선 한 척이 후미진 섬 안쪽의 걸밭(암초 많은 얕은 바다)을 바라고 들어온다. 배 복판에 우뚝 솟은 것은 활대와 돗폭 없는 높다란 빈 돛대다. 배는 돛을 풀어내린 채 뒷노 두 개만을 저어 그늘진 걸밭을 향해 소리없이 다가들고 있다.

　여름 한낮의 사나운 햇볕이 갯가 왼쪽의 바위와 자갈들을 불 지핀 숯덩이처럼 뜨겁게 달구어 놓고 있다. 들어오는 배를 오른쪽 갯가에서 바라보는 사내들은 다행히 그늘 속에 있어 뜨거운 볕에 시달리지 않아도 된다. 그러나 숲 그늘 속의 바위 뒤에 몸을 숨기고도 그들은 긴장 때문인지 찐득하게 땀들을 흘리고 있다. 갑자기 눈앞에 나타난 수상쩍은 배에 홀려 조선의 패군 여섯 명은 바다에서 눈을 뗄 수가 없다.

　다가오는 수상쩍은 배에는 땔감 비슷한 나뭇단이 수북히 실려 있다. 사람이라고는 노 젓는 두 배꾼과 이물 쪽 덕판 아래 앉아 있는 맨상투바람의 반쯤 몸을 숨긴 상사람 하나뿐이다. 급하지 않은 노질로 보아 다가오는 이 고깃배는 섬으로 먹는 물을 길러오는 모양이다. 그러나 이 섬 안에 민물 샘이 있다는 것을 저 배가 안다는 것이 패군을 거느린 통제영 군관 서복만에게는 두렵기도 하고 한편으로는 반갑기도 하다. 배가 막 곶부리를 벗어나 머리를 이쪽 갯가로 틀 즈음에 서군관이 다시 몸을 돌려 수하 군졸들에게 다짐하듯 입을 연다.

　"내가 영을 내리기 전에는 너희는 이 바위 뒤에 엎디어 꿈쩍두 허지 말아라. 활잡이 사수들은 시위에 살을 먹여들구 기다리구, 나머지 노군들 셋은 내 뒤를 바싹 따라야 한다. 또 한번 이른다마는 행여 겁을 먹구 내빼거나 내 명에 따라 움직이지 않는 놈은 내 반드시 군령 어긴 죄를 물어 살려두지 않을 것이다."

　낮게 가라앉은 목소리지만 서군관 복만의 음성에는 사람을 제압하는 서늘한 위엄이 있다. 여러 복색의 다섯 명 수군들은 바위 뒤에 웅크려 앉은 채 누구 하나 말이 없다. 그들이 당장 두려운 것은 가까이 다가오는 협선 크기의 정체 모를 고깃배다. 온 바다에 왜의 수군이 밤낮으로 횡행하는 이 즈음에, 난바다를 거쳐 이 곳까지 찾아온 배가 패군으로 숨어 있는 그들에게는 두렵지 않을 수 없다.

"너희 보기에 저 배 안에 사람이 모두 몇이나 탄 듯싶으냐?"

"노 젓는 두 놈말구는 이물에 한 사람뿐인 것 같소이다."

"배 안에 수북히 실린 것이 너희들 눈에는 뭘루 뵈느냐?"

"말아놓은 어살 같기두 허구 땔감으루 쓸 마른 솔가지 같기두 허구면요."

"저 솔가지에 필시 야료가 있을 게다. 정신들 버썩 차려 똑똑히 들 살피두룩 해라."

배가 점점 가까이 다가든다.

깊게 후미진 이쪽 섬 그늘 쪽은 난바다에서 바라보면 험한 모양의 바위 벼랑으로 보일 뿐이다. 겹친 두 개의 벼랑 사이에 네댓 칸 너비의 좁은 물길이 뚫려 있어서 이쪽 바닷길에 밝지 않은 사람은 이쪽에 배를 댈 수 있는 걸밭이 있다는 것을 모른다.

"나으리, 쇤네 보기에는 놈들이 많이 수상쩍소이다. 갯가를 눈앞에 두구두 놈들이 노질을 급히 허지 않는 것이 무슨 까닭이오이까?"

"저희 놈들두 이쪽 갯가를 수상쩍게 보는 탓일 게다. 아마 지금쯤 눈 밝은 놈이 배 안에서 우리를 찾느라 사방을 두루 살피구 있을 게다."

"배가 곧장 우리 쪽으로 오는 걸 보면 아직두 숨어 있는 우리를 보지 못헌 모양이지요?"

"보았다면 진작에 뱃머리를 돌렸지, 예까지 곧장 배를 몰아 들어 왔을까. 아무려나 기다려 보자. 뭍에 있는 우리들이 낭패 볼 것은 없지 않느냐."

말은 태연히 하면서도 복만의 가슴속에는 걷잡을 수 없는 불안 감과 설렘이 일고 있다. 불안감은 다가오는 배가 왜적의 앞잡이 노 릇을 하는 조선의 간자間者들이 아닌가 하는 것이고, 설렘은 저들의 배에 혹 주림을 메울 수 있는 양식이라도 실려 있지 않을까 하는 기 대감 때문이다.

칠천량漆川梁 바다에서 왜군에게 크게 패한 뒤 그들은 벌써 여드 레째를 곡기 없이 살고 있다. 미역과 게 홍합 따위를 갯가에서 주워 삶아먹으며 그들 전라수군 패병 여섯은 벌써 여러 날째를 이 섬에 숨어 목숨을 부지하고 있다.

"저놈이 무얼 허는 게야?"

입속으로 낮게 부르짖으며 복만이 바위 뒤에서 뚫어지게 배 쪽 을 바라본다. 이물 덕판 아래 앉아 있던 상투잡이가 별안간 몸을 일 으켜 덕판 위로 올라선다. 덕판 위로 올라선 사내는 뜻밖에 꼭지 뒤 로 산수털 벙거지를 기다랗게 늘어뜨리고 있다. 상사람으로 알았던 그가 알고 보니 조선 수군의 군관 복색을 하고 있다.

"저놈이 등에 진 것이 우리 수군의 산수털 벙거지 아니냐?"

"예, 그러하오이다."

"더그레 걸치구 벙거지 썼으면 저 자두 필시 우리 같은 조선 수 군의 패병인 게다?"

"패병이 어찌 왜선들 횡행하는 이쪽 난바다를 가루질러 온답니까? 저놈들이 혹 왜적에 투항하여 조선 수군을 잡으러 다니는 간자들이 아닐까요?"

복만이 대꾸 않고 잠시 뚫어지게 뱃머리의 사내를 바라본다. 걸친 옷과 벙거지로 보아서는 사내는 분명 조선 수군의 장수 차림을 하고 있다. 그러나 지난 칠천량 싸움에서 조선의 하삼도 수군이 왜적에게 패해 풍비박산이 된 지금에, 경상도 지경인 이쪽 바다에서 조선의 군관 복색을 하고 나다니는 수군은 있을 수 없다.

통제사와 삼도 수사 이하 전 장졸이 그 싸움에서 목숨을 잃은 터라, 조선 수군은 그 싸움 이후로는 이쪽 바다에서는 볼 수가 없다. 그러나 지금 복만의 눈앞에는 분명히 조선 수군의 복색을 한 군관 차림의 사내 하나가 다가오고 있다. 아니 그는 이쪽 뭍에는 아무 경계도 보이지 않은 채, 마치 잘 아는 제 집이라도 찾아들 듯이 덕판 위에 높이 올라서서 태연히 배를 저어 뭍 쪽 갯가로 다가오고 있는 것이다.

"어어이!"

돌연 다가오는 배 위에서 사람의 목소리가 커다랗게 들려온다. 소리의 방향으로 보아 외치는 사람은 덕판 위의 바로 그 사내다. 복만이 당혹스런 눈길로 수하 군졸들을 잠잠히 돌아본다. 아무도 없는 무인도를 향해 사람을 찾아 소리치는 것을 보면, 덕판 위에 올라선 사내는 이쪽에 사람이 있음을 미리 짐작하고 찾아온 것이 분명하다. 이 섬에 먹는 물의 샘이 있고 사람이 있는 것까지 알고 있는 사내에게, 복만은 어쩔 수 없이 두려움과 낭패감을 느낀다. 모처럼 왜적을 피해 몸을 숨긴 자신의 은신처가 이제는 저들에 의해 훤히 드러났기

19. 칠천량 패전

때문이다.
　그러나 한 가지 다행한 것은 저쪽 배에 타고 있는 사람의 수가 이쪽보다 많지 않다는 것이다. 그들이 배를 몰아 걸밭에만 곧바로 대어준다면 복만은 오히려 저들을 제압하여 생각보다 수월하게 저들의 배를 탈취할 수도 있을 것이다. 언젠가는 이 섬을 탈출하여 고향인 전라도 땅으로 돌아가야 하는 그들이기 때문에, 그들은 빠르건 늦건 타고 갈 배 한 척을 반드시 마련해야 한다. 한데 바로 그 절호의 기회가 전라 수군 복만의 눈앞에 지금 현실로 다가오고 있는 것이다.
　"어어이! 예 좀 봅시다. 게 있는 사람은 무엇 허는 사람들이오?"
　우렁우렁한 사내의 목소리가 거침없이 말을 건네온다. 아무리 바위 뒤 그늘에 몸을 숨기고 엎드려 있어도 덕판 위에 올라선 사내는 이미 이쪽의 존재를 손바닥 보듯 훤하게 알고 있는 모양이다. 이쪽이 미처 대답할 틈도 주지 않고 사내는 다시 자기 말만을 시원스레 늘어놓는다.
　"보아허니 왜적 피해 피난들 나온 조선 백성들 같소마는 어쨌거나 나두 조선 백성이니 우리 피차에 통성명이나 허십시다. 나는 남해 사는 조서방이우. 그쪽은 어느 골 살며 성씨가 어찌 되는 사람들이시오?"
　이쪽을 알고 묻는 데야 복만도 더 이상 숨어 있을 수만은 없다. 그러나 아직 저쪽의 정체를 알 수가 없어 그는 수하 군사들에게 단단히 말을 이른다.
　"너희 사수들은 살을 먹여들구 덕판 위에 올라선 놈의 가슴팍을 겨누구 있어라. 내가 손을 위루 처들어 군호를 울리거든 너희는 지체말구 덕판 위에 올라선 놈을 맞추어 쓰러뜨려야 헌다."

"예, 그리 허겠소이다."

말을 이른 군관 서복만은 이내 바위 뒤에서 천천히 몸을 일으킨다. 배가 어느 틈에 가까이 다가와 자갈들 박힌 걸밭 모퉁이의 바위 앞으로 뱃머리를 대려 한다. 그러나 복만이 바위 뒤에서 몸을 일으키자 배가 급히 뒤로 물러나며 덕판 위의 사내가 다시 커다랗게 말을 건네어 온다.

"인근 고을의 백성인 줄 알았더니 댁네가 걸친 옷을 보니 조선 수군들이 아니시오? 온 바다에 왜적들이 깔렸는데 댁네는 어찌 뭍으루 아니 가구 이런 외진 섬에 숨어 기시오?"

"이녁은 그렇다 허구 그렇게 말하는 댁네들은 또 어찌된 까닭이오? 벙거지에 철릭 걸친 것이 바로 우리 조선 수군의 군관 복색이 아니시오?"

"예전에는 나두 군관이었소만 지금은 왜적에게 쫓기는 한갓 도망꾼의 패졸이오. 그건 그렇구 이제 낯을 보았으니 숨어 있는 댁네 수하들을 모두 걸밭으루 나오라구 허시구려."

"우리더러만 나오랄 게 아니라 댁네두 숨은 사람들 밖으루들 나오라구 해야겠소. 날두 이렇게 푹푹 찌는데 솔가지를 덮어쓰구 뱃바닥에 엎려 있을 까닭이 없지 않소?"

"그놈의 자식 눈치 한번 되우 빠르다. 에라 그래 우리가 먼저 네 놈에게 얼굴 뵈주마."

덕판 위의 사람이 하는 말이 아니고 선복에 수북히 실린 나뭇단

속에서 들려오는 말이다. 말이 미처 끝나기도 전에 나뭇단이 쳐들리며 사람들 서넛이 선복에서 몸들을 일으킨다. 그 중의 하나가 덕판 위로 올라서며 마주선 복만을 향해 뜻밖의 소리를 내지른다.

"복만아! 내 너만은 죽지 않구 살아 있을 걸루 생각했다! 너를 보았다는 사람들이 많기루 네가 필시 탐망나갔다가 큰싸움 북새통에 난바다루 도망쳤거니 생각했지!"

"이런 제기랄눔의 자식 같으니, 내가 지금 벌건 대낮에 꿈을 꾸는 게냐 허깨비를 보는 게냐? 죽었다던 이강득이 네가 이 곳 닭섬엔 어쩐 일이냐?"

"이눔아, 너같이 미욱한 놈두 죽지 않구 살았는데 이 천하에 이강득이가 그리 쉽게 죽을 듯싶으냐? 나는 아직 죽지 못헌다. 죽구 싶어두 이대루는 한이 맺혀 죽을 수가 없어!"

말이 끝나자 배가 뭍에 닿고 군관 이강득이 뱃머리에서 얕은 바다로 뛰어내린다. 실없는 말들을 큰 소리로 지껄이면서 강득과 복만의 눈에는 약속이나 한 듯 그렁그렁 눈물들이 맺혀온다. 그러나 갯가 자갈밭에 마주선 두 사람은 서로의 시선을 피해 얼른 뭍 쪽으로 몸을 돌린다.

"네가 이 닭섬을 어찌 알구 찾아왔누?"
"제가 내게 일러주구두 그걸 벌써 잊었구나?"

그렇다. 닭섬에 맑은 샘이 있어 여러 사람이 몸을 숨기기에 불편함이 없다는 것을 복만은 바로 경상도 바다에 밝은 강득에게서 얻어들었다. 한데 강득으로부터 무심히 얻어들은 그 닭섬을 복만은 위급을 당해 실제로 찾아들게 되었다. 이 섬에는 과연 달고 시원함 샘이 있었고, 밖에서 안을 살펴볼 수 없도록 높은 바위 벼랑들이 병풍처럼 둘러져 있었던 것이다.

"그래 이 곳 닭섬에는 언제쯤 틀어박힌 게냐?"

강득이 다시 말을 물어온다.

"경황 중에 날짜를 헤아리지 않아 며칠이 되었는지 나두 잘 모르겠다. 짐작으루는 대충 헤아려 이레나 여드레쯤 되지 않았나 싶다마는……. 그건 그렇구 너는 그 동안 어디 박혀 있다가 이제야 나타난 게냐?"

"그 얘기는 나중 허구 우선 내게 물 한 바가지만 먹여다우. 왜적의 눈을 피해 섬그늘을 따라 숨어숨어 오다보니 실어온 물이 바닥나서 벌써 반나절을 물 없이 견뎌왔다."

복만이 그 말을 듣고 제 수하를 돌아본다. 그러나 벌써 배를 내린 군사들이 이편 군사들과 한데 어울려 두 군관들에게 꾸뻑꾸뻑 절들을 한다.

"안녕헙시오, 이군관 나으리."

"안녕헙시오, 서군관 나으리."

양편의 군사가 한데 어울리니 사람의 머릿수가 열을 넘는다. 인사수작이 대강 끝나자 복만이 얼른 제 수하에게 영을 내린다.

"누구 하나 샘으루 올라가서 이군관 나으리 잡수실 샘물 한 바가지만 길어오게."

"예."

복만이 말을 마치자 이번에는 강득이 자기 수하를 돌아본다.

"너희두 우두커니 섰지만 말구 배에 실린 쌀 퍼내려 얼른 저녁밥

짓두룩 해라."

"예."

밥소리를 들은 복만의 수하 군사들이 시키지도 않았건만 강득의 군사들을 따라 띄워놓은 배 위로 우르르 몰려간다. 걸밭을 벗어나 숲을 바라고 올라가며 복만이 강득에게 신기한 듯 말을 묻는다.

"그 야단스런 싸움 북새통에 군량은 어디서 구했누?"

"한산 통제영이 불에 탈 때 내가 뛰어들어 쌀섬을 들어냈지."

"자네가 허면 싸움두 않구 한산 본영으로 빠졌든가."

"이쪽 뱃길에 밝은 죄루 내가 싸움 전에 전라수군에서 경상좌도 수군으로 뽑히어 갔네. 그 곳 수사가 겁을 먹구 싸움터를 피해 먼저 난바다루 내빼는 것을, 내가 내달아 기를 쓰구 막다가 종내는 나 혼자 싸움 복판에 남게 되었지. 게서 천행으루 죽을 목숨이 살아나서 곧바루 경상좌수사를 잡기 위해 한산 본영으루 내려갔네. 허나 가보니 그 역적놈이 본영에 온통 불을 질러 장청將廳과 군기고는 물론이구 군량미 가득 들어 있는 관창官倉까지 시뻘겋게 불에 타구 있데. 이통제 사또께서 피땀 들여 마련한 군기와 군량들이 바루 그날의 불길 한 번에 허망하게 재가 된 겔세."

이통제의 말이 나오자 복만도 강득도 잠시 말들이 없다. 새삼스레 칠천량의 패전이 이군관과 서군관에게는 뼈에 사무치게 분하고 원통하다. 전 사또 이통제가 그대로 통제영의 수장首將으로 있었다면, 과연 조선 수군이 지난 칠천량 싸움에서 그토록 참혹한 패배를 맛보았을까 의심스러운 것이다.

물론 이통제가 수장으로 있었더라도 그날의 칠천량 싸움에서는 왜적을 쉽게 격파하지는 못했을 것이다. 그날의 왜적들은 전에 없이 군세軍勢가 강대했고 작전이 치밀했고 용맹이 뛰어났었다. 여러 차례의 싸움에서 패전만 거듭해 온 왜적들도 그날의 칠천량 싸움에서만은 전에 없이 장한 군세로 조선 수군을 압도하여 짓쳐온 것이다.

모든 것이 조선 수군의 열세였다. 전선의 숫자도, 크고 작은 선척의 숫자도, 심지어는 군세의 장하기도 왜적이 월등히 조선 수군을 앞질렀다. 어쩌면 그들은 전에 무수히 조선 수군에게 패한 앙갚음을, 그 한 번의 큰 싸움에서 몇 곱으로 하여 되갚아 줄 작정이었던 모양이다. 전에는 조선 수군만 보면 줄행랑을 놓기가 바쁘던 그들이 그날만은 오히려 천지가 떠나갈 듯한 납함〔여럿이 외치는 소리〕과 함께 조선 수군을 통째로 삼킬 듯이 악귀처럼 달려든 것이다.

그날 보여준 왜적의 사나운 기세라면 전 통제사 이사또라도 과연 왜적의 예봉을 당해내었을까 의심스러웠다. 여러 차례의 왜적과의 싸움으로 군관 이강득과 서복만은 싸움에 당해 이기고 지는 것을 그들 나름으로 사전에 대충 점칠 수가 있다. 양군이 서로 마주보고 납함만 몇 번 주고받아도 오늘 싸움에는 어느 편이 이길 것인가를 그들은 본능과 직감으로 한눈에 알 수 있다.

그러나 그날 칠천량 바다에서는 그들은 싸우기도 전에 불길한 예감과 조짐을 느꼈다. 전에는 싸움터에 나와서도 좀체로 두려움이나 당혹감을 느끼지 않았는데, 그날만은 왠지 오금이 저려왔고 어딘가로 숨고 싶은 무섬증과 낭패감을 느낀 것이다.

그러한 무섬증과 열패감은 예전에는 한번도 느껴보지 못한 것이었다. 싸움만 하면 번번이 이겨온 그들이었기에 그들은 왜선이 멀리 보이면 오히려 먹이 찾는 매가 되어, 눈앞에 보이는 왜선들이 반가울 지경이었다. 그러나 그날만은 왜선이 조금도 반갑지 않았다.

까닭이 있었다. 그들은 여러 날째 조선 수군의 눈앞에서 얼쩡거렸다. 어느 때는 십여 척의 왜선이 무리지어 가까이 다가왔고, 어느 날은 날렵하게 생긴 배들 몇 척이 활 한 바탕 거리까지 다가와 욕설을 퍼붓고는 달아나기도 했다.

전에 없이 대담해진 왜적에게 조선 수군은 비로소 새로운 느낌을 갖기 시작했다. 그들은 무리지어 가까이 다가왔다가는 조선 전선이 내달으면 다시 예전처럼 꽁지가 빠지게 뭍 쪽으로 도망을 쳤다. 그러나 뭍 가까이 이르러 조선 수군이 더 쫓지 못하고 돌아가면 그들은 다시 요란스런 납함과 함께 기를 내두르고 욕설을 퍼부으며 조선 수군의 본진이 머문 바깥바다까지 보란 듯이 나오곤 했다.

불길한 예감과 섬뜩한 무서움이 느껴진 것은 바로 이러한 왜적들의 전에 없던 새로운 전략이었다. 예전에는 조선 배만 보면 멀리 내닫기가 바쁘던 그들이 4년 뒤인 정유년부터는 어느 틈에 겁을 모르는 듯 조선 수군들을 희롱까지 하게 된 것이다.

그리고 곧 불길한 예감은 사실로 적중했다. 조선 수군은 피곤했다. 그 중에도 각 전선의 노를 젓는 노군들은, 연이은 작은 싸움으로 지칠 대로 지쳐 있었다. 왜적의 간교한 계략에 빠져 여러 날째 적선 몇 척을 먼바다까지 쫓으며 헛된 힘만 소진한 조선 수군은, 막상 왜적의 주력함대와 부닥쳤을 때는 오히려 힘이 진해서 싸울 뜻도 여력도 없었다. 미끼로 앞세운 쾌선 몇 척으로 조선의 전 수군을 여러 날 이리저리 난바다로 끌고 다닌 왜군은, 이제 조선 수군의 힘이 다

소진되었다 싶은 순간 갑자기 전 함대를 휘몰아 조선 수군을 덮쳐 왔다. 조선 수군은 놀라고 당황했다. 왜란 이후 그들은 비로소 숫적으로도 힘으로도 막강한 왜적들과 맞닥뜨렸다. 주력 함선을 뒤쪽에 숨겨둔 채 힘을 비축한 왜의 수군은, 힘이 다해 허덕이는 조선 수군을 고양이가 쥐를 잡듯이 풍우처럼 휘몰아쳤다. 결과가 뻔한 예정된 패배였다. 적의 꾐에 빠진 어리석은 장수가 스스로 불러들인 치명적인 패전이었다. 조선 수군은 왜란 이후 비로소 한번도 패한 일 없는 바다에서 참담한 패전을 맛본 것이다.

싸움에 패했을 때는 어느 군사나 참담하고 괴롭게 마련이다. 그러나 그날 칠천량에서 당한 조선 수군의 패배는 더없이 참혹했고 끔찍한 것이었다. 그것은 조선 수군에게는 난 후 최초로 바다에서 맛보는 패배였다. 더구나 그날의 패배는 조선 수군 전군이 궤멸해 버린 패전이었다. 예전에 열 번 싸워 이긴 공이 그날 한 번의 패전으로 물거품이 되고 말았다. 그날 한 번의 완벽한 패전으로 조선 수군은 전 함대가 궤멸되었고, 왜적은 비로소 거제 이서의 남도 바다를 저희 뜻대로 자유롭게 횡행하게 된 것이다.

패전의 아픔을 겪고 나서야 조선 수군은 그 해 벽두에 금부도사가 서울로 잡아간 전 사또 이통제를 아쉽게 생각하기 시작했다. 더구나 이런 아쉬움은 조선 수군의 실제적인 주력이었던 전라좌우도 수군들의 마음속에 더 큰 서러움과 원통함으로 되살아났다.

이통제 순신의 밑에서는 그들은 지금까지 싸움에서 한번도 패해본 일이 없었다. 그를 따라 여러 차례 큰 싸움을 겪어보았지만, 그는 번번이 왜적을 쳐부수어 조선 수군에게 아주 값진 승전을 안겨주곤 했다. 너무 자주 싸움에 이겨 이제는 조선 수군은 왜적을 물리치는 것이 당연하다고까지 생각될 지경이었다.

그러나 이토록 싸움만 하면 이기는 이통제도 가까운 곁에서 바라보는 전라도 수군의 눈에는 조선의 다른 장수들과 특별히 달라보이는 점이 없었다. 그를 가까이 겪어보지 않은 사람들은 이통제를 맹장이니 신장神將이니 하는 말로 일컫지만, 막상 이통제 당신에게는 경천동지의 남다른 재주나 신묘한 방략이 있어보이지 않았다. 다만 그에게 몇 가지 남다른 것이 있다면, 언제 어느 때고 탐망선과 망군을 세워 적의 움직임을 세밀히 살펴 미리 대비와 방어를 철저히 해두는 것이었다.

원래가 꼼꼼하고 치밀한 성품이라 이통제는 큰 싸움에 임해서는 미리 방비와 대책을 철저히 해두는 사람이었다. 만일 그 방비가 조금이라도 소홀하다고 생각되면, 순신은 밤에 잠을 이루지 못할 만큼 불안해하고 초조해 했다. 그가 걸핏하면 자주 앓는 배앓이는 잘못 먹은 음식 탓이 아니고, 싸움 전에 방비가 덜 되었을 때 그 일을 걱정해서 생긴 이를테면 생병(위경련) 같은 것이었다. 그만큼 그는 큰일을 앞에 두고는 방비를 철저히 하는 치밀한 성품의 사람이었다.

그러나 싸움 전에 망군을 세워 적의 움직임을 낱낱이 살피고, 이쪽에 방비를 철저히 하는 것은 특별히 이통제가 고안한 새로운 방략은 아니었다. 그것은 이미 모든 병서兵書에 누누이 강조되어 온 온갖 싸움의 기본이 되는 작전이었다. 결국 이통제가 남과 다른 것은, 싸움에 임해 병서에 적힌 대로 모든 전략과 방비를 철저히 실행에 옮겨온 것뿐이었다. 남들은 방비를 하더라도 대강 겉치레로 해치우고

마는 것을. 이통제 순신은 치밀한 성격대로 때로는 부하들을 매질까지 해가면서 병서에 적힌 그대로 철저히 실행에 옮겨온 것이었다.

칠천량의 참혹한 패전이 끝내 전라도 수군에게 분하고 원통한 것은 과연 이러한 성품의 이통제가 그대로 통제사로 있었더라면 그 싸움이 어떻게 되었을까 하는 가상의 아쉬움이 남아 있기 때문이었다. 물론 하늘이 아닌 이상 그 싸움의 결과는 아무도 알 수가 없다. 그러나 한 가지 분명한 것은, 만일 이통제가 그대로 통제사로 있었더라면 싸움에 혹 이기지는 못했더라도 조선 수군 전체가 궤멸하는 그토록 철저한 패배는 맛보지 않았을지도 모른다는 것이었다.

그날의 싸움은 조선 수군의 완벽한 패배였다. 원통제[원균]와 이수사[이억기] 등 수군의 수장들이 전사한 것은 물론이고, 경상좌도 수사만이 미리 겁을 먹고 도망을 쳐서 추한 목숨을 부지했을 뿐, 나머지 조선의 하삼도 주력 수군은 수십 척 판옥선의 침몰과 함께 거의 전 병력이 그 싸움에 전몰한 것이다.

원통한 것은 그 싸움에서 제대로 싸워보지도 못하고 조선 수군이 궤멸해 버린 것이었다. 왜적의 간계에 빠져 조선 수군은 그날 너무나 지쳐 있었다. 왜적들은 애초부터 조선 수군의 힘을 빼기 위해, 발빠른 배 몇 척을 앞세워서 조선 수군을 이리저리 여러 날 동안이나 먼바다로 끌고 다녔다. 원통제도 왜적의 간계를 뒤늦게 알아차렸으나 그는 쉽사리 전군을 거느리고 본영인 통제영으로 물러날 수도 없는 처지였다. 바다 사정을 전혀 모르는 도원수 이하 뭍에 있는 높은 장수들이, 원통제에게 어서 나가 싸우라고 열화 같은 질타와 재촉을 퍼부어 왔기 때문이다. 터무니없는 그들의 독전은 결국 조선 수군을 파멸의 길로 몰아넣는 결과를 낳고 말았다.

양군의 회전會戰은 왜군의 기습과 선제 공격으로 시작되었다. 여러 날 계속된 난바다에서의 힘겨운 노질로 초주검이 되도록 지쳐버린 조선 수군들은, 곤한 새벽잠에 빠져 있다가 왜군의 기습으로 잠이 깨었다. 아직 날도 밝기 전인 캄캄한 새벽녘에 왜선 5·6척이 조선 함대에 몰래 접근하여 갑작스런 총질과 함께 불화살을 쏘아 화공을 가해 왔다. 가까이 있던 판옥선 4척에 일시에 불이 붙었다. 새벽잠에서 깬 조선 수군은 왜적의 기습에 놀라고 당황했다. 온 함대가 할 바를 몰라 우왕좌왕하는 사이에 왜적은 대군을 휘몰아 좁은 칠천량 앞바다로 쏟아져 들어왔다.

혼란에 빠진 조선 함대는 연이어 불길에 휩싸인 채 패주를 시작했다. 그러나 왜군이 이미 견내량 물목을 막고 있어서 조선 수군의 패주 역시 뜻대로 되지 않았다. 그들은 한산도 통제영으로 내려가지 못하고 뱃머리를 돌려 고성땅 적진포와 춘원포 쪽으로 도망하기 시작했다. 그러나 그것이 조선 수군의 마지막 패주였다. 고성땅 춘원포 앞바다에서 조선의 삼도 수군 전 함대는 처절한 최후를 맞이한 것이다.

전 사또 이통제가 새삼스레 아쉬운 것은 바로 이러한 조선 수군의 허망한 패전 때문이다. 이통제라면 왜적의 간계에 쉽게 빠지지도 않았을뿐더러, 뭍에 있는 육장陸將들의 열화 같은 재촉에도 쉽사리 전 함대를 들어 승산없는 싸움에 휘말리지도 않았을 것이다.

심지가 굳고 자기 주장이 뚜렷한 그는 남의 어떠한 지시나 명령에도 쉽게 굽히거나 숙여들지 않는 성미다. 싸움이 눈앞에 닥쳐 피할 수 없는 경우라도, 그는 일단 그 싸움에 승산이 없다고 판단되면 부하를 단속하여 굳게 지키며 전기戰機가 무르익기를 참을성 있게 기다리는 사람이다. 적의 간교한 꾐에 빠져 함부로 내닫는 그도 아니며, 아무리 위에서 질타와 호통이 떨어져도 그 호통이 이치에 닿지 않으면 태산처럼 들어앉아 움직이지 않는 그인 것이다.

그러나 삼도 수군이 하늘처럼 믿고 따르던 이통제는 금부도사의 함거에 실리어 금년 이른봄에 도성으로 잡혀가고 없었다. 한번 도성으로 잡혀간 이통제는 지금껏 죽었는지 살았는지 소식 한 마디 들려오지 않았다. 아마 그는 예전의 충신들이 그러했듯이 모질고 독한 국문을 받다가 장살杖殺을 당해 죽었을 것이다.

이 나라 조정은 수령이나 장수가 싸움에서 공을 세워 그 이름이 조금만 세상에 드날리면 얼마 후에 반드시 그를 잡아들여 혹독한 국문 끝에 물고를 내는 희한한 습속을 지니고 있다. 이통제 순신도 그간의 전공이 너무 커서 언젠가는 도성에 잡혀가 큰 고초를 겪을 것으로 생각했던 사람들이 적지 않았다. 아니나 다를까 그는 과연 임금의 명을 어긴 죄를 물어, 하루아침에 삭탈관직되어 도성 천릿길로 잡혀가는 대역죄인의 신세가 된 것이다.

어쨌거나 그가 없는 사이에 싸움은 이미 조선 수군의 완전한 궤멸로 끝이 났다. 군관 이강득과 서복만은 작은 탐망선을 부린 덕에 천행으로 목숨을 구해 수하 군졸 몇 명만을 거느리고 정처없이 바다를 떠도는 잔병殘兵의 신세가 되어버린 것이다.

갯가의 돌밭이 끝나면서 짙은 숲이 시작되고 그 숲을 얼마쯤 들어가자 바위짬에 움푹팬 작은 샘 하나가 나타난다. 먼저 이른 열 두어 명 수군들이 샘가에 둘러앉아 밥 안칠 쌀을 씻으며 잡소리들을 하고 있다. 그러나 오래 굶어온 복만 수하의 군사들은 밥 잦히는 동안을 참지 못해 생쌀을 한 줌씩 손에 움켜쥐고 샘 주위의 숲에 앉아 볼이 미어지게 꾸역꾸역 씹고 있다. 열흘 가까이나 입에 대어보지 못한 알곡이라 그들에게는 생쌀마저도 산해진미나 다름없다.

샘에서 서너 칸쯤 떨어진 곳에 잠자리로 쓴 듯한 갈잎 깔린 공터가 있다. 마른 갈잎 깔린 잠자리 앞에 당도하자 복만이 먼저 내려앉으며 강득에게 생각난 듯 말을 묻는다.

"도목수 율개형이 본영에 있었는데 어찌 되었는지 자네 아는가?"

강득은 한동안 대꾸가 없다가 복만을 힐끗 보고는 고개를 천천히 가로 내두른다.

"그 형님 다시는 볼 수 없네."

"죽었다는 겐가?"

"죽지는 않았지만 죽은 거나 진배없지."

"죽지 않았으면 산 게지 죽은 거나 진배없다는 건 무슨 소리야?"

"왜적에게 사로잡혀 부로가 된 모양일세."

"부로가 되다니? 어쩌다가 그 형님이?"

"내 눈으루 보지 않아 딱 부러지게 말헐 수는 없네마는 같이 있다가 요행히 도망친 장색匠色 하나가 그 형님 잡혀간 내력을 소상히 들려주었네."

"그래 어쩌다가 그 형님이 왜적의 부로가 되었다든가?"

강득이 지친 얼굴로 잠시 그늘진 숲속을 바라본다. 잎 큰 활엽수가 빽빽이 들어찬 숲속에는 도무지 소리라고는 멀리서 아득히 들려오는 갯가의 파도 소리뿐이다. 샘물 한 바가지를 더 시켜 마시고는 강득이 한참 만에 선하품과 함께 입을 연다.

"본영에 왜적들이 가까이 다다르자 그 사람이 거루 한 척을 끌어내어 가까운 장색들 여러 명과 함께 어느 섬으루 피해 가서 뭍에 배를 대구 올라갔던 모양일세. 헌데 하필이면 그 섬에 미리 묻어둔 왜의 복병이 여럿 있어서, 물 길러 올라오는 본영 장색들을 우르르 내달아서 거푸 세 명이나 칼루 찍어죽였다네. 허나 그 중에 율개 형님이 끼어 있다가 칼부림하는 왜적을 향해 무어라구 왜말 몇 마디를 커다랗게 외치더라네. 미친 듯이 날뛰던 왜적들이 율개 형님의 외치는 소리를 듣구는 칼들을 하나 둘 거두더니 한참 동안이나 율개 형님허구 떠들썩허게 말들을 허드라네. 왜놈들은 여러 말을 묻구 율개 형님은 가끔 응대를 허는 데두 용케 서루 뜻이 통했는지 왜적들이 칼들을 칼집에 꽂구는 율개 형님과 여러 장색들을 삼끈으루 묶어 저의 배에 태우더라네. 결국 그게 도망쳐 온 장색이 그 형님을 마지막 본 장면이라는군."

복만은 더 묻지 않고 허탈하게 앉아 있다. 부로가 되더라도 살아 있다니 율개는 오히려 다행이라는 생각이다. 정작 그가 걱정하는 사람은 의동생인 벙어리 총각 막개의 소식이다.

힘이 유난히 월등한 막개는 본영의 장색으로 있다가 판옥전선의 화포군으로 뽑히어 갔다. 지난 싸움에 모든 전선이 깨어지거나 불타 버렸으니 그가 살아 있기를 기대하기는 좀처럼 어려운 일이다. 힘이 아무리 절등해도 바다와 싸워 이기는 장사는 없다. 한 가지 그에게 희망을 거는 것은 그가 남달리 헤엄질에 능하다는 것이다. 용케 성한 몸으로 바다에 살아 떨어졌다면 그는 능한 헤엄질로 가까운 섬에 올라갔을지도 모른다.

"율개 형님이 왜말을 어디서 배웠을까?"

강득이 문득 복만에게 묻는다.

"수만이 형님한테서 배웠을 게야. 형님이 왜국에 잡혀가 다섯 해나 묵지 않았는가."

"무어라구 왜말을 했길래 그 사나운 왜적들이 칼부림을 그만두었을구?"

"왜들이 우리 군사는 뵈는 대루 도륙을 해두 사기장 목장 같은 장색들은 잡는 갈망정 죽이지는 않는다네. 급한 김에 율개 형님이 저를 목장이라구 외쳤는지 알 수 없지."

새삼스레 그날 싸움에 몸서리가 느껴진다. 싸움에 늘 이기기만 해서 조선 수군은 왜적의 포악을 그 때까지는 실감으로 느끼지 못했다. 싸움에 패해 왜적의 살수들이 조선 군선으로 뛰어오른 뒤에야 조선 군사들은 왜적의 포악함을 제 눈으로 똑똑히 볼 수가 있었다.

왜적들은 글자 그대로 세상에 짝이 없는 포악한 악귀들이었다. 칼을 잘 쓰는 왜적들은 조선 군사를 보는 대로 칼로 찍거나 베어죽였다. 그들의 사나운 칼부림에는 조선 군사로는 어느 누구도 대적할 자가 없었다. 팔이 잘리고, 배를 꿰뚫리고, 손발이 끊기고 종당에는 목이 잘리었다. 창상을 당해 그대로 두어도 죽을 사람을 왜적들은 반드시 발검하여 목을 쳐서 숨통을 끊었다. 병장기를 버리고 항복을 하건, 살려달라고 머리를 뱃바닥에 짓찧어도, 그들은 마치 칼날이라도 시험하듯 칼을 번쩍 하늘로 치켜든 뒤 요란한 고함소리와 함께 아래로 힘껏 내리치고는 했다.

　왜적의 칼날을 피하기 위해 대부분의 조선 수군들은 바다로 몸을 던졌다. 그러나 바다로 뛰어든 군사들에게는 낫처럼 생긴 자루 긴 장병겸長柄鎌과 새 발톱처럼 생긴 사조구四爪鉤라는 쇠갈고리가 날아왔다. 바다에 뛰어내린 군사들 역시 사나운 갈고리에 찍혀 칼질을 당하기는 마찬가지였다.

　"막개란 놈은 어찌 되었누?"

　강득이 뒤늦게 막개를 생각하고, 눈치라도 살피듯 복만을 건너다본다. 복만이 끔찍이 귀해 하고 살펴주던 아이여서 강득은 그 아이의 생사를 복만에게 묻기가 송구할 지경이었다.

　"그 아이가 하필 화포군으루 뽑히어서 얼마 전에 본영에 딸린 판옥전선을 타게 되었네. 그 배가 싸움에서 깨어졌으니 그 아인들 어찌 무사허기를 바라겠는가."

　"그 아이 탄 배가 깨어지는 걸 자네가 눈으루 보았든가?"

　"자세 보지는 못했어두 본영 전선 여러 척이 불길에 싸여 기우는 것을 내 눈으루 멀리 보았네."

　밥이 잦는지 복만의 코에 밥냄새가 향긋하게 풍겨온다. 여러 날째 곡기라곤 없이 조개와 게 따위의 해물만 삶아먹고 연명해 온 참이어서 복만은 밥냄새를 맡는 순간 입 안에 왈칵 생침이 괴어온다. 시장기를 애써 참노라니 강득이 다시 무서운 말을 묻는다.

　"자네 왜적들이 뭍과 바다루 전라도 지경까지 범한 것을 알구 있나?"

　"어느새 그놈들이 전라도 경계까지 들어갔다든가?"

"우리 수군을 깨치구 나니 바닷길이 바루 전라도까지 뚫린 겔세. 내 짐작에는 왜의 수군이 벌써 남해 미조항을 거쳐 전라도 지경에까지 이르지 않았나 싶네마는……."

복만이 눈을 부릅뜨고 잡아삼킬 듯이 강득을 노려본다. 미조항 다음에는 평산포가 있고 평산포 다음은 바로 전라좌수영이 있는 내례포 포구다. 갑자기 복만은 침이 잦아들고 가슴이 뛰기 시작한다. 패전 후 여러 날이 지났건만 복만은 왜 진작에 그 생각을 못했는지 알 수가 없다.

조선의 삼도 수군이 한 번 싸움에 깨어졌으니 이제는 하삼도 너른 바다를 지켜줄 수군이 조선에는 없다. 조선 바다가 온통 왜적의 차지가 되어 버려 왜적들은 이제 마음놓고 전라도 온 고을을 범할 수가 있는 것이다.

생각이 여기에 이르자 복만은 시장기도 잊고 가슴만 차차 울렁거리기 시작한다. 전라도 지경을 왜적이 범한다면 그의 처 강진댁이 있는 전라좌수영의 매성도 성할 리 없다. 오히려 왜적은 전라수군을 미워해서 제일 먼저 내례포로 내달아서 좌수영 매성부터 깨뜨릴는지도 모르는 일이다.

복만은 문득 안식구 강진댁의 수척한 모습을 눈앞에 떠올린다. 모처럼 배태한 아이를 지우고 몹시도 서방 보기를 어려워하던 그녀였다. 지난번에 말미를 얻어 잠시 집에 들렀을 때도 그녀는 죄인처럼 복만의 앞에 머리를 들지 못했다. 그러나 잠자리에 들어서만은 아이를 다시 배태할 목적으로 짓궂게 구는 복만의 요구를 그녀는 더운 몸으로 정성껏 받아주었다. 그 때의 그 땀에 젖은 강진댁의 모습이 지금의 복만에게는 거룩하게까지 느껴지는 것이다.

"조선의 삼도 수군이 패망했으니 왜적들은 이제 뭍과 바다에서 거칠 것이 없을 겔세. 도성을 바라구 수륙 병진으루 올라가면 상감은 또 백관들을 거느리구 허둥지둥 의주로 내빼지 않을 수 없을 테지."

상감을 향한 불손한 말이 강득의 입에서 거침없이 튀어나온다. 복만은 그러나 강득의 말이 조금도 불손하거나 이상하게 들리지 않는다. 이 모든 백성들의 고단함이 따지고 보면 임금 잘못 만난 탓인 듯이 생각되기 때문이다.

너무나 무력한 군왕이다. 아니 그는 무력할 뿐 아니라, 간혹 백성들이 납득할 수 없는 어처구니없는 잘못을 저지르기도 한다. 임금의 잘못 중 당장 복만의 눈앞에 보이는 것은, 전 사또 이통제를 죄인으로 엮어 도성으로 잡아간 것이다. 아무리 일개 말장末將으로 나랏일까지는 살필 수 없다고 하더라도, 전 사또 이통제를 죄인으로 몰아 잡아간 것은 복만이 보기에도 어딘가 크게 잘못된 일이었다. 그것은 전라좌수영 군관 서복만 혼자의 생각이 아니고, 삼도 수군 전 장졸의 한결같은 생각이었다.

"자네 혹 전 사또 이통제께옵서 어찌 되셨는지 뒷소문이라도 들은 게 없나?"

"소식 들어 무엇 헐라든가? 그 어른은 진작에 저세상 사람이 되었을 겔세."

"내 요즘에야 생각나는 일이네만 시방 이 나라 백성들이 겪는 신고가 모두 뉘 탓인지 어렴풋이 알 듯허네. 이렇듯 너 나 없이 살기가 고단헐 바에야 차라리 이눔의 세상 왜놈들 세상이 되어두 낭패볼 게 없겠다는 생각일세."

　이번에는 강득이 부릅뜬 눈으로 복만을 물끄러미 건너다본다. 그러나 그의 핏발선 눈은 이내 바다로 옮겨져서 부드럽게 풀어진다.

　"자네는 요즘에사 그런 생각을 했네그려. 나는 벌써 여러 해 전에 세상 됨됨이가 잘못된 것을 알아차렸네. 따지구 보면 이눔의 나라가 이 지경이 되구두 망허지 않은 게 신통허네."

　"이 지경이라는 건 무얼 두구 허는 말이여?"

　"왜란이 나서 나라가 통째 왜적들에게 먹힐 판인데 그 알량한 양반네와 조정 대관들이 그 동안 무얼 했는지 곰곰 생각해 보게. 저마다 제 살길 찾아 남보다 먼저 도망질 치는 데만 바빴지. 태평성대에 늘 입으루 외어대던 위국 충절이나 보국 안민은 어느 위인두 보여주질 않네그려. 그렇게 우리 백성들 앞에서는 턱을 쳐들구 충절과 절개를 코에 걸든 양반네가 오히려 위급을 당해서는 백성들 허는 짓보다 더 흉한 짓들을 허드라는 이야기야."

　"양반네 흉측허구 못된 것 자네는 이제사 알았든가. 그네들 망측허구 흉한 꼴이야 나는 이제 입에두 담기 싫네. 내가 이번 칠천량 싸움 후에 제일루 의심쩍구 억울허게 생각허는 것이, 어째서 전쟁 마당에는 우리 천한 백성들만 아까운 목숨 내걸구 열나게 싸우다 죽어야 하는가 허는 걸세. 우리야 막상 자네두 알다시피 어느 놈의 세상이 되건 그게 무슨 상관인가? 세상이 훌렁 바뀌어 설혹 이 나라가 왜놈의 땅이 된다 해두, 지금 우리네가 양반 밑에서 압제받구 설움받는 것과 크게 다를 것이 없을 게라는 이야길세. 헌데 이렇게 손損두 득得두 없는 우리 백성들은 막상 전쟁 마당에서 죽자 사자 싸우는

데, 나라가 망허면 더불어 망헐 양반네들은 오히려 싸움 마당에서 얼굴조차 볼 수가 없네. 심지어 나라의 녹을 먹는 높고 낮은 장수들과 오위영五衛營 관군들까지두 지금껏 도망질만 다녔지 왜적들과 싸움 같은 싸움 한번 해본 일이 없네그려. 오히려 지금껏 왜적과 크게 싸운 것은, 양반네들에게 설움받구 압제받던 우리 백성의 의병들이 아니었든가. 내 지금두 그 일을 생각허면 온몸에서 분이 나구 비윗장이 뒤틀리네. 무슨 혼이 들씌워져서 내가 지금 이 고생을 허는 겐지 아무리 생각을 해두 허망허구 분헐 뿐일세."

왜란이 길어지면서 자주 듣는 백성들의 불만이요 원성이다. 전에는 감히 입밖에도 낼 수 없던 말들이 이제는 양반들 앞에서도 예사롭게 튀어나오곤 한다.

하긴 요즘은 난 전과 달리 백성들이 양반이라 해도 예전같이 받들어 뫼시거나 우러러보지 않는다. 그들의 무능과 허세가 난리 중에 속속들이 드러나서 양반의 높은 위세가 땅에 떨어진 탓도 있지만, 그보다는 요즘 들어 새로 생긴 급조 양반들이 너무 많이 불어났기 때문이다. 왜란 이듬해인 계사년부터 생겨나기 시작한 이 신생 양반들은 이른바 군공수직軍功受職이라고 해서 타고나기를 양반으로 태어난 것이 아니라 싸움에서 공을 세운 뒤 그 공에 따라 관직을 받고 하루아침에 양반이 된 사람들이다.

왜적의 침공을 받아 나라의 존망이 위태로운 때였다. 관군은 도처에서 왜군에게 격파되고 오히려 백성들이 여러 고을에서 스스로 의병을 일으켜 왜적을 맞아 의롭게 싸우던 시절이었다. 이들의 장한 싸움을 나라에서는 크게 북돋워 줄 필요를 느꼈다. 그래서 갑자기 마련한 것이 바로 이 군공수직이라는 전에 없던 규례인 것이다.

양반과 천민에게 내리는 관직은 군공에 따라 각기 달랐다. 왜적의 머리 하나를 베면 공천이든 사천이든 천민은 면천이 되고, 왜적의 머리 둘을 베면 우림위羽林衛에 들 자격을 주었으며, 다시 머리 셋을 베면 허통許通(낮은 신분이 높게 올라 서로 교통함)이 되어 관직을 받을 수 있고, 그 위에 다시 머리 넷을 베면 곧바로 수문장에 제수하는 놀라운 규례인 것이다. 허통이 되어 관직을 받았다면 그는 이미 사족士族이라 양반이나 다름이 없다.

이런 특전은 양민뿐 아니라 공천 사천은 물론이요, 백정白丁 장인匠人 산척山尺 같은 천민에게도 예사롭게 주어졌다. 바로 이강득과 서복만 자신도 양인 신분에서 수군의 군관이 되지 않았던가. 이제는 각자가 재주와 공에 따라 양반이 되거나 벼슬을 살기가 어려운 세상이 아닌 것이다.

"나으리, 저녁진지들 드십시오. 소금을 구허지 못해 건건이가 신통치 않구먼요."

"욕보았네. 자네들두 어서 들게."

노군 하나가 작은 판대기에 밥 한 바가지와 국 한 바가지를 담아 들고 왔다. 자기 배를 잃은 그들은 밥 받아먹을 기명器皿조차 수중에 남아 있지 않다. 밥과 국이 담긴 이 두 개의 바가지는 어쩌면 수군들이 허리에 차고 있던 개인 소유의 식기들이 아닌가 싶다.

"밥 본 지 참 오래군. 자 어서 한 술 뜨게."

복만이 참다못해 먼저 바가지에 찔린 나무 술을 집어든다. 국이라고 내온 것은 바닷물에 끓인 해물 삶은 국물이다.

볼이 미어지게 밥을 입 안에 퍼넣으며 복만은 갑자기 눈물이 핑 괴어온다. 밥을 보고 눈물이 솟기는 복만으로서도 처음 겪는 일이다. 고개 떨군 복만을 향해 강득이 다시 밥을 문 채 말을 건네온다.

"자네 장차 어쩔 작정인가?"

"어쩌다니?"

"왜적이 온 바다에 좍 깔렸는데 언제까지 이 닭섬에 숨어 있을 수는 없지 않겠는가?"

"떠나야지."

"어디루?"

"우리 본영인 매성말구 우리가 달리 어디루 갈 게여?"

"매성에는 아까두 말했지만 왜적이 벌써 들어 있는지두 알 수 없네. 차라리 내 생각에는……."

"자네 생각 듣구 싶지 않어. 죽든 살든 나는 매성으루 가야겠네."

말을 중간에 잘라먹은 채 복만은 싸울 듯이 험한 눈으로 강득을 바라본다. 그러나 핏발선 강득의 눈이 조금도 지지 않고 복만을 마주 본다. 한참을 그렇게 쏘아보다가 강득이 먼저 바다 쪽으로 시선을 옮긴다.

"여길 탈없이 빠져나가기만 하재두 지금의 우리 형편으루는 여간 어려운 일이 아니야. 자네가 애타허구 걱정허는 뜻은 알겠네만, 우리 밑에 군사들두 열 셋이나 딸려 있어서 앞으루 바다에 들구 나는 일은 여러 의견을 따라야지 우리 자의만으루는 작정할 수가 없네. 주사舟師[해군]가 이미 패망한 뒤라 우리가 부리던 저 아이들두 예전 같지는 않다구 봐야 허네. 우리 생각이 마음에 안 들면 저 아이들 언제라두 우리 뜻을 거역헐 걸세. 내 이미 여러 날 전에 그런 기미를 눈치채었네."

들었는지 말았는지 복만은 대꾸없이 밥만 입 안에 꾸역꾸역 퍼넣는다. 그 꼴을 우두커니 굽어보다가 강득이 다시 찬찬하게 말을 한다.

"우선은 저 아이들더러 먼저 제 의견들을 내놓으라구 해야 허네. 보나마나 의견들이 여러 가닥으루 찢기거나 갈릴 겔세. 자네가 정매성에를 가구 싶다면 내가 그 때 끼여들어 그쪽으루 되두룩 말을 거들 작정일세. 어떤가 자네 생각은? 내 얘기가 근리허지 아니헌가?"

성미 급한 복만에 비해 강득은 늘 생각이 깊고 침착하다. 복만이 굳이 매성에 가려는 뜻은 그의 처 강진댁의 생사가 궁금했던 때문이다. 그것을 잘 아는 강득이기에 그는 부드러운 온언순사로 복만의 급한 성미를 달랜 것이다.

"하긴 자네가 매성엘 가자 해두 저 아이들 중에 절반 이상은 다른 소리가 없을 겔세. 제 집들이 모두 그쪽에 있어 고향들 찾아가는 셈이 아닌가."

그렇다. 원래가 통제영 수군들은 대부분 경상도 아닌 전라좌우도 수군들이다. 통제사 이순신과 전라우수사 이억기를 따라 그들은 벌써 여러 해 전에 고향인 전라도를 떠나 경상도 한산에 머물러 있었던 것이다.

밥 한 바가지가 삽시간에 다 비워졌다. 군사들 쪽을 바라보니 그들 역시 밥들을 다 먹은 눈치다. 오랜만에 먹어본 이밥 한 끼니가 복만에게는 갑작스런 식곤증으로 다가온다. 샘물로 입 안을 대강 헹

구고 복만은 팔베개를 한 채 갈잎 위로 벌렁 눕는다.

"배를 언제 띄울 겐가?"

"낮에는 왜들 때문에 배를 띄우기가 어려울 게야. 만일 배를 띄운다구 해두 달 밝은 밤이거나 안개 짙은 날을 잡아야 허네."

바다에서 배 부리는 일에는 이력이 난 두 사람이다. 그러나 지금은 온 바다에 왜적이 깔려 있어서 그들도 배를 띄울 때는 좌우를 살피지 않을 수 없다.

"배는 열 세 명 군사들이 다 탈 수 있겠는가?"

"원래 고기 낚던 거루여서 열 셋이 다 타기에는 많이 비좁은 편이네마는 배가 워낙 젊구 튼튼해서 별 탈은 없을 걸루 알구 있네. 헌데 한 가지 걱정인 것은 돛폭이 많이 상해서 손을 보아야 된다는 겔세. 왜적의 불질을 여러 번 당해 돛에 불구멍이 십여 개나 뚫려 있네."

"불질은 어디서 당했든가?"

"소비포所非浦 앞바다를 지나오다가 왜선 두 척의 뒤쫓김을 당했네."

말들이 없다. 이 곳 닭섬에서 매성까지는 바람만 불어주면 하루 뱃길이면 충분하다. 그러나 밤에 배를 띄우거나 안개낀 날 배를 띄우게 되면 하루 뱃길이 이틀도 되고 길게는 사흘도 될 수가 있다. 온 바다에 깔린 왜적의 눈을 피하자면 그들은 마음놓고 훤한 바다로 배를 몰 수가 없다.

"매성에 가서는 우리 또 어디루 가야 허나?"

강득이 한참 만에 생각난 듯 복만에게 묻는다.

"왜적이 온 바다에 깔렸으면 배를 버리구 뭍으로나 올라가야지. 우리 군사들 있는 데를 찾아가서 뭍에서라두 싸워야지."

"충신이 달리 없군. 나는 이제 그만 싸울라네."

"그만 싸워?"

"수군이 뭍에 오르면 그것으루 끝인 게야. 나두 이제는 산중에 숨어 내 목숨이나 보전허려네."

빙글거리는 강득의 표정에서 복만은 그의 말이 농인 것을 깨닫는다. 갯가에서 태어나 지금껏 바다에서 자란 그들이다. 왜적에게 쫓겨 당장은 뭍으로 몸을 피해도 언젠가 다시 전세가 좋아지면 바다로 내려와 배를 타야 할 그들이다. 그러나 그날이 언제가 될지 알 수가 없어 강득은 속에 없는 엉뚱한 말을 지껄여 본 것이다.

"전 사또 이통제 나으리가 살아기셨으면 좋으련만……."

이 지경이 되고 보니 전 사또 이통제가 더욱 그리운 그들이다. 그러나 없는 그를 더 생각해 무엇하랴. 몰려오는 피곤에 쫓겨 그들은 곧 정신없이 잠 속에 빠져든다.

20. 소반의 피를 찍어 입술에 바르다

마을이 텅 비었다.

불타버린 빈 집터에는 깨어진 도깨그릇과 토벽과 주춧돌과 사금파리들이 어수선하게 널려 있다. 50호가 넘던 큰 마을이 어디를 둘러보아도 온전한 집이라고는 한 채도 보이지 않는다. 재만 남은 빈 집터에는 작은 풀 싹들이 파릇파릇 돋아 있다. 풀 싹들이 잿더미에 돋은 것은 마을이 불에 탄 것이 하루 이틀이 아니라는 것을 말해 준다. 마을은 적어도 한 달 이전에 불에 타 잿더미가 된 것이다.

마을 복판으로 들어와서도 총각은 여전히 작정을 못하고 망설이는 얼굴이다. 불타버린 이 마을을 찾아 총각은 사흘이나 걸려 2백여 리의 먼길을 걸어왔다. 그는 이 마을에 찾아보아야 될 사람이 있었고, 그 사람을 찾아서는 건네주어야 될 신표信標도 있다. 생사를 알 수 없는 어느 가까운 사람에게서 그는 마지막 부탁으로 그 신표를 받아 지니고 온 것이다.

"어디서 오시는 총각인가?"

기척이 없던 토담 윗녘에서 누더기 하나가 총각에게 다가온다. 반백의 거친 수염이 검불처럼 온 얼굴을 뒤덮었고, 몸에는 너덜너덜한 여러 가닥의 헝겊들을 둘러쓰고 있다. 조석으로 날씨가 서늘해져서 사내는 추위를 막기 위해 몸에 헝겊들을 닥치는 대로 휘감고 있다.

"자네 귀 먹었나? 어디서 오느냐구 묻지 않나?"

뻔히 바라보는 총각을 향해 사내는 망설임없이 지팡이를 끌고 주척주척 다가온다. 총각은 그러나 경계하는 눈빛으로 봇짐 속에 손을 찔러 그 안에 숨긴 짧은 단검을 더듬어 잡는다.

"댁은 뉘신데 지나가는 행인에게 시비시우? 그리구 불타버린 이 마을에서 혼자 무얼 허구 있는 게요?"

"내가 먼저 자네에게 물었어. 자네 어디서 오며 이름은 무어라 허나?"

"내가 오기는 남원 고을서 오구, 이름은 불출이라구 허우. 자 이제 내 대답을 들었으니 노인두 어서 내 물음에 대답허시우."

"자네 혹 그 봇짐 속에 길양식 좀 지닌 게 없는가?"

"곡식이라군 구경한 지두 오래 됐수. 이 봇짐엔 내 입던 헌옷뿐, 먹을 거라구는 새앙쥐 볼가심할 것두 없수."

"허면 자네가 죽어야겠네. 자네를 죽여서 그 고기라두 써야겠네."

무서운 소리를 입 밖으로 내뱉고도 사내는 말과는 달리 잠에 취한 사람 같은 게슴츠레한 눈으로 총각을 바라본다. 눈빛에 전혀 사람을 위협하는 독기가 없어 총각은 놀랐다기보다는 어이없다는 얼굴이다.

"그래 나를 죽여 내 고기를 무엇에 쓰려구 허시우?"

"끓여 먹일 사람이 있네."

"그 사람이 무엇허는 사람인데 하필이면 사람 죽여 그 고기를 끓여 멕이려 허는 게요?"

사내가 검불 같은 수염 사이로 흰 이를 드러내고 히죽 웃는다.

"그 사람에게 자네의 고기를 끓여 먹이려는 건 한 사람을 죽여 두 목숨을 구허기 위해설세."

"나 하나를 죽여 두 목숨을 구헌다는 이야기요?"

"허긴 자네두 아까운 목숨이라 달리 양식만 변통된다면 죽일 것까지야 있을라든가. 도무지 몸에 양식이라군 지닌 게 없다기에, 내 부득불 자네 고기라두 내어놓으라구 허는 겔세."

"에라, 이 늙은 흉물아!"

총각의 봇짐 속에서 푸른 검광이 한 번 빛나더니 노인의 손에 들린 지팡이가 저만큼 날아가 땅에 떨어진다. 총각이 한달음에 노인에게 다가가 뽑아든 단검 끝으로 멱통 밑을 바싹 겨눈다.

"이눔아, 네가 무엇허는 놈이냐? 내 묻는 말에 바른대루 대지 않음 당장 이 칼이 네 멱통을 끊을 게다."

총각의 칼끝이 제 멱통에 닿아 있건만 사내는 놀라지도 않고 오히려 총각에게 눈알을 크게 부릅떠 보인다.

"변발머리 총각눔이 뉘게 다 감히 놈자를 붙여? 제 할애비뻘 되는 사람에게 놈자 붙이는 놈이 대명천지에 어디 있다든?"

"흰소리 말구 바른대루 불어. 네 허는 수작을 보니 이 근처 산에 사는 명화적 잔당이 분명허다."

"이눔이 어디서 소문만 들었지 명화적은 한번두 본 일이 없네그랴. 네 말처럼 내가 정말 명화적이라면 지금껏 네 몸뚱이에 네 머리가 얌전히 붙어 있을라? 이제 내가 누군지 알았으니 어서 그 칼 내려놓아."

"그래 어서 그 어르신 말 들어라."

총각의 등뒤에서 또 다른 말소리가 들려온다. 총각이 놀라 뒤를 돌아보니 활시위에 살 한 대를 먹여들고 키 커다란 사내 하나가 총각의 등짝을 겨누고 있다. 서너 칸도 채 안되는 거리여서 사내는 깍짓손만 떼면 총각을 살 한 대로 쉽게 거꾸러뜨릴 수가 있다. 그것을 잘 아는 총각이기에 총각은 생각할 틈도 없이 손에 든 단검을 땅바닥으로 툭 떨어뜨린다.

"내게서 무얼 원허시우? 이 봇짐을 원하는 모양인데 자 예 있으니 어서 이걸 가져 가시우."

총각이 등에 진 봇짐을 벗어 사내에게 막 던져주려는 순간이다. 사내가 다시 눈을 부릅뜨며 째질 듯이 고함을 내지른다.

"이눔아 허튼수작 마라! 내가 너를 죽이구 싶지 않다!"

던져주려고 벗은 봇짐을 총각이 다시 발 밑으로 내려놓는다. 곁에 섰던 누더기 걸친 노인이 그제야 허리를 굽혀 총각이 땅에 던진 칼과 봇짐을 차례로 집어든다. 잠시 총각의 얼굴을 살피더니 노인이 엉뚱한 말을 물어온다.

"네가 낯이 많이 익은데 예전에 혹 나를 본 일이 없느냐?"

"수염이 그 지경인데 옛날에 보았던들 노인을 어찌 알겠소?"

"네가 이 깊은 산중 마을에 무슨 일루 찾아왔느냐?"

"노인장께서는 이 마을에 사시오?"

"예끼! 이 버르쟁이 없는 놈!"

노인이 꽥 소리와 함께 단검 등으로 총각의 어깨를 내려친다. 칼날이 아닌 것을 잘 알면서도 총각은 내려치는 칼에 온몸을 움찔한다.

"너는 어째 이쪽 말은 잘라먹구 꼭 네 말만 되묻는 게냐? 네 말하는 품을 보아서는 필시 배운 데 없는 불상놈의 자식인 게다."

"잘못했소. 그래 내게다 무슨 말을 물으시려우?"

"또 한번 묻는다만 네가 예까지는 무슨 일루 찾아왔느냐?"

"사람 하나를 찾아왔소."

"찾아온 사람이 뉘관데?"

"이름을 대면 노인장이 아시겠소?"

"이눔이 또 그 버릇일세. 되묻지 말구 내 묻는 말에 대답이나 해라."

"박두산이란 사람을 찾아왔소."

노인이 잠시 말이 없다가 눈을 한번 꿈적한 뒤 천천히 되묻는다.

"박두산이가 무엇허는 사람인데 네가 그 사람을 찾아 예까지 들어왔느냐?"

"그 사람이 이 동리 살던 무자리루 생화가 사냥질이우. 내가 그 사람 찾아온 까닭은 어떤 사람이 그 사람께 전허는 서찰 한 통을 지니구 있기 때문이우."

"그 서찰 좀 어디 보자."

"남의 서찰은 왜 보자시는 게요?"

"네놈 말이 참말인지 아닌지 서찰을 보구 알아보려구 허는 게다."

"노인께서 참글(眞書:한문)을 아시우?"

"알 듯허니까 보자는 게 아니냐."

"그 봇짐 속을 뒤져보시우. 서찰이 아마 그 안에 들었을 게요."

노인이 봇짐을 뒤적이더니 이내 그 안에서 서찰 한 통을 찾아낸다. 피봉을 열어 간지(簡紙)를 들어낸 뒤 노인이 잠시 서찰을 손에 들고 읽는 눈치다. 읽기를 마친 비렁뱅이 노인이 서찰을 다시 피봉에 찌르고는 총각을 향해 꾸짖듯 입을 연다.

"네놈이 또 나를 속였구나. 내 이번만은 너를 살려두지 않을 게다."

"내가 무얼 속였다는 게요?"

"네가 아까는 제 이름을 불출이라구 허드니만 여기 적힌 글 속에는 네 이름이 짝쇠루 적혀 있다. 어느 것이 네 바른 이름인지 사실대루 아뢰어라."

총각이 한동안 낭패스러운 얼굴을 하더니 갑자기 벌쭉 웃고는 눙치듯이 너스레를 늘어놓는다.

"우리 같은 불상놈들이야 이름이 무언들 무슨 상관이우. 그깐 이름 잘못 대었다구 그래 나를 죽이실 작정이오? 내 죽는 건 크게 두렵지 않소마는 이름 잘못 대어 죽는 것은 아무래두 억울허우."

"곧 죽을 놈이 입 하나는 여적 살았구나. 헌데 네가 아직두 나를 누군지 못 알아보겠느냐?"

노인이 어느새 표정을 풀고 장난스레 총각을 바라본다.

총각이 한참 동안 노인을 살폈으나 그래도 모르겠는지 고개를 해해 내두른다.

"나는 도무지 모르겠소. 노인은 내가 누군지 아시오?"

"알다마다. 네가 난리 전에 요너머 황새등에 살던 최처사의 아들 짝쇠놈이 아니냐?"

"이런 제길. 노인께서 나를 어찌 그리 잘 아시오?"

"요만해서부터 내가 너를 곁에 두구 보았는데 내가 어찌 너를 몰라. 네가 등걸은 다 큰 어른이 되었다만 얼굴 생김새는 옛날 그대루다."

"가만 있자. 뵌 듯허우. 어르신이 혹 불당골 바윗굴에서 도 닦던 박도인이 아니시우?"

"이눔이 이제야 나를 알아보네. 오냐, 내가 바루 그 불당골 박도인이다."

짝쇠가 선 채 차수하여 허리를 굽혀 절을 한다. 길게 땋아늘인 변발머리가 아래로 처져 땅에 끌릴 듯 출렁거린다.

"도사 어르신, 문안드리우. 그간 어찌 지내셨소이까?"

"오냐. 내 너를 처음 보았을 때부터 어디선가 본 듯한 얼굴이라 죽일 생각이 통히 없었다. 그래 이 서찰에 적힌 자산이라는 중은 네가 언제 만났드냐?"

"그 스님을 만나기는 사흘 전인 이달 스무 사흘날이우."

"어디서 뵈었드냐?"

"운봉과 함양 고을 새에 있는 어느 작은 동리에서 뵈었지요."

"그 때는 왜적에게 남원성이 떨어졌을 땐데 승병장인 그 자산이 운봉까지는 어찌 갔다드냐?"

"승병을 이끌구 남원을 구원허러 가는 길에 남원이 이미 왜적에게 떨어졌단 말을 듣구는 승병들을 다시 풀어버리구 산으루 도루 들어가려던 참이십다."

"너는 그래 무슨 일루 게까지 갔었드냐?"

"의병 초모소를 찾아 의병에 들려구 게까지 갔었지요."

"왜적이 이르는 곳마다 불지르구 겁탈허구 노략질을 허는 판에 네가 제 발루 그 속에 들어가다니 간이 큰 겐지 어리석은 겐지 내 도무지 알 수가 없구나."

말을 끝낸 박도인이 저만큼 서 있는 활잡이 사내에게 소리를 친다.

"이 아이 내 아는 아일세. 이제 그만 산으루 돌아가세."

활 든 사내가 아무 말없이 몸을 돌려 마을 복판을 질러간다. 박도인이 봇짐을 짝쇠에게 되돌려 주자 짝쇠가 앞서 걸으며 도인 쪽을 비스듬히 돌아본다.

"두산이 아저씨가 어디 기신지 아십니까?"

"알다마다. 조금만 기다려라. 내 곧 만나게 해줄 테니."

"황새등 사시던 우리 부모두 어디 기신지 아시는지요?"

"네 양친은 지금 아마 두류산 깊은 골루 더 깊숙이 들어갔을 게다. 왜적과 도적들이 요즘 부쩍 노략질들이 심해져서 예전부터 산에 살던 사람들은 더 깊은 산으루 몸을 피해 들어가드라."

한동안 말들이 없다. 알고 싶은 것이 너무 많으면 사람들은 오히려 입이 쉽게 열리지 않는다. 마을을 거의 다 벗어난 무렵에야 짝쇠가 다시 비렁뱅이 도인에게 묻는다.

"이 마을은 언제 불에 타 이 모양이 되었습니까?"

"달포쯤 전일 게다. 길 잘못 든 왜적들이 산 속을 온종일을 헤매다가 저물 녘에 우연히 마을루 찾아들어 온 마을에 불을 지르구 보는 사람마다 도륙허구 떠나갔다."

"함양과 운봉 쪽 여러 산골두 성한 마을이 없더군요. 왜적이 거쳐간 길목의 마을들은 하나같이 분탕을 당해 잿더미가 되었습디다."

"이번에 건너온 왜적들은 임진년 왜적과두 또 달라서 산 속에 숨은 조선 백성까지 뒤져 닥치는 대루 도륙들을 허구 있다. 예전에는 큰 고을들만 분탕허구 산을 뒤지는 일은 없었는데, 이번 왜적들은 사방으루 마병馬兵을 풀어 산중에 숨은 백성들까지 모조리 찾아내어 참살헌다는 소문이야."

그 처참한 도륙의 현장을 열 아홉 살 된 총각 짝쇠는 제 눈으로 똑똑히 보았다.

지난 임진년까지만 해도 왜적들은 진주성 이서로는 한 걸음도 들어오지 않았다. 경상도와 충청도를 거쳐 도성과 평양과 함길도로 올라간 왜적들은 전라도 쪽으로는 바닷길이 막혀 감히 한 걸음도 들어오지 못한 것이다.

그러나 금년 정유년 들어서는 왜적들이 해전에서 이기더니 바다와 뭍의 수륙 병진으로 물밀듯이 전라도 지경으로 짓쳐 들어왔다. 바다로는 경상우도의 고성 사천 하동 고을은 물론이고, 멀리 전라도 지경인 광양으로도 배를 대어 뭍에 올랐고, 뭍으로는 다시 합천 삼

20. 소반의 피를 찍어 입술에 바르다

가三嘉와 구례 임실과 운봉을 거쳐 전라도의 거읍 남원성을 깨뜨리기에 이른 것이다.

남원성 싸움은 들리는 소문만으로도 그 싸움의 처절함이 어떠했는가를 미루어 알 만하다. 그 싸움은 지난번 계사년에 있었던 진주성 싸움에 버금가는 참혹한 것이었다. 이번에도 역시 4천여 명의 수성군은 그 열 배가 넘는 5만 왜군에게 밀려 처절하게 깨어졌다. 그러나 이번 싸움이 예전 싸움과 다른 것은, 조선군들만의 패전이 아닌 동정군 명나라 군사와의 혼성군의 패전이라는 것이었다. 2천에 달하는 명나라 군사 역시 외로운 고성 남원성을 지키다가 조선군과 함께 장렬한 옥쇄를 한 것이다. 8월 열 사흘날 시작된 이 싸움은 겨우 나흘을 버티고는 열 엿샛날 깨어졌다. 수천의 남녀 성민城民들은 수성군과 함께 왜적의 처참한 칼밥이 되어 쓰러졌다. 조선 명절 중에 제일 풍성하다는 8월 한가윗날을 앞뒤로 하여 거성 남원읍의 수천 읍민들은 장렬한 최후를 맞이한 것이다.

다래 따위의 덩굴나무 우거진 골짜기로 박도인이 성큼성큼 길을 잡아 앞서 걸어간다. 먼저 떠난 활잡이 사내는 덩굴 숲을 뚫고 들어가 어딘가로 사라지고 없다. 뒤를 돌아보니 불탄 마을이 숲에 가려 보이지 않는다. 걸음발 빠른 박도인을 따라잡더니 총각 짝쇠가 한참 만에 입을 연다.

"이 골짝으루는 길이 없는데 왜 자꾸 안으로 들어가시우?"
"네가 보구 싶어허는 사람이 바루 저 골짝 안에 있다."
"내가 보구 싶어허는 사람이 누군 줄이나 알구 허시는 말씀이오?"
앞쪽 덩굴 숲이 갑자기 흔들리더니 털빛 붉은 절따말 한 필이

네 굽을 놓고 숲에서 뛰쳐나온다. 말이 살같이 골짜기 아래로 내닫더니 잠시 후에 머리를 돌려 짝쇠를 바라고 다시 곧장 달려온다. 네댓 칸 거리까지 달려온 말등에서 피물옷 입은 사내 하나가 가볍게 땅으로 뛰어내린다.

"짝쇠야, 나다. 이 녀석이 어느새 헌헌장부루 자랐네그려."

"아저씬 여전허시구려. 그 절따말은 어디서 났수?"

두산이 말고삐를 쥔 채 짝쇠에게 다가온다. 다가오는 두산을 팔짱 낀 채 바라보더니 짝쇠가 턱을 쳐들며 눙치듯 입을 연다.

"몸에 걸친 아저씨 입성이 꼭 길손들 보따리 터는 고갯녘의 명화적을 닮았소그려?"

"네가 보긴 잘 보았다. 그래 내가 명화적이다."

"화적질하려면 목 좋은 곳으루 내려가야지, 이 깊은 산중에 틀어박혀 벌이는 어느 세월에 허시려우?"

어른으로 자란 짝쇠 총각을 두산은 잠시 싸늘한 눈길로 바라본다. 원래가 영악스런 아이기는 해도 심성이 어진 편이어서 정이 끌리는 아이였다. 그러나 지금 어른으로 자란 총각 짝쇠는 영악스러움만 더해졌을 뿐 어진 구석이 보이지 않는다. 난중에 이곳 저곳에서 부대끼고 단련되는 동안, 소년의 어진 심성은 기름이 잦듯 말라버리고 만 것이다.

"너 이 골짝에 들기 전에 저 아래 내 살던 마을이 불탄 것을 보았느냐?"

"길 잃은 왜적들 몇이 마을에 들어 분탕질을 허구 떠났다더군요."

"마을 사람 절반 이상이 그 북새통에 왜적에게 죽임을 당했다. 내가 산에서 내려와보니 마을에 온통 살 타는 냄새루 가득허드구나."

짝쇠가 눈을 가늘게 뜬 채 흔들리지 않는 표정으로 두산을 찬찬히 바라본다. 두산은 예전 의병에 들었을 때도 다른 군사나 장수들처럼 더그레나 전건 따위를 몸에 걸치는 일이 없었다. 사냥질할 때 입던 거칠게 마른 피물옷을 그대로 입은 채 그는 언제 어디서나 한결같은 입성이었다. 그러나 지금 박두산이 걸친 옷은 물론이요, 몸에 지닌 병장기들이 예전과는 사뭇 달랐다. 그는 마치 싸움터에 나가는 장수처럼 패도 차고 환도 찌르고 등에는 동개[활과 화살통]까지 골고루 갖추고 있다.

"이 녀석이 자네헌테 가는 승장 자산의 서찰을 가져왔네. 봇짐 속에 들어 있으니 달라구 해서 읽어보게."

박도인이 일러주는 말에 두산은 오히려 시큰둥한 얼굴이다. 쥐고 있던 말고삐를 놓아 말이 제멋대로 풀을 뜯게 해주고는, 두산이 휘적휘적 골짜기 위로 뚫린 좁은 길을 앞서 간다.

"글 모르는 나더러 서찰을 어찌 읽으라는 게요? 도인께서 그 서찰 보셨으면 어떤 사연인지 내게 말루 해주시우."

"자네에게 나라에서 수문장 벼슬을 내렸다네. 옛날 진주성 싸움에서 세운 공이 이제야 군공장에 올라 벼슬루 내려온 모양일세."

"나 벼슬 일 없는 사람이우. 내가 어디 그 싸움에 벼슬 바라구 끼여들었소?"

"벼슬 마다허니 할 수 없네만 자산 승장이 자네를 꼭 보구 싶다네."

"나를 어찌 보구 싶답니까?"

"자네를 승군에 불러 크게 쓰자는 뜻인 것 같네."

"내가 중두 아닌 터에 승군에 들 까닭이 없지 않소? 그 중이 나를 잘못 보았구려? 제가 오란다구 내가 데꺽 뛰어갈 줄 알았던 게지?"

덩굴들 어우러진 좁은 길을 지나오자 눈앞이 크게 트이며 움집 등이 들어앉은 커다란 빈터가 나온다. 움집들 주위에는 노인과 아낙 어린아이들이 둘러앉아 있고, 공터 오른쪽의 통나무로 엮은 틀목집에는 활이나 창을 손에 든 사내들이 혹은 앉거나 혹은 선 채 짝쇠 일행을 말없이 바라보고 있다.

입성과 행색으로 보아 그들은 모두 산에 사는 무자리들이다. 나이 든 사람들 중에는 더러 짝쇠에게 낯익은 얼굴도 있다. 짝쇠는 그들을 알아보겠는데 그들은 커버린 짝쇠를 얼른 알아보지 못하고 있다. 왜적들의 분탕질로 마을이 홀랑 불타버리자 그들은 모두 남은 세간들을 챙겨들고 이 깊은 골짜기 안으로 옮겨와 살게 된 모양이다.

사내들이 둘러선 틀목집 쪽으로 다가가며 두산이 누군가를 향해 커다랗게 소리를 친다.

"내 아는 손이 찾아왔다구, 거기 얼른 밥 한 상 내오라구 이르시우?"

대답 소리는 듣지도 않고 두산은 먼저 앞이 터진 틀목집 안으로 들어간다. 집 안에는 사람 앉기 편하도록 굵은 통나무 토막들이 여러 개 놓여 있다. 그 중 하나에 엉덩이를 걸치며 두산이 제 동아리 여럿에게 함께 달고 온 짝쇠를 둘러보인다.

"이 아이 더러 아는 사람두 있을 게요. 황새등서 숯 구워 팔던 최처사댁 아들 짝쇠녀석이우. 아랫마을루 날 찾아왔길래 내가 이리루 데려왔수."

둘러보이는 두산의 손길 따라 짝쇠는 이 사람 저 사람에게 머리를 건성으로 끄덕여 보인다. 사내들 역시 짝쇠 인사에 건성으로 답할 뿐이다.

열 두어 명 사내들과 수인사가 대강 끝나자 두산이 다시 통나무 토막에 내려앉으며 짝쇠를 보고 말을 묻는다.

"남원성 떨어진 게 언제라구 했니?"

"한가위 다음날이우."

"황석산성黃石山城 떨어진 날허구 같은 날 떨어진 게로구나."

"황석산성이 어디 있는 성이우?"

"안의安義 고을서 멀지 않다."

사람들 가득 찬 틀목집 안에 잠시 아무런 말들이 없다. 큰 재앙을 겪은 지가 얼마 안되어 무자리 사내들은 저마다 침울한 얼굴들이다. 한참 동안 말들이 없더니 좌장인 듯한 박도인이 다시 천천히 입을 연다.

"이 총각이 박대정께 전허는 운해사 승장의 서찰 한 통을 지니구 왔네. 내가 그 서찰을 읽어보니 나라에서 박대정헌테 수문장 벼슬을 내렸더구먼. 그리고 곧 구례 화엄사에 두류산 승도들을 불러모을 테니 박대정두 그 때 함께 산사람들 데리구 참례해 달라는 부탁일세. 이 총각두 달리 제 의견이 있을 테니 먼저 우리 이 총각의 생각부터 들어보는 게 어떻겠나?"

짝쇠만 물끄러미 바라볼 뿐 사람들은 여전히 말들이 없다. 두산을 보니 그도 역시 말을 재촉하듯 짝쇠를 바라본다. 짝쇠는 그제야 자산스님에게서 들은 대로 무자리 산사람들을 향해 차분하게 입을 연다.

"제가 실은 이 고을 찾아온 것이 달리 마음속에 지닌 뜻이 있어서외다. 금년 가을들어 경상우도와 전라좌도 일경에 왜적의 발길 안 미친 고을이 하나두 없을 지경이외다. 예전에는 왜적들이 경상좌도 쪽에만 군사를 풀어 노략질을 해오더니 진주성 깨뜨리구 우리 수군을 쳐 물리친 이후루는, 마치 무인지경 드나들듯 전라도 땅까지 대군을 몰아 물밀듯이 밀려들구 있소이다. 깊은 산중은 괜찮을 게라 싶겠지만 이제는 산중이구 들이구 우리 백성들 숨을 곳이 없소이다. 왜적이 산중까지 뒤져 숨은 백성들을 도륙허는 판국이라 사방 어디를 둘러보아두 목숨을 부지할 피난처가 없다는 말이외다. 오다보니 이 곳 마을두 왜적의 큰 화를 당했습디다. 예까지 왜적들이 이를 지경이니 이제 우리 백성들이 어딜 찾아가 몸을 숨겨야 되겠소이까? 이제는 사방을 둘러보아두 숨을 곳이 없습니다. 하늘루 솟거나 땅 속으루 잦기 전에는 이제 우리 조선 백성은 왜적의 칼을 피할 길이 없습니다. 그렇다구 우리가 모두 목을 길게 늘여 왜적을 칼을 받을 겝니까? 아닙니다. 그리는 안되지요. 이제야말루 내가 살기 위해 불구대천의 왜적들을 우리 손으루 물리쳐야 할 땝니다. 이렇게 해서 지금 두류산 여러 절의 큰스님들이 날을 잡아 화엄사에서 취병聚兵〔군사를 모음〕허는 모임을 갖자구들 허구 있습니다. 운해사의 승장 자산스님은 이 고을 박대정두 화엄사에 꼭 참례하기를 바라구 있사외다. 산 잘 타는 이 곳 어른들이 우리 의병들의 탐망꾼이 되어주시면 윈산에 들고나는 왜적들을 손바닥 보듯 훤히 알 게라구 허십디다.

긴 얘기 더해 무얼 헙니까. 여러 어른들 뜻 모아 이번 화엄사 큰모임에 여기 계신 박두산 대정을 꼭 참례토록 해주십시오."

짝쇠가 말을 끝내고 통나무 위로 의젓하게 내려앉는다. 말에 조리도 있을뿐더러 말하는 품도 어른스럽고 당당하다. 장가를 못 가 변발머리를 하고 있으나 그는 이제 누가 보더라도 한 몫의 야무진 장정이다.

"짝쇠 총각 이야기가 내 듣기에 매우 근리허네. 자네들 의견들두 말해보게. 우리 고을 박대정을 어찌했으면 좋겠는가?"

박도인이 좌중에 묻는데 당사자인 박두산이 뜻밖의 말을 내뱉는다.

"난 화엄사에 안 갈 게요. 내가 거길 열찼다구 간단 말이오?"

"자네 그게 무슨 말인가? 안 갈 까닭이 무엇인가?"

"나 앞으루는 관군이구 의병이구 큰 고을 싸움에는 끼여들지 않을 게요. 내 싸움 치르기두 힘겨운 판에 내가 왜 남들 싸움에 내 목숨을 건답디까."

박도인이 말을 잃고 짝쇠를 멀뚱히 건너다본다. 짝쇠 역시 뻥한 눈으로 두산을 아득히 바라볼 뿐이다. 오랜만에 다시 만난 두산은 이제 예전의 우직하던 그가 아니다. 오랜만에 만났건만 짝쇠를 반기는 기색도 없고, 예전처럼 올바른 말에 귀를 기울이는 기색도 없다. 제 살던 마을을 왜적들에게 도륙당한 뒤 어쩌면 두산은 며칠 새에 사람이 생판 달라졌는지도 알 수 없다.

"남들 싸움이란 무슨 소리유? 승군들이 왜적 맞아 싸우는 것을 아저씨는 어째 남의 싸움이라구 허는 게요?"

"내 마을 내 식구두 구허지 못한 주제에 내가 지금 어딜 가서 누구랑 싸운다는 게냐? 난 이제 내 싸움말구는 어느 싸움두 않을 게다."

"지금 우리헌테 왜적 말구 무슨 웬수가 또 있겠소? 왜적들 쳐물리치는 것을 어째 아저씨는 남의 싸움이라구 허는 게요? 내 알기루는 머지않아 왜적들이 다시 이 산중까지 짓쳐올 게요. 깊은 산이건 험한 들이건 이제는 흉한 왜적들이 가리지 않구 닥칠 게라는 이야기요. 그 때두 내 싸움 아니라구 아저씨는 뒷전으루 물러나 있을 작정이오?"

두산이 먼 산을 바라보며 돌처럼 응대가 없다. 한참을 그렇게 앉아 있더니 두산이 돌연 짝쇠를 돌아본다.

"네가 지금 나 하나를 싸움에 나오라구 허는 게냐?"

"왼 나라에 싸움판이 벌어졌는데 어찌 이 많은 군총들을 두구 아저씨 혼자만 나서야겠소?"

"네가 예까지 찾아온 뜻을 내 이제야 알 듯허다. 내 잠시 자리를 비울 테니 자네들끼리 한번 의논들을 정해 보게."

두산이 말을 끝내고 몸을 일으켜 틀목집을 걸어나간다. 짝쇠가 잠시 그의 등짝을 바라보다가 역시 몸을 일으켜 밖으로 급히 나간다.

움집들 있는 공터 둘레에 벌거벗은 여남은 명 아이들이 지친 몰골로 볕바라기를 하고 있다. 아이들이 얌전히 노는 것은 배를 곯고 있기 때문이다. 속이 비어 허기가 져서 아이들은 볕이나 쬐며 낯선 짝쇠를 얌전히 바라보고 있다.

틀목집을 나간 두산이 공터 왼쪽의 골짜기 위쪽으로 올라간다. 짝쇠가 따라오는 기척을 듣고는 두산이 이윽고 숲 속 돌 위에 걸터앉는다. 두산의 곁으로 다가온 짝쇠가 맞은편 돌 위에 앉으며 생각난 듯 입을 연다.

"달이 누님 어디 기시우? 사내아일 낳았다구 들었는데 그간에 많이 컸겠구려?"

새잎을 뜯어 입에 물고 두산은 장난하듯 앞니로 잘근잘근 풀 줄기를 씹는다. 묻는 말에 대답이 없어 짝쇠가 다시 말을 묻는다.

"여기 있는 이 움집들 모두 아랫말 살던 산사람들 움집이우?"

"그래."

"50호가 넘던 마을인데 겨우 열 서너 집이 남은 게요?"

"마을에 있던 쉰 세 집 중에 식구가 온전히 남은 집은 열 개두 채 되지 않는다. 내 왜적의 간을 씹지 않구는 이 한을 풀 수가 없구나."

직계 피붙이가 없던 두산은 원래 제 동아리 양수척 마을에 큰 애착이 없던 사내다. 그러나 보름 전 왜적의 분탕을 당하고는 그에게도 새삼스레 동아리에 대한 애착이 생긴 모양이다. 왜적을 말하는 그의 눈에 살기 같은 것이 번뜩이고 있다.

"왜적이 몇이나 마을에 들었수?"

"마병만 얼추 쉰 명쯤 된다드라."

"괴수가 혹 누군지 아우?"

"왜적들 이름을 어찌 안다든. 허나 생김새는 내가 들어 알구 있다."

"어찌 생긴 놈이랍디까?"

"왼쪽 눈썹에 칼을 맞아 눈썹 반토막이 잘려나간 놈이라는군."

지금까지는 이 세상에 무서운 것이 없이 살아온 박두산이다. 그러나 그도 왜적을 대해서는 살이 떨리는 노여움과 하늘에 사무치는 한을 품고 있다. 원수 왜적의 생김새를 알아두었으니 그놈을 만나기만 하면 두산은 필히 물고를 내려 할 것이다. 그러나 아무리 두산이라도 왜적의 괴수만은 제 뜻대로 쉽게 해칠 수가 없다. 칼 잘 쓰고 포악한 그들이라 두산도 단도리 없이는 쉽게 상대할 수가 없다.

처녀아이 하나가 그들 쪽으로 다가온다. 열 예닐곱쯤 되어뵈는 그 처녀아이는 입성이 귀한 탓인지 겨우 여자 몸의 요긴한 부분만을 천조각으로 가렸을 뿐이다. 훤히 드러난 종아리가 부끄럽지도 않은 듯, 처녀는 두산에게 다가와 가는 목소리로 새처럼 빠르게 입을 연다.

"손님 밥상 보아두었세요. 내려오셔서 드시래요."

"알았다. 가 있거라."

처녀가 고개를 떨구고 왔던 길을 다시 되짚어 내려간다. 등 돌리고 내려가는 처녀의 입성이 보기에 역시 민망하고 안쓰럽다. 감물들인 삼베 치마가 겨우 엉덩이와 허벅다리를 가리웠을 뿐이다. 가늘게 드러난 처녀의 종아리를 바라보며 짝쇠가 다시 두산에게 묻는다.

"저 처자는 뉘 집 처자요?"

"뉘 집이라면 네가 알겠니?"

"아저씨가 중신 좀 서주시오. 나두 올해는 장가 좀 가야겠소."

두산이 고개를 내젓더니 한숨처럼 차분하게 입을 연다.

"목을 매어 죽으려는 것을 내가 끌어내려 억지루 살린 애다. 왜적 여러 놈들이 돌려가며 겁간을 해서 치맛속 아랫두리가 피범벅이 되었던 애다."

짝쇠는 더 묻지 않고 고개를 들어 먼 산을 바라본다. 치마 두른 여자치고 왜적의 손 안에서 곱게 풀려난 사람이 없다. 젖비린내 나는 여남은 살 되는 계집아이는 물론이고 환갑 지난 머리 허연 노인까지도 왜적들은 치마만 둘렀으면 닥치는 대로 폭행을 가한 것이다.

"달이 누님은 어딜 갔수? 사냥막에 올라가 있소?"

"죽었다."

"죽다니요?"

"둘째아이 낳으러 산에서 내려와 마을에 머물다가 왜적들의 분탕을 만나 두 아이와 함께 불에 타죽었다."

두산이 말을 끝내고 땅과 하늘을 번갈아 바라본다. 눈에 붉은 핏발은 섰어도 눈물은 좀체 보이지 않는 그다.

짝쇠는 그제야 틈목집에서 두산이 말한 '남의 싸움'과 '내 싸움'이 무엇을 뜻하는가 알 듯하다. 제 처와 자식을 죽인 왜적에게 그는 개인적인 복수를 하고 싶은 모양이다. 바로 그 개인적인 복수를 그는 '내 싸움'이라는 말로 부르고 있는 것이다.

"그래 달이 누님 시신을 찾으셨소?"

"찾아서 마저 태워 뼈를 갈아서 산에 뿌렸다."

"그럼 봉분두 없겠구려?"

"무덤 남겨 무엇 허게."

그렇다. 죽으면 그뿐 무덤은 남겨 무엇하랴. 임진년 왜란에는 도성 있는 윗녘 땅에서 조선 백성들이 욕을 보더니, 금년 정유년 왜란에는 아랫녘 남도 사람들이 큰 욕들을 보고 있다. 아무리 거듭 생각해도 왜적들의 심사를 알 수가 없다. 왜 그들은 제 땅에서 살지 않고 수륙 만리 조선땅에 건너와서 이토록 많은 생령들을 생으로 도륙하는 것일까?

"내 꼭 너를 따라 화엄사엘 가야겠느냐?"

두산이 문득 고개를 들어 핏발선 눈으로 짝쇠를 바라본다. 짝쇠가 대꾸없이 고개만 크게 끄덕여 보인다. 한동안 말이 없더니 두산이 다시 혼잣말하듯 입을 연다.

"내 이제 살아 있는 한 세상에 오직 한 가지 짐승만을 사냥할 게다. 왜놈이라는 짐승만은 내 보는 대루 기어이 죽여 한을 풀 게다."

경강을 굽어보는 삼개나루에 어느새 컴커무레한 땅거미가 깔리기 시작한다. 강을 지키는 조선 군사들의 진중에서는 밥때도 지났건만 여러 곳에서 불꽃들이 보이고 있다. 바람 드센 가을 강변이라 아마도 군사들이 빈집들을 헐어 추위를 쫓기 위한 화톳불들을 지핀 모양이다.

"성의원 욕보셨소. 날두 하마 저물었는데 기어이 성안으루 들어가셔야겠소?"

의구醫具들을 자루 속에 챙기면서 젊은 의원 성인욱은 공손히 장군을 돌아본다.

"별 재간없는 이 사람을 성안에서는 요즘 들어 보자는 사람이 꽤나 많습니다. 장군님 뜻에 좇아 하룻밤 묵어가두 해로울 게 없겠으나 이왕 떠나기루 작정을 했으니 날이 더 어둡기 전에 지금 곧 떠나렵니다."

"가겠다는 사람 내가 달리 어쩌겠소. 허면 내 가정家丁 한 사람을 남문까지만 길잡이루 딸려보내리다."

"청파역에 마침 곁쪽이 있어 오늘밤 성안에는 아니 들어갈 생각이외다. 자주 다녀 눈에 익은 길이라 길 잡아줄 사람두 달리 필요치가 않사외다."

"내가 청해서 예까지 온 사람인데 이렇듯 홀대를 해서는 내 속이 편치가 않소그려. 지금 성 안팎이 난민들루 어수선하니 가정을 딸려 보내려는 뜻만은 물리치지 않기를 바라오."

말을 끝낸 늙은 장군이 창 짚고 가까이 서 있는 군사 한 명을 돌아본다.

"자네 군사 두엇 데리구 이 의원 뫼시구 남대문까지만 길을 잡아드리게. 혹 밤이라 기찰이 심헐지두 알 수 없으니 길 떠나는 자네들은 몸에 순패巡牌들을 지니두룩 허게."

"예. 분부대루 거행헙지요."

"성의원 그럼 살펴가시오. 내 멀리는 안 나가겠소."

"예. 안녕히 기십시오. 그럼 이만 물러가오이다."

작별 인사를 끝낸 성의원은 빠른 걸음으로 초가 안뜰을 빠져나온다. 전에 삼개 강상江商 차인들의 숙소로 쓰이던 집이 지금은 경강을 방어하는 조선 군사들의 군막으로 쓰이고 있다.

뜰 밖에는 어느 틈에 경장들을 갖춘 군사들이 기다리고 있다. 한 군사는 한 길이나 되는 기다란 창을 손에 들었고 또 한 군사는 두 자 길이의 환도를 허리에 찼다. 장군의 가정인 환도 찬 군사가 인욱의 앞을 서서 큰 소리로 말을 건네온다.

"의원 어른, 재간이 참으루 신기허십니다. 승창에 앉아 기시기두 어려워허시던 나리마님을 침 몇 대루 감쪽같이 고치시니 그게 바루 신기神技더군요."

　무인답게 사내의 얼굴에는 거리낌이나 꾸밈이 없다. 제가 보고 느낀 대로 사내는 솔직하게 인욱에게 털어놓고 있다. 하긴 장군의 아픈 허리는 심한 중증이 아니었다. 윗몸에 갑주 따위의 무거운 무구武具를 갖추게 되자 그 무게가 허리에 쏠려 잠시 허리뼈에 가벼운 무리가 왔던 것이다. 침 몇 대로 장군의 허리는 씻은 듯이 나아졌다. 그것을 본 막료들과 군사들은 인욱의 신묘한 침술을 신기라고 찬탄하게 된 것이다.

　언덕을 넘자 화톳불 수가 훨씬 더 많아진다. 배들 묶인 강나루 아래보다 강 언덕 너머에 더 많은 군사들이 집결해 있다.

　왜적이 남원과 전주를 떨구고 얼마 전에는 공주까지 떨궜다는 치보[보고]가 올라왔다. 공주 떨어진 치보가 전해지자 도성 안은 다시 임진년 왜란 때처럼 악머구리 끓듯 시끄럽고 소란해졌다. 이번에도 역시 대갓집 내행들이 짐들을 이고 지고 도성을 빠져나갔다. 아니 그보다 먼저 떠난 것은 상감을 곁에서 뫼시던 궁 안의 안식구들인 비빈과 상궁 따위 내행들이었다.

　소문들이 흉흉했다. 임진년의 왜적들보다 이번 정유년 왜적들이 더 사납고 흉포하다고 했다. 전에는 왜적이 한 고을을 점령하면 제 깐에는 안민한답시고 방도 써붙이며 백성들을 다독거리는 체했다. 그러나 이번에 온 왜적들은 한 고을을 점령하면 맞아 싸운 조선 백성들을 기어이 찾아내어 도륙을 한다는 것이었다. 심지어는 난을 피해 산으로 피해 들어간 백성들까지 찾아내어 남녀노유를 가리지 않고 참혹하게 죽인다는 것이었다.

또 하나 흉한 소문은 왜적이 조선 백성의 코와 귀를 베어간다는 것이었다. 왜적과 싸우다가 패해 돌아온 군사들은 제 눈으로 본 그 참혹한 모양을 낱낱이 일러주었다. 조선 백성은 살았거나 죽었거나 제대로 된 얼굴이 하나도 없다는 것이었다. 왜적들이 코와 귀를 베어가서 얼굴들이 하나같이 흉측하게 망가져 있다는 것이었다. 보았다는 사람이 너무 많아 그 소문은 단순한 소문만은 아닌 듯했다.

왜적들은 싸움에서 제가 거둔 전과를 본국에 있는 그들이 괴수에게 정확히 알릴 필요가 있었다. 그래서 그들은 제 전과의 증빙자료로 조선 사람의 귀와 코를 베어 소금에 절여 왜국으로 가져간다는 것이었다.

남원성을 떨군 왜적들은 큰싸움 한 번 없이 임진년 때와 마찬가지로 호호탕탕 도성을 바라고 올라왔다. 가까이 있는 전주성을 떨구더니 그들은 다시 며칠 새에 고읍 공주성을 떨구었다. 이제 서울 도성까지는 2백여 리가 남았을 뿐이었다. 도성은 다시 상감 이하 온 군신들이 술렁거리기 시작했다. 임진년에 당해 본 놀라움이 있어 그들은 다시 짐을 싸들고 도성을 떠날 각오들을 하고 있었다.

그러나 곧 평양성에 있던 명나라 동정군이 도성으로 올라왔다. 이미 조선 안에 진군해 있던 명군들도 왜적들의 재침 소식을 듣고는 군세를 하나로 합쳐 왜적을 맞아 남녘 충청도로 내려갔다. 시달림만 받아오던 조선 백성들은 이번에 모처럼 명나라 군사들의 장한 위의를 두 눈으로 보게 되었다. 도성의 방어는 조선 군사에게 맡겨둔 채,

조선에 있던 명나라 대군은 뜻밖에도 왜적을 맞아 자기네들끼리 남녘으로 내려간 것이다.

헌데 이렇게 남녘으로 내려간 명나라 군사가 연이어 이틀에 걸쳐 왜적을 물리쳤노라는 놀라운 첩보를 보내왔다. 처음 첩보가 올라왔을 때는 조선 조정은 물론이고, 군사軍事를 잘 아는 장군들조차도 그 첩보를 믿으려 하지 않았다. 그러나 잇달아 급마急馬가 달려와 명군이 왜적 깨친 첩보가 날아들자 경강을 지키던 조선 군사들이 제일 먼저 그 첩보를 믿기 시작했다. 파발이 경강을 건너야 하기 때문에 배를 부리는 경강 진군津軍들은 언제나 남보다 먼저 남녘 소식을 듣곤 했다. 그들이 파발편에 자세히 들은 바로는 이번 첩보가 거짓 아닌 사실로 판명된 것이다.

명군이 승첩을 올린 곳은 천안 고을 바로 위에 있는 직산稷山이었다. 양군의 선봉은 바로 직산에서 맞부딪쳐 명군의 대승으로 싸움을 끝낸 것이다. 계사년 정월에 평양성 싸움에서 이긴 이래 명나라 군사는 실로 4년 만에 다시 왜군을 깨쳐 큰 승첩을 거두었다. 남원성 싸움에 크게 패해 명군과 조선군이 함께 사기가 저하된 판에, 이번에 명군이 거둔 뜻밖의 승전은 여러 가지 의미로 큰 뜻이 있는 길보吉報였다.

그러나 단 한번의 승리가 곧 왜란의 종식을 뜻하는 것은 아니었다. 더구나 승첩만 전해졌을 뿐 그 싸움이 왜군들에게 얼마나 큰 타격을 주었는지 알 수가 없었다. 직산의 왜적은 물리쳤다고 해도 왜적은 또 다른 길로 도성을 향해 처 올라올 수 있었다. 명군이 알려온 뜻밖의 첩보에도 불구하고 경강을 지키는 조선 군사들은 여전히 왜적의 존재가 두려울 수밖에 없었다.

개천을 따라 청파역을 바라고 올라가자 비스듬한 언덕길 좌우로 여염들이 점점이 나타난다. 저녁때라 여염들 굴뚝에서 밥짓는 연기가 자욱하게 피어오르고 있다. 9월 초순[음력]도 지난 때라 이제는 홑것 입성이 몸에 춥게 느껴진다. 앞서 가던 군사들이 언덕마루에 올라서자 뒤따르던 의원 성인욱이 큰 소리로 입을 연다.

"자네들이 비각飛閣[발 빠른 사람]들일세. 에서 잠시 쉬어 가세."

"그럽지요. 남대문까지 다녀오자면 서둘러야 되겠기루……."

"게까지는 안 가두 되네. 내가 저 너머 청파역까지만 가구 말겠네."

"댁이 성안에 있다구 허시더니 성안에는 아니 들어가신단 말씀입니까?"

"청파역에 곁쪽이 있어 내 오늘밤은 게서 잘 생각일세."

"허면 급히 서둘 게 없구먼요. 공연히 우리가 서두느라 의원 어른 땀만 나게 해드렸구먼요."

멈춰선 언덕마루 좌우에 반쯤 허물어진 초가집들이 늘어서 있다. 아마 주인이 너무 오래 집을 비워 오가던 행인들의 손에 집이 반쯤 부서진 모양이다. 지붕만 남은 초가 토방에 엉덩이를 걸치며 인욱이 다시 군사들에게 말을 묻는다.

"자네들 의견들은 어떠한가? 왜적이 올해두 과연 서울 도성을 범할 것으루 생각허는가?"

"도성을 범허긴 허드라두 올해 안에는 어려울 듯싶소이다. 명군에게 이미 한 차례 패했다니 올 겨울은 남녘에서 넘기구 내년 봄에

나 다시 도성으루 짓쳐 오겠지요."

모질고 독한 왜적들이다. 언제쯤에나 그들이 싸움을 끝내고 이 땅에서 철병하여 제 나라로 돌아갈지 알 수가 없다. 이제 조선은 반상班常(양반과 상사람)도 없이 나라 안 온 백성이 피폐할 대로 피폐했다. 들리는 말로는 왜란에 지친 나머지 상감이 보위까지도 세자에게 양위하려 한다고 한다. 위로는 임금에서 아래로는 백성들에게 이르기까지 조선은 이제 왜적과 대적할 힘도 기력도 남아 있지 않다. 벌써 햇수로 6년째를 끌어온 전쟁이다.

난 초인 임진년에 조선은 이미 기진할 대로 기진했다. 그 후로 잠시 싸움이 없어 나라 안이 조용한 듯싶었으나 그간에는 또 흉년과 역질로 이 나라 백성들은 무더기로 죽어야 했다. 헌데 한동안 멈췄던 싸움이 정유년 올해 들어 다시 왜적에 의해 새로이 시작되고 있다. 마치 왜들은 조선을 괴롭히기 위해 장난삼아 싸움을 걸어오는 듯한 느낌이다.

"자네들은 예서 그만 돌아들 가게. 청파역이 저 아래라 나 혼자 서두 내려갈 수 있네."

"숭례문까지 뫼시라는 분부신데 청파까지두 아니 뫼시면 우리가 돌아가 장군님 꾸중을 면치 못헐 것입니다."

"긴말 다시 허지 말구 내 이르는 대루만 따라주게. 내가 잠시 혼자 걷구 싶어 자네들을 억지루라두 이쯤에서 떼어놓으려는 겔세."

두 군사가 잠시 서로를 보더니 그 중 하나가 선선히 입을 연다.

"나으리 뜻이 정 그러시다면 우리는 예서 그만 진으루 돌아갑지요. 그럼 나으리 살펴가십시오. 우리는 예서 경강으루 내려갈랍니다."

"그러게. 고마우이. 자 그럼 잘들 가게나."

군사들이 읍해 보이고 몸을 돌려 언덕을 내려간다. 잠시 후 인욱도 몸을 돌려 땅거미 깔린 내리막길을 내려간다.

저녁짓는 여염의 연기가 안개처럼 자욱하다. 그 자욱한 연기 저쪽으로 숭례문 우뚝한 용마루가 아득히 바라보인다. 눈길을 옮겨 청파역 쪽을 보노라니 인욱은 가슴속에 그리운 정이 열화처럼 솟아오른다. 오매불망이 남의 일인 줄만 알았더니 인욱에게 그것은 정작 제 자신의 일이었다. 그가 군사들을 떼쳐보낸 데는 그만이 아는 애틋한 정이 숨어 있었기 때문이다.

옥섬이 청파역 옛집에 돌아와 있다. 지아비인 해주 감영의 심약 유지평이 신천信川 고을에 가 있어서, 그녀는 난이 뜸해진 지난 을미년에 신천 고을로 지평을 찾아갔다가 3년 만인 금년 여름에 다시 도성으로 올라와 청파에 있는 그녀의 옛집에 홀로 살고 있는 것이다.

그러나 도성으로 돌아온 옥섬은 옛날의 그녀가 아니었다. 예전에는 지아비인 유지평에게 가 있다가도 도성에 돌아와 인욱과 다시 만나면 처음 며칠은 버티다가도 이내 인욱의 정인이 되어주곤 했다. 그녀 스스로 인욱의 정인이 되기보다는 못잊어 하는 인욱의 간절한 청에 끌려 그녀는 어쩔 수 없이 다시 정인과 몸을 섞곤 했던 것이다.

그러나 이번에 3년 만에 돌아온 그녀는 예전과는 달리 인욱을 만나서도 전혀 빈틈이나 흐트러진 모습을 보여주지 않았다. 인욱이 농삼아 허튼 말을 건넬 때도 그녀는 냉랭한 표정을 지어 일부러 인욱과의 거리를 멀리하려고 애쓰는 눈치였다.

남녀란 가까운 사이일수록 상대편의 마음가짐에 예절과 조심성이 필요한 법이다. 예전과 달라진 옥섬에 대해 인욱은 섭섭하면서도 한편으로는 조심스런 긴장이 느껴졌다. 자기를 멀리하고 꺼려하는 듯한 그녀의 태도가 인욱에게는 어딘지 모르게 어렵고도 조심스러워서 예전처럼 무람없이 그녀를 대할 수가 없게 된 것이다.

　　한번 뜨악[마음이 서먹함]해진 두 사람의 사이는 좀처럼 가까이 좁혀지지 않았다. 인욱은 청파에 있는 옥섬의 거처를 잘 찾지 않았고, 그녀 역시 성안에 있는 인욱의 집을 잘 찾지 않았다. 궁금하고 답답한 심사는 이루 말할 수 없었으나 인욱은 스스로 자제하여 그녀를 짐짓 멀리해 온 것이다.

　　그러나 오늘 뜻밖에도 어느 장군의 병을 보기 위해 경강에 유진留陣한 조선 군영으로 불리어 가는 몸이 되었다. 장군의 병을 보고 도성으로 다시 돌아가려니 그는 문득 청파에 있는 옥섬의 안부가 궁금했다. 더구나 그녀의 집은 인욱이 경강으로부터 도성으로 돌아가는 길목에 있다. 둘러댈 핑계도 그럴싸해서 인욱은 불현듯이 그녀를 찾아볼 생각을 한 것이다.

　　여염들에 어느새 불빛들이 보이기 시작한다. 낯익은 길로 접어들면서 인욱은 왠지 발걸음이 무거워진다. 아무리 생각해도 옥섬이 자기를 멀리하는 까닭을 알 수가 없다. 신천 고을에 내려가 있던 3년 새에 아무래도 그녀에게 신변상의 큰 변화가 있었던 모양이다. 하긴 지아비 유지평과 3년 동안이나 몸을 섞고 살았으니 도성으로 돌아왔어도 정인 인욱을 대하기가 쑥스럽고 민망했을 것이다. 그러나 그녀와 인욱 사이는 그런 일들로 틈이 벌어질 어수룩한 처지들이 아니다. 민망하고 쑥스러운 것은 하루 이틀에 불과할 뿐 그들은 불과 며칠 사이에 다시 옛정들을 되살리곤 했던 것이다.

헌데 이번만은 옥섬 쪽에서 드러내놓고 인욱과의 만남을 피하고 있다. 하긴 3년 동안이나 탈없이 잘 지내다가 이번에 불쑥 홀로 돌아온 것부터가 어딘가 이상했다. 지평의 소식을 묻는 말에도 그녀의 대답은 분명치 않았다. 감영이 해주로 돌아갔음에도 불구하고 지평은 벼슬을 버리고 그대로 신천 고을에 눌러살고 있다고 한다. 벼슬을 버렸다면 어떤 까닭이 있으련만, 옥섬은 그 까닭을 밝히려 하지 않았다. 도성 본가로 알아보려 해도 난중에 집이 불타 없어져서 알아볼 길도 없다. 옥섬이 유일하게 유지평의 소식을 알고 있건만, 그녀는 도성으로 돌아온 뒤 지평의 뒷소식을 시원스레 털어놓지 않는 것이다.

낯익은 골목 안쪽에 사내 두 명과 여인 한 명이 언뜻 보인다. 어둠 속으로 자세 보니 그들 세 사람은 뜻밖에도 옥섬의 집 평대문 앞에 서 있다. 빠끔히 열린 대문 안에도 밖을 내다보고 서 있는 여인이 보인다. 아마 대문을 사이에 두고 밖에 있는 사람들과 무슨 말인가를 주고받는 눈치다.

무심히 다가가던 인욱은 걸음을 멈춘 채 그들 세 사람의 동정을 살핀다. 땅거미 깔린 어두운 시각에 사내 둘과 여인 한 명이 무슨 까닭에 옥섬의 집을 찾아왔는지 알 수가 없다. 그녀의 지아비 유지평이라면 집 안에 들 일이지 집 밖에서 서성일 까닭이 없다. 더구나 반쯤 열린 대문 안에서는 쪽머리의 여인 하나가 밖을 향해 무슨 말인가를 빠른 말씨로 지껄이고 있다. 다툼질 비슷한 거친 말들이 오가는 모양인데 이쪽에서는 거리가 멀어 말뜻을 전혀 알아들을 수가 없다. 인욱은 일의 속내를 알아보기 위해 답답하고 안타까운 대로 골목 안에 몸을 숨긴 채 멀찍이 그들을 바라보고 있다.

한동안 승강이가 계속되더니 이윽고 사내들이 먼저 대문을 떠나 골목 밖으로 걸어나온다. 가까이 이른 사내들의 행색을 보니 군사나 포졸은 아니고 머리에 수건 동인 하인들이거나 막일하는 상사람들 같다. 인욱과의 거리가 좁혀지면서 그들의 주고받는 말소리가 또렷하게 들려온다. 한 사내가 볼 부은 목소리로 제 동무에게 우렁우렁 말을 내뱉는다.

"젠장맞을, 남의 소실 사는 우스운 년이 무슨 정문 받은 열녀라구 우리 서방님이 내린 물건을 문전에서 내치는 게여? 하긴 저두 명색이 남의 아낙이라 딴 사내가 내리는 물건을 까닭없이 받을 수는 없겠구먼. 허나 우리 서방님이 그만큼 뜸을 들였으면 제년이 돌루 빚은 미륵이라구 허더라두 한 번쯤은 못 이기는 체허구 받아주는 것이 옳은 일이지. 의기医妓 주제에 얼굴 반반한 값을 허느라구 저 계집이 맥 모르구 아직두 내처 뻗대기만 허는 게 안타깝네."

한 사내는 열나게 떠드는데 또 한 사내는 도무지 말이 없다. 골목 안에 몸을 숨긴 인욱은 두 사내가 지나가기를 기다린다.

사내가 내뱉은 의기 어쩌고 하는 말은 인욱이 짐작컨대 옥섬을 두고 하는 말이 분명하다. 사내들은 제 주인의 명을 받아 옥섬에게 어떤 물건을 전해 주고 돌아가는 모양이다. 그러나 옥섬이 그 물건을 선선히 받지 않아 심부름 온 하인들은 옥섬에게 불만이 많은 눈치다. 평대문 앞에 처져 있는 아낙은 아직도 물건 때문에 옥섬과 승강이를 계속하고 있는 모양이다. 사내들이 지나간 한참 뒤에야 대문이 도로 닫히면서 대문 앞의 아낙이 골목 밖으로 걸어나온다. 골목 모서리에 숨어 있던 인욱이 그제야 몸을 드러내어 여인 쪽으로 걸어 간다. 다가오는 여인을 보니 쪽머리를 한 마흔 안팎의 늙은 아낙이 다. 인욱을 힐끗 곁눈질하고는 아낙은 바람을 일으키듯 인욱의 곁을 휑하니 지나간다. 골목 안에 갑자기 나타난 인욱이 그녀에게는 어딘가 불안하게 느껴졌던 모양이다.

"여보게, 말 좀 묻세."

"……"

"잠시 그 자리에 멈춰 서게. 내 자네헌테 물어볼 말이 있네."

"점잖으신 선비께서 쇤네 같은 사람에게 무슨 말씀을 묻고자 허십니까?"

당돌한 응대로 보아 아낙은 행랑이나 사는 예사로운 비자가 아니다. 어느 상사람의 소실이거나 퇴물 기생 같은 야무진 인상이다.

"자네가 방금 저 집에는 무슨 일루 찾아갔는가?"

"저 집이라니요? 쇤네가 어느 집을 찾아갔다구 허옵시는지……?"

"방금 저 평대문 집에서 자네가 안주인과 이야기를 허지 않았든가?"

"무슨 말씀을 허시는가 했더니……. 쇤네가 아는 사람의 집을 찾는 중에 잠시 길을 잊었기루 길을 묻느라 그댁 안주인을 뵈었지요. 헌데 그 일이 선비님과 어떤 연관이 있삽기루 쇤네 같은 천한 것에게 그런 말씀을 묻자오시는지……?"

"알았네. 이제 되었네. 자 그만 자네 길이나 어서 가시게."

더 물어야 옳은 대답을 들을 수 없는 맹랑한 여인이다. 말을 끝낸 인욱은 이내 몸을 돌려 옥섬의 집 앞에 닿는다. 사람 셋이 다녀갔건만 집 안은 쥐죽은듯 고요하다. 그러나 문틈으로 들여다보니 옥섬이 든 안방 창문에 기름 등잔불이 발갛게 비치고 있다. 동자치 할멈 방에 불빛이 없는 것은 기름을 아껴 일찍 잠자리에 들었기 때문일 것이다. 얼마 동안 문 밖에서 망설이다가 인욱이 이윽고 대문을 조용히 두드린다.

"이리 오너라……."

한두 번 사람을 불러서는 응대가 없을 줄 알았더니 뜻밖에도 안방 문이 열리며 옥섬이 대문께로 나온다. 신을 신고 한달음에 대문 앞에 오더니 문은 그대로 놓아둔 채 옥섬이 짜증스레 입을 연다.

"아니 또 무어예요? 내일 안으루 가부간에 답을 드린다지 않았세요."

"무슨 답을 준다는 게냐? 네가 이제는 내 목소리두 잊은 게로구나?"

"에그머니나, 누구세요? 연화방蓮花坊 언니가 아니시든가요?"

"나다. 네가 그새 내 목소리두 잊은 게다. 경강에 다녀오는 길에 네가 궁금해서 잠시 들렀다."

대문을 사이에 두었건만 옥섬은 얼른 대문의 빗장을 뽑지 않는다. 지척에서 목소리를 들었으니 이제는 그녀가 대문 밖의 사람이 누구인지 모를 리 없다. 망설이는 뜻을 잘 아는 인욱이라 그도 역시 말을 않고 옥섬이 대문을 따주기만을 기다린다. 한참 동안 아무런 말들이 없다가 이윽고 빗장이 뽑히더니 옥섬이 뜻밖에도 밝은 목소리로 말을 물어온다.

"늦으셨구먼요. 경강에는 그래 무슨 일루 내려가셨세요?"

"왜적 막는다구 지금 경강에는 군사들이 진을 세워 나루마다 좍 깔려 있다. 삼개나루 근처에 진을 친 장수 하나가 허리를 못 쓰겠다구 사람을 보내 나를 데리러 왔더구나. 그래 그 장수에게 침 몇 대를 놓아주구는 지금 도성으루 들어가려다가 날이 저물었기루 너를 보러 잠시 들른 게다."

긴 말을 지껄이면서 인욱은 옥섬을 따라 자연스레 안방에까지 들어간다. 등잔불 밝혀진 낯익은 방 안이 오늘따라 유난히 아늑하고 따뜻해 보인다. 오랫동안 비워둔 집이건만 손질을 새로 해서 새집처럼 방 안이 깔끔하다. 인욱을 방에 들였건만 옥섬은 꺼리는 기색없이 밝은 목소리로 다시 말을 물어온다.

"저녁진지는 어쩌셨세요?"

"혹 네가 먹다 남긴 대궁밥이라두 남지 않았느냐?"

"오라버니께서 대궁밥을 어찌 잡순다구 그러세요? 곧 부엌에 나가 밥 안쳐놓구 오겠세요."

"아니다. 강변 군막에서 내가 벌써 이른저녁을 얻어먹었다. 네가 저녁 먹었느냐구 묻길래 무심쿠 해본 소리야."

"허면 맑은 술이 조금 있는데 그거라두 데워 올까요?"

"네가 술을 어디서 구했니? 집에서 담근 게냐?"

"이웃집에서 제사에 쓸 술을 담근 것을 제가 혹 쓸 일이 있을까 싶어 두어 되 받아두었지요."

말과 함께 옥섬이 자리에서 몸을 일으킨다. 방을 막 나가려다가 그녀가 다시 인욱을 돌아본다.

"집 안에 통 찬이 없어 술만 상에 올려야겠세요. 잠시만 기다려주시면 두붓집에 내려가 두부라두 얻어올 텐데……."

"그럴 것 없다. 먹다 남은 장찌개가 있으면 그거나 함께 내오너라."

옥섬이 방을 나가더니 잠시 만에 다시 상을 들고 들어온다. 찬이 없다던 개다리소반에 뜻밖에도 마른 홍합이 꼬치째로 놓여 있다. 인욱이 상 위를 훑어보고는 다시 마주 앉은 옥섬을 본다.

"집에 찬이 없다더니 난중에 웬 홍합꼬치냐?"

"드시어요."

"귀물을 집에 숨겨둔 걸 보니 네가 요즘 살기가 많이 넉넉해진 모양이구나?"

농 비슷한 인욱의 말에 옥섬은 못 들은 체 대꾸가 없다. 술 두 잔을 거푸 비우고 인욱은 다시 입을 연다.

"연화방 언니가 누구길래 밤중에 너를 집으루 찾아오는 게냐?"

"언니를 보셨든가요?"

"그 아낙이 뉜지는 모르겠다만 내가 네 집 있는 골목으루 휘어들자니 어떤 아낙이 네 집 앞에서 내게루 막 나오더라."

"그 언니가 지금 매향이 집에 매향이랑 함께 살구 있세요. 내가 요즘 딱해 보였든지 자주 찾아와 말벗이 되어주곤 하는군요."

"네가 요즘 딱할 게 무어라든? 신천서 돌아온 뒤루 네가 나를 멀리허는 까닭을 알구 싶구나?"

곧잘 말대답을 하던 옥섬이 그제야 고개를 떨구며 묵묵히 말이 없다. 단도직입으로 물어오는 인욱에게 옥섬도 막상 대답이 궁해진 모양이다. 그러나 곧 옥섬의 입에서 엉뚱한 말이 튀어나온다.

"유심약이 나를 풀어주셨세요."

"풀어주다니?"

"저와 인연을 끊어 남남이 되자 허셨세요."

"지평이 네게 이연離緣을 허자고?"

옥섬이 다시 입을 다물고 고개를 숙여 방바닥을 굽어본다. 이연이란 남녀간에 맺은 부부의 연을 끊는다는 뜻이다. 여인에게는 곧 남편으로부터 소박을 맞아 내침을 당하는 처지와 같다. 지평이 무슨 까닭에 옥섬과의 부부의 연을 끊자는 것인지 알 수 없다. 어쩌면 황해도 신천땅에까지 인욱과 옥섬이 사이가 알려졌는지도 모를 일이다.

"내 그간 유심약의 소식을 사방으루 알아보았다만 그 사람이 왜 벼슬을 버리구 신천 고을에 눌러살게 되었는지 모르겠구나. 그리구 또 너와 여러 해 동안을 같이 살다가 이제 와서 다시 너와의 연을 끊자는 것인지 알 수가 없구나?"

"오라버니 궁금해하시는 것을 저두 진작부터 알구 있었세요. 허지만 제가 아직 어지러운 마음을 잡지 못해 지금껏 오라버니 궁금증을 풀어드리지 못한 겝니다."

"그래 벼슬 버리구 황해도 신천 고을에 숨어사는 까닭이 무어냐?"

"심약이 나라에 죄를 얻은 모양입디다."

"죄를 얻다니?"

"임진년 여름 왜란이 있었을 때 담이 작은 유심약이 감영에 사또가 아직 계시건만, 두려움을 이기지 못해 제일 먼저 성밖으루 도망을 쳤드랍니다. 그 일을 늘 죄스럽구 부끄럽게 여겨 그 뒤루는 아예 환로에 나가 벼슬 살 생각을 아니허게 되었답니다."

제자리를 버리고 도망친 관원이 어찌 유심약 한 사람뿐이겠는가. 종9품 잡직의 심약쯤이야 도망을 친들 큰 허물이 될 수 없다. 당상관 조신들은 물론 도원수 상장군들도 걸핏하면 적전에서 도망을 치던 임진년이라 그 즈음의 자리 비운 말직들은 나라에서 아예 문제로도 삼지 않는다.

그러나 지평은 세심한 성품이라 남들과 달리 제 허물에 유난히 마음을 깊이 쓰고 있는 모양이다. 자신에 대한 부끄러움이 지나쳐서 그는 아예 몸을 숨겨 세상 밖으로 나오려 하지 않는 것이다.

"난중에 죄 지은 관원이 어찌 유심약 하나뿐일까. 그래 종래 그 일 때문에 세상을 숨어살겠다는 주장이냐?"

"숨어산 지가 여러 해라 신천에 이미 큰댁 권속들두 다 들어와 있답니다. 더구나 인근에 명의라구 선성이 나서 집안 살림을 꾸려가는 데두 이럭저럭 어려움이 없더군요. 난이 끝나 세상이 평정되면 그 때나 다시 도성으루 돌아오겠다구 허더이다."

"도성에 있던 지평의 권속들이 신천에는 언제 내려갔누?"

"도적들이 집에 불을 질러 계사년 가을쯤 고생고생하여 내려간 모양입니다. 신천에 이제는 새 집 지어 오붓허게들 살구 있습디다."

오붓하다는 옥섬의 말속에 인욱은 문득 뜻이 담긴 것을 깨닫는다. 좀체로 남을 헐뜯지 않는 옥섬이다. 사납기로 소문난 지평의 정실 큰댁에 대해서도 옥섬은 항상 말을 아껴 듣기 좋은 말만을 했다.

그러나 방금 말한 오붓하다는 옥섬의 말속에는 원망과 설움이 담긴 깊은 뜻이 숨겨져 있다. 신천에 머무른 몇 해 동안 옥섬은 그들로부터 홀대와 괄시를 받은 것이 분명하다.

"네가 신천에서 지낼 동안 큰댁이 너를 밉게 보아 구박을 했다는 소문을 들었다만……?"

옥섬이 힐끗 인욱을 건너다본 뒤 고개를 떨구더니 주르르 눈물을 흘린다. 속에 품은 여러 감정을 좀체 밖으로 드러내지 않는 옥섬이다. 그러나 짐작만으로 넌지시 던져본 인욱의 한 마디에 그녀는 바늘에라도 찔린 듯 주르르 눈물을 흘리고 있다. 인욱이 잠자코 기다리자 옥섬이 한참 만에 눈물을 닦으며 입을 연다.

"그 소문은 뉘게서 들으셨세요?"

"그건 알아 무얼 헐라느냐."

"유심약만 아니었으면 제가 진작에 신천을 떴을 거예요. 견뎌보려구 애를 썼지만 몸이 따르지를 못했세요. 내 고생이 안쓰러워 보였던지 심약이 기어이 나를 떠나두룩 해주셨세요."

"포악허다는 소문은 들었다만 큰댁이 네게 그래 어떤 포악을 부리드냐?"

"말허구 싶지 않아요. 그런 부인을 둔 심약이 딱허구 안됐을 뿐예요."

"그래 네가 큰댁헌테 구박받는 것을 보구 지평이 네가 딱해 너와 이연하여 떠나오도록 해주었다는 이야기냐?"

"저를 붙들구 눈물을 흘리시면서 그렇게 않구는 달리 방도가 없노라구 허셨세요."

옥섬을 마음속으로 퍽이나 아끼던 유지평이다. 그러나 투기 심한 정실 등쌀에 그는 끝내 옥섬을 거느릴 자신이 없었던 모양이다. 구박받는 옥섬의 딱한 모양을 보다 못해, 지평은 옥섬과의 연을 끊고 그녀를 서울 도성으로 떠나도록 해준 것이다.

급하게 마신 술이 어느 틈에 취기를 전해 준다. 마른 홍합 한 개를 입에 넣고 씹으며 인욱은 잠시 자기 나름의 생각에 잠긴다.

유지평과 이연한 옥섬은 이제 누구의 계집도 아니다. 소실로나마 지평에게 의지해 온 옥섬은 이제 그나마 연이 끊기어 혼잣몸이 된 것이다. 헌데 왜 혼잣몸이 된 그녀가 도성으로 돌아온 뒤 인욱을 오히려 멀리 하는지 알 수가 없다. 지평과의 연을 끊어 홀몸이 되었다면 그녀는 오히려 꺼릴 것이 없어 인욱을 기꺼이 맞아야 옳다. 이제는 딴 사내의 아낙이 아니어서 정절 같은 것을 지켜야 될 마음의 거리낌이 없는 몸이다. 그러나 홀로 된 지금 그녀는 인욱과 가까이 되는 것을 전보다 더 꺼리는 듯한 눈치다. 바로 그 알 수 없는 행동이 인욱에게는 어쩐지 불안하고 두려운 것이다.

"성안엔 지금 왜적들이 다시 짓쳐올 게라구 웬만한 대갓집에서는 내행들을 먼저 산중으로 피난들 시키느라 야단들이에요. 오늘 경강에 나가보셨다니 진중에서 혹 달리 들으신 소식은 없든가요?"

"금년엔 도성에 난이 없을 게다. 왜적이 짓쳐오더라두 금년은 넘기구 내년에나 올라올지 모르겠다."

"전라도 지경에서 충청도 공주까지 올라온 왜적들이 올해 안엔 짓쳐오지 않는다니 그게 무슨 말씀이세요?"

"경강에 나가 내 오늘사 들은 얘기다만 명나라 군사가 충청도 직

산에서 왜적을 크게 이겨 승첩을 올렸다는구나. 해서 왜적이 선봉을 꺾이어 금년 안에는 도성으루 짓쳐오기가 어려울 게라구 말허드라."

"어느 역졸이 그 비슷한 말을 허드니 그것이 헛소문이 아니구 참말이었던 게로군요?"

"승첩 알리는 파발들이 경강을 건너오는 걸 내 눈으루 똑똑히 봤다. 아마 곧 승첩 소식이 온 성안에 퍼질 게다."

반가운 소식이건만 두 사람은 마치 남의 말하듯 한다. 난도 여러 해를 끌다보니 괴롭거나 즐거운 일이 절박하게 가슴으로 부딪쳐오지 않는다. 주어진 목숨 되는 대로 살자는 것이 오랜 왜란에 지쳐버린 조선 백성들의 공통된 느낌이다.

"오라버니……."

옥섬이 새삼스레 깍듯이 인욱을 부른다. 상큼한 그녀의 눈이 물기를 머금고 아득하게 인욱을 바라본다. 인욱이 말없이 마주 바라보자 그녀가 눈길을 피하며 더듬거리듯 입을 연다.

"며칠 전 연화방으루 매향이를 찾아갔었세요."

무슨 말을 하려는 것일까? 의녀 매향은 옥섬과 같은 시기에 부친 성기준으로부터 의술을 배워 옥섬과는 동접이 되는 의녀이기도 하다. 그러나 그녀는 난 전에 이미 몸을 바꾸어 의녀에서 기녀가 되었다.

여러 사내들이 탐낼 정도로 빼어났던 그녀의 자색이, 그녀로 하여금 의녀로 남아 있는 것을 어렵게 만든 것이다. 한데 지금 옥섬의 입에서 기녀가 된 매향에게 찾아갔노라는 엉뚱한 이야기가 나오고 있다. 매향과 이미 오래 전에 왕래를 끊었던 옥섬이, 요즘에야 새삼스레 다시 그녀를 찾아간 것은 아무리 생각해도 심상치 않은 일이다.

"신천서 돌아온 뒤 심사가 하 어수선해서, 놀이삼아 그 아이 집에 찾아갔다가 날이 저물어 하룻밤을 자구 왔지요. 난중에 한번 선생님이 찾아오셨더라면서 그 아이가 선생님 사정이랑 오라버니 안부를 묻더군요."

매향에 관한 느닷없는 이야기가 횡설수설 기다랗게 이어진다. 매향의 안부를 전하기 위해 옥섬이 이렇듯 긴말을 하는 것은 아닐 것이다. 어쩌면 그녀는 다른 긴한 말을 위해 이렇듯 허드렛말을 길게 늘어놓는 것인지 모른다.

"내 전에두 그 아이 소식은 풍문으루 가끔 들었다. 그래 지금두 그 아이가 명나라 장수랑 함께 살구 있드냐?"

"그 장수는 진작에 자기 나라루 돌아가구 지금은 그 아이가 홀루 지내구 있더군요."

"여러 해 왕래가 없다가 네가 그래 무슨 일루 그 아이를 찾아갔든?"

"그 아이가 여러 대감들과 가까이 지낸다는 말이 있기루, 혹 그 아이를 찾아보면 유심약이 지은 죄를 용서받는 길이 있지나 않을까 싶어서……"

"난중에 잠시 관직을 떠난 것은 큰 죄가 아니라구 허지 않았느냐. 그래 매향이 네 얘기를 듣구 무어라구 대답허든?"

"오라버니 말씀대루 그건 죄랄 게 없다구 헙디다. 오히려 유심약보다는 홀로 된 제 신세를 더 민망히 여기는 눈치더군요."

"심약과 이연한 것을 네가 그 애헌테두 말했느냐?"

"얘기 끝에 서로간에 신세 한탄허는 말들이 흘러나와 제가 심약에게 이연당헌 것을 우연찮게 발설하게 되었지요."

"그래 네 얘기 듣구 매향이가 무어라든?"

"좋은 자리가 하나 있으니 절더러 또 첩살이나 해보라구 허드군요."

인욱이 뚫어지게 옥섬을 바라본다. 그러나 옥섬은 고개를 떨구어 인욱을 아예 보려고도 하지 않는다. 곱게 타진 옥섬의 가르마를 바라보며 인욱도 한참 만에 느긋한 목소리로 입을 연다.

"너를 위해 한 소리겠지. 그래 너는 무어라구 했니?"

"농삼아 주선해 보라구 말했어요. 했더니 그 아이가 내 말대루 정말 일을 벌이기 시작했세요. 저쪽에 벌써 기별을 해서 일이 망하게 되었세요."

"술상 위에 이 홍합이 혹 그 집에서 네게 보내온 물건이 아니냐?"

"보내온 물건이 홍합뿐이 아니에요. 제가 한사쿠 물리쳤건만 하인들 시켜 매일처럼 물건을 보내 광에다 들이구 가는군요."

"네 집에 올 때 대문께서 얼핏 본 사내들이 바루 그 집 하인들이냐?"

"제 집 대문께서 보셨다면 그댁 하인들이 틀림없을 거예요."

사내들이 저희들끼리 주고받는 말을 듣고 인욱은 옥섬의 신변에 어떤 변화가 생긴 것을 직감했다. 그러나 옥섬의 입으로 막상 그 변화가 새로운 첩살이인 것을 알게 되니, 인욱은 새삼 천 길 벼랑에서 떨어지듯 가슴이 아득하게 미어지는 기분이었다.

유지평만 해도 황해도 땅에 멀리 떨어져 살고 있어서, 인욱은 마음을 졸이면서도 옥섬을 가끔 찾아볼 수 있었다. 그러나 이제 다시 누군가의 소실로 들어앉는다면, 멀리 나가 있던 지평과는 달리 다시는 그녀를 만나볼 수도 없게 된다. 소실이란 대개 잠자리 재미로 들여앉히는 계집이어서 사내의 감시와 투기가 유난스레 심하고 엄한 법이다. 새로운 사내가 어떤 위인인지는 알 수 없으나 인욱은 옥섬과의 잠자리는커녕 그녀의 얼굴조차 쉽게 볼 수가 없게 된 것이다.

가슴 미어지는 인욱과는 달리 옥섬은 눈을 내리깐 채 오히려 평온한 얼굴이다. 그녀가 옛 동무 매향을 찾아간 것은 결국 첩살이 자리 하나를 알아보자는 뜻이었는지도 모른다. 지평과 이연하여 갑자기 홀로 된 옥섬이어서 그녀는 어쩌면 하루라도 빨리 몸 의탁할 사내가 필요했는지도 알 수 없다. 홀로 되어 이 사내 저 사내의 따가운 눈총을 받기보다는 아예 한 사내의 소실이 되어 편한 나날을 지내자는 뜻이었는지도 모른다.

"그래 너를 소실루 오라는 사람은 어느 골에 사는 누구냐?"

"경강변 서강에 사는 정씨丁氏 성 가진 사람이에요."

"벼슬을 사신 양반이신가?"

"본래는 양반이 아니구 서강나루에서 장사허든 강상이었던 모양이에요. 헌데 난중에 벼슬을 받아 새루 양반이 되었다구 허드군요."

"군공을 세워 벼슬을 받았다던, 나라에 군량을 바치구 벼슬을 샀다던?"

"게까지는 모르겠세요. 천량이 많다는 것만 매향이헌테 들어 알구 있을 뿐이에요."

난이 오래 끌자 나라의 기강이 엉망으로 문란해졌다. 강상이라면 천한 백성이라 하루아침에 양반이 될 수는 없다. 그러나 이번 난리 중에는 천한 백성도 하루아침에 양반이 되는 놀라운 길이 열렸다. 나라에서 군공에 따라 벼슬을 내리기도 하고, 군량 바치는 양에 따라서도 벼슬을 내려주곤 하는 것이다.

하긴 요즘은 내로라 하던 양반들도 주림을 견디다 못해 천량 많은 상사람 밑에서 서사書士나 집사執事노릇을 하는 사람도 있다. 천민이나 상사람들은 군량을 바치고 벼슬을 사고, 반대로 양반들은 주린 배를 채우기 위해 스스로 몸을 굽혀 천한 일에 매달리고 있는 것이다.

그러나 이들보다 더 어처구니없는 일은 양반집에서 태어난 규수가 상사람의 첩이 되거나 관기로 팔리는 일이다. 그럴 수밖에 없는 것이 대개 그러한 여인들에게는 큰 허물들이 숨겨져 있다. 난중에 불행하게도 왜적이나 명나라 군사에게 겁간을 당해 아비없는 아이를 가져 몸을 더럽힌 가엾은 여인들인 것이다.

일반 백성들은 고사하고 왕가王家에도 그런 여인은 적지 않았다. 젊은 총각이 장가를 들려 해도 이제는 온전한 규수를 가려 가기가 어려웠다. 집집마다 변을 당하고도 쉬쉬하며 딸의 허물을 감추기 때문에. 신랑집에서는 몰래 정탐꾼을 풀어 그 집안의 규수에게 과연 흠절이 없는가를 자세히 살핀 뒤에야 청혼을 하는 것이다.

백성들의 혼속婚俗(혼인풍속)이 이 모양이라 나라에서도 할 수 없이 상감의 묘한 조칙이 내리기에 이르렀다. 난중에 너나없이 온 백성이 큰 불행을 겪었으니 백성들은 서로 허물만 들추려 하지 말고, 아름다운 연을 맺어 사이좋게 살도록 하라는 간곡한 내용인 것이다.

그러나 이보다 더욱 딱한 것은 겁간당한 뒤 아이를 가져 아비 모르는 아이를 낳아 키우게 된 서방있는 아낙들이었다. 겁간당한 뒤에 아이가 든 것을 알고 그녀들은 아이를 지우기 위해 온갖 수단을 다 동원했다. 독한 풀을 삶아먹고 반미치광이가 되기도 했고, 더러는 제 배를 제 손으로 쥐어질러 뱃속에 든 아이를 죽이려고도 했던 것이다. 그러나 온갖 수단에도 불구하고 잘못 배태한 그 아이들은 뜻대로 잘 지워지지 않았다. 그렇게 배태된 아이들은 야속하게도 열 달을 다 채우고 세상에 건강하게 태어났다.

못할 노릇은 그러나 그 아이가 세상에 태어난 이후부터 더욱 심각하다. 낳지 말아야 될 아이를 낳았으니 아낙은 서방보기가 민망하고 송구스러웠고, 서방은 또 서방대로 제 자식이 아닌 아이를 키우자니 알 수 없는 노여움과 더불어 짜증과 울화가 치밀곤 했던 것이다. 그러나 이들보다 더욱 가련하고 딱한 것은 온갖 구박과 천대 속에 태어난 죄없는 그 아이들이었다.

태어나기를 원해서 태어난 그들이 아니었다. 일종의 사고에 의해 형벌처럼 태어난 그들이었다. 그러나 태어난 이상 그들도 역시 살아야 했다. 아직은 그들의 나이가 어린 것이 그나마 다행이었다. 집안의 모든 구박이 그 아이에게 집중되었다. 그들의 유일한 보호자는 그래도 역시 그들을 낳은 어머니였다. 끔찍한 폭행 후에 그 결과로 태어난 아이들이지만 그들을 낳은 어머니들은 그들을 열 달 동안 뱃속에 지녀 키운 어쩔 수 없는 모성애가 있었다. 무서운 병화 속에 죄없이 이 세상에 태어나 구박과 천대 속에 자라는 아이들이, 그들을 낳은 어머니의 눈에는 목이 메이도록 가엾고 안쓰러운 것이다.

그러나 왜란이 끝난 뒤에도 그 가엾은 아이들은 혹독한 구박과 홀대 속에 잡초처럼 질기고 모질게 자랄 것이다. 그리고 세월이 흘러 그들이 다시 늙어 죽더라도, 그들이 이 땅에 뿌린 씨앗은 역시 오래도록 이 나라 백성들의 피 속에 섞여 이어질 것이다. 이렇게 해서 이번 왜란은 임진년과 정유년 당년에만 끝나는 것이 아니다. 이 나라에 엄청난 생채기를 남긴 채 임진 정유의 두 왜란은 우리의 긴 역사 속에 피 섞음의 큰 얼룩으로 큰 흔적을 남길 수밖에 없다.

"그래 너는 그 강상의 청혼을 어찌헐 생각이냐?"

"아직 생각을 정치 못해 망설이구 있는 중이에요. 오라버니 생각은 어떠허신지 말씀 좀 해주세요."

빤히 바라보는 옥섬의 눈길을 이번에는 인욱이 고개를 돌려 외면한다. 아직 스물 일곱 한창 나이에 홀로 살게 할 수는 없는 옥섬이다. 그렇다고 강상 같은 천한 사내에게 아끼고 사랑해 온 그녀를 맡기기도 안타깝다. 한참 동안 말이 없다가 인욱이 드디어 뚫어지게 옥섬을 바라본다.

"그 강상이 나이 지금 몇이냐?"

"쉰이 넘은 노인이랍니다."

"본처는 있느냐?"

"조강지처가 있으나 뒷방에 내친 지가 벌써 여러 해 된다구 허두군요."

"그래 너를 소실루 들여 한집살림을 시킬 게냐?"

"내가 원허면 한집살림을 시킬 계구 싫다구 허면 따루 살두룩 해주마구 했습니다."

"나이 쉰이 지났다면 자식들이 장성했을 게다. 그 사람이 자식은 모두 몇이나 두었다드냐?"

"자식이 여럿인 모양이에요. 다섯이라구 들었세요."

"자식들이 혹 네게다 행짜라두 부리지 않을 겐지?"

"맏이 서른이 지난 사람이라 행짜 같은 건 없을 게라구 허드군요. 설혹 행짜가 있다구 허드라두 밖에 나와 딴살림을 나면 저희들이 어쩌겠세요?"

50이 지난 노인에게 마음이 끌릴 옥섬은 아니다. 그녀가 지금 바라는 것은 몸을 의탁할 천량있는 사내다. 차라리 상대가 노인인 것이 그녀에게는 오히려 다행인지 모른다. 그러나 그녀에게도 한 가지 걱정은 있다. 사내가 사나운 강상이라는 것이 어쩐지 불안하고 염려스러운 것이다.

"강상이 거칠기루 소문난 위인들이라 혹 그 자두 성깔이 있어 너를 심히 대헐지두 모르겠다. 성깔 사나운 노물老物[노인]이라면 네가 차라리 혼자 사느니만 못헐 게다."

"매향이가 여러 번 만나보아 그 사람 성품을 안답니다. 젊어서는 더러 성깔두 부렸지만 나이 들어 천량을 모으구는 성깔두 없어지구 사람두 아주 어질어졌답니다."

"헌데 그 자가 너를 언제 보았다구 네게 그토록 마음을 쓰는지 모르겠구나?"

"저는 한번두 그 사람을 본 일이 없는데 그 사람은 저를 여러 번 숨어서 보았답니다. 제가 마음에 드노라구 일을 기어이 성사시키겠다구 벼르드랍니다."

말대답은 꼬박꼬박 하면서도 옥섬은 끝내 인욱의 얼굴을 바로 보지 못한다. 인욱이 자기를 사랑하고 아끼는 것을 누구보다 잘 알고 있는 옥섬이다. 그러나 언제까지 남의 눈을 피해가며 인욱을 자기 곁에 얽어둘 수는 없는 일이다. 자신도 살고 인욱의 장래도 열어주기 위해 옥섬은 제가 먼저 어떤 결심을 해야 된다고 생각하고 있다.

"강상의 소실이 되구 보면 그 제는 내가 너를 자주 보기가 어렵겠지……."

말끝을 흐리는 듯하더니 인욱의 부릅뜬 눈에 문득 핑하게 물기가 잡혀온다. 두 사람 사이에 괴로움이 있을 때면 언제나 옥섬 쪽에서 눈물을 보이곤 했다. 그러나 오늘은 옥섬보다 먼저 인욱의 눈에 눈물이 괴어온다. 처음 보는 인욱의 눈물에 옥섬은 무심중 커다랗게 소리를 친다.

"오라버니, 눈물 거두시어요! 오라버니가 눈물지으시면 절더러 어쩌라구!"

부르짖듯 큰 소리를 외치고는 옥섬이 훅 등잔불을 불어 끈다. 갑자기 닥친 어둠 속으로 옥섬이 부딪듯 인욱에게 다가간다. 사내의 품에 얼굴을 묻으며 옥섬도 이윽고 흐느끼며 입을 연다.

"어쩌라는 말씀이세요. 절더러는 어쩌라는 말씀이세요. 제 심사 누구보다 잘 아시면서 죄 많은 이년은 어쩌라는 말씀이세요."

처음 듣는 옥섬이의 넋두리다. 심사가 억색해서 인욱은 한동안 말없이 눈물만 흘린다. 그러나 격하게 흐느끼던 옥섬이 갑자기 울음을 그치고 미친 듯이 사내의 옷을 벗기기 시작한다.

"차라리 죽여주시어요. 다른 사내가 범치 못하게 오라버니 손으루 이년을 어서 죽여주시어요."

"이러구두 우리가 사는 게냐. 내 차라리 너랑 함께 이승 떠나 죽구 싶구나."

두 몸이 얼크러진다. 부둥켜안고 쓰러진 채로 두 사람은 미친 듯이 서로의 몸을 헤치기 시작한다. 마음을 의탁하여 살아갈 힘이 없는 그들이다. 그들이 당장 손에 잡아 확인할 수 있는 것은 따뜻한 체온을 지닌 눈앞의 정인의 몸뚱이뿐이다. 가슴에 뚫린 커다란 바람 구멍을 막기 위해 그들은 익숙한 정인의 몸에 그들의 뜨거운 몸을 미친 듯이 비벼댈 뿐이다.

얼크러진 두 개의 몸이 넘실거리는 파도가 되어 점점 크게 궁굴거나 뒤척인다. 여인의 몸이 더워지면서 고통에 가까운 열락의 외침이 터져나온다. 사내의 몸뚱이가 부딪쳐가며 여인은 몸을 크게 열어 사내를 깊이 제 몸 속에 가둔다. 가둠과 갇힘이 거듭될수록 방 안은 여인이 외치는 열락의 비명으로 가득 찬다. 그러나 곧 그들의 열락은 커다란 몸부림과 함께 까마득한 고개를 넘는다. 잠시 후 그들에게 남겨진 것은 끈끈한 땀과 함께 살아야 될 아득한 시간이 있을 뿐이다.

포구 앞 작은 갯가에 배들이 열 맷 척이나 묶여 있다.

배들은 모두 돛대 하나의 외대박이 돛배들이다. 배 안에 짐들과 사람들이 가득한 것을 보니 아마 이 배들 역시 피난을 떠나는 배들인 듯싶다. 왜적이 이제는 전라도 온 고을을 휩쓸어서, 임진년 이후 왜적을 본 일이 없다던 전라도 사람들도 이제는 목숨을 구해 산과 바다로 피난들을 떠나게 된 것이다.

갯돌들 흩어진 갯가 돌밭에 여기저기서 연기들이 피어오른다. 난민들 일부는 배에 타고 있고, 몸이 잰 젊은 사람들만이 갯가에 노구솥(여행용 솥)들을 걸고 밥들을 짓고 있다. 해가 빠진 초저녁 때라 난민들은 피난 중에도 끼니를 때우기 위해 저녁밥들을 짓고 있는 것이다.

"나무관세음……. 객승 문안이오. 여러 시주님들께 말씀 몇 마디 여쭙고자 내려왔소이다."

머리통 둥근 늙은 중 하나가 패랭이 쓴 사내 하나를 거느리고 갯가로 내려와 밥짓는 난민들에게 말을 묻는다. 달갑지 않은 동냥치 걸승의 출현에 연안 고을 난민 사내들은 누구 하나 응대가 없다. 객승은 그러나 무안한 기색없이 대답없는 그들을 향해 또 한번 머리를 조아린다.

"소승이 듣기루는 이 곳 연안 고을 쪽에 우리 조선 수군들이 유진留陣(군사를 머물러 둠)해 있다구 허더이다. 우리 수군들이 어디쯤 있는지 시주님들께서 이 사람에게 일러주실 수 있을는지요?"

"운수雲水(중의 다른 이름)가 우리 수군 있는 데를 무슨 까닭으루 알구 싶어 허는 게요?"

나이 마흔쯤 되어뵈는 두건 쓴 사내가 말을 받는다. 얼굴빛이 흰 것으로 보아 그는 농사짓는 농투성이도 아니고 고기잡는 뱃사람도 아니다. 아마 시골에 깊이 묻혀 글을 읽던 토반인 모양이다.

"시승이 통제사 사또를 만나 긴히 드릴 말씀이 있소이다. 이통제

사또를 뵙기 위해 벌써 여러 날째 인근 갯마을을 헤매구 있사외다."

밥을 짓던 갯가의 사내들이 잠시 고개를 들어 서로의 얼굴들을 둘러본다. 주고받는 눈빛들이 수상쩍더니 그 중의 한 사내가 느닷없이 소리를 버럭 내지른다.

"저눔 잡아라! 저눔이 필시 왜적의 간자(間者)인 게다!"

갯가의 젊은 사내들이 그 소리를 듣고 제각기 손에 몽둥이들을 집어들고 일어선다. 창졸간에 당하는 일이라 늙은 중과 패랭이 쓴 사내는 어이없는 얼굴들을 하고 있다. 그러나 사내들이 점점 가까이 다가들자 중이 곧 난민들을 향해 커다랗게 입을 연다.

"시주님들께서는 잠시 동안만 이 사람의 말을 들어주십시오. 이 사람이 왜적의 간자인지 아닌지 쉽게 가려내는 방도가 있소이다."

"네가 이제는 목숨 구허기가 급한 게다? 그래 무슨 방도루 네가 왜적의 간자 아닌 것을 우리에게 드러내 보일 게냐?"

"시승이 만약 왜적의 간자라면 이 고장에 있는 절들 이름을 한두 개 알기가 어려울 것이외다. 허나 시승은 대흥사(大興寺) 같은 큰 절말구 작은 암자까지두 소상히 알구 있사외다. 시주님들께서는 어느 절이 어느 산에 있는지를 이 사람에게 물어보아 대답이 틀리거든 그 때 이 사람을 왜적의 간자루 생각허셔두 좋을 겝니다."

몽둥이들을 들고 다가오던 사내들이 그제야 서로를 돌아보며 험한 낯빛들을 누그러뜨린다. 그러나 그들이 입을 열기 전에 그들의 등뒤 숲에서 엉뚱한 목소리가 들려온다.

"그 스님은 내가 안다. 너희는 뒤로 물러들 섰거라."

소리가 나는 쪽을 보니 갓 쓴 노인 하나가 갯가 숲에서 걸어 내려온다. 수염이 희고 얼굴이 붉어 노인은 언뜻 보기에도 범상한 풍모가 아니다. 노인이 훤한 갯가로 나오더니 사발을 향해 다시 입을 연다.

"운해사 사발대사가 이런 외진 갯가에는 어인 일로 내려오시었소?"

사발이 노인을 마주보다가 이내 두 손을 합장하며 머리를 깊이 숙여 보인다.

"소승 문안이오. 예 오시는 처사께서는 해남 고을 남로南魯 대인이 아니시오이까?"

"난중에 격조했소이다. 조실 모우당께서는 내내 운해사에 주석해 계신지요?"

"예, 난중에두 산문 밖을 나가지 않더이다. 헌데 남로 대인께옵서는 이 갯가까지 어인 일루 내려오셨소이까?"

"내가 오래 살아 이 욕을 보는구려. 왜적이 가까이 이르렀다고 집안이 온통 난을 피해 예까지 나왔소이다. 해서 이 늙은 노물도 사당을 비워둔 채 이렇듯 자식들 따라 갯가에까지 이르렀구려."

"아버님, 이 스님을 아시오이까?"

얼굴 흰 사십 대의 사내가 노인에게 묻는다. 노인을 아버지라 부르는 것으로 보아 이 사내가 바로 거유巨儒 남로의 자식인 모양이다. 노인이 고개를 끄덕이고 아들을 사발에게 뵈옵도록 한다.

"인사 여쭈어라. 내 일전에 말하지 않았느냐. 이 사문이 바로 운해사 승장 자산선사의 스승이 되는 대사시다."

"아버님 통해 선성은 익히 들었사오이다. 이 사람이 눈이 어두워

스님을 미처 알아뵙지 못했구먼요."

"난중이라 당연헙지요. 왜적의 간자 중에 중의 복색을 한 자가 많다구 들었습니다. 중이 갯가에 내려왔으니 간자루 보이기가 십상이지요."

"스님 어서 숲으루 드시지요. 아버님이 뱃멀미가 심해 숲에 자리 한 닢을 깔아 잠시 쉬시두룩 했사외다. 저녁밥 잦힐 동안 게서 잠시 말씀들이나 나누십시오."

"고맙소이다."

사발이 더 사양치 않고 아들의 안내를 받아 갯가 위쪽의 숲으로 들어간다. 해송海松들이 박힌 갯가 숲에는 과연 노인이 쉰 듯한 자리 한 닢이 깔려 있다. 사발이 자리 앞에 닿을 무렵 뒤따르던 패랭이 쓴 사내가 퉁명스레 사발에게 입을 연다.

"나는 내려가 있을 게요. 배고파 죽겠소이다. 얼른 밥 한 술 멕여주시우."

"짝쇠야, 이 어른께 인사 여쭈어라. 모우당 큰스님과 가까이 지내시는 처사시다."

"절 받으십시오. 쇤네 성은 없구 이름은 짝쇠라구 헙니다."

노인이 고개만 끄덕일 뿐 아무런 응대가 없다. 짝쇠는 더 기다리지 않고 몸을 돌려 갯가 돌밭으로 내려간다.

삿자리 위에 마주 앉아 두 노인은 잠시 말들이 없다. 사발과 김처사와는 난 전에 이미 잘 아는 사이다. 사발은 떠돌이 중으로 그 행적이 기이해서 사문에 널리 이름이 난 인물이고, 김처사 남로는 글이 높아 전라도 유림에서는 역시 그 이름이 널리 알려진 선비다.

운해사 조실 모우당이 두 사람을 가깝게 해준 장본인이다. 철따라 유산遊山을 나와 운해사를 찾을 때마다 모우당이 암자에 있는 사발을 불러내려 남로와 보게 하여 두 사람의 교분을 두텁게 해준 것이다. 그러나 왜란이 있어 두 사람은 여러 해 동안 소식을 모르고 지내왔다. 난이 길어 여섯 해가 지나도록 그들은 서로 떨어져 소식을 듣지 못한 채 머리털이 백발들이 된 것이다.

그러나 오늘 뜻하지 않은 갯마을에서 두 사람은 오랜만에 다시 만났다. 그것도 태평세월에 편한 심사로 만난 것이 아니고 왜적에게 쫓기는 황황한 피난길에 서로간 초췌한 몰골로 우연찮게 만난 것이다. 서로의 처지들이 딱하고 민망해서 그들은 모처럼 만나고도 쉽게 입이 떨어지지 않는다.

"그래 지금 대사께서는 어느 절에서 하산하시는 길이오이까?"
"마지막 떠난 절은 두류산 화엄사외다만 그간에 여러 날 길을 걸어 절을 떠났다구는 말허기가 어렵지요."
"화엄사를 떠나 어느 어느 고을을 거치셨더이까?"
"구례 낙안 강진을 거쳐 그제야 이 곳 해남엘 닿았습니다."
"거쳐오신 고을들에 백성들이 더러 보이든가요?"
"웬걸요. 관아구 여염이구 사람을 통 구경헐 수가 없었지요. 왜적 든다는 소문만 듣구 백성들이 온통 산과 바다루 개미떼처럼 흩어지는 판국이었소이다."
"화엄사에 모인 승도들이 이번에 다시 창의한다는 소문이던데 그래 이번엔 승군들이 어느 고을을 방어할 작정이외까?"
"전라도의 온 고을이 왜적에게 이미 반 혼들이 나간 터라 승군들도 산에 들어 아직은 싸우지 않구 때를 엿보는 참인 듯싶소이다."

"왜적들이 요즘은 뭍과 바다로 온 전라도를 노략질하는 모양입니다. 이제 다시 이통제 사또가 전라도루 내려오셨으니 바다라도 잘 지켜서 연안 백성들이라도 목숨을 보전토록 해얄 텐데……."

이통제란 바로 전 삼도수군통제사 이순신을 가리키는 말이다.

"이통제께서 지금 어느 고을에 유허구 기신지요?"

사발이 묻는 말에 남로가 이내 제 등뒤 쪽을 눈으로 가리킨다.

"진도 벽파진碧波津에 유하고 계시오이다."

"왜의 수군이 회령포는 물론 배나루梨津과 어란於蘭까지 내려왔다구 허더이다. 우리 수군에 굵은 배가 없을 터인데 이통젠들 배 없이야 어찌 왜적과 대적헐 수 있겠소이까?"

"내 보름 전쯤 보성 고을서 이통제 사또를 잠시 찾아뵈온 적이 있사외다. 그 때 사또께서 하시는 말씀이 배가 설혹 많지는 않더라도 아직 몇 척이 내 휘하에 남아 있으니 그놈으로 잘만 싸우면 왜적을 깨칠 수 있을 게라고 말씀하십디다. 그 사또가 백성에게도 허튼 말을 하지 않는 어른이시라 내 그 말씀을 듣고 나니 놀란 가슴이 반분이나 가라앉습디다. 그 어른 같은 장수가 두어 분만 더 계셨어도 나라가 요즘과 같은 험한 고초는 아니 겪어도 되련마는……."

"이통제께서 백의종군타가 언제 다시 삼도수군의 통제사직을 받게 되셨는지요?"

"통제직을 다시 받기는 지난 8월 초순이라고 하더이다. 상감이 선전관을 보내어 교서로 겸삼도수군통제사兼三道水軍統制使 직을 내리셨다고 들었소이다."

"장수가 영특허구 용맹헌들 무얼 헐꼬. 그 장수를 부리는 윗사람이 우매허구 귀가 먹었으니……."

우매한 윗사람이 누구인지 두 사람은 말없이도 알고 있다. 요즘은 하찮은 백성들의 입에서도 상감을 욕하는 말이 예사롭게 튀어나온다. 나라에 큰 어른이 되어 그는 백성에게 도무지 해준 것이 없다. 오히려 나라를 위기에서 구한 것은 천대받고 모멸당하던 시골의 백두 유생과 농사짓던 천한 백성들이다. 힘이 없어 나라와 백성을 외적外敵으로부터 지켜주지 못한 상감이라면, 백성들의 바른 말을 들을 줄 아는 귀라도 열려 있어야 한다. 그러나 그는 귀와 눈마저 캄캄해서 왜란 후 가장 큰 공을 세운 이통제 같은 장수까지 도성으로 잡아올려 죽이려 했던 위인이다.

"예까지 오는 동안 연안 고을들의 수많은 백성들이 통제사 이사또를 따르는 것을 보았소이다. 왜적이 가까이 이를수록 백성들은 오히려 더 이통제를 따르는 듯싶더이다. 연안에 사는 배를 지닌 백성들은 멀리 남해와 하동에서부터 흠뻑 바다로 나와 이통제의 뒤를 따르고 있는 형편이외다."

남로의 말을 받아 사발이 다시 입을 연다.

"흩어져 있던 삼도 수군들은 사방에서 길을 물어 이통제 계신 곳을 찾아가더이다. 뭍의 군사들은 틈만 있으면 도망치는 것이 능사인데 수군들은 제 발루 그 장수를 찾아가니 이것이 또한 이통제의 크나큰 덕이지요."

왜적의 재침 소문에 연안의 모든 고을들은 인적없이 텅텅 비었다. 백성들은 주로 두 패로 나뉘어 제 살던 고향을 버리고 왜적을 피해 피난길을 떠난 것이다. 한 패는 일가 영솔하여 깊은 산중으로 숨어들었고, 또 한 패는 배를 구해 가까운 섬과 바다로 왜적을 피해 떠난 것이다.

백성들이 바다로 나가는 데는 한 가지 마음속에 믿는 것이 있기 때문이다. 그들은 조선의 수군을 믿었고 그 중에도 특히 이통제 순신을 믿고 있었다. 그 동안 한번도 패한 일이 없는 이통제여서 이순신이라면 어떤 왜적도 쳐 물리칠 수 있을 것으로 굳게 믿고 있는 것이다.

종자인 듯한 사내 두 명이 모판에 무언가를 담아들고 두 사람이 앉아 있는 삿자리 쪽으로 다가온다. 자리 위에 내려놓은 것을 보니 두 개의 서로 다른 모판에 밥 한 그릇, 장찌개 한 그릇씩이 놓여 있다. 종자 하나가 읍하고 물러서며 제 상전인 남로에게 공손히 입을 연다.

"난중이라 찬이 없더라두 많이 듭시라구 말씀 전해 올리라구 헙시는군요."

"알았다. 내려가거라."

종자들이 내려가는 갯가 쪽을 굽어보니 어느새 배 위와 갯가 돌밭에 난민들이 하얗게 앉아 저녁밥들을 먹고 있다.

피난 나온 난민들에게는 노유도 남녀도 상하도 있을 수가 없다. 집을 나온 순간부터 그들은 모두 한 가지 사람들일뿐이다. 상이 있어 내당마님이라고 독상을 받을 것이며, 방이 있어 새아씨라고 독방을 쓸 것인가. 왜적에게 쫓기는 한 가지 운명에 놓인 그들은 모두가 초라한 난민으로 남녀 상하의 구별없이 한 무리로 뒤엉켜서 살 수밖에 없다.

그러나 이 평등한 고통의 삶 속에서 양반과 상놈들은 그들 나름의 새로운 깨달음에 조금씩 눈을 뜨고 있다. 그것은 바로 반상이라는 전통적인 신분상의 차등이, 막상 고통스런 삶의 현장 속에서는 너나없이 같은 사람으로 평등하게 찾아온다는 사실이다.

난은 그 나라에 파괴와 살육과 고통만을 주는 것은 아니었다. 파괴와 살육과 여러 가지 어려움을 강요하는 한편, 난은 또 그 나라의 백성에게 많은 교훈과 깨우침을 주기도 했다.

난중에서의 양반들의 무능은 양반 자신뿐 아니라 천한 백성과 상인들에게도 반성할 기회를 가져다주었다. 양반들의 높은 글과 배움이 난중에는 전혀 쓸모가 없었다. 사서삼경에 시문詩文을 짓는 높은 글공부가 막상 난중의 어려운 생활에는 터럭만한 보탬도 힘도 되어주지 않았다. 반대로 난중에 힘과 보탬이 되어준 것은 여러 종류의 각종 장색들과 의원 산학算學[산술] 선공繕工[건축물의 신축 수리를 맡아 하는 기술자] 같은 잡직에 종사하는 중인中人들이었다.

난중에는 예측할 수 없는 온갖 어려움과 고통들이 따랐다. 가장 큰 고통 중의 하나는 원인을 알 수 없는 무서운 돌림병의 창궐이었다. 돌림병은 임진년 이후 거의 매년 온 나라 안을 휩쓸었다. 병에는 반상도 없고 귀천도 없고 장졸도 없었다. 한 우물을 쓰는 어느 고을은 온 고을 사람이 병에 들어 죽기도 했고, 어느 수군 진津에서는 한 군영의 장졸 8할이 알 수 없는 설사병에 걸려 무더기로 죽기도 했다.

못 먹고 허기진 백성들은 병을 이겨낼 힘이 없었다. 싸움 중에 몸에 총상과 창상을 입은 군사들은 상처를 제대로 다스릴 줄을 몰라 작은 상처에도 목숨들을 잃곤 했다. 약이 없어 죽는 것이 아니었다. 무서운 돌림병의 경우는 병을 예방하는 법을 몰랐고, 싸움터에서 입은 창상의 경우는 상처가 덧나지 않도록 소독하는 법을 몰랐다. 사람들이 무더기로 죽게 되어서야 그들은 비로소 무엇인가가 크게 잘못된 사실을 깨달았다.

가장 큰 깨달음은 의원들이 일러주는 단순한 예방법과 소독법과 치료법이었다. 죽지 않아도 될 아까운 목숨이 때를 놓쳐 죽어야 했고, 잘만 다뤘으면 살렸을 목숨이 굿거리나 엉뚱한 요법으로 상처를 덧나게 하여 허무하게 죽도록 했다.

사서삼경의 높은 글도 죽음 앞에서는 아무짝에도 쓸모가 없었다. 잡학이라고 해서 멸시해 온 중인 출신의 하찮은 의원들이 오히려 난중의 병인들에게는 하늘과 같은 은인이 되곤 했다.

그밖에도 어려움을 구한 것은 글 잘하는 선비가 아니고 여러 일에 종사하는 목장木匠〔목수〕, 야장冶匠〔대장장이〕 거장車匠〔수레 만드는 사람〕 같은 천히 여긴 장색들이었다. 배가 없어 강을 못 건널 때 그들은 떼를 엮어 강을 건너게 해주었고, 산중에서 큰비를 만났을 때 그들은 움집을 지어 비를 피하게 해주었으며, 양식이 떨어져 굶어죽게 되었을 때, 그들은 또 산과 들에 나는 열매와 뿌리와 산채를 뜯어 알곡과 함께 삶아 죽을 끓여먹여 굶주림을 구해 주곤 했다. 글을 읽던 양반과 선비들은 생각도 못한 여러 가지 삶의 지혜를, 천하다고 멸시해 온 잡직 중인과 장색들이 오히려 난을 당해서는 훌륭하게 발휘해 준 것이다.

어려운 글을 읽는 것만이 배움이 아닌 것을 그들은 비로소 깨달기 시작했다. 글은 학문을 뽐내고 시문을 짓는 데는 유용할지 모르지만 병을 고치고, 굶주림을 구하고, 움집을 짓고, 수레를 만드는 일 따위에는 아무짝에도 쓸모가 없었다. 난중에 무수한 어려움에 부닥쳐서야 그들은 실제의 생활에서 어떠한 배움이 유용한 것인가를 뼈저리게 깨우치기 시작했다. 백성들이 막상 세상을 살아가며 필요한 것은 사서삼경의 높은 글이 아니라, 농사 잘 짓는 영농 방법과 좋은 물건 만드는 제조기술과, 백성을 어질게 다스리는 법 등 잡직이라고 모멸해 온 잡학들을 크게 일으키는 것이었다. 바로 이러한 기술과 잡학의 단단한 실제의 배움들이 난중에 조선 백성들이 큰 희생 끝에 배운 보이지 않는 값진 교훈이 된 것이다.

허기졌던 뱃속이라 밥 한 바가지가 삽시간에 비워졌다. 빈 바가지를 물리고 입 안을 물로 헹군 후 사발은 갯가에 늘어앉은 수십 명 난민들의 밥 먹는 모양을 우두커니 내려다본다. 오늘은 해가 저물어 저 많은 난민들이 이 곳 갯가에서 밤을 지낼 것이다. 그러나 밤을 뭍에서 나더라도 그들은 짐과 양식을 반으로 나누어 뭍과 배 안에 반반씩 남겨둘 것이다. 왜적이 뭍과 바다 중 어느 쪽으로 짓쳐올지 아무도 예측할 수 없다. 뭍으로 오면 배를 타고 바다로 도망칠 것이고, 바다로 오면 배를 버리고 뭍으로 도망쳐야 한다. 언제 어디로 올지 모르는 왜적을 대비해서 난민들은 각기 쉬거나 잘 때도 높은 곳에 망군望軍(망보는 군사)을 세워 왜적의 동태를 밤낮으로 살피곤 했다.

"배요! 군선이오! 돛배 한 척이 이리루 오구 있소!"

갯가 높은 바위 위에서 사내 하나가 느닷없이 고함을 친다. 갯가에 늘어앉은 난민들이 고함소리를 듣고 벌떡벌떡 자리에서 일어선다. 그러나 곧 그들 중에서 또 다른 목소리가 갯바위 사내에게 소리쳐 묻는다.

"어느 배가 온다는 겐가? 왜선이여, 우리 배여?"

"우리 배 같네! 조선 수군 복색들을 허구 있어! 곶부리를 지금 막 돌았으니 이제 곧 보일 게여!"

바다 쪽을 바라보노라니 과연 곶부리 모퉁이로 외대박이 돛배 한 척이 노질과 함께 살같이 포구로 달려들어 온다. 해는 졌어도 노을빛이 밝아 배 모양은 물론이고 배 위에 탄 사람들이 조선 수군임을 알아볼 수 있다.

배는 조선 수군의 협선과 비슷하고 배 안에 탄 사람들은 더그레 걸친 수군 복색이 대부분이다. 더러 흰옷 입은 사람들도 보였으나 그들도 전건을 써서 격군 따위의 군사임을 알 수가 있다.

"벽파진이에서 반나절 뱃길인데 조선 수군이 예까지 무슨 일로 오는 겐지 모르겠소."

남로가 선비답게 차분한 목소리로 입을 연다. 사발이 몸을 일으키며 남로의 말에 어정쩡하게 대답한다.

"탐망나온 배일 겝니다. 시승이 갯가에 내려가 수군 선두를 한번 만나보지요."

"혼자 내려가셔서 욕이나 보지 않으시겠소?"

"조선 수군이 확실허다면 백성을 까닭없이 욕보일 리가 있겠습니까? 시승이 곧 내려가서 찾아온 까닭을 알아보고 옵지요."

합장과 함께 몸을 돌려 사발은 터덜터덜 갯가로 내려간다. 배가 이미 곶부리를 돌아 갯가를 향해 활 한 바탕 거리로 다가왔다. 저녁을 지어먹던 갯가의 난민들은 배가 가까이 다다르자 어느새 갯가 숲 속으로 몸들을 피해 버렸다. 밥지을 때 피운 모닥불 자리만이 넓은 갯가 여러 곳에 푸른 연기를 떠올릴 뿐이다.

사발이 갯가로 내려가자 까막초립 쓴 사내 하나가 껑충껑충 그에게로 뛰어간다. 사발과 동행해 온 외자상투의 총각 짝쇠다.

"스님, 저 배가 조선 수군의 배가 분명헌 겝니까?"

배 모양과 군사들 복색이 조선 수군임에 틀림없다.

"헌데 왜 배가 오다가 가까이 안 오구 저만치서 맴도는 겔까요?"

짝쇠의 말을 듣고 보니 배가 과연 다가오다가 노질을 천천히 하여 같은 자리에 머물렀다. 자세히 보니 뱃전 아래 앉아 있는 수군들은 시위 먹인 활들을 들고 있고, 뒷노를 젓는 여덟 명 노군도 노를 잡은 채 여차직하면 노를 급히 저을 태세다. 사발이 의아해서 보고 있자니 배 위에서 돌연 고함소리가 들려온다.

"숲에 들어 있는 사람들은 속히 몸들을 들어내라! 숲에서 아니 나오면 왜적으루 알구 살들을 날릴 게다!"

사발이 그제야 짝쇠를 돌아보며 고개를 서너 번 주억거려 보인다.

"저 배가 왜 가까이 아니 오는지 너두 이제는 짐작허겠느냐?"

"알 듯허우. 배가 우리를 못 미더워허는 게로군요?"

"피차 못 믿기는 마찬가지다. 너 속히 위루 올라가 숲에 든 사람들더러 갯가루 나오라구 해라."

"갯가루 나오랬다가 살 날아오면 어쩔 작정이우?"

"조선 수군이 우리 백성에게 왜 살을 날린다든. 서루 못 믿어서 버티다가는 날 저물어 밤을 세울 게다. 내 그 동안 수군들에게 말을 건네구 있을 테니 너는 곧 백성들더러 걱정들 말구 숲에서 나오라구 해라."

짝쇠가 떠나고 사발이 막 소리를 치려 하자 배 위에서 다시 누군가가 바로 사발을 향해 말을 물어온다.

"갯가의 중늠은 웬놈이냐? 네가 어느 절 중인지 절 이름을 대어 보아라."

수군들이 활을 손에 들고 있어 언제 화살이 날아올지 알 수 없다. 말 한 마디만 잘못해도 그는 화살을 맞아 고슴도치가 될 것이다. 사발이 곧 배를 향해 커다랗게 맞고함을 친다.

"시승은 두류산 운해사에 딸린 중이외다! 통제사 사또를 만나뵙고자 시승 예까지 여러 날을 찾아왔소이다! 헌데 그 배는 무슨 배며 무슨 까닭으루 예까지 오시었소?"

"우린 좌수영 수군이다! 탐망을 나왔다가 연기 오르는 것을 보구 까닭을 알아보기 위해 예까지 들어온 게다!"

"연기는 피난 나온 백성들이 저녁 짓느라 올린 게요! 백성들이 숲에 숨은 것은 그 배를 왜적의 배루 잘못 안 때문이외다. 내가 그대 루 예 섰을 테니 군사들은 내 말을 믿구 어서 뭍으루 올라오십시오!"

잠시 응대가 없더니 배가 다시 앞쪽으로 다가오기 시작한다. 돛을 접지 않은 것은 아직도 배 위에서 이쪽을 못 미더워하는 탓이다. 온 연안에 왜적들이 날뛰어서 하긴 요즘은 어느 누구도 멀리 있는 사람을 제 편으로 믿을 수가 없다. 한번 실수로 목숨을 잃을지도 모르는 일이라, 수군들은 배를 뭍에 붙이려면 이렇듯 까다롭고 신중하게 갯가 형편을 살펴야 한다.

　배가 어느 틈에 들물을 타고 서너 칸 거리로 다가왔다. 그러나 배는 더 들어오지 않고 수군들 셋이 바닷물로 풍덩풍덩 뛰어내린다. 손에 창과 칼을 든 그들은 물을 헤치며 한달음에 사발에게 다가온다. 사발이 말없이 그들을 기다리자 수군들 셋은 에워싸듯 사발의 앞뒤로 둘러선다.

　"이 배들이 모두 피난 나온 백성들의 배요?"

　"그렇소이다."

　"우리가 조선 수군임을 알았으니 스님은 어서 숲에 들어 있는 사람들을 갯가루 나오라구 이르시오."

　사발이 군사들 시키는 대로 몸을 돌려 숲을 보고 소리를 친다.

　"짝쇠야! 무얼 허는 게냐. 우리 수군이니 어서들 나오시라구 해라!"

　"알았수. 나갈게요. 자 우리 모두 군사들 맞으러 내려갑시다."

　어둠발 깃드는 숲속에서 백성들이 그제야 꾸역꾸역 갯가로 내려오기 시작한다. 그나마 젊은 사내들뿐 어린아이나 아낙들은 그대로 숲에 들어 있다. 숲에서 나오는 백성들을 보고 세 명의 수군들도 배를 보며 소리를 친다.

　"나으리! 우리 백성이 맞소이다! 배를 갯가에 대도록 허십시오!"

　들고 있던 노들을 박고 배가 다시 움직이기 시작한다. 갯가에 마침 축방 같은 바위가 있어 피난 나온 여러 배들이 그쪽에 모두 대어 있다. 협선이 노질을 급히 하며 역시 그쪽으로 머리를 댄다. 사발이 마중하듯 협선 쪽으로 다가가자 배 위에서 장수 하나가 훌쩍 땅으로 뛰어내린다.

"어서옵시오."

"산중에 있어야 될 중이 이런 갯가까지는 무슨 일루 내려오시었소?"

인사 수작도 건네기 전에 군관인 듯한 전립 쓴 사내는 꾸짖는 듯한 험한 말투다. 사발은 그러나 개의치 않고 합장과 함께 공손히 입을 연다.

"시승 어느 승군장의 전갈을 지니구 통제사 사또를 만나뵙고자 예까지 찾아온 길이외다."

"통제사 사또라니 어느 사또를 말허는 게요? 혹 댁이 말허는 사또가 전 사또 원통제를 말허는 게 아니오?"

"아니오이다. 시승은 이번에 새루 삼도수군통제사가 되신 이통제 사또를 만나뵈려는 것이외다."

"전갈을 주신 승군장 함자가 어찌 되시오?"

"법명을 자산이라 헙니다. 원래 운해사 선승이었던 비구외다."

"우리 사또를 만나뵙자면 대사 혼자 올 일이지 어쩌자구 이렇게 많은 군식구들을 달구 왔오?"

"이 곳에 있는 난민들은 시승의 일행이 아니외다. 시승이 이 갯가에 닿구 보니 난민들이 이미 이르러 갯가에서 쉬구 있더이다."

"허면 난민들의 우두머리는 누구란 말이외까?"

"저 위루 올라가시지요. 이 곳 난민들을 데리구 오신 선비 한 분을 만나뵙도록 해드리지요."

사발이 말을 끝내고 앞장서서 갯가를 떠난다. 사발을 따르는 군관의 뒤로 수군들 예닐곱이 병장기들을 들고 줄레줄레 따라온다. 숲에서도 마침 난민들 십여 명이 무리를 지어 갯가 쪽으로 내려온다. 불들이 지펴진 자갈밭 중간쯤에서 두 패는 자연스레 얼굴을 마주하고 멈춰 선다.

　"장군님, 어서옵시오."

　"아직두 숲에 들어 있는 사람들은 무엇들이오?"

　"나이 어린 아이들과 안식구들이외다."

　"당신들 중 누가 족장이오?"

　"족장이란 것은 없구 이 사람이 옛날 살던 동리의 동임 일을 맡아보았소이다."

　나이 마흔쯤 되어뵈는 바로 거유 남로의 아들이다. 아버님 남로를 대신해서 아들이 수군들을 맞아들이는 모양이다.

　"동임이라니 어느 고장 어느 골의 동임이오?"

　"해남땅 매화동梅花洞의 동임으루 있소이다."

　"이 갯가에 모여 있는 난민들은 모두 매화동 백성들이라는 얘기요?"

　"그렇지는 않사외다. 매화동 사람들이 절반 조금 넘을 게구 나머지는 전라좌도에서 넘어온 사람들이외다."

　전라좌도라는 말을 듣자 군관의 눈이 이상하게 달라진다. 난민 사내들을 휘둘러보며 군관이 급하게 묻는다.

　"이 중에 누가 좌도에서 건너왔소?"

　"쇤네허구 이 사람이 좌도에서 건너왔지요."

수염 많은 사내 하나가 키 앙바틈한 사내 하나를 가리킨다. 군관이 다시 몸을 돌려 두 사내를 잡아삼킬 듯 쏘아본다.

"두 사람은 전라좌도 어느 고을서 건너왔소?"

"쇤네는 순천 부중서 떠나왔구 이 사람은 낙안 고을서 떠나왔소이다."

"혹 좌도에서 온 사람 중에 좌수영이 있던 매성에서 떠나온 사람은 없소?"

"매성은 한 집안두 없구면요. 그쪽은 남해와 가까워서 왜적이 들기 한참 전에 매성 백성들이 일찌거니 피난들을 떠났지요."

"매성에 수군들이 그대루 있는데 백성들이 먼저 피난을 떠났다는 게요?"

"아니외다. 우후 나으리가 성을 지키구 있었사온데 조선 수군이 칠천량에서 크게 패해 왜적이 잇따라 남해 평산포까지 이르렀다는 말을 듣구는, 굴강에 있던 배들을 모두 깨뜨려 물 속으루 가라앉힌 뒤 저 먼저 그 곳 매성을 떠났다구 허드군요. 성밖 백성들이 내례포를 떠난 것은 성이 빈 것을 알구나서두 한참 뒤라구 들었소이다."

군관은 잠시 말이 없다. 침통하고 억색한 표정인 채 그가 한참만에 다시 말을 물어온다.

"혹 그 곳서 피난 떠나온 백성들이 지금쯤 어느 고을에 제일 많이 몰려 있는지 아시오?"

"여러 고을로 이리저리 흩어져서 지금은 함께 떠난 일가붙이두 찾기가 어렵구면요. 내례포가 외진 갯가라서 떠났다면 뭍이 아닌 바다루 떠나지 않았겠소이까?"

"헌데 군관 나으리께서는 무슨 까닭에 매성 백성들의 행방을 알려 허시는지요?"

다른 난민이 묻는 말에 군관은 힐끗 바다 쪽을 한번 돌아본다.

"내 안식구가 매성에 있었는데 패전 후 돌아와 보니 성 안팎이 온통 텅텅 비었소 그려. 벌써 여러 달째 행방을 찾구 있건만 생사를 알 길이 없어 이렇듯 애를 태우구 있소이다."

"예 서서 말씀허실 게 아니라 위루 올라와 숲에 앉아서 차근차근 알아보시지요."

사발이 점잖게 권하자 군관이 그 말을 따라 자갈밭을 지나 숲속으로 들어선다. 사발이 바로 남로 있는 숲으로 들어가자 뒤따르던 상사람 난민들이 수졸들과 함께 다른 숲으로 무리지어 들어간다. 사발이 곧 화톳불 새로 지핀 남로 있는 곳으로 군관을 인도해 간다.

"어서 오시오. 나라 지키느라 욕보시오."

사발과 군관이 가까이 오자 남로가 자리에서 몸을 일으킨다. 큰 갓 쓰고 도포 입은 것을 보고 말씨 거칠던 군관도 많이 어려워하는 표정이다. 군례로 흠신해 보이며 군관이 깍듯이 인사를 올린다.

"소장 전라좌도 본영의 사후선 선두 서군관이오이다. 사또 명을 받잡구 이쪽 바다루 탐망을 나왔다가 먼발치루 연기를 보구는 왜적인가 싶어 예까지 찾아들었사외다."

"연기 때문에 욕보셨소. 그래 이통제 사또께서는 지금 어느 진에 유해 계시오?"

말투를 하오로 대하건만 듣는 사람도 하는 사람도 조금도 어색하지 않다. 본영 군관 서복만이 다시 남로의 말을 받는다.

"죄만허오이다. 우리 사또 유진해 기신 곳은 군진의 기밀이라 바로 아뢸 수가 없사외다. 머잖아 큰 싸움이 있을 듯싶사오니 대인께서는 하루속히 이쪽 바다에서 피허시는 것이 좋을 듯싶소이다."

"왜적이 지금 어느 지경까지 이르렀소?"

"지난 초이렛날 왜선 여러 척이 어란진에까지 이르렀사외다. 탐망 왜선 두세 척은 진도 앞까지두 올라오는 형편이외다."

"왜선이 온 바다에 깔렸는데 장차 사또께서는 어찌하실 작정이오?"

"칠천량 싸움 이후 조선 수군은 큰 싸움배들을 모두 잃었습니다. 요즘은 적의 세가 워낙 장대해서 사또께서두 예전처럼 쉽게 영적迎敵〔적을 맞이함〕하여 나와 싸울 수가 없사외다."

"백의종군타가 이제 막 옛 직을 받았으니 다 깨어진 주사舟師〔해군〕로야 이통젠들 어찌하시겠소. 그래 우리 주사에는 싸움배 판옥선이 몇 척이나 남았소?"

"칠천량 싸움 때 경상우수사 배사또께서 싸움을 피해 미리 도망을 쳤습지요. 그 때 도망쳐 건진 배가 열 두 척이 남았사옵구 녹도진에두 또 한 척이 있어 판옥선은 모두 열 세 척이 남았사오이다."

남로가 입을 다물고 어처구니없는 듯 서군관을 건너다본다. 백여 척에 이르던 조선 주력선 판옥전선이 칠천량 한번 싸움에 다 깨어지고 열 세 척이 겨우 남았다. 수백 척을 거느린 장대한 왜의 수군을 열 세 척 판옥선으로는 신장神將이라도 대적할 수 없다. 주사를 믿고 바다로 피난을 나왔으나 이제는 이통제마저도 믿을 수가 없게 된 것이다.

"백성들이 너나없이 믿는 것이 이통제 어른이오. 허나 사또께서도 싸움배가 없고서야 어찌 큰 왜적들을 맞아 승첩을 올릴 수 있겠소? 군관이 보기엔 어떠시오? 남아 있는 우리 수군이 과연 왜적을 대적할 수 있겠소?"

"세勢루 보아서는 승첩은커녕 맞아 싸우기두 어려운 형편이지요. 허나 통제사 사또께옵서는 우리 생각과는 다른 듯싶소이다."

"어떻게 다르다는 게요? 묘책이라도 계시다는 이야긴가?"

"묘책이 달리 있겠습니까만 그 어른은 왜적이 아무리 강대해두 우리가 죽기 한허구 대적허면 왜적을 기여쿠 쳐 물리칠 수 있다구 믿구 기시외다. 아무리 우리 수군의 세가 불리해두 그 어른은 싸움에 당해 왜적에게 진다구 생각질 않으시는 어른이외다. 그 어른이 큰 싸움에 패해 본 일이 없으신 것두, 싸움에 지지 않는다구 믿는 그 어른 나름의 어떤 믿음이 기신 탓이 아닌가 싶사외다."

서군관의 엉뚱한 말에 남로와 사발은 서로의 얼굴을 돌아본다.

이통제에 관해 서군관의 말은 알 듯하면서도 그 뜻이 오묘한 이야기다. 자웅을 결하는 큰 싸움에 나가면서 자신이 미리 패하리라고 생각하고 나가는 장수는 없다. 그러나 지금의 조선 수군의 형편으로는 올바른 사리와 생각을 지닌 장수라면, 막강한 왜적과 싸워 이기리라고 생각할 수 없다. 왜적과 조선 수군을 비했을 때 그만큼 모든 형편이 조선 수군이 열세 속에 놓여 있기 때문이다.

그러나 이런 열악한 형편에도 불구하고 무패의 우리 이통제는 다시 왜적과 싸우더라도 이길 수 있다고 생각하는 모양이다. 이길 수 있다는 그의 생각은 피아의 형편과 군세를 고려하지 않는 오판임이 분명하다. 전선 열 세 척밖에 남지 않은 조선 수군으로서는 저

막강한 왜의 수군과 싸워 이길 공산이 없는 것이다.

그러나 사발과 남로에게는 왜적과 싸워 이길 수 있다는 이통제 순신의 장담이 어딘가 공허하면서도 처절한 느낌으로 가슴속에 다가온다. 그것은 장수된 자로서의 마땅히 지녀야 될 마음가짐일 따름이다. 이기고 지는 것을 떠나 장수라면 모름지기 그의 수하 장졸들 앞에, 싸움에 이길 수 있다는 자신감을 심어주어야 한다. 형세가 불리하고 열악할수록 장수의 그러한 장담은 더욱 절실하게 필요한지 모른다. 이통제 순신의 엉뚱한 장담은 바로 그 수하 장졸들의 사기를 진작시키기 위한 노력의 일단일 것이다.

"우리 수군들의 군량은 어떠하오?"

"관고가 모두 불에 타거나 깨어졌는데 군사 먹일 군량이 넉넉할 리 있겠습니까? 앞으루는 날씨마저 차질 게라 군량두 군량이거니와 옷들이 없어 그것두 큰 걱정이오이다."

겨울바다는 바람이 차다. 바람막이 없는 난바다 위를 떠돌자면 수군은 무엇보다 추위를 막을 두터운 겹옷이 필요하다. 그러나 여섯 해로 접어든 왜란은 이제 나라 안에 무엇 하나 남겨둔 것이 없다. 사람이 살아가는 데 필요한 의식주 세 가지를 나라는 난을 치르면서 깡그리 소진해 버린 것이다.

"나으리 밥을 방금 잦혔습니다. 찬은 없으나 내려가시어 한 술 뜨도록 허시지요."

난민인 듯한 사내들 서넛이 화톳불가로 다가와서 서군관을 보고 서 하는 말이다. 서군관이 몸을 일으키며 배들이 묶여 있는 갯가 쪽을 바라본다.

"수하 군졸들을 그대루 두구 나 혼자 어찌 저녁을 들겠소? 군사들은 모두 어디들 있소? 어느새 날이 어두웠군."

"군사들에게두 곧 더운밥이 내려갈 젭니다. 우리가 쌀을 거두어 밥을 한 솥이나 지었습니다."

"고맙구려. 저녁을 굶었어두 내가 염치가 없어 밥 달란 소리를 허지 못했소. 자 허면 소관은 이만 밥 먹으러 내려가겠습니다."

서군관이 흠신하며 말하자 남로가 고개를 끄덕인다.

"시장들 하시겠소. 어서 내려가시오."